Sandra Grauer

Clans of London

Schicksalsmagie

SANDRA GRAUER

CLANS OF LONDON

SCHICKSALSMAGIE

Band 2

Ravensburger

Bibliografische Information der Deutschen Nationalbibliothek:
Die Deutsche Nationalbibliothek verzeichnet diese Publikation in der Deutschen Nationalbibliografie. Detaillierte bibliografische Daten sind im Internet auf *www.dnb.d-nb.de* abrufbar.

MIX
Papier aus verantwortungsvollen Quellen
FSC® C111262
FSC www.fsc.org

1 2 3 4 5 E D C B A

Originalausgabe

Dieses Werk wurde vermittelt durch die litmedia.agency, Offenburg.

Umschlaggestaltung: Katharina Netolitzky unter Verwendung von Motiven von Shutterstock/FashionStock und Shutterstock/viewgene
Redaktion: Valentino Dunkenberger

Printed in Germany

ISBN 978-3-473-40185-7

www.ravensburger.de

Für Niklas, Betty und Christian
Für meine Mutter

Die Prophezeiung Merlins

Ein Kind, mächtig und gefahrvoll,
der beiden größten Stämme Spross,
beschenkt mit Kräften übervoll,
einst freigesetzt, wüt' Todes Ross.

Wenn fünfmal zehn der Eltern Zahl,
vom heut'gen Tage an,
erblickten Mondes Lichte fahl,
nichts sie mehr halten kann.

Im Streite ungeschlagen Vaters Stamm,
ertönet dann fataler Schall
vom Ufer hoch zu Sieges Damm,
der Tochter Feuer verrät all.

Verfolgt von Kreuzes Macht,
Väter vergießen Söhne Kraft,
Bruder Bruder töt' in Zwietracht,
sodann end't dero Vorherrschaft.

Von den alten Stämmen zwei,
die teilten sich die Welt,
wird besteh'n nur einerlei,
wenn einst das Urteil fällt.

Prolog

Ash hatte recht. Er hatte absolut recht, ebenso wie Merlin mit seiner jahrhundertealten Prophezeiung richtiglag: Ich würde den Untergang der Clans bedeuten, und ich konnte nichts dagegen machen, ob ich wollte oder nicht. Es war zu spät.

Wut kroch durch meine Arterien, drohte sie zu verstopfen. Mein Mund fühlte sich an, als hätte ich Sandpapier verschluckt, mein Herz schlug zu schnell. Und plötzlich explodierte die Wut und ich mit ihr.

Feuer. Überall züngelte mit Alkalimetall versetztes Feuer – die Art Feuer, welche Magie außer Gefecht setzt. Und mittendrin Morgans, Merlins, Lecourts. Lilafarbene Flammen schlängelten sich um Ash und Henri, um George, May, meinen Dad. Alle Clanmitglieder brannten. Alle außer mir.

Mein Schrei war so laut, dass er mir selbst in den Ohren wehtat. Ich breitete die Arme aus und setzte meine Kräfte ein. Versuchte, die Flammen zu beeinflussen. Ich wusste, dass ich es konnte; ich hatte so den Drachen im Holland Park vernichtet.

Ich sah die Angst und Verzweiflung in Ashs Augen, die Ungläubigkeit in denen von Henri. May, Garry, Samantha, George, Alice, Jared, Meredith – sie alle konnten nicht glauben, was hier passierte. Die Flammen schlugen höher und höher, die Clanmitglieder kämpften ums Überleben.

Gleich war es vollbracht. Gleich würde sich auch die letzte Strophe der Prophezeiung erfüllen.

Von den alten Stämmen zwei,
die teilten sich die Welt,
wird besteh'n nur einerlei,
wenn einst das Urteil fällt.

Kapitel 1

Mit zitternden Augenlidern kam ich wieder zu mir. Ich hatte keine Ahnung, wie lange ich ohne Bewusstsein gewesen war, aber es konnte nicht lange sein. An dem Bild von zuvor hatte sich nicht viel geändert, nur dass Tianna nun zusammen mit Henri neben dem immer noch regungslosen Ash kauerte. Sie fühlte Ashs Puls, so wie Henri es kurz zuvor getan hatte, und sagte etwas zu ihrem Neffen. Er sprang auf, wollte aus dem Zimmer eilen und entdeckte mich, wie ich allmählich wieder zu mir kam.

»Caroline!«

Einen Moment war er versucht, nach mir zu sehen, doch seine Tante trieb ihn zur Eile an. »Alles okay?«, fragte sie dann an mich gewandt, während Henri das Zimmer verließ.

»Denke schon«, antwortete ich. Meine eigene Stimme kam mir irgendwie fremd vor. Langsam versuchte ich, mich aufzusetzen, was besser ging als erwartet. Keine Übelkeit, kein Schwindelgefühl, keine Schmerzen.

»Du brauchst dir keine Sorgen zu machen«, sagte Tianna, ohne von Ash aufzusehen. »Es ist durchaus üblich, nach der Magieaktivierung in Ohnmacht zu fallen. Du musst dir das wie beim Kochen vorstellen. Nachdem man die ganzen Zutaten in eine Suppe getan hat, muss man auch erst noch einmal alles aufkochen.«

Um ehrlich zu sein, machte ich mir gerade mehr Sorgen um Ash als um mich selbst. Ich kroch hinüber zu Tianna, nahm Ashs Hand in meine. Sie fühlte sich kalt an, aber ansonsten sah er unversehrt aus. Nicht so wie nach dem Drachenangriff. »Ist er …?« Mir versagte die Stimme, ich konnte und wollte den Gedanken nicht zu Ende führen.

Tianna schüttelte den Kopf. »Das nicht, aber er ist sehr schwach. Ich weiß nicht, was passiert ist, denn äußerlich sind nur Verletzungen zu erkennen, die sicher schon ein paar Stunden alt sind.«

»Er wollte zu mir«, sagte ich. »Kurz vor der Magieaktivierung. Henri konnte ihn gerade noch zurückhalten.«

Nun blickte Tianna doch einen kurzen Moment auf. In ihren Augen lag Besorgnis, was mein Herz augenblicklich schneller klopfen ließ. »Deine Magie ist ziemlich stark, Caroline, und sie ist bei der Aktivierung ein wenig außer Kontrolle geraten. So etwas habe ich noch nie erlebt. Hast du das nicht gespürt? Das ganze Haus ist erzittert.« Sie senkte den Blick. »Ash muss direkt in den Aktivierungsbann geraten sein. Wenn er durch deine Magie verletzt wurde, kann ich nichts für ihn tun.«

Die Welt schien stehen zu bleiben, ebenso wie mein Herz. Nein. Nein! Das durfte nicht sein. Ash durfte nicht sterben, schon gar nicht durch meine Hand. Das würde ich nicht zulassen. »Was soll ich machen?«

»Du kannst nichts machen, Caroline.«

»Das glaube ich nicht. Irgendetwas –«

»Caroline …«

»Nein!«, schrie ich, selbst überrascht, dass meine Stimme schon wieder so gut funktionierte.

»Was ist los?«, fragte Henri, der einen Moment zögernd im Türrahmen stand und dann auf uns zueilte. Er hielt seiner Tante eine Art Flakon entgegen, doch Tianna schüttelte den Kopf.

»Das wird nichts bringen«, begann sie, aber ich unterbrach sie.

»Das spielt keine Rolle, versuch es wenigstens.«

Sie schien protestieren zu wollen, überlegte es sich bei meinem und Henris Anblick aber anders. Leise seufzend griff sie nach dem Flakon. »Also gut, das müssen wir Ash einflößen.«

Ich rutschte noch näher an Ash heran und hob vorsichtig seinen Kopf, um ihn auf meinen Schoß zu betten. Er war schwer und rührte sich nicht, zuckte nicht einmal mit den Augenlidern. Tianna entkorkte den Flakon und kam so nah, dass mir ihr Duft in die Nase stieg: Orange und ein Hauch von Jasminparfüm. Tropfen für Tropfen träufelte sie die durchsichtige Flüssigkeit in Ashs Mund. Er verschluckte sich nicht, aber der Trank zeigte auch sonst keinerlei Wirkung.

»Wozu ist das?«, fragte ich.

»Zur Stärkung und Mobilisierung der Kräfte«, erklärte Tianna.

Ich horchte auf. Zwar war der Stärkungstrank, den Ash und ich dabeigehabt hatten, leer, aber zu Hause im Kühlschrank war noch ein Rest. »Ich habe letzte Nacht einen Stärkungstrank unter Ashs Anweisung gebraut. Es ist noch was übrig, bei mir zu Hause. Vielleicht wirkt das Rezept der Morgans besser, wenn dieser hier nichts bringt.«

Ich hatte noch nicht einmal ausgesprochen, da schüttelte Tianna bereits den Kopf. Sie machte zwar einen gefassten, gleichzeitig aber auch einen extrem traurigen Eindruck, was es für mich nur noch schwerer machte. Es schien nicht so zu sein, dass sie nicht bereit war, Ash zu helfen, doch sie war offensichtlich felsenfest davon überzeugt, nichts für ihn tun zu können.

Auch Henri schüttelte den Kopf. Er wagte es nicht, mir in die Augen zu sehen, als er sagte: »Wie sollen wir so schnell an den Trank kommen? Du kannst dich nicht teleportieren, sonst spüren die Clans dich auf, und wir haben ganz andere Probleme.«

»Wenn sie Ash sehen, werden sie ihm helfen wollen«, erwiderte ich, aber Tianna und Henri blickten mich nur traurig an, und ich wusste selbst, dass ich mir etwas vormachte. Die Morgans und Merlins waren wie besessen davon, mich zu töten, und jetzt, wo meine Magie endlich aktiviert war, würden sie es umso mehr wollen. Auch meinen Vorschlag, Megan darum zu bitten, den Trank herzubringen, schluckte ich herunter. Auf Londons Straßen herrschte sicher nach wie vor Chaos. Sie würde nicht schnell genug hier sein, und wir durften keine Zeit verlieren. »Ash.« Sanft strich ich ihm über das Gesicht. Eine Träne rollte über meine Wange und tropfte auf ihn herab. Weitere Tränen folgten, doch ich dachte nicht einmal daran, sie beschämt wegzuwischen. Einen Moment beugte ich mich über Ash, schmiegte mich an ihn, doch dann setzte ich mich entschlossen wieder auf. Ich war schon immer dickköpfig gewesen, nicht bereit aufzugeben, und wenn es um Ashs Leben ging, würde ich nicht damit anfangen. Ich hatte nicht mein eigenes Leben gerettet, um jetzt ihn auf diese Weise zu verlieren. »Ich werde Ash zu seiner Familie bringen. Vielleicht wissen die Morgans einen Ausweg.«

»Nein.« In der Annahme, Henri wolle mir das Ganze wieder ausreden, setzte ich zum Protest an, doch stattdessen fügte er hinzu: »Das würde dich dein Leben kosten. *Ich* werde Ash zu seiner Familie bringen.«

»Kinder.« Kopfschüttelnd strich Tianna sich die Haare aus der Stirn.

Die Glühbirnen flackerten über uns, dann erhellte grelles Licht das Zimmer, sodass ich für einen Moment die Augen zusammenkneifen musste. London schien endlich wieder Strom zu haben. Gleichzeitig fiel unten die Haustür ins Schloss, und laute Schritte eilten die Treppe in den ersten Stock hinauf.

»Das wird dein Vater sein«, sagte Tianna zu ihrem Neffen.

Und tatsächlich betrat im nächsten Augenblick ein Mann den Raum, der das Ebenbild seines Sohnes war: die gleichen tiefbraunen Augen und braunen Haare. Die beiden hatten sogar fast die gleiche Frisur (Henris Haare waren nur einen Tick länger als die seines Vaters) und die gleiche Statur. Seine Augen wanderten durch den Raum und blieben einige Sekunden an mir hängen, bevor er Tiannas Blick suchte.

»Habe ich es mir doch gedacht«, polterte er los. Seine Stimme war so tief und durchdringend, dass ich zusammenzuckte. »Wie konntest du eine Magieaktivierung vornehmen, ohne das Ganze mit mir zu besprechen?«

»Wir hatten keine Zeit, Vater. Es ging um …« Henris Vater hob eine Hand, den Blick weiterhin auf Tianna gerichtet, und sein Sohn verstummte mitten im Satz.

Tianna wirkte im ersten Moment ebenfalls eingeschüchtert, doch dann straffte sie die Schultern, ihre Augen eisig. »Ich habe mir nichts vorzuwerfen. Wie Henri eben sagen wollte, bevor du ihn so rüde unterbrochen hast, ging es um Leben und Tod. Hätte ich das Mädchen sterben lassen sollen? Ihre Magie musste aktiviert werden, und da der Londoner Hexenmeister tot ist …«

»Wirklich?« Henris Vater runzelte die Stirn, doch dann glättete sie sich wieder, die Augen ein wenig freundlicher. »Du hättest dich dennoch vorher mit mir absprechen sollen. Immerhin bin ich der Hungan dieser Gemeinde, und mit deiner Aktion hast du uns alle in den Clanstreit der Merlins und Morgans hineingezogen.« Sein Blick wanderte zu mir. »Ich gehe doch richtig in der Annahme, dass du Caroline bist?«

Er wusste also von mir. »Ja«, antwortete ich und verkniff mir ein *Sir*.

»Ajani Lecourt, Henris Vater.« Er kam näher und reichte mir die Hand. »Die Aktivierung deiner Magie hat ganz London erschüttert, ist euch das eigentlich klar?«

Ich wusste nicht, was ich dazu sagen sollte. War das normal oder nicht? Gut oder schlecht?

»Ich fürchte, das hat nicht nur die anderen Clans, sondern womöglich auch die Maleficarier auf den Plan gerufen.« Bevor einer von uns etwas dazu sagen oder ich auch nur über diese Aussage nachdenken konnte, fuhr Ajani zusammen. »Was ist mit dem jungen Morgan passiert? Sag mir nicht, er ist in den Aktivierungsbann geraten.«

Tianna nickte zerknirscht. »Ich war in Trance, ich konnte nichts dagegen tun.«

Ajani warf die Hände in die Luft. »Herrgott, Tianna! Muss ich dir erklären, was das bedeutet? Wenn Arthur das nicht überlebt … Du hast uns alle in Gefahr gebracht.«

»Glaub mir, unsere Gemeinde steckt ohnehin mit drin. Das hätten wir nicht verhindern können.«

Henri zog die Augenbrauen zusammen. »Wie meinst du das? Weil ich Caroline geholfen habe?«

Seine Tante schüttelte den Kopf. »Es ist viel größer als das, glaub mir.«

Ihre Stimme und Worte riefen bei mir eine Gänsehaut hervor, und obwohl ich wissen wollte, was es mit ihrer Aussage auf sich hatte, verlor ich allmählich die Geduld. »Wir verlieren hier kostbare Zeit. Ich werde Ash jetzt zu seiner Familie bringen.«

Zu meiner Überraschung stimmte Ajani mir zu. »Sie sind die Einzigen, die ihm jetzt noch helfen können, aber ich übernehme das. Hoffentlich kann ich einen Krieg zwischen unseren Familien noch verhindern.« Er wandte sich mir zu. »Und dich muss ich leider des Hauses verweisen.«

»Was?« Henri sprang auf. »Das kannst du nicht machen, Vater. Wo soll sie denn hin? Sie hat doch sonst niemanden.«

»Schon gut, Henri.« Hoch erhobenen Hauptes rappelte ich mich auf. Der Boden schwankte ein wenig unter mir – mein Kreislauf hatte wohl doch noch mit der Aktivierung meiner Magie zu kämpfen –, aber ich schaffte es, das Gleichgewicht zu halten.

Bis jetzt hatte ich mir keine Gedanken darüber gemacht, wie es weitergehen oder wo ich die Nacht verbringen sollte. Nachdem Ash und ich aus dem Anwesen der Morgans entkommen waren, war so viel passiert, und ich hatte keine Verschnaufpause zum Nachdenken gehabt. Doch jetzt, wo meine Magie aktiviert war und ich zumindest nicht deshalb sterben würde, musste ich mir etwas überlegen. Ash und Henri konnten mir nicht mehr helfen, und nach Hause konnte ich auch nicht. Ob Megan dort sicher war? Solange sie nicht wusste, wo ich war, vermutlich schon. Hierbleiben war ebenfalls keine Option. Nicht nur, dass das Lecourt-Oberhaupt mich nicht hier haben wollte. Wenn er Ash zu den Morgans brachte, würden diese wissen, dass ich hier war. Sprich, ich war in diesem Haus nicht mehr sicher, denn Ajani Lecourt hatte ziemlich deutlich gemacht, dass er sich nicht in meinen Kampf hineinziehen lassen wollte. Doch da hatte er die Rechnung ohne Tianna gemacht.

»Nein«, sagte sie entschlossen. »Caroline wird hierbleiben.«

»Das hast du nicht zu entscheiden, Tianna.«

»Ich habe zumindest ein Mitspracherecht, ebenso wie Henri und alle anderen. Caroline ist nämlich eine von uns.«

Es war bestimmt eine gute Viertelstunde vergangen, seit Tianna die Bombe hatte platzen lassen, und dennoch war ich kein bisschen schlauer als vorher. Unter diesen Umständen hatte Ajani es vorgezogen, lieber vor Ort zu bleiben und sich Tiannas Geschichte anzuhören, allerdings musste Ash trotz allem so schnell wie möglich zu seiner Familie gebracht werden. Also hatte Ajani das Zimmer verlassen, um jemand anders aus dem Clan damit zu beauftragen und haarklein zu instruieren. Tianna hatte ihn begleitet, vielleicht, um unseren Fragen und bohrenden Blicken aus dem Weg zu gehen.

»Was heißt das, du bist eine von uns?«, fragte Henri stattdessen mich zum wiederholten Male, doch ich schüttelte wie zuvor den Kopf. Wie ein aufgebrachtes Tier wanderte er durch das Zimmer und machte mich damit noch nervöser, als ich ohnehin schon war. Hin und wieder blieb er am Fenster stehen und sah kurz hinaus in die Dunkelheit, dann drehte er sich zu mir um und musterte mich, als suchte er nach Ähnlichkeiten zwischen uns.

Es ließ sich nicht leugnen, dass diese Ähnlichkeiten vorhanden waren. Meine schokoladenbraunen Augen und dunkelbraunen Locken und nicht zuletzt der cappuccinofarbene Teint – irgendwo in meinem Stammbaum musste sich afrikanisches oder lateinamerikanisches Blut verstecken. Doch was hatte das zu bedeuten? War Brian Merlin doch nicht mein Vater? Konnte der magische Vaterschaftstest falsch sein? Seufzend vergrub ich den Kopf in den Händen. Ich konnte nur hoffen, dass Ajani und Tianna bald zurückkommen würden, damit ich endlich die Wahrheit erfuhr.

»Denkst du …?«, setzte Henri an, denn bisher hatte sich keiner von uns getraut, es laut auszusprechen, geschweige denn es auch nur zu laut zu denken. Doch auch jetzt kam Henri nicht dazu, denn Ajani und Tianna hatten sich ausgerechnet diesen Moment ausgesucht, um zurückzukehren. Sie schlossen die Tür hinter sich und betraten mit raschen Schritten das Zimmer, beide einen ernsten Ausdruck auf dem Gesicht.

»Setz dich«, bat Tianna ihren Neffen, und Henri ließ sich zurück auf das Yogakissen sinken. »Wir haben nicht viel Zeit. Sobald Kouri Ash bei den Morgans abgeliefert hat, werden sie wissen, dass Caroline hier ist. Uns bleibt höchstens eine halbe Stunde, um euch auf den neuesten Stand zu bringen und eine Lösung zu finden.«

»Eine Lösung wofür?«, fragte ich lauter als beabsichtigt, doch ich hasste es, wie ein kleines Kind behandelt und ständig im Dunkeln gelassen zu werden.

»Du bist eine von uns«, begann Tianna.

»Das sagtest du bereits, aber was genau bedeutet das?«, fragte Henri, der mindestens ebenso ungeduldig war wie ich.

Tianna warf ihm einen strafenden Blick zu, den sie sich bei mir verkniffen hatte. »Das bedeutet, dass Caroline zur Hälfte eine Lecourt ist. Der blutrote Anhänger kam mir gleich so bekannt vor.« Sie wandte sich direkt an mich. »Ich habe bei der Aktivierungszeremonie nicht nur den Moment deiner Geburt gesehen, ich habe auch die Magie meiner verstorbenen Schwester Sophie gespürt. Es besteht kein Zweifel daran, dass du Sophies Tochter und damit eine halbe Lecourt bist. Wie auch immer das möglich ist.«

»Aber …?« Ich hatte es mir fast gedacht, denn was sonst hätten die Worte *Du bist eine von uns* bedeuten sollen? Trotzdem war ich völlig verwirrt. »Brian Merlin hat gesagt, ich sei die Tochter von ihm und seiner verstorbenen Frau Tara. Warum hätte er lügen sollen? Oder bedeutet das, dass Brian auch nicht mein Vater ist?«

»Er *ist* dein Vater.« Tianna sah Ajani, der sich auffallend ruhig verhielt, ebenso tadelnd an wie zuvor Henri.

Ich versuchte, die Bedeutung der Worte und die daraus entstandenen Konsequenzen zu verstehen, während Henri vehement den Kopf schüttelte. »Tante Sophie und Brian Merlin? Das kann nicht sein, es muss sich um einen Irrtum handeln.«

»Ich wünschte, es wäre so«, mischte sich nun Ajani ein und sah mich an. »Ich selbst habe Sophie und Brian damals geholfen, dich auf die Welt und an einen sicheren Ort zu bringen. Wir wussten, dass es dein Todesurteil bedeuten würde, sollten die Merlins jemals von deiner Existenz erfahren. Brian ist zwar George Merlins Schwiegersohn, aber in seinen Adern fließt dennoch reines Merlinblut. Über ein paar Ecken ist er auch mit seinem Schwiegervater verwandt. Deshalb durfte niemand von dem Kind wissen«, fügte er entschuldigend an Tianna hinzu. »Ich musste dich und alle anderen in dem Glauben lassen, es sei mit Sophie gestorben. Es geschah zu Carolines Schutz.«

»Aber …« Ich schluckte. Meine Hände begannen zu zittern, und ich hielt meine Unterarme fest umklammert, um sie daran zu hindern. Die Prophezeiung kam mir in den Sinn. Merlins Prophezeiung.

Ich hatte nur noch Bruchstücke davon im Ohr, doch das genügte. Und als hätte Ajani meine Gedanken gelesen, sagte er die Strophen, die ich erst kurz zuvor gehört hatte, erneut auf:

»Ein Kind, mächtig und gefahrvoll,
der beiden größten Stämme Spross,
beschenkt mit Kräften übervoll,
einst freigesetzt, wüt' Todes Ross.

Wenn fünfmal zehn der Eltern Zahl,
vom heut'gen Tage an,
erblickten Mondes Lichte fahl,
nichts sie mehr halten kann.

Im Streite ungeschlagen Vaters Stamm,
ertönet dann fataler Schall
vom Ufer hoch zu Sieges Damm,
der Tochter Feuer verrät all.

Verfolgt von Kreuzes Macht,
Väter vergießen Söhne Kraft,
Bruder Bruder töt' in Zwietracht,
sodann end't dero Vorherrschaft.

Von den alten Stämmen zwei,
die teilten sich die Welt,
wird besteh'n nur einerlei,
wenn einst das Urteil fällt.«

Ein Kind, mächtig und gefahrvoll, der beiden größten Stämme Spross … Ich glaubte nicht an Prophezeiungen, trotzdem bekam ich es mit der Angst zu tun, denn die Morgans und Merlins taten es. Ich schluckte erneut. »Aber wenn ich zur Hälfte eine Merlin und zur Hälfte eine Lecourt bin, dann … dann …«

Ajani nickte. »Dann bist du das Kind aus Merlins Prophezeiung, das es eigentlich nicht geben dürfte, weil sich die Morgans und Merlins geschworen haben, es niemals Teil dieser Welt sein zu lassen.«

Mehrere Gedanken rasten gleichzeitig durch meinen Kopf, rauf und runter wie auf einer Achterbahn. Wenn ich zum Teil von den Lecourts abstammte, floss durch meine Adern nicht nur herkömmliche, sondern auch Voodoomagie. Und dann war ich auf irgendeine Weise mit Henri verwandt. Wenn das alles der Wahrheit entsprach, gehörten die Morgans ganz offensichtlich nicht zu den beiden mächtigsten Clans Londons. Was bedeutete das für Ash? Und für uns? Hatten wir womöglich doch eine Chance auf eine Zukunft? Die Gefahr, Ash und ich könnten dieses mächtige Kind bekommen, war gebannt. Doch der Gedanke an Ash und mich raste gleich wieder in die Tiefe, denn wenn ich das Kind aus der Prophezeiung war, vor dem sich alle so sehr fürchteten, würden die Merlins mich erst recht bis zum bitteren Ende jagen. Bisher hatte immerhin die (wenn auch sehr geringe) Wahrscheinlichkeit bestanden, sie zur Vernunft bringen zu können. Eine Schwangerschaft konnte doch heute im Gegensatz zu damals tatsächlich ziemlich einfach verhindert und im schlimmsten Fall sogar abgebrochen werden, aber ich existierte bereits. Es gab kein Zurück mehr. Und wenn man an die Prophezeiung glaubte, konnte man auch glauben, dass sie sich bereits erfüllte. Ajani hatte gesagt, die Aktivierung meiner Magie habe ganz London erschüttert und womöglich sogar die Maleficarier auf den Plan gerufen. *Beschenkt mit Kräften übervoll, einst freigesetzt, wüt' Todes Ross* … Und später hieß es: *Verfolgt von Kreuzes Macht* …

Mein Blick wanderte zum Lecourt-Oberhaupt, und ich spannte mich an. Glaubte er an die Prophezeiung, die Merlin vor so vielen Hundert Jahren gemacht und damit mein Leben ruiniert hatte? Inzwischen war ich mir selbst nicht mehr so sicher, was ich glauben sollte. *Wüt' Todes Ross.* Vor allem diese Worte ließen mich nicht mehr los. War Ash das erste Opfer? Bitte nicht.

Ajani schenkte mir so etwas wie ein Lächeln, als schien er erneut meine Gedanken erraten zu haben. »Keine Sorge, ich glaube nicht an die Prophezeiung, sonst hätte ich deinen Eltern damals wohl kaum geholfen, dein Leben zu retten.« Unwillkürlich fragte ich mich, ob er auch heute noch bereit war, für mein Leben zu kämpfen. Doch bevor ich den Mut aufbringen konnte, ihn danach zu fragen, sagte er: »Wir werden dich vor den Merlins und auch vor den Morgans beschützen. Dennoch kannst du nicht hierbleiben. Wenn die Clans wissen, wo du dich aufhältst, wird es für sie nur umso leichter werden, dir etwas anzutun. Das verstehst du doch, oder?«

Ich nickte. Trotzdem blieb die Frage, wo ich mich stattdessen verstecken sollte. Kurz verspürte ich den Drang, mich einfach in einen Zug zu setzen und London sowie der magischen Welt den Rücken zu kehren, doch so gern ich diesen übermächtigen Wunsch einfach in die Tat umgesetzt hätte, so wusste ich auch, dass es keine Dauerlösung war. Meine Magie war inzwischen vielleicht aktiviert, aber das änderte rein gar nichts. Die Clans würden mich nicht in Ruhe lassen, und ich wollte nicht mein ganzes Leben lang in Angst und auf der Flucht verbringen. »Ich werde schon einen Unterschlupf finden«, sagte ich und rappelte mich erneut auf. Da war ich endlich Teil einer Familie, zweier sogar, und war dennoch auf mich allein gestellt. Die Lecourts waren nicht besser als die Merlins. Vielleicht trachteten sie mir nicht selbst nach dem Leben, aber sie rissen sich auch nicht gerade ein Bein aus, um es zu schützen.

Ajani stand ebenfalls auf und sagte zu meiner Überraschung und Erleichterung: »Henri wird dich begleiten. Wir bleiben in Kontakt, und morgen überlegen wir weiter.«

Henri nickte. »Lass uns einen Zug raus aus der Stadt nehmen und irgendwo ein Hotel suchen.«

»Megans Eltern haben nicht weit von hier entfernt ein Landhaus. Sie hat es mir angeboten.«

Ajani schüttelte den Kopf. »Denkt an den Stromausfall. Auf Londons Bahnhöfen wird nach wie vor Chaos herrschen, außerdem sollte deine Freundin nicht wissen, wo du bist. Die Merlins werden zuallererst versuchen, deinen Aufenthaltsort von ihr zu erfahren.«

Ich schluckte und fischte das Handy aus meiner Tasche. »Ich muss sie warnen. Megan ist meine beste Freundin. Ihr darf nichts geschehen.«

Ajani nahm mir das Handy aus der Hand und schaltete es aus, bevor er es mir zurückgab. »Wenn du es benutzt oder auch nur eingeschaltet hast, kann man dich orten. Nehmt zu niemandem Kontakt auf, und mach dir keine Sorgen um deine Freundin. Ihr wird nichts geschehen. Die Merlins werden mithilfe eines Zaubers oder Tranks versuchen, die Wahrheit aus ihr herauszubekommen, und sie ansonsten in Ruhe lassen. Die Merlins wollen zwar deinen Tod, aber sie sind keine Mörder, so paradox das klingen mag.«

In meinen Augen waren sie sehr wohl Mörder, denn sie hatten

bisher nicht nur unzählige unschuldige Mädchen umgebracht, sondern auch den Hexenmeister. Und sie waren mir auf den Fersen. Aber ich schluckte meinen Einwand hinunter; für solche Diskussionen war jetzt keine Zeit. »Also ein Hotel in der Nähe.«

Ajani holte sein Portemonnaie aus der Hosentasche und reichte seinem Sohn einige Pfundnoten. »Nehmt ein Luxushotel, da werden sie euch am wenigsten vermuten. Zahlt bar, und checkt unter keinen Umständen unter euren richtigen Namen ein. Gebt vor, irgendwelche Internetstars zu sein, die ihren Fans aus dem Weg gehen wollen, oder winkt mit etwas Geld. Und wenn alles nichts hilft, sucht euch ein anderes Hotel. Die Merlins sind Magier, aber sie sind nicht blöd. Wenn sie euch ohne Magie finden können, werden sie es tun.«

»Papa Ajani …« Tiannas Stimme klang flehentlich, und meine Gedanken zu der merkwürdigen Ansprache lösten sich sofort in Luft auf, denn auch mir lief eine Gänsehaut über den Rücken. Ich kam mir vor wie die Hauptfigur in einem Thriller.

»Du weißt, dass sie hier nicht sicher ist.« Ajani strich Tianna über den Arm und wandte sich dann wieder seinem Sohn und mir zu. »Noch Fragen?«

Ich nickte. Vielleicht erschien es in Anbetracht der Umstände nicht wichtig, aber für mich, die ich nie eine Familie gehabt hatte, war es das. »Wenn Tianna sowohl meine als auch Henris Tante ist – sind wir dann Cousin und Cousine?«

Ajani lächelte. »Um ein paar Ecken. Henris Mutter war die Cousine deiner Großmutter. Meine verstorbene Frau hat sehr früh ihre Eltern verloren. Sie ist als Tiannas und Sophies Schwester aufgewachsen, aber eigentlich war sie ihre Großcousine.« Ich versuchte noch, das Familiengeflecht zu entwirren, als Ajani mit einem Grinsen hinzufügte: »Du und Henri seid stammbaummäßig weit genug voneinander entfernt, um offiziell heiraten zu dürfen.«

Henri riss die Augen auf und lief knallrot an. »Ist gut, Vater. Wir machen uns dann jetzt auf den Weg.«

»Wartet bitte noch einen Moment.«

Tianna eilte aus dem Zimmer, und ich hörte sie im Raum nebenan, doch bevor ich mich fragen konnte, worauf wir warten sollten, kehrte sie auch schon wieder zurück. In der Hand hielt sie eine Fotografie, die sie mir reichte. Darauf war eine Frau zu sehen, noch recht jung und mit dunklen Locken. Sie war wunderschön und schien glücklich zu sein. In einem weißen Kleid saß sie auf einer Sommerwiese voller Klatschmohn, lachend und das Gesicht der untergehenden Sonne zugewandt. Um den Hals trug sie einen blutroten Anhänger an einer Silberkette, und am Hals hatte sie einen Leberfleck. An genau der gleichen Stelle wie ich. Augenblicklich spürte ich ein Band zwischen uns, obwohl ich sie nie kennengelernt hatte.

»Meine Mutter«, sagte ich leise.

Tianna nickte. »Das ist Sophie. Das Bild wurde in dem Sommer aufgenommen, in dem sie sich in Brian Merlin verliebte. Auch wenn ich damals nicht wusste, dass Brian der Mann war, in den sie so vernarrt gewesen war. Sie hat ein großes Geheimnis daraus gemacht. Jetzt ist mir auch klar, warum.«

»Sie sieht glücklich aus«, murmelte ich, meine Augen immer noch auf das Foto geheftet. Ich wollte jedes Detail an meiner Mutter wahrnehmen, mir einprägen.

»Das war sie auch. Sie hat immer gute Laune versprüht.« Ein

Schatten legte sich auf Tiannas Gesicht. »Ich wusste nur, dass sie schwanger war, aber im Gegensatz zu ihr hatte ich damals keine Ahnung von der Prophezeiung und all dem. Trotzdem war sie voller Zuversicht gewesen. Wenn sie wüsste, was die Merlins dir antun wollen …«

»Es wird Zeit, ihr solltet los«, sagte Ajani.

Ich nickte, doch mein Blick war weiterhin auf das Foto gerichtet. Ich wollte nicht gehen, ich wollte hierbleiben und mehr über meine Mutter erfahren. Aus der Zeit, in der sie meinen Vater kennengelernt hatte, wie sie als Kind und Jugendliche gewesen war. Und ich wollte mehr von Tianna erfahren, die mir auf Anhieb sympathisch gewesen war. Je länger ich die Fotografie betrachtete, desto mehr Ähnlichkeiten erkannte ich zwischen ihr und meiner Mutter, aber auch zwischen ihr und mir. Schließlich wandte ich seufzend den Blick ab und wollte ihr das Foto reichen, doch Tianna schob meine Hand zurück.

»Behalte es. Wenn wir etwas mehr Zeit haben, erzähle ich dir von Sophie. Versprochen.«

Sorgsam verstaute ich das Foto in meiner Tasche. »Danke, Tianna.« Wir lächelten uns an.

»Ich will nicht drängen, aber ich schätze, wir sollten uns beeilen. Kouri ist schon mindestens zwanzig Minuten fort«, bemerkte Henri, der zwischenzeitlich das Zimmer verlassen hatte und nun mit einer kleinen Reisetasche in der Hand zurückkehrte.

Tianna nickte. »Nur eins noch.« Sie hängte mir die Kette wieder um den Hals und legte den Ring meines Vaters in meine Handfläche. Dann zog sie mich ohne Vorwarnung in ihre Arme. »Willkommen in der Familie, Caroline.«

Kapitel 2

Ash

Ash hörte Stimmen. Zuerst wie aus der Ferne, doch dann immer klarer. Viele Stimmen. Bekannte Stimmen. Er riss die Augen auf und wollte sich aufsetzen, doch sein Vater drückte ihn zurück auf das Sofa. Das braune Ledersofa im Haupthaus der Morgans. Wo war Caroline? Und was machte er auf dem Anwesen seiner Familie? Nun gab es für ihn kein Halten mehr, er schoss mit dem Oberkörper nach oben. Eine Welle von Übelkeit erfasste ihn, seine Organe fühlten sich an, als würde jemand sie wie einen Schwamm zusammendrücken und auswringen wollen. Jetzt wusste er auch, warum sein Vater ihn zuvor daran gehindert hatte, sich aufzusetzen. Vorsichtig ließ er sich zurück in die liegende Position helfen und zwang sich, ein paar ruhige, gleichmäßige Atemzüge zu tun. So schlecht hatte er sich noch nie gefühlt, nicht einmal bei der Blinddarmentzündung vor sieben Jahren, wo beinahe jede Hilfe zu spät gekommen war. Als hätte ihn jemand durch den Fleischwolf gedreht.

»Wo ist Caroline?«, fragte er, dieses Mal nicht nur in Gedanken. Seine Stimme war kaum mehr als ein Krächzen.

»Das wüssten wir alle gern«, murmelte sein Vater, ohne den Blick von seiner Arbeit zu nehmen.

Was tat er da eigentlich? Es sah so aus, als würde er Ash so etwas wie Wadenwickel machen, nur am ganzen Körper. Jemand hatte ihn bis auf die Boxershorts ausgezogen. Was zum Teufel war passiert? Ash ließ den Blick durch den Salon schweifen, in der Hoffnung, eine Antwort auf seine nicht gestellte Frage zu bekommen. Ein Teil seiner Familie war anwesend, ebenso ein Teil der Merlins. Von dem erbitterten Streit, den sich die Clans erst kurz zuvor geliefert hatten, war nichts mehr zu spüren – und auch nichts mehr zu sehen. Keine zerbrochenen Vasen oder Fensterscheiben, keine kaputten Möbel oder zerrissenen Vorhänge. Nichts deutete auf das hin, was hier vor wenigen Stunden passiert war. Nichts außer den ernsten Gesichtern der Clanmitglieder, wobei seine Familie auch irgendwie geschockt wirkte. Und da entdeckte er ein Gesicht, das eigentlich nicht hierher gehörte. Das kantige Gesicht von Kouri Lecourt, Henris älterem Bruder und rechte Hand des Lecourt-Oberhaupts.

»Was …?«, setzte Ash an, doch sein Vater bedeutete ihm, still zu sein.

»Gleich«, formte er tonlos mit den Lippen.

Ash blickte erneut zu seiner Familie, auch wenn ihm das Drehen des Kopfes immer schwerer fiel.

»Was soll das bedeuten, Caroline ist eine halbe Lecourt?«, fragte seine Tante May in diesem Moment an Kouri gewandt. »Das kann nicht sein. Das ist völlig unmöglich.«

Kouri schien noch größer zu werden, als er mit seinen ein Meter neunzig ohnehin schon war, als er mit stolz geschwellter Brust antwortete: »Wenn ich es euch doch sage. Caroline stammt zur Hälfte von den Merlins und zur anderen Hälfte von unserem Clan ab. Fragt Brian Merlin danach, er wird es euch bestätigen.«

Es wurde so leise in dem Salon, dass Ash seinen rasselnden Atem überdeutlich hören konnte. May Morgan und George Merlin starrten sich an. »Das kann nicht sein«, wiederholte May. »*Wenn fünfmal zehn der Eltern Zahl* ... So heißt es in der Prophezeiung. Ash und Caroline sind die fünfzigste Generation, oder etwa nicht?« Sie wirbelte erneut zu George Merlin herum, der nickte.

»Jared ist unsere fünfzigste Generation, also muss Caroline es auch sein.«

Kouri zuckte mit den Schultern. »Es tut mir leid, vielleicht habt ihr euch verzählt. Meine Tante Sophie jedenfalls war in der fünfzigsten Generation, als sie vor etwa neunzehn Jahren schwanger wurde.«

»Verzählt?«, schrie Meredith. »Verzählt? Willst du mir sagen, meine einzige Tochter ist umsonst gestorben?«

George brachte Meredith mit einer Handbewegung zum Schweigen, während sich May mit beiden Händen durchs Gesicht fuhr. »Das darf nicht wahr sein. Wenn Caroline das Kind aus der Prophezeiung ist ... Das ändert alles.«

Oh ja, es änderte einfach alles, doch Ash konnte nicht weiter darüber nachdenken, denn er brauchte alle verbliebene Kraft und Konzentration, um nicht erneut von der Dunkelheit verschlungen zu werden.

»Das erklärt zumindest das Erdbeben und Carolines ungeheure Macht«, bemerkte George und schüttelte den Kopf. »Wie konntet ihr so unvernünftig sein, ihre Magie zu aktivieren? Was mischt ihr euch überhaupt in unsere Clanangelegenheiten ein?«

»Es ist durchaus auch unsere Angelegenheit«, erwiderte Kouri ruhig, doch seine Stimme war auch jetzt nicht ohne Stolz. *Hochmut kommt vor dem Fall,* hätte er ebenso gut sagen können. »Ganz offensichtlich sind die Lecourts zusammen mit den Merlins die beiden mächtigen Clans, von denen in der Prophezeiung die Rede ist.«

Garry verschränkte die Arme vor der Brust. »Im Leben nicht. Euer Voodooclan soll stärker sein als unserer?« Kouri sagte nichts dazu, erwiderte Garrys finsteren Blick aber.

»*Im Streite ungeschlagen Vaters Stamm*«, murmelte Meredith, die keinen Zweifel an Kouris Worten zu haben schien. »Wenn Caroline das Kind aus der Prophezeiung und Brian der Vater ist, würde das ja bedeuten, dass unser Clan der mächtigste ist. Weil die Morgans diesen dämlichen Wettstreit vor so vielen Jahrhunderten gewonnen haben, dachten wir, sie wären der mächtigste Clan und würden den Vater des Kindes stellen. Aber dem ist gar nicht so. Wir haben uns nicht nur mit der Generation vertan. Wir sind auch der mächtigste Clan und stellen nicht wie bisher angenommen die Mutter, sondern den Vater ... Oh mein Gott, Fred. Unsere Tochter. Unsere einzige Tochter. Von ihr ging keinerlei Gefahr aus. Sie ist umsonst gestorben.« Ihr Mann konnte sie gerade noch auffangen, bevor sie in Ohnmacht fiel.

George biss die Zähne zusammen, doch dann ging er auf Kouri zu. »Wo ist sie? Wo steckt das Mädchen?« Er schnippte mit den Fingern. »Alice, ruf deinen Sohn an und sag ihm, er und die anderen sollen die Gegend rund um das Lecourt-Anwesen absuchen und im Auge behalten.« Die blonde Frau nickte und verließ mit dem Handy in der Hand den Salon.

»Sie ist nicht mehr bei uns«, erklärte Kouri. »Ich soll euch von Papa Ajani ausrichten, dass er keinen Krieg will. Meine Tante hat Carolines Magie aktiviert, ohne zu wissen, was sie tat und ohne Rücksprache mit unserem Hungan zu halten.«

»Das ist wahr«, sagte Ash. Seine Stimme war kaum hörbar, und dennoch drehten sich alle zu ihm herum. Er wusste selbst nicht, warum er sich in diese Situation einmischte, doch Henri war nach wie vor sein

Freund. Er wollte nicht, dass die Lecourts Ärger bekamen. Immerhin hatte Tianna ohne Rücksicht auf die Konsequenzen Carolines Leben gerettet, und dafür würde er ihr auf ewig dankbar sein.

»Du hältst den Mund, zu dir kommen wir später«, fuhr George ihn an, dann wandte er sich wieder an Kouri. »Und warum ist euer Oberhaupt nicht selbst hergekommen?«

»Caroline ist wie gesagt direkt nach der Zeremonie abgehauen«, antwortete Kouri. »Papa Ajani versucht, etwas aus meiner Tante herauszubekommen. Vielleicht hat sie ihr bei der Flucht geholfen. Aber er möchte sich morgen mit euch treffen, um alles Weitere zu besprechen. Wie ihr wisst, hat sich unser Clan bisher aus offensichtlichen Gründen nicht für die Prophezeiung interessiert. Immerhin hat uns niemand für mächtig genug gehalten, um einer der beiden Clans aus der Prophezeiung zu sein, aber nun betrifft sie uns ebenso wie euch.«

»Was gibt es da noch zu besprechen?«, fragte George schroff. »Die Sache ist klar, das Mädchen muss weg. Jetzt erst recht.«

»Das sieht Papa Ajani ebenso, aber er findet, wir sollten das Ganze in Ruhe durchdenken und einen Plan ausarbeiten. Heute Nacht ist genug geschehen, was die Maleficarier aufmerksam gemacht haben könnte. Das möchte er gern in Zukunft vermeiden.«

George wedelte mit der Hand, seine Gesichtszüge noch griesgrämiger als sonst. »Also gut. Sag deinem Oberhaupt, wir erwarten ihn morgen Vormittag um zehn Uhr auf unserem Anwesen.«

»Warte«, sagte May, als Kouri sich abwenden und gehen wollte. »Was ist mit meinem Neffen? Ihr habt sein Leben aufs Spiel gesetzt.«

Kouri sah hinüber zu Ash, ihre Blicke trafen sich. Nicht zum ersten Mal fragte Ash sich, wie Kouri mit seinem besten Freund verwandt sein konnte. Die Ähnlichkeit zwischen den Brüdern und ihrem Vater war zwar nicht zu übersehen, aber das war auch alles, was Henri mit seinem älteren Bruder gemein hatte. Kouri hatte nicht Henris Herzlichkeit, seine Offenheit, auch wenn er in diesem Moment ehrlich betroffen aussah. Doch bei Ashs Anblick war das wenig verwunderlich. Er wusste, dass er ein Häufchen Elend abgab. Halb nackt und schweißgebadet lag er da auf dem kalten Ledersofa und versuchte krampfhaft, das Zittern seines Körpers zu verhindern, was ihm immer weniger gelang.

»Es tut uns furchtbar leid, es war gewiss nicht Tiannas Absicht, Ash zu verletzen. Das müsst ihr uns glauben. Tianna stand während der Aktivierungszeremonie unter Trance. Sie hatte keinen Einfluss auf die Geschehnisse, und Ash wollte auf sein eigenes Risiko an der Zeremonie teilnehmen. Meine Tante hat alles versucht, um ihn zu heilen, aber es lag nicht in ihrer Hand.«

May seufzte, vermutlich weil sie wusste, dass Kouri die Wahrheit sagte. Dass Ash auf eigenes Risiko an der Zeremonie hatte teilnehmen wollen, klang ganz nach ihm, das konnte sie nicht leugnen. »Na schön, sag deinem Oberhaupt, von der Seite der Morgans ist alles in Ordnung, sollte Ash das Ganze überleben. Wenn nicht ...« Sie ließ die Drohung offen im Raum schwingen.

Wenn nicht ... Ash spürte, dass diese Worte alles andere als abwegig waren. Wenn er doch nur Caroline noch einmal sehen könnte. Zu gern hätte er Kouri etwas für sie mit auf den Weg gegeben, denn er wusste, dass zumindest Henri Caroline niemals im Stich lassen würde. Doch er konnte nicht. Er brachte keinen Ton heraus.

»Das scheint mir fair.« Kouri nickte und verließ eilig den Salon.

May wandte sich an ihre Schwester, Ashs Mutter. »Begleite ihn hinaus, und danach lass bitte Brian Merlin hochbringen.« Samantha nickte und folgte Kouri Lecourt aus dem Salon. »Das ist doch in deinem Sinne, oder?«, wandte sich May an George.

»Natürlich. Ich möchte wissen, ob der Lecourt-Junge die Wahrheit gesagt hat.«

Wieder herrschte Schweigen, nur Meredith war zu hören, die inzwischen aus ihrer Ohnmacht erwacht war und bitterlich weinte. Ashs Augen fielen zu. Er versuchte, seine Gedanken zu sortieren. Kouri hatte die Wahrheit gesagt, daran bestand für ihn kein Zweifel. Warum sonst sollten sich die Lecourts in die Probleme und Streitereien der Clans einmischen, wenn es dazu keinen Grund gab? Der Voodooclan hielt sich gern aus diesen Dingen heraus, aber wenn er Teil der Prophezeiung war, ging das nicht mehr. Aber hatte Kouri auch die Wahrheit gesagt, was Papa Ajanis Einstellung zu Caroline anging? Würden die Merlins jetzt zusammen mit den Lecourts Jagd auf Caroline machen? Und was bedeutete das alles für ihn und Caroline? Ash übersah etwas, das stand für ihn außer Frage, aber er konnte einfach keinen klaren Gedanken fassen. Sie schwirrten in seinem Kopf herum wie Gewitterfliegen und verursachten ein ähnliches Durcheinander. Doch im Grunde wusste Ash, dass das nicht das Problem war. Er stand auf der Schwelle zwischen Leben und Tod. Was auch immer mit ihm bei Carolines Magieaktivierung passiert war, es raubte ihm jede Energie und fügte ihm Schmerzen zu, sobald er sich bewegen wollte.

»Wie sieht es aus?«, hörte er May fragen, und er wusste, dass es um ihn ging.

»Das wird schon wieder«, antwortete sein Vater, der Ashs letzte noch verbliebene Hautstelle mit einem warmen Wickel verband. »Ash ist ein zäher Bursche, er packt das.«

Doch die Tonlage seines Vaters sagte etwas anderes. Es stand ernst um Ash. Er spürte selbst, wie jede Faser seines Körpers ums Überleben rang. Carolines Magie wütete in ihm, bereit, ihn von innen heraus zu zerstören, sobald er aufhörte, dagegen anzukämpfen. Und er wusste, dass er nicht mehr lange aushalten würde. Er hatte nicht Carolines Kraft, nicht ihr Durchhaltevermögen. Er war lange nicht so stark, wie alle immer annahmen.

»Wie steht es wirklich um ihn, Richard?«, fragte May. Ihre Stimme klang näher, vermutlich stand sie nun direkt vor Ash, aber er hatte nicht mehr die Kraft, um die Augen noch einmal zu öffnen und sich zu vergewissern.

Sein Vater schwieg einen Moment, schließlich stieß er ein Seufzen aus, das eigentlich alles sagte. »Nicht gut, er ist extrem schwach. Wenn er diese Nacht überlebt, hat er gute Chancen, aber ...«

Ash wollte es schaffen, er wollte es wirklich. Und wenn er es nur tat, um Caroline noch einmal küssen zu können.

Caroline. Wie es ihr wohl ging? Wo sie wohl war? Immerhin lebte sie, und das war vorerst alles, was für ihn zählte. Mit diesem Gedanken rutschte Ash erneut in die Bewusstlosigkeit.

Caroline

In dem einen Moment saß ich noch hinter Henri auf seinem Motorrad, die Arme um seine Taille geschlungen, im nächsten Moment wurde mir schwindelig, und ich befand mich auf einmal auf dem Anwesen der Morgans. Dieses Mal war mir sofort klar, dass mich mein Vater an seinen Erlebnissen teilhaben ließ. Neben dem Schwindel fühlte ich auch unendliche Erleichterung. Mein Vater lebte, und es schien ihm zumindest halbwegs gut zu gehen, wenn er die Kraft hatte, mir diese Vision zu schicken. Ich klammerte mich noch fester an Henri, um nicht vom Motorrad zu fallen, denn er raste ziemlich schnell durch die nach wie vor überfüllten Straßen Londons. Nur langsam lichtete sich das Chaos, das der von den Clans verursachte Stromausfall ausgelöst hatte. Der Fahrtwind blies mir ins Gesicht, während ich mich voll und ganz auf die Bilder konzentrierte, die ich dank meines Vaters mit ansehen konnte.

In diesem Augenblick wurde er die schmale, steile Treppe aus dem Kerker nach oben geführt. Seine eigene Familie hatte tatsächlich zugelassen, dass er in seinem Zustand in das muffige Verlies gesperrt worden war? Zum Glück war ich nur eine halbe Merlin und gehörte auch zu den Lecourts. Ich spürte immer noch ein mir völlig unbekanntes Gefühl der Zugehörigkeit, wenn ich an den Moment dachte, in dem Tianna mich in ihre Arme geschlossen und in der Familie willkommen geheißen hatte. Ich mochte sie, und ich wünschte, sie hätte mir die ganze Nacht von meiner verstorbenen Mutter erzählen können. Hoffentlich würden wir Gelegenheit haben, das nachzuholen.

»Brian. Wie geht es dir?«, fragte May höflich, als mein Dad zusammen mit Samantha Morgan den Salon betrat.

»Wie soll es mir schon gehen?«, erwiderte mein Vater.

Seine Stimme war schwach, und ich zuckte zusammen. Zu gern hätte ich ihn gesehen. Wie ging es ihm wirklich? Hatte sich jemand um seine Wunde gekümmert?

Sein Blick wanderte durch den Raum, und ich nahm mit ihm zusammen jedes Detail wahr. Nur wenige der Clanmitglieder waren anwesend, der Streit zwischen ihnen schien vergessen zu sein. May,

Samantha, Garry und Richard Morgan auf der einen Seite; George, Alice und Meredith Merlin, die sich mit geröteten Augen an einen Mann klammerte, dessen Namen ich nicht kannte, auf der anderen. Und mein Vater natürlich. Der Rest der Clans war vermutlich ausgeströmt, um nach mir zu suchen. Ein Schauer lief mir über den Rücken, und ich war für den Bruchteil einer Sekunde versucht, mich auf der Straße umzusehen, ob uns auch niemand folgte, doch ich hielt die Augen fest geschlossen, denn ich wollte keinen Moment auf dem Anwesen der Morgans verpassen. In diesem Augenblick fiel der Blick meines Vaters auf Ash, und mein Herz setzte für einige Schläge aus. Immer noch regungslos lag er auf dem Sofa. Sein gesamter Körper war in Mullbinden gehüllt. Warum war er nach wie vor ohne Bewusstsein? Und warum stand seine Familie hier herum, anstatt ihm zu helfen?

»Was ist mit eurem Jungen passiert?«, fragte mein Vater und wandte den Blick nur ganz kurz zu May, als wüsste er, dass ich ganz bei Ash bleiben wollte.

»Deine Tochter ist passiert«, antwortete May. »Sie ist stärker, als sie sein sollte, und das weißt du. Sie ist das Mädchen, das es nicht geben dürfte.«

»Ich weiß nicht, wovon …«

»Es reicht«, fuhr George meinen Vater an. »Verkauf uns nicht für dumm. Sie ist hier, oder? Das Mädchen sieht uns zu.« George trat näher an Brian heran, seine stechend blauen Augen zu Schlitzen verengt. Es war, als würde er mich direkt ansehen, als er zwischen zusammengebissenen Zähnen sagte: »Wir kriegen dich, verlass dich drauf. Du wirst uns nicht entkommen.«

Brian trat einen Schritt zurück und brach den Blickkontakt ab.

»Es reicht, Caroline ist nicht hier. Ich habe im Moment überhaupt nicht die Kraft, ihr Visionen zu schicken, weil ihr mich lieber in ein Verlies sperrt, anstatt einen Arzt zu holen.«

»Wir haben dich verarztet«, erwiderte George, »und lenk nicht vom Thema ab. Kouri Lecourt war hier und hat uns die Wahrheit gesagt, die *du* uns eigentlich längst hättest sagen sollen. Sophie Lecourt, ernsthaft? Wie konntest du dich mit der Frau eines anderen Clans einlassen? Und dann auch noch des Voodooclans? Durch deine Adern fließt reines Merlinblut, hast du das vergessen? Wegen einer dummen Liebelei alles zu riskieren ...«

Brian seufzte. »Das war keine Liebelei. Ich habe Sophie geliebt, schon immer. Wenn sie keine Lecourt gewesen wäre ...«

Alice sog scharf die Luft ein. »Wie konntest du das Tara nur antun? Wusste meine Schwester etwa davon?«

»Sie hat es geahnt«, erwiderte mein Vater leise, als schämte er sich vor mir. »Wir hatten unsere Probleme. Erst die Fehlgeburten, dann endlich das Unfassbare: Tara wurde schwanger und hat einen Jungen erwartet, doch wir haben auch ihn bei der Geburt verloren. Ihr könnt euch nicht vorstellen, was das mit einem macht. Wir haben uns schon vorher entfremdet, und unser Sohn bot uns die Chance, noch einmal zusammenzufinden. Doch mit seinem Tod zog Tara sich immer mehr zurück, ich kam nicht mehr an sie heran. Wir standen mehrfach davor, uns zu trennen, und wenn sie am Ende nicht krank geworden wäre ...«

»Ich verstehe das«, sagte Meredith mit zitternder Stimme. »Es ist ohnehin ein großes Glück, ein gesundes Kind auf die Welt zu bringen, und wenn einem dann noch die eigene Familie verbietet, ein Mädchen zu bekommen ...«

»Aus gutem Grund«, brüllte George fast. »Du spürst gerade am eigenen Leib, was das für Konsequenzen hat.«

»Eben nicht«, brüllte Meredith zurück. »Es gab keinen Grund, mein Kind umzubringen. Mein Mädchen, mein armes Mädchen.«

Schluchzend sank sie auf die Knie, doch George beachtete sie gar nicht. Mit zittrigen Händen fuhr er sich durch die grauen Haare. Hatte er etwa Angst? Vor mir? Aber er hatte gerade erst bewiesen, wie viel stärker als ich er war. Vielleicht war ich entkommen, aber nur, weil mir die Morgans unfreiwillig dabei geholfen hatten, indem sie George attackiert hatten. »Ich verstehe immer noch nicht, wie du dich mit Sophie Lecourt einlassen konntest, Brian«, fuhr er fort. »Und das nicht nur, weil Tara meine Tochter war. Wie kam es überhaupt dazu? Ich meine, eine Lecourt ... Wir haben uns von denen immer ferngehalten.«

»Du vielleicht.« Das Bild verwackelte, als Brian sich auf einem Stuhl an dem langen Esstisch niederließ. »Ich war schon zu Jugendzeiten in Sophie verliebt, aber aufgrund der Prophezeiung haben wir nicht zueinandergefunden, dabei wusste sie nicht einmal davon. Trotzdem hat es nicht mehr als einen Kuss zwischen uns gegeben.« Er seufzte. »Mein Vater hat uns erwischt und mir die Leviten gelesen. Nachdem ich ihm versprochen habe, mich von Sophie fernzuhalten, hat *er* mir versprochen, es für sich zu behalten. Doch nachdem er starb und Tara und ich immer mehr auseinanderdrifteten ... Tara wollte die Trennung auf Probe, und ich war allein auf Haiti. Sophie war zu der Zeit auch dort, ihre Familie besuchen.«

Mein Vater schwieg einige Sekunden, als schwelgte er in Erinnerungen. Zu gern hätte ich diese mit ihm geteilt, und tatsächlich zogen plötzlich Momente vor meinem inneren Auge an mir vorbei, die ich selbst nie erlebt hatte. Ich zuckte zusammen, als ich ein Mädchen erblickte – kein Kind mehr, aber auch noch keine Frau –, das mir mit seinen dunklen Locken zum Verwechseln ähnlich sah. Wie in einen Strudel wurde ich mitten in die Erinnerungen gezogen.

Neben Sophie steht ein Brian, der zwar noch sehr jung, aber an den haselnussbraunen Haaren und Augen dennoch auf Anhieb zu erkennen ist. Es ist schon dunkel, doch die taghelle Stadt erhellt die Gesichter der beiden. Brian nimmt Sophie bei der Hand und zieht sie weiter, hinein in eine enge Gasse. Dort stehen sie sich gegenüber, zuerst ein wenig schüchtern. Sophie lächelt, und Brian lächelt zurück. Prüfend drückt er ihr einen Kuss direkt auf den Mund. Sie lächelt immer noch, und nun wird er mutiger. Er zieht sie an sich, eine Hand auf ihrem Rücken, die andere an ihrem Hinterkopf, und küsst sie erneut. Sie erwidert den Kuss, stellt sich auf die Zehenspitzen, um ihm noch näher zu sein. Im nächsten Moment taucht ein Mann in der Gasse auf, schreit die beiden an und zieht sie auseinander. Brian sieht erschrocken aus, Sophie weiß nicht, wie ihr geschieht. Sprachlos beobachtet sie, wie der Mann Brian aus der Gasse schiebt, weg von ihr.

Die Gasse wirbelt im Kreis herum, im nächsten Moment steht Brian in einer Kirche und steckt einer blonden Frau einen Ring an den Finger. Sie küssen sich, und die Gäste applaudieren. Die Kirche verschwindet, stattdessen steht das Paar in einem Schlafzimmer und schreit sich an. Dann dasselbe Schlafzimmer, doch ein anderer Tag, ein anderes Jahr. Dieses Mal schreien sie nicht, aber sie sehen ebenso traurig aus. Die blonde Frau sitzt auf dem Bett, Tränen in den Augen. Sie sagt etwas, ohne Brian dabei anzusehen. Er nickt und verlässt das Zimmer, verlässt seine Frau.

Brian steht an einem Strand mit türkisblauem Wasser und Palmen, im Hintergrund die Berge. Mit der Hand schirmt er die Augen vor der Sonne ab, den Blick auf eine nun ältere Sophie im gelben Bikini gerichtet. Sie sitzt mit anderen Frauen zusammen und lacht. Plötzlich hebt sie den Blick, als spürte sie Brians Augen auf sich. Sie sieht überrascht aus, doch ihr Lächeln vertieft sich, und auch Brian sieht zum ersten Mal seit Langem wieder glücklich aus.

Brian und Sophie am selben Strand, später nun. Der Mond ist bereits aufgegangen. Sie liegen im goldgelben Sand und küssen sich. Im nächsten Moment befinden sie sich auf einer Sommerwiese voller Klatschmohn, einen Picknickkorb neben sich. Brian kniet im Gras, er hält eine Kamera in der Hand. Er sagt etwas zu Sophie, und sie lacht, die Augen geschlossen und das Gesicht der untergehenden Sonne zugewandt, die gerade noch als ganzer Ball am Horizont zu sehen ist. Der blutrote Anhänger um ihren Hals fängt die Sonne ein und funkelt wie ein Rubin. Brian drückt auf den Auslöser, legt die Kamera beiseite und krabbelt auf allen vieren auf Sophie zu. Sie lacht immer noch, doch dann formen seine Lippen ein »Ich liebe dich«. Aus Sophies Lachen wird ein liebevoller Blick. Sie legt Brian eine Hand auf die Wange, küsst ihn und lässt sich mit ihm ins Gras sinken.

Brian ist zurück in dem Schlafzimmer, zurück bei der blonden Frau. Wieder hat sie Tränen in den Augen, doch dieses Mal sieht sie nicht traurig aus. Sie hält ihm ein Ultraschallbild entgegen, auf dem oben in der Ecke »It's a boy« steht. Erwartungsvoll betrachtet sie ihn, und er nickt, ebenfalls Tränen in den Augen. Anstatt das Zimmer zu verlassen, lässt er sie zurück in sein Herz.

Brian und die blonde Frau sind in einem hellen Raum, ein halbes Dutzend Leute um sie herum. Ein Mann in einem weißen Kittel schüttelt den Kopf, ein kleines lebloses Bündel auf dem Arm. Die Frau schreit und schlägt um sich, Ärzte müssen sie festhalten und ihr ein Beruhigungsmittel spritzen, während Brian hilflos danebensteht.

Sophie liegt in einem Bett in einem abgedunkelten Zimmer. Die Bettwäsche ist weiß, ebenso ihr Nachthemd, und sie ist sehr blass. Der blutrote Anhänger um ihren Hals bildet den einzigen Farbklecks. Sie hat die Augen geschlossen und sieht friedlich aus. Brian stürzt auf sie zu, nimmt ihre Hand in seine und rüttelt sie, doch sie rührt sich nicht. Ajani, ein Baby auf dem Arm, das kaum größer ist als eine Puppe, legt ihm eine Hand auf die Schulter und redet auf ihn ein. Brian wischt sich Tränen aus den Augen, denen lautlos weitere folgen, und streicht Sophie ein letztes Mal über die Wange, bevor er aufsteht und sich Ajani zuwendet. Er betrachtet das Baby, und sein Blick wird liebevoll. Vorsichtig nimmt er es in seine Arme, wiegt es und drückt ihm einen Kuss auf den dunklen Lockenkopf.

Die Bilder verschwammen vor meinen Augen. Ich war zurück in der Gegenwart und konnte nur mit Mühe ein Schluchzen verhindern. Mein Vater schüttelte den Kopf und strich sich über die Augen.

»Meine Gefühle für Sophie flammten erneut auf, und auch sie hat mich nie vergessen«, fuhr er erschöpft fort. »Wir verbrachten einen wundervollen Sommer zusammen, und als ich nach London zurückkehrte, um mich von Tara scheiden zu lassen, offenbarte Tara mir, dass sie erneut schwanger sei und einen Jungen erwarte. Ich beendete die Sache mit Sophie, obwohl ich sie wirklich geliebt habe, aber ich hatte nun mal Tara das Jawort gegeben und wollte uns diese letzte Chance auf Glück nicht nehmen. Doch dann starb der Junge, Tara zog sich mehr denn je in ihr Schneckenhaus zurück, und auch Sophie ließ kurz darauf bei der Geburt unserer Tochter ihr Leben. Ich wusste nicht einmal, dass sie schwanger war. Sie hat es mir nicht gesagt.« Eine Weile hatte ich nur die Tischplatte aus poliertem Ahornholz vor mir, doch nun blickte Brian (und ich mit ihm) jedem Anwesenden in diesem Salon in die Augen. »Caroline war alles, was ich noch hatte. Ich konnte sie nicht umbringen, Prophezeiung hin oder her. Ich konnte es nicht. Versteht ihr das nicht?«

Einen Moment herrschte Betroffenheit, und nun konnte ich die Tränen nicht mehr zurückhalten. Ich war weiß Gott nicht die einzige Merlin, die sich unfair behandelt fühlte und der die Chance auf Glück versagt wurde. Mein Vater und meine Mutter, Meredith und Tara ... Diese Prophezeiung hatte nicht nur mein, sondern viele Leben zerstört. Zu viele.

May war es schließlich, die als Erste das Wort ergriff. »Ich will dich nicht verurteilen, Brian, denn zum Glück waren es nicht meine Familienmitglieder, die ihre Kinder nicht bekommen und großziehen durften. Aber das hättest du nicht tun dürfen. Du hättest uns zumindest die Wahrheit sagen müssen, als du die Chance dazu hattest.«

»Damit ihr Caroline an Ort und Stelle umbringt? Ich habe sie nicht nach dem Tod ihrer Mutter an einen sicheren Ort gebracht und das Geheimnis ihrer Existenz gewahrt, damit ihr sie jetzt kaltblütig ermordet.« Die Stimme meines Dads hatte nicht so viel Nachdruck, wie man bei diesen Worten vermuten würde. Es ging ihm nicht gut, das hörte ich. Ebenso wie es Ash nicht gut ging, doch keiner schien sich um die beiden zu kümmern oder zu sorgen. Sie waren alle nur auf Rache aus.

George schlug sich gegen die Stirn. »Jetzt verstehe ich auch, warum du Jared verteidigt hast. Du wusstest, dass der Junge immer wieder versagen und es nicht schaffen würde, das Mädchen umzubringen.«

»Ich hatte es gehofft«, gab mein Vater zu. »Die Chancen standen auf jeden Fall besser, als wenn du jemand anders für die Aufgabe eingesetzt hättest.«

»Ich fasse es nicht.« Ashs Mutter schüttelte den Kopf, die Arme vor der Brust verschränkt. »Das Ganze geschieht zu einem höheren Wohl, Brian Merlin, aber das scheinst du nicht zu verstehen.«

Wie konnte selbst sie so ruhig und hart bleiben, wo ihr Sohn augenscheinlich um sein Leben rang? Ich hatte keinen Zweifel daran, dass sie ihren Kindern das Leben genommen hätte, wäre die Wahl damals bei dem Wettstreit auf die Morgans und nicht auf die Merlins gefallen. Aber vielleicht war ich auch unfair und dieses Leben mit der Prophezeiung hatte sie so hart werden lassen.

»Auf jeden Fall muss er bestraft werden«, forderte Garry Morgan. »Sophie Lecourt können wir ja nicht mehr zur Rechenschaft ziehen.«

»Wir kümmern uns um Brians Strafe, da könnt ihr euch sicher sein«, sagte George entschlossen.

»Aber er ist einer von euch«, setzte Garry an. »Ihr –«

»Nein«, unterbrach May ihn. »Unser Clan zieht sich ab sofort zurück.«

»Bitte was? May, das können wir nicht tun. Du kannst sie doch nicht so einfach davonkommen lassen.« Garry war nicht der Einzige, der mit Mays Entschluss nicht einverstanden zu sein schien, denn auch Ashs Eltern blickten verständnislos. Doch May blieb bei ihrer Entscheidung.

»Ganz offensichtlich gehören die Morgans nicht zu den beiden mächtigsten Clans Londons. Damit betrifft uns die Prophezeiung nicht mehr.«

»Aber May«, begann nun auch George. »Du kannst doch nicht einfach …«

»Ich kann, und ich werde«, erwiderte May mit fester Stimme. »Und nun verlasst bitte Peony Hall.«

Kapitel 3

»Caroline? Ist alles okay?«

Es dauerte einen Moment, bis ich zurück in der Wirklichkeit landete und Henris Stimme hörte. Er hatte das Motorrad vor einem Luxushotel zum Stehen gebracht, an dem ich schon oft vorbeigelaufen war, in dem ich mir eine Nacht aber nicht einmal ansatzweise hätte leisten können. Schnell wischte ich mir die Tränen aus dem Gesicht und nickte.

»Was ist los?«, fragte Henri ernst.

Ich stieß die Luft aus. »Mein Vater. Er hat mich an seinen Erinnerungen mit Sophie teilhaben lassen. Außerdem halten die Clans ihn gefangen, und Ash ist immer noch bewusstlos. Ich mache mir Sorgen. Es sah nicht so aus, als würde seine Familie ihm wirklich helfen.«

»Mach dir keinen Kopf, Caroline. Man muss die Morgans nicht mögen, das tue ich auch nicht, aber wenn sie Ash helfen können, werden sie es tun.« Er strich mir über den Arm. »Und deinem Dad geht es gut?«

Ich zuckte mit den Schultern. »Er hat ganz schön was durchgemacht. Schwer zu sagen, wie es mit seinen Verletzungen aussieht. Ihn selbst sehe ich ja während dieser Visionen nicht, aber er wirkte schwach und erschöpft. Ich muss ihm helfen, Henri. Ich muss ihn da rausholen. Sie wollen ihn bestrafen. Noch ist er auf Peony Hall. Wenn wir uns beeilen …«

Ich wollte wieder aufs Motorrad steigen, doch Henri griff nach meiner Hand. »Caroline, bitte. Ich verstehe dich, er ist dein Vater, aber du kannst im Moment nichts für ihn tun. In der ganzen Stadt wimmelt es von Magiern, die dir nach dem Leben trachten, und auf Peony Hall ist es nicht besser. Außerdem bist du ebenso erschöpft wie dein Vater. So kannst du ihm nicht helfen.«

»Aber ich muss es zumindest versuchen. Er ist mein Dad, Henri. Was würdest du tun?«

Er lächelte traurig und schüttelte gleichzeitig den Kopf. »Du bist neben Ash der sturste Mensch, den ich kenne. Trotzdem kann ich dir das nicht erlauben.«

»Ich brauche deine Erlaubnis nicht«, sagte ich scharf. »Und ich brauche auch deine Hilfe nicht.« Das war nicht wahr, das wusste ich. Selbst mit Henri an meiner Seite standen meine Chancen schlecht, und allein hatte ich erst gar keine. Da brauchte ich mir nichts vorzumachen. Ich hatte kaum Erfahrung, meine Kräfte nach wie vor nicht unter Kontrolle, und zudem fühlte ich mich wie schon mal gegessen und wieder ausgespuckt. Keine guten Voraussetzungen. Obwohl ich es besser wusste, machte ich auf dem Absatz kehrt und wollte zurück nach Kensington, zurück zu Ash und meinem Dad.

»Caroline, es tut mir leid«, sagte Henri. Er griff nach meiner Hand und wirbelte mich zu sich herum. »So war das nicht gemeint, aber dein Vater hat dich nicht jahrelang beschützt und ist dieses Risiko eingegangen, damit du jetzt so leichtsinnig dein Leben für ihn aufs Spiel setzt. Das würde er nicht wollen und ich auch nicht. Ich mache mir Sorgen um dich, verstehst du? Ich will dich nicht verlieren. Du hast dich vielleicht für Ash entschieden, und offenbar sind wir sogar auf entfernte Art miteinander verwandt, aber das ändert nichts an meinen Gefühlen für dich.« Die ganze Zeit über sah er mir fest in die Augen, auch wenn es ihm nicht leichtzufallen schien.

Nicht nur seine Worte brachten mich zum Wanken, auch mein Kreislauf spielte schon wieder verrückt. Ich hatte gehofft, mit der Aktivierung meiner Magie hätte das Ganze endlich ein Ende, doch ich schien tatsächlich erschöpfter zu sein, als mir lieb war. Henri stützte mich, indem er mir einen Arm um die Taille legte.

»Na komm, wir sind hier draußen nicht sicher. Lass uns reingehen, du ruhst dich aus, und morgen sehen wir weiter.«

Widerwillig ließ ich mich von Henri ins Foyer des Luxushotels bringen.

Mein Vater lag in einem Verlies auf unebenem Stein. Es war nicht das Verlies auf Peony Hall, in dem ich eingesperrt gewesen war, aber doch sah es fast genauso aus. Ich konnte den kalten, harten Boden spüren, als läge ich selbst dort. Mein Vater krümmte sich zusammen, hielt sich die Hände vor der Wunde am Bauch. Blut färbte den Stein dunkelrot. Er zitterte am ganzen Körper. Wegen der Kälte, die in diesem Verlies herrschte, aber auch wegen des Fiebers, das in seinem Inneren wütete wie Feuer in einem Wald. Ich spürte die Hitze, als würde mein Vater sie mithilfe seiner Vision auf mich übertragen.

»Hilfe!« Seine Stimme war kaum mehr als ein Flüstern. Er hustete, spuckte mehr Blut.

Die Antwort war ein Schnauben. Es kam von George Merlin, der auf der anderen Seite des Gitters stand. Der schwache Mondschein beschien sein Gesicht nur zur Hälfte, sodass man die Augen kaum erkennen konnte. »Glaubst du wirklich, ich würde dir helfen, nach allem, was du unserem Clan angetan hast? Meinetwegen kannst du hier verrotten.«

Oh Gott! Mein Vater brauchte einen Arzt, einen Krankenwagen, Magie. Irgendwas. Ich schrie, doch es kam kein Ton heraus. Niemand nahm Notiz von mir. Mein Vater würde sterben, und ich konnte nichts tun, um ihm zu helfen.

»Alles wird gut«, flüsterte eine Stimme, die nicht hierher passte. Jemand strich mir Haare aus der Stirn, und kurz darauf fühlte ich dort etwas Nasses, Kühles. Ich riss die Augen auf, wollte mich aufsetzen, doch jemand hinderte mich daran. Henri. Er saß neben mir auf dem Doppelbett und sah mich entschuldigend an. »Tut mir leid, ich wollte dich nicht wecken. Aber du hast geschrien, und deine Stirn fühlt sich ganz warm an. Ich fürchte, du hast Fieber.«

Ich brauchte nicht selbst zu fühlen, um zu wissen, dass es stimmte. Mir war heiß, und ich war durchgeschwitzt, dabei hatte ich erst vor dem Schlafengehen geduscht. Aber was hatte das zu bedeuten? Eine Folge der Magieaktivierung? War mein Körper überfordert mit allem, was er in den letzten Tagen durchgemacht hatte? Oder spürte ich tatsächlich das Fieber meines Vaters?

Mein Vater. Ich musste zu ihm, doch allein bei dem Versuch, mich erneut aufzusetzen, wusste ich, dass es keinen Zweck hatte. Tränen schossen mir in die Augen.

»Was ist los?«, fragte Henri und strich mir sanft über den Arm.

»Mein Vater, ich habe ihn gesehen. Er hockt in einem Verlies und hat Schmerzen, aber niemand kümmert sich um ihn. Er wird sterben, Henri. George Merlin hat gesagt, er lässt Brian dort verrotten.«

Henri runzelte die Stirn. »Bist du sicher? Vielleicht hast du auch nur geträumt. Ein Fiebertraum, das wäre sicher nicht ungewöhnlich, nach allem, was allein heute passiert ist. Und in der Vision, die dein Vater dir vorhin geschickt hat, ging es ihm doch noch den Umständen entsprechend gut, oder nicht?«

Einen Moment dachte ich über Henris Worte nach; darüber, ob ich meinen Vater in der Vision ganz gesehen hatte oder nur einen Teil von ihm. Ich wusste es nicht mehr. Konnte Henri womöglich recht haben? War es wirklich nur ein Traum gewesen? Ich hoffte es, ich hoffte es so sehr. »Vielleicht hast du recht.«

»Na siehst du, es wird schon wieder alles gut. Mach dir nicht so viele Gedanken; du brauchst deine Kraft, um dich zu erholen.«

Henri erneuerte den Waschlappen auf meiner Stirn, reichte mir ein Glas Wasser und setzte sich anschließend wieder zu mir aufs Bett. Gedankenverloren strich er mir über den Arm. Er schaffte es zumindest ansatzweise, mich zu beruhigen, doch niemand konnte das so gut wie Ash. Nie hätte ich gedacht, dass ich das mal sagen würde, aber er fehlte mir unglaublich. Vor allem in Momenten wie diesen war er mir immer eine große Stütze gewesen, auch wenn ich das lange Zeit nicht hatte sehen wollen. Ich dachte an unsere erste gemeinsame Nacht in Southampton. Wie wir uns immer nähergekommen waren, uns schließlich geküsst hatten und aneinandergekuschelt eingeschlafen waren. Und wie ich ihn am Morgen danach weggestoßen hatte. Wir hatten so viel Zeit vergeudet, *ich* hatte so viel Zeit vergeudet, und dabei war gerade die Zeit das, wovon wir am wenigsten hatten. Seit dem Abend in der Disco war Ash immer für mich da gewesen, und wie hatte ich es ihm gedankt? Ich war stur gewesen, zickig, unnahbar. Wenn ich mir doch nur vorher hätte eingestehen können, wie viel er mir bedeutete. Diese eine Nacht mit ihm, die Nacht nach dem Drachenangriff bei mir zu Hause … Es war so wunderschön gewesen. Ich war froh, dass wir immerhin diese eine Nacht zusammen gehabt hatten, aber das reichte mir nicht. Ich wollte ihn noch einmal in den Arm nehmen, küssen, spüren. Wenn Ash starb … Ich würde es mir nie verzeihen. Ich schluchzte auf, dieses Mal konnte ich es nicht verhindern.

»Hey, was ist denn los? Komm mal her.«

Henri legte beide Arme um mich, und ich kuschelte mich eng an ihn. Okay, vermutlich war das nicht sonderlich schlau oder nett von mir, schließlich empfand Henri etwas für mich, und ich hatte ihm einen Korb gegeben, aber ich konnte nicht anders. Henri war alles, was mir noch geblieben war. Nicht, dass ich jemals viel besessen hatte, und trotzdem hatte ich mit einem Mal unglaublich viel zu verlieren.

Es kamen immer mehr Tränen, und irgendwann gab ich es auf, sie unterdrücken zu wollen, denn es würde ohnehin nicht funktionieren. Ich weinte um meinen Vater und um Ash, um meine Mutter, die bei meiner Geburt gestorben war und die ich nie hatte kennenlernen dürfen. Und um das schöne Leben, das mir versagt worden war und das ich vielleicht auch jetzt nie haben würde. Wer wusste schon, wie meine Zukunft aussah, ob ich überhaupt eine hatte? Aber ein Leben ohne Ash wollte ich mir nicht vorstellen. Wie hatte ich nur so dumm sein können, ihn erneut von mir zu stoßen? Glaubte ich wirklich, dass die Morgans ihrem eigenen Sohn etwas antun würden? Blut war dicker als Wasser.

Wobei dieses ungeschriebene Gesetz anscheinend nicht für die Merlins galt. Niemanden von ihnen – meinen Vater natürlich ausgeschlossen – hatte es gefreut, dass ich am Leben war, dass ich überhaupt existierte. Ganz im Gegenteil. *Das Mädchen, das es eigentlich nicht geben dürfte.* Das war alles, was ich für sie war. Zum Glück gab es da noch die Lecourts. Zwar hatte ich bisher nicht viele von ihnen kennengelernt, aber zumindest Henri und Tianna waren mir längst ans Herz gewachsen, und selbst Ajani schien mir helfen zu wollen. Das war mehr, als ich verlangen konnte, und mehr, als ich erwartet hatte.

Nach und nach versiegten die Tränen, und ich putzte mir ein letztes Mal die Nase. Das Weinen hatte mich erst recht zum Schwitzen gebracht, und spätestens jetzt war der Schlafanzug, den Henri mir von seiner Tante eingepackt hatte, komplett durchgeschwitzt. Wäre ich mit Ash hier gewesen, wäre das nicht weiter schlimm, aber so musste ich ihn wohl oder übel anbehalten, denn Henri hatte ganz sicher keinen zweiten Schlafanzug eingepackt. Verlegen lächelte ich ihm zu. »Es tut mir leid. Eigentlich weine ich nicht vor anderen, seit meinem fünften Geburtstag nicht mehr, aber im Moment kann ich nichts dagegen machen. Die Tränen kommen einfach, wann und so oft sie wollen.«

»Mach dir keine Sorgen«, erwiderte Henri. »Auch Tränen können von Stärke zeugen, so paradox das klingen mag, und ich gehöre ganz sicher nicht zu den Kerlen, die es stört, wenn Mädchen weinen. Das gehört zum Leben dazu, und manchmal kann es sehr reinigend sein, zu weinen.«

Ich nickte. »Das klingt sehr weise, und ich glaube, du hast recht. Ich fühle mich tatsächlich etwas besser.«

»Ist ja auch kein Wunder, bei dem, was du in den letzten Tagen alles durchmachen musstest. Das musste alles mal raus.« Einen Moment betrachtete er mich nachdenklich von der Seite. »Es tut mir übrigens leid, dass mein Vater zuerst so harsch zu dir war. Das hat nichts mit dir zu tun, so ist er nun mal. Schon immer gewesen. Aber er hat ein gutes Herz.«

»Wie war deine Kindheit?«, wollte ich wissen und fragte mich gleichzeitig, ob meine wohl auch so ausgesehen hätte. Es war seltsam, und ich konnte es mir kaum vorstellen, aber wären wir in normale Familien hineingeboren worden, hätten Henri und ich zusammen aufwachsen können. Und vielleicht hätte ich dann sogar Ash früher kennengelernt. Ob wir uns in dem Fall wohl auch verliebt hätten? Oder hätte ich ihn weggestoßen, so wie in dieser Wirklichkeit auch? Vielleicht hätte ich mich mit liebenden Eltern an meiner Seite ganz anders entwickelt, aber wahrscheinlicher war es, dass Ash und ich uns gegenseitig geärgert und später ignoriert hätten, nur um uns noch etwas später doch ganz langsam anzunähern. Der Klassiker, wenn man sich nicht eingestehen wollte, dass man etwas für den besten Freund des älteren Bruders – oder in meinem Fall des älteren Cousins des wievielten Grades auch immer – empfand. Und mir war klar, dass ich es mir nicht eingestanden hätte, so ungern ich das auch zugab, aber ich kannte mich. Und wieder einmal verlorene Zeit. Was war es nur mit den Menschen und der Zeit? Sie glaubten, unendlich viel davon zu haben, doch dem war nicht so. Selbst wenn man jung war, hatte man keine Garantie auf Glück.

Henri antwortete nicht sofort auf meine Frage, was mich vermuten ließ, dass auch seine Kindheit nicht sonderlich schön gewesen war, doch dann sagte er: »Du kannst es dir vielleicht nicht vorstellen, aber ich bin ziemlich behütet aufgewachsen. Im Gegensatz zu meinem älteren Bruder und zum Beispiel auch zu Ash durfte ich meine Kindheit genießen. Meine Mutter hat großen Wert darauf gelegt. Natürlich habe ich auch Voodoounterricht bekommen, aber nicht in dem Maße wie Kouri. Als dann meine Mutter starb ... Kouri macht einen regelrechten Wettkampf daraus, wer von uns beiden der Bessere ist, obwohl er weiß, dass ich mit ihm nicht mithalten kann, da mir seine Erfahrung fehlt. Aber mein Vater hat das Ganze stets geschürt.« Henri seufzte. »Weißt du, einer von uns beiden soll mal Oberhaupt der Lecourts werden, wobei für mich immer außer Frage stand, dass Kouri die Aufgabe übernehmen wird. Er ist inzwischen Hounganikon. Der Hounganikon steht im Rang direkt hinter dem Hungan, um eines Tages selbst der Vorsteher einer Gemeinde zu werden. Na ja, Tianna hat keine Kinder, genau wie ...« Er verstummte, und mir war klar, was er hatte sagen wollen. Genau wie Sophie – zumindest dachte das bis vor Kurzem noch jeder.

»Keine Sorge, ich werde dir den Platz als Oberhaupt der Lecourts sicher nicht streitig machen«, meinte ich leichthin, um die Stimmung aufzulockern.

Es funktionierte, denn Henri lachte. »Ach weißt du, ein wenig frischer Wind könnte unserem Clan gar nicht schaden.«

»Darf ich dich was fragen? Tianna hat deinen Vater Papa Ajani genannt. Was hat es damit auf sich?«

»Papa ist der offizielle Titel für den Hungan einer Voodoogemeinde. Es ist üblich, ihn so anzusprechen und auch im Gespräch mit anderen diesen Titel nicht wegzulassen. Auf Haiti ist es sogar üblich, einen Hungan zu begrüßen, indem man ihm die Füße küsst.«

Ich zog die Augenbrauen hoch. »Dann hoffe ich mal, dass dein Vater mir nicht böse ist, weil ich es nicht getan habe. Mir sind eure Traditionen und Gepflogenheiten leider nicht bekannt.«

»Das kommt mit der Zeit«, meinte Henri. »Ich bringe dir alles bei, was du wissen musst.«

Ich nickte. Ich war neugierig, wollte mehr über meine Wurzeln wissen, aber die restlichen Stunden bis zum Morgen sollte ich lieber mit Schlafen verbringen. Also schwiegen wir und lauschten der Stille, und es war wirklich still in diesem Hotel. Die Wände waren dicker als normalerweise in Hotels üblich, sodass man seinen Mitgästen nicht beim Schnarchen zuhören musste, und auch sonst war kein Geräusch zu hören. Keine Schritte auf dem Flur, keine Aufzugtüren, keine Belüftung. Nicht einmal ein Auto auf der Straße. Es hatte fast schon etwas Gruseliges. In einer Stadt wie London, die niemals schläft, war ich es gewohnt, zumindest den Wind ums Haus heulen zu hören oder eben ein Auto, denn irgendjemand war immer unterwegs. Auf dem Weg von der Arbeit oder zur Arbeit, auf dem Weg von einer Party oder zum Freund nach Hause.

Ach, Ash. Allein bei dem Gedanken an ihn klopfte mein Herz schneller, und das hatte ausnahmsweise einmal nichts mit Kitsch oder Romantik oder meinen Gefühlen für ihn zu tun. Ich machte mir Sorgen, dass er diese Nacht nicht überlebte. Wie es ihm wohl ging? Am liebsten hätte ich mich zu ihm teleportiert, aber das war leider keine Option. Einen Moment machte mich dieser Gedanke wütend. Da war man schon eine mächtige Hexe und konnte trotzdem nicht tun und lassen, was man wollte. Wofür hatte ich diese verdammten Kräfte überhaupt? Aber ich musste vernünftig sein. Die Clans würden meine Magie orten können, und selbst wenn mir das in diesem Moment egal war – was es definitiv war, denn was könnte wichtiger sein, als Ash noch einmal in den Armen zu halten? –, die Morgans würden Ash ganz sicher nicht die Nacht über allein lassen. Das Risiko, direkt einem Morgan in die Arme zu laufen, war zu groß. Vielleicht hatten sie sich aus der Jagd nach mir zurückgezogen, aber das bedeutete nicht, dass sie sich die Chance entgehen lassen würden, mich umzubringen, würde ich ihnen diese Gelegenheit auf dem Silbertablett servieren.

»Ist dir eigentlich klar, dass wir als Kinder theoretisch zusammen hätten spielen können?«, fragte Henri.

Ich musste lächeln. »Denselben Gedanken hatte ich auch schon. Komisch, oder?«

Henri zuckte mit den Schultern. »Es wäre bestimmt schön gewesen, zusammen aufzuwachsen. Wir hätten zusammen schwimmen gehen können, auf Bäume klettern, Eichhörnchen durch den Hyde Park jagen.«

»Puppen spielen«, ergänzte ich, und Henri lachte erneut.

»Als ob du mit Puppen gespielt hättest.«

»Nicht wirklich, aber vielleicht hätte ich es getan, wenn ich in einer intakten Familie aufgewachsen wäre.«

Einen Moment war die Traurigkeit zurück, die Stimmung wieder angespannt, doch Henri tat so, als würde er überlegen, und schüttelte dann den Kopf. »Nein, du wärst auf jeden Fall trotzdem auf Bäume geklettert.«

Gähnend kuschelte ich mich wieder an ihn und murmelte ein »Danke«.

Henri lehnte seinen Kopf an meinen. »Jetzt schlaf noch ein wenig, Caroline. Ich pass auf dich auf.«

»Was ist mit dir?«, fragte ich, ein erneutes Gähnen unterdrückend. »Hast du überhaupt schon ein Auge zugetan?«

»Einer muss Wache halten, aber das ist okay. Ich kann später schlafen.«

»Aber du solltest –«

»Psst, mach die Augen zu, Caroline.«

Ein zweites Mal widersprach ich nicht.

»Caroline, wach auf.«

Dieses Mal wurde ich nicht so sanft geweckt, sondern an der Schulter gerüttelt. Meine Augenlider zuckten, bevor ich sie ganz öffnete. Es war noch dunkel in dem Hotelzimmer, auch wenn es langsam zu dämmern begann. »Was ist los?«, fragte ich schläfrig.

»Ich bin nicht sicher, aber ich habe das Gefühl, irgendwas stimmt hier nicht«, antwortete Henri leise.

Gemeinsam lauschten wir in die Stille, aber mir kam nichts ungewöhnlich vor. Ich wollte schon wieder wegdämmern, als plötzlich die Tür des Hotelzimmers aufgestoßen wurde und gegen die Wand knallte. Im nächsten Moment flog die Kommode einmal quer durchs Zimmer und direkt auf das Doppelbett zu. Jared Merlin. Ich wusste, dass er es war, noch ehe ich ihn im Türrahmen stehen sah. Auf Peony Hall hatte ich gesehen, wie er die Schwerkraft manipulieren konnte, sodass schwere Gegenstände plötzlich federleicht wurden. Mit einem Mal hellwach sprang ich aus dem Bett. Gerade noch rechtzeitig, denn die Kommode landete auf dem Bett und ließ es in der Mitte zusammenkrachen.

»Henri?«

»Alles okay«, antwortete er von der anderen Seite.

»Tut mir leid, dass ich euch zwei Turteltauben störe«, sagte Jared mit einem Grinsen, während er beide Hände und mit ihnen zwei Stühle in die Luft hob. Sie nahmen bereits Kurs auf uns, aber dieses Mal reagierte ich schneller. Statt dem Stuhl auszuweichen, holte ich beide aus der Luft und schleuderte sie zurück, doch Jared sprang zur Seite und ließ sich nicht beirren. Er bombardierte Henri und mich regelrecht mit Gegenständen, und ich hatte alle Mühe, sie zu entschärfen, geschweige denn als Waffen gegen ihn einzusetzen. Lange würde das nicht gut gehen. Zwar verhalf mir der Adrenalinschub zu neuen Kräften, aber ich fühlte mich dennoch ausgelaugt, und Henri war mir in diesem Moment leider keine große Hilfe. Dachte ich, denn plötzlich stand er wie aus dem Nichts vor dem verdutzten Jared und schlug ihm mitten ins Gesicht. Die Nachttischlampe, die in der Luft geschwebt war, ging gemeinsam mit Jared zu Boden.

»Los, beeil dich«, raunte Henri mir zu, während er seine Hand ausschüttelte und vorsichtig den Flur entlangspähte. Zumindest dort schien sich keine Verstärkung von Jared zu befinden, denn Henri winkte mich zu sich. Ich griff nach dem Foto meiner Mutter und dem Ring meines Vaters – die Kette trug ich um den Hals – und hastete hinter Henri den Gang entlang, vorbei an offenen Zimmertüren und neugierigen Hotelgästen.

Hoffentlich würde sich vor dem Hotel kein weiteres Mitglied des Merlin-Clans befinden, aber selbst wenn wir so viel Glück hatten, würde die Verstärkung sicher nicht lange auf sich warten lassen. Wir mussten hier weg, und das möglichst ohne Magie, um keine weiteren Spuren zu legen.

Wir kamen in den Empfangsbereich, wo dezente Beleuchtung herrschte und unsere Schritte unnatürlich laut von den Wänden widerhallten. Der Mann hinter der Rezeption, der in ein Buch vertieft gewesen war, sprang von seinem Stuhl auf und sah uns entgegen, die Stirn gerunzelt.

»Stimmt etwas nicht, Sir?«, fragte er. »So warten Sie doch. Sir!«

Da wir das Zimmer längst in bar bezahlt und keine Zeit für lange Erklärungen hatten, ignorierten wir den Concierge und stürmten durch die Drehtür nach draußen in die milde Nachtluft. Henri hielt auf sein Motorrad zu, ich direkt hinter ihm, doch bevor wir es erreichten, gingen wir beide zu Boden. Ich rang nach Luft, Henri griff sich an den Hals. Niemand berührte uns, in der Dämmerung war nicht einmal jemand in der Nähe auszumachen, und doch fühlte es sich so an, als drückte mir jemand die Kehle zu. Tränen schossen mir in die Augen und verschleierten meinen Blick. Was zum Teufel …? Instinktiv wollte ich nach Luft ringen – ohne Erfolg. Ich bekam Panik, schlug um mich, doch auch das half mir in dieser Situation nicht weiter. Neben mir hustete Henri. Der Angreifer schien sich jetzt ganz und gar auf mich zu fokussieren, aber ich konnte nicht darauf hoffen, dass Henri mir rechtzeitig würde helfen können. Bis Henri den Angreifer gefunden hatte, der sich hier überall verstecken konnte, wäre ich längst erstickt. Bilder von Ash zogen an meinem Auge vorbei, doch ich drängte sie zurück. Ich konnte hier sterben, oder ich konnte kämpfen. Ohne lange darüber nachzudenken (denn die Zeit dafür hatte ich ohnehin nicht mehr), hob ich die Arme in die Luft. Ich fühlte die sich auffrischende Luft auf meiner Haut, der Wind riss an meinen Haaren. Blitze zuckten über den Himmel, Donner grollte. Im nächsten Moment öffnete sich der Himmel, und dicke Regentropfen prasselten auf mich herab. Binnen Sekunden war ich völlig durchnässt.

Jemand – sicher Henri – griff mir unter die Arme, half mir auf die Beine und zog mich mit sich. Vermutlich, um mich aus dem Wirkungskreis des Angreifers zu ziehen, der mir durch den dichten Regen erst einmal folgen musste. Endlich, einige weitere unerträgliche Sekunden später, füllten sich meine Lungen wieder mit Luft. Ich sog sie so gierig ein, dass mir einen Moment regelrecht schwarz vor Augen wurde. Henri stützte mich, doch er gönnte mir keine Verschnaufpause und zog mich weiter. Hustend und stolpernd folgte ich ihm und wurde schließlich auf das Motorrad geschoben.

»Halt dich gut fest!«, rief Henri mir über das Donnergrollen zu.

Bereits im nächsten Moment jagte er wie ein Wahnsinniger durch die Stadt. Ich wurde nach hinten gerissen und konnte gerade noch seine Taille umfassen, an die ich mich klammerte wie ein weinendes Kleinkind an seine Mutter. Ich war immer noch nicht wieder ganz bei mir und hatte große Mühe, nicht von der Maschine zu kippen, während Häuser und Bäume an uns vorbeirasten und sich zu einem Bild vermischten. Doch ich bat Henri nicht darum, langsamer zu fahren, auch nicht, als wir bereits unzählige Male abgebogen waren und das Luxushotel inzwischen weit hinter uns gelassen hatten. Es war wichtiger, uns in Sicherheit zu bringen.

Irgendwo zwischen Mayfair und Greenwich verlor ich zum zweiten Mal in dieser Nacht das Bewusstsein.

Kapitel 4

Als ich das nächste Mal erwachte, war das Bett neben mir leer, und ich hatte keine Ahnung, wo ich war. Henri hatte uns wohl ein anderes Hotel gesucht. Dieses Mal ein weitaus weniger luxuriöses, wie mir ein Blick durchs Zimmer verriet: wenig Mobiliar, und das, was da war, war eher zweckmäßig als chic.

Ich fühlte mich wie gerädert, mein Kopf pochte, und auch wenn es nach der letzten Nacht kein Wunder war, hatte ich doch erwartet, mich so gut wie schon lange nicht mehr zu fühlen. Immerhin war meine Magie endlich aktiviert worden, aber es war vermutlich noch zu früh, um Bäume auszureißen. Um die Anstrengungen der letzten Tage zu verkraften, brauchte es wohl deutlich mehr als ein paar Stunden Schlaf, zumal der mit den Albträumen, dem Fieber und dem Angriff der Merlins alles andere als erholsam gewesen war. Trotzdem hätte ich mein Kissen am liebsten als Boxsack benutzt.

Die Merlins. Wie hatte uns Jared nur so schnell aufspüren können?

Durch den Spalt der Vorhänge fiel helles Sonnenlicht. Ich hatte keine Uhr im Blick, aber es war sicher schon neun, vielleicht sogar halb zehn. Wo Henri wohl war? Es lag kein Zettel auf seinem Kopfkissen und gab auch sonst keine Spur von ihm. Ich dachte an meine erste gemeinsame Nacht mit Ash in Southampton, doch bevor mich Wehmut erfassen konnte, hörte ich plötzlich Henris Stimme aus dem Badezimmer. Ich setzte mich auf – immerhin das funktionierte an diesem Morgen besser als in der Nacht. Telefonierte er? Führte er Selbstgespräche? Oder konnte es sein, dass er gar nicht allein war? Tatsächlich meinte ich, eine zweite Stimme zu hören. Gegen jede Vernunft sprang ich aus dem Bett und ignorierte meinen niedrigen Kreislauf, während ich zur Tür stolperte und sie öffnete. Enttäuschung packte mich. Natürlich war mir klar gewesen, dass Ash unmöglich hier sein konnte, und trotzdem hatte mein Herz es gehofft. Immerhin lebte ich jetzt in einer Welt voller Magie, und da sollte doch prinzipiell alles möglich sein. Ich seufzte. Hätte, würde, sollte. Es gab einen Grund, warum ich diese Vokabeln für viele Jahre aus meinem Wortschatz gestrichen hatte.

»Guten Morgen, Caroline«, begrüßte Ajani mich.

»Guten Morgen, Papa Ajani.«

Überrascht lächelte er. »Wie geht es dir heute?«, fragte er und musterte mich von oben bis unten, als würde mein bloßer Anblick reichen, um ihm die Frage zu beantworten.

Automatisch fiel mein Blick in den Spiegel über dem Waschbecken. Okay, mein bloßer Anblick reichte tatsächlich aus. Ich sah so aus wie Megan, wenn sie das ganze Wochenende durchgemacht hatte, war blass und verschwitzt. Meine Haare hatten große Ähnlichkeit mit einem Comichund, der sein nasses Fell schüttelt und danach aussieht wie ein Wollknäuel. Mit den Fingern fuhr ich durch die Locken, um sie zumindest halbwegs zu bändigen. Einige lose Haare, mehr als sonst, blieben an meinen Fingern hängen, und ich entsorgte sie schnell im Mülleimer. Ich hatte eindeutig zu viel Stress. »Es geht«, antwortete ich schließlich. Lügen hatte ohnehin keinen Zweck, und was hätte das gebracht? Wenn ich log, konnte mir niemand helfen, ganz einfach. Und wenn es eine Schwäche war, zuzugeben, dass es einem schon mal besser gegangen war, dann war ich halt schwach. »Ich fühle mich immer noch ein wenig erschöpft.«

»Das ist weder verwunderlich noch ungewöhnlich«, antwortete Ajani und hielt mich am Arm fest, als ich das Bad wieder verlassen wollte. Er schloss die Tür hinter mir, und ich zog die Augenbrauen hoch. Wäre Henri nicht hier gewesen, wäre das definitiv ein seltsamer Moment gewesen.

»Es hat seinen Grund, warum wir im Bad sind«, erklärte Henri, »und der liegt nicht nur darin, dass wir dich nicht wecken wollten. Das Wasser um uns herum, auch wenn es nicht fließt, hilft, Magie abzuschirmen. So kann niemand unser Gespräch belauschen.«

»Okay.« In Ermangelung eines Badewannenrands klappte ich den Klodeckel herunter und setzte mich darauf. »Geht es um den Angriff letzte Nacht im Hotel?«

»Auch«, erwiderte Henris Vater. »Es ist mir schleierhaft, wie die Merlins euch so schnell finden konnten. Ihr habt doch keine Magie angewandt, oder? Wusste jemand Bescheid?« Sein Blick ruhte auf mir, und ich schüttelte den Kopf.

»Ich habe weder gehext noch Megan oder sonst jemandem von unserem Aufenthaltsort erzählt.«

»Sie werden jedes verdammte Hotel nach uns abgesucht haben«, brummte Henri. »Wo hätten wir auch sonst sein sollen?« Er seufzte. »Geht es dir wirklich gut, Caroline? Du bist ziemlich übel vom Motorrad gefallen. Es tut mir leid, ich hätte nicht so schnell fahren sollen.«

Ich war vom Motorrad gefallen? Das erklärte natürlich meinen pochenden Kopf. »Du hattest kaum eine Wahl, und es ist alles in

Ordnung. Wie geht es denn jetzt weiter?« Ich sah von einem zum anderen. Jede Nacht mehrfach das Hotel zu wechseln, traute ich mir in der jetzigen Situation einfach nicht zu. Und wer sollte das auch bezahlen?

»Ich bin in einer Stunde mit den Merlins verabredet und würde dich vorher gern in Sicherheit wissen«, sagte Ajani. »Wenn sie euch einmal innerhalb so kurzer Zeit gefunden haben, werden sie es auch ein zweites Mal schaffen. Deshalb fliegst du noch heute Vormittag zu unserer Verwandtschaft nach Jamaika. Tianna wird dich begleiten. Sie hat dir einige Sachen zusammengepackt und wartet bereits unten im Taxi auf dich.«

»Bitte was?« Ich sprang auf, was definitiv nicht meine beste Idee war. Da ich das Gleichgewicht zu verlieren drohte, ließ ich mich zurück auf den Klodeckel sinken, mein Blick allerdings nach wie vor ungläubig.

»Glaub mir, es ist das Beste. Auf Jamaika bist du vorerst in Sicherheit. Je weiter weg du dich von London befindest, umso besser.«

»Aber wie stellst du dir das vor?«, fuhr ich Ajani an. Im ersten Moment fühlte es sich seltsam an, so mit dem Lecourt-Oberhaupt zu sprechen und es auch noch zu duzen, aber wir waren schließlich verwandt. Für irgendwas musste es ja gut sein. »Ich kann nicht fort, mein Leben befindet sich hier. Ash, mein Dad. Beide ringen mit dem Tod. Ich kann sie doch jetzt nicht alleinlassen.«

»Du kannst ihnen ohnehin nicht helfen. Sieh dich doch an, du kannst dich selbst kaum auf den Beinen halten. Wie willst du es so mit den Merlins aufnehmen? Denk dran, sie sind der mächtigste Clan Londons. Und die Morgans …«

»Die Morgans sind raus aus der Nummer.«

»Bitte?« Ajani runzelte die Stirn. Richtig, er wusste bisher nicht von der Vision, die mein Vater mir geschickt hatte, also erzählte ich ihm davon. Doch Ajani lachte nur, auch wenn es alles andere als belustigt klang. »Glaub mir, die Morgans können sich nicht ewig aus der Sache heraushalten. Selbst wenn sie nicht zu den beiden mächtigsten Clans zählen, in denen von Merlins Prophezeiung die Rede ist, so sind sie doch von der Prophezeiung betroffen, sollte sie sich erfüllen. Nicht, dass ich inzwischen an diese Prophezeiung glauben würde, aber die anderen Clans tun es und werden jedes noch so kleine Ereignis entsprechend deuten. Und die Merlins und Morgans zusammen können wir nicht besiegen.«

»Na und?«, schrie ich, obwohl ich das eigentlich gar nicht vorgehabt hatte, doch plötzlich war ich wütend. »Angeblich bin ich doch auch so mächtig. So mächtig, dass alle Angst vor mir haben und mich umbringen wollen. Wozu ist das Ganze dann bitte gut? Wenn ich mich nicht einmal selbst verteidigen kann, kann ich wohl kaum so mächtig sein, und dann gibt es auch keinen Grund, mich umzubringen. Sag das den Merlins.«

Ajani fuhr sich seufzend durch die Haare. »Du *bist* stark, aber Fakt ist, dass du derzeit geschwächt bist und außerdem deine Kräfte noch nicht beherrschst. Und solange das der Fall ist, bist du keine Gefahr für solch erfahrene Magier wie die Merlins. Zudem fürchten sie nicht dich, sondern das, was du symbolisierst. Und das ist für sie der Untergang der Clans, der Untergang der Magie.«

»Ich werde mein Leben hier nicht aufgeben und auf der Flucht verbringen, nur weil die Merlins sich in den Kopf gesetzt haben, an eine dämliche Prophezeiung zu glauben«, sagte ich nach wie vor entschlossen.

»Herrgott, du bist wie deine Mutter. Das Sture hast du von ihr; Sophie war genauso, wenn sie sich was in den Kopf gesetzt hatte.« Seltsamerweise empfand ich das nicht als Beleidigung. »Caroline, bitte«, fuhr Ajani nun sanfter, aber nach wie vor streng fort, und ich bekam zum ersten Mal einen Eindruck davon, was für ein Vater er wohl war. »Sei doch vernünftig. Wenn du hierbleibst, wirst du womöglich bald kein Leben mehr haben.«

Ich schluckte. »Das spielt keine Rolle, denn wenn Ash und mein Dad diese Sache nicht überleben, dann … dann …«

»Caroline.« Henri kam zu mir und griff nach meiner Hand. »Sag so etwas nicht. Du musst kämpfen, hörst du?«

»Wofür soll ich denn noch kämpfen?«, fragte ich leise und wandte den Blick ab, weil man sicherlich Tränen in meinen Augen schimmern sehen konnte. Aber ich wollte nicht weinen. Nicht schon wieder und schon gar nicht vor Ajani. So kannte ich mich überhaupt nicht, aber ich fühlte mich unendlich müde. Die Wut war Erschöpfung gewichen, und allmählich hatte ich das Gefühl, diesen Krieg nicht gewinnen zu können. Es würde nie ein Ende nehmen und schon gar kein glückliches. »Ash und ich haben keine gemeinsame Zukunft, meine Mutter ist tot, und wie es meinem Vater geschweige denn Ash geht, weiß ich nicht einmal. Und die Merlins werden nicht aufgeben. Dein Dad hat recht; ich kann sie nicht alle besiegen. Es ist vorbei, Henri. Am besten, ich stelle mich, damit nicht noch mehr Menschen Schaden zugefügt wird.«

»Nein, das wirst du nicht, und es ist noch nicht vorbei«, sagte Henri nun ebenso entschlossen wie ich zuvor. »Wenn du schon nicht für dich kämpfen willst, dann tu es für mich, für Megan. Für Ash und deinen Dad, denn noch leben die beiden. Gib nicht auf, du hast durchaus eine reelle Chance. Es gibt einen Grund, warum die Merlins sich vor dir fürchten, und das liegt ganz sicher nicht nur an dem, was du symbolisierst. *Ein Kind, mächtig und gefahrvoll, der beiden größten Stämme Spross, beschenkt mit Kräften übervoll, einst freigesetzt, wüt' Todes Ross*«, zitierte er die erste Strophe der Prophezeiung, und ich war überrascht, dass er sie auswendig konnte. »Du bist mächtig, Caroline, und du hast durchaus die Macht, die Merlins in ihre Schranken zu weisen. Du musst nur lernen, deine Kräfte zu beherrschen, und das wirst du nicht, wenn du hier in London bleibst. Dazu musst du nach Jamaika.«

Wüt' Todes Ross. Da war es wieder. Ich wollte protestieren, Henri und seinen Vater darauf hinweisen, dass sogar die Prophezeiung von Opfern sprach; vielen Opfern. Aber ich glaubte doch gar nicht an Prophezeiungen, und Ajani ließ mich auch nicht zu Wort kommen.

»Henri hat recht. Auf Jamaika kannst du dich auskurieren und lernen, deine Kräfte zu beherrschen. Auf diese Entfernung und mit einem Schutzring kann dich kein Clan der Welt orten, wenn du Magie anwendest. Tianna wird dich tagsüber im Voodoo unterrichten und dir abends von deiner Mutter erzählen. Und wenn du in einigen Wochen zurückkehrst, wirst du die Kraft und die Macht haben, den Merlins die Stirn zu bieten.«

Ich sah von Ajani zu Henri, der nickte. »Es ist die einzige Möglichkeit, Caroline. Bei unserer Verwandtschaft und Tianna bist du in den besten Händen, und wenn du willst, komme ich auch mit.«

»Das wirst du nicht, Henri«, sagte Ajani streng. »Ich brauche dich hier. Außerdem wissen die Clans gleich, dass etwas nicht stimmt, wenn du mit Caroline gehst.«

»Die Clans wissen längst, dass ich Caroline niemals im Stich lassen würde. Ich habe die letzten Tage ohne dein Wissen gehandelt. Warum sollte sich das jetzt ändern? Und eine große Hilfe wäre ich dir ohnehin nicht. Kouri ist viel erfahrener als ich.«

»Henri …«

Ich schüttelte den Kopf, um diese Diskussion im Keim zu ersticken. »Wenn ich gehe, dann nur mit Henri zusammen.«

Mit einem lauten Seufzer blickte Ajani auf seine Armbanduhr. »Na gut, aber du wirst keine Zeit mehr haben, einen Koffer zu packen, Henri. Wir müssen uns beeilen.« Er blickte zu mir. »Also, wie entscheidest du dich?«

Das klang alles logisch und nach der besten Lösung, und nach der letzten Nacht wusste ich selbst, dass es keinen Zweck hatte, weiterhin in London zu bleiben. Ich würde meine Kräfte nicht einsetzen dürfen und auf diese Weise auch nicht lernen, sie zu beherrschen. Es würde ein Leben auf der Flucht sein, und das wollte ich nicht. Entweder ich stellte mich, oder ich ging selbst zum Angriff über, aber ich würde nicht weglaufen. Nicht für immer. Dennoch zögerte ich. Ajani hatte von mehreren Wochen gesprochen. Konnte ich Ash und meinen Vater wirklich für einige Wochen zurücklassen? Vielleicht konnte ich ihnen im Moment nicht helfen, aber es fühlte sich ganz und gar falsch an, sie einfach hier zu lassen. »Was ist mit Ash? Mit meinem Dad? Irgendjemand muss ihnen helfen.«

Ajani seufzte kaum hörbar. »Ash ist bei seiner Familie in den besten Händen, und was Brian Merlin angeht, so rede ich mit seiner Sippe. Einverstanden?«

Ich senkte den Blick, denn ein Problem gab es, an das ich bisher gar nicht gedacht hatte. »Ich bin nicht sicher, ob ich mir ein Flugticket nach Jamaika leisten kann, geschweige denn den Aufenthalt dort.«

Ajani machte eine wegwerfende Handbewegung. »Ich bitte dich, das ist bereits geregelt. Du gehörst jetzt zu uns und bist daher selbstverständlich unser Gast in sämtlichen Belangen. Also, was sagst du?«

Es gefiel mir nicht, mich aushalten zu lassen, aber eine andere Möglichkeit sah ich nicht. Mein Erspartes wollte ich nicht auf den Kopf hauen, denn es bestand immerhin die klitzekleine Wahrscheinlichkeit, dass ich das alles überleben würde und mein normales Leben zurückbekam. Auch wenn ich keine Ahnung hatte, ob ein normales Leben nach alledem überhaupt noch möglich war, geschweige denn, wie es aussehen sollte. Ich holte tief Luft. Und nickte. »In Ordnung.«

Obwohl ich Pilotin werden wollte, saß ich zum ersten Mal in einem Flugzeug. Es war auch das erste Mal, dass ich England verließ, und dann ging es gleich nach Jamaika in die Karibik. Bisher hatte ich es mir nicht einmal leisten können, innerhalb Europas zu reisen. Ein Flugzeug war für mich der Inbegriff der Freiheit, aber in diesem Moment fühlte ich mich alles andere als frei, und unter den gegebenen Umständen konnte ich mich auch kaum darüber freuen, diese Erfahrung endlich machen zu können. Das schlechte Gewissen nagte an mir, und ich konnte nicht aufhören, an Ash zu denken. Wegen mir schwebte er in Lebensgefahr, und nun bestieg ich ein Flugzeug und verließ nicht nur die Stadt, sondern gleich das Land, anstatt bei ihm zu sein.

Der Pilot bog auf die Startbahn ab und beschleunigte das Flugzeug. Wenige Sekunden später wurde ich nach hinten in den Sitz gedrückt. Wir waren in der Luft, jetzt gab es kein Zurück mehr. Ich öffnete die Augen, sah aus dem Fenster. Die Häuser unter uns, die Bäume, ganz London wurde immer kleiner, bis die Stadt eher wirkte wie ein Spielteppich für Kinder als eine Metropole. Der Anblick war irgendwie beängstigend, aber auch wunderschön. Einen Moment spürte ich ein überwältigendes Gefühl in mir, aber es hielt nicht lange an, denn meine Gedanken wanderten zurück zu Ash. Wenn ich wenigstens wüsste, wie es ihm ging. Ajani hatte zwar versprochen, sich bei den Morgans nach ihm zu erkundigen, und auch nach dem Zustand meines Vaters wollte er die Merlins fragen, aber das bedeutete nicht, dass er etwas in Erfahrung bringen würde. Und selbst wenn, waren wir noch einige Stunden in diesem Flugzeug gefangen.

»Glaub mir, es wird dir auf Jamaika gefallen«, sagte Tianna, die sich über Henri beugte, der zwischen uns saß und am Wegdösen war. Der Arme hatte die ganze Nacht Wache gehalten und sich nicht einmal fünf Minuten Pause gegönnt. »Die Karibik ist wunderschön. Das Wetter, die Strände …«

»Herrscht in der Karibik nicht gerade Regenzeit?«, fragte ich. An die Hurrikansaison wollte ich lieber gar nicht erst denken.

»Schon, aber trotzdem ist es wunderschön. Außerdem ist es nicht wie in London, wo es gar nicht mehr zu regnen aufhört, wenn es einmal angefangen hat. Meist sind es nur kurze Schauer, und warm ist es dennoch.«

Wenn ich ehrlich war, klang das verlockend, und es war sicher nicht das Schlechteste, einfach mal rauszukommen und die Clans hinter sich zu lassen. Wenn nur Ash dabei sein könnte … Oder wenn ich wenigstens wüsste, dass es ihm gut ging. »Warum fliegen wir eigentlich nach Jamaika und nicht nach Haiti? Henri hat mal erwähnt, dass nur ein kleiner Zweig eurer Familie aus Jamaika stammt.«

»Ist auch so«, murmelte er schläfrig, ohne die Augen zu öffnen.

»Stimmt«, sagte auch Tianna, »und genau das ist der Grund. Die anderen Clans interessieren sich nicht für uns, und so denken sie, wir stammen aus Haiti. Demnach werden sie dich auch am ehesten dort vermuten. Auf Jamaika werden sie zuletzt nach dir suchen.«

»Klingt logisch«, antwortete ich mit einem Gähnen. Die Müdigkeit übermannte mich, und ich wollte nur noch schlafen, aber ich konnte es auch kaum erwarten, endlich die versprochenen Geschichten über meine Mutter zu hören. Deshalb bat ich Tianna: »Erzählst du mir von Sophie?«

Sie lächelte. »Sehr gern, aber nicht jetzt. Dafür haben wir noch viel Zeit. Ruh dich erst mal aus.«

Ich wollte protestieren, doch bevor ich dazu kam, fielen mir die Augen zu.

Tianna hatte nicht zu viel versprochen. Während der Fahrt vom Flughafen in Montego Bay zum Haus der Lecourts in Green Island ganz im Westen der Insel konnte ich mich kaum von der Schönheit der Natur losreißen: Regenwälder, so weit das Auge reichte. Megan hätte ihre Freude an dieser wunderschönen Landschaft gehabt. Sie mied neuerdings Produkte, in denen Palmöl enthalten war, um die Regenwälder dieser Welt zu schützen.

Wir passierten niedliche Orte und hatten immer wieder diese herrlich weißen Sandstrände im Blick. Wie schön wäre das alles gewesen, wenn ich freiwillig hergeflogen wäre und mir nicht solche Sorgen hätte machen müssen. Noch immer hatten wir nichts von Ajani gehört, dabei waren seit seinem Treffen mit den Merlins bereits Stunden vergangen. Wir hingegen hatten durch die Zeitverschiebung kaum Zeit verloren, denn England lag sechs Stunden vor Jamaika. Der Flug, glücklicherweise ein Direktflug von London Gatwick nach Montego Bay, hatte knapp zehn Stunden gedauert, und so war es auf Jamaika nach wie vor Freitag und erst früher Abend.

»Ob es deinem Vater gutgeht?«, fragte ich Henri, ohne den Blick vom Fenster zu nehmen. Hoffentlich hielt er mich nicht für undankbar, denn wenn ich ehrlich war, machte ich mir um Ajani die wenigsten Sorgen.

»Ach, bestimmt. Er hatte bisher einfach nur noch keine Gelegenheit, sich bei uns zu melden. Wir rufen ihn gleich an, wenn wir da sind.«

Ich fragte nicht, wann das sein würde, denn ich wollte mich nicht wie ein quengeliges Kind verhalten, das permanent nach dem Weg fragt. Doch Tianna warf mir im Rückspiegel einen Blick zu. »Nur noch knapp zehn Minuten«, erklärte sie mit einem Lächeln.

Es dauerte wirklich nicht mehr lange, bis Tianna mit dem Mietwagen in einen holprigen Weg inmitten von dicht stehenden Bäumen einbog. Die Sonne verschwand hinter dem Blätterdach und lugte nur immer wieder kurz hervor, um Muster auf den Boden des Dschungels zu malen. Schließlich kam ein zweistöckiges Haus in Sicht, ein Traum aus Säulen und großen Fenstern. Tianna fuhr das

Auto vor eine Garage, und wir stiegen aus. Hitze schlug uns entgegen, und der Wind, der vom Meer kam, war viel zu warm, um für Abkühlung zu sorgen.

»Nehmt das Gepäck gleich mit, es ist ohnehin nicht viel«, sagte sie. »Wir müssen die Tage erst mal einkaufen gehen. Bis dahin könnt ihr euch was von der Verwandtschaft ausleihen.«

Henri öffnete den Kofferraum und holte einen einzigen Koffer heraus. Tianna hatte für mich nur ein paar Kleidungsstücke eingepackt, und Henri war tatsächlich ohne alles angereist, nachdem er seine ohnehin nur wenigen Sachen bei der Flucht vor Jared Merlin in dem Luxushotel hatte zurücklassen müssen. Wir mussten wohl wirklich erst einmal ein Kaufhaus aufsuchen. Ich hatte mir nie Gedanken darüber gemacht, aber die Lecourts schienen wie die Morgans und Merlins über Geld zu verfügen. Ob es im Voodoo wie mit herkömmlicher Magie möglich war, sich selbst zu bereichern? Oder hatten sich die Lecourts ihr Vermögen auf ehrliche Weise verdient? Das Haus hier war auf jeden Fall einige Millionen wert, und es wirkte so ganz und gar anders als das Anwesen in London. Es erinnerte mich mehr an das Sommerhaus des Hexenmeisters in St. Ives als an irgendetwas, das mit Voodoo zu tun hatte.

»Und hier wohnt eure Familie?«, fragte ich, während ich Tianna und Henri ums Haus herum folgte.

»Nicht die komplette Verwandtschaft, nein. Papa Ajanis Stiefbruder wohnt hier mit seiner Frau und den beiden Töchtern, seit sie 2010 durch das heftige Erdbeben auf Haiti ihr Haus verloren haben«, antwortete Tianna. »Eigentlich ist es das Sommerhaus der Londoner Lecourts, aber es wäre schade drum, wenn es den Rest des Jahres leer stehen würde. Außerdem gibt es auf Jamaika ein kleines Kriminalitätsproblem, daher kann es nicht schaden, wenn jemand ein Auge aufs Haus hat.«

Wir betraten nacheinander die Veranda, die sich komplett ums Haus herumzuziehen schien. Tianna holte gerade einen Schlüssel aus ihrer Handtasche, als die Eingangstür aufgerissen wurde. Ein Mann, dunkelhäutig und groß gewachsen, blickte uns misstrauisch entgegen. Oder besser gesagt mir. Er war wirklich groß, bestimmt an die zwei Meter, und seine braunen Augen waren so dunkel, dass sie fast schon schwarz wirkten. Er war mir unsympathisch, noch ehe er ein Wort gesprochen hatte.

»Was macht ihr hier?«, wollte er wissen.

Henri und ich warfen uns einen kurzen Blick zu. Hatte Ajani nicht gesagt, er hätte bereits alles in die Wege geleitet?

»Mikéle. Es freut mich auch, dich zu sehen«, erwiderte Tianna ruhig. »Meines Wissens hat dein Bruder dich über unseren geplanten Aufenthalt informiert.«

»Hat er, und ich habe ihm gesagt, dass ihr hier jederzeit willkommen seid. Du und Henri. Aber nicht sie.« Mit vor der Brust verschränkten Armen fixierte er mich.

Ich unterdrückte den Impuls, wegzusehen. Den Gefallen, Schwäche zu zeigen, würde ich ihm nicht tun. Aber dieses Gefühl, das ich seit meiner Kindheit kannte, wollte in mir hochsteigen – das Gefühl, nirgends dazuzugehören –, doch auch das unterdrückte ich und versuchte, stattdessen logisch an die ganze Sache heranzugehen. Was nun? Ajanis Stiefbruder wollte mich nicht hier haben, warum auch immer. Ob wir vielleicht bei der anderen Verwandtschaft unterkommen konnten? Oder würden sie sich ebenso weigern, mich aufzunehmen? Ich schluckte.

Doch Tianna ließ sich nicht beirren. Sie nahm meinen Arm und zog mich näher zu sich heran. Sie war mindestens dreißig Zentimeter kleiner als Mikéle, wahrscheinlich sogar vierzig, doch das schien sie wenig zu beeindrucken. »Caroline ist Sophies Tochter und gehört damit rechtmäßig zum Lecourt-Clan. Sie hat ebenso ein Recht wie ich oder dein Neffe, hier zu sein. Außerdem hast du meines Wissens seiner Zeit nur Wohnrecht von Papa Ajani bekommen.«

Mikéle fluchte leise. »Du weißt, dass es nichts Persönliches ist, Tianna. Wir haben schon einmal unser Haus verloren, meine Familie und ich. Unser Heim. Einfach so, durch eine Laune der Natur. Ich werde nicht zulassen, dass meine Familie erneut entwurzelt wird, nur weil sich mein Bruder in einen Clanstreit mit den Merlins hineinziehen lässt.«

»Du hast damit nichts zu tun, Onkel«, sagte Henri. »Die Merlins werden Caroline auf Jamaika nicht aufspüren können, deshalb sind wir ja hier. Und selbst wenn, hast du nichts zu befürchten. Die Merlins sind nicht hinter dir her.«

»Aber hinter ihr.« Mikéle deutete mit dem Kopf in meine Richtung. »Und wenn sie sie finden, werden sie sie jagen, ohne Rücksicht auf Verluste. Nein, ich beschütze meine Familie.«

»Und ich meine«, sagte Tianna entschlossen. »Klär das mit Papa Ajani, wir wollten ihn ohnehin anrufen, aber Caroline, Henri und ich werden für einige Wochen hier unterkommen, ob es dir nun passt oder nicht.« Und damit schob sich die zierliche Tianna einfach an Mikéle vorbei ins Haus und zog mich dabei mit sich.

Kapitel 5

»Das ist dein Zimmer«, sagte Tianna und öffnete eine Tür in der ersten Etage des Hauses.

Einen Moment war ich sprachlos. Das Zimmer sah aus, als wäre es einem Katalog für Karibikreisen entsprungen. Es war komplett in Weiß gehalten: weiße Wände und Möbel, weiße Vorhänge vor der doppelflügeligen Balkontür. Lediglich die Dekoration bot etwas Farbe: Pink- und türkisfarbene Kerzen standen auf der Kommode, dem Wandregal, dem Nachttisch. Doch was mir wirklich die Sprache verschlug, war das große Bild, das an der Wand gegenüber vom Bett hing: ein Mohnfeld im Sonnenuntergang. Ich schluckte und zog das Foto aus meiner Hosentasche, das Tianna mir in London gegeben hatte und das ich seitdem immer bei mir am Körper trug. Es war dasselbe Mohnfeld, derselbe Sonnenuntergang.

»Das Zimmer hat deiner Mutter gehört, wenn wir hier Urlaub gemacht haben«, erklärte Tianna. »Seitdem hat sich kaum etwas verändert, nur die Matratze wurde irgendwann mal ausgetauscht. Mikéle musste seinem Bruder versprechen, dass er das Zimmer so lässt, wie es war.«

»Es ist wunderschön«, sagte ich und blickte mich noch einmal um, während ich den Anhänger um meinen Hals umfasste. Ich sah sie regelrecht vor mir, die junge Frau, die einmal meine Mutter werden sollte, wie sie mit einem Buch in den Händen bäuchlings auf dem Bett liegt, die Füße angewinkelt in der Luft, oder morgens im Nachthemd und noch ungekämmt auf den Balkon tritt. Ich öffnete die Balkontür, um denselben Blick zu haben wie sie, wenn sie hier ihre Ferien verbracht hatte, und der Ausblick war einfach atemberaubend. Das Haus stand direkt am Strand in einer geschützten Bucht. Ich blickte auf smaragdgrünes Wasser, das immer dunkler wurde, je weiter es vom Haus entfernt war, und auf kleine Inseln, auf denen sich nichts weiter befand als Bäume. Und es roch so herrlich. Obwohl es extrem heiß war, war die Luft irgendwie frisch und salzig. Verlockend. Ganz anders als in London, wo immer und überall Verkehr herrschte. Langsam drehte ich mich wieder zu Henri und seiner Tante um. Meiner Tante. Es war immer noch seltsam, auf einmal so etwas wie eine Familie zu haben. »Und es ist wirklich in Ordnung, wenn ich hierbleibe? Ich will keinen Ärger machen.«

Tianna schüttelte den Kopf. »Du machst keinen Ärger, und natürlich ist es in Ordnung. Wie gesagt, Mikéle hat das nicht zu entscheiden. Er wohnt hier, aber es ist nicht sein Haus.«

Ich trat zurück ins Zimmer. »Das nicht, aber wie du sagst, er wohnt hier. Ich kann verstehen, dass er seine Familie beschützen will. Das würde ich auch tun.« Und das war nicht gelogen. Ein Großteil meiner Familie wollte mich vielleicht umbringen, aber einige Mitglieder waren mir bereits ans Herz gewachsen: mein Dad, Henri und Tianna. Ja, sogar Ajani tat alles, um mir beizustehen. Und dasselbe würde ich für sie tun. Für sie und für Ash.

Tianna kam näher zu mir, legte mir ihre Hände auf die Schultern. Eine fast mütterliche Geste, die ich so nie kennengelernt hatte. »Mach dir keine Gedanken, du bist hier ebenso wenig in Gefahr wie Mikéle und seine Familie. Dafür werde ich schon sorgen. Du kannst dich ein wenig frisch machen, wenn du willst, das Bad liegt deinem Zimmer direkt gegenüber, und dann rufen wir Papa Ajani an.«

Ich biss mir auf die Lippe. Keinesfalls wollte ich unhöflich sein, aber ich konnte es kaum erwarten, die Neuigkeiten aus London zu hören. »Können wir vielleicht zuerst Papa Ajani anrufen?«

Tianna antwortete nicht, und ich fragte mich schon, ob ich tatsächlich zu dreist war. Immerhin war es in London bereits nach Mitternacht, und Tianna hatte selbst eine lange Reise hinter sich und wollte sich sicher erst einmal Gesicht und Hände waschen, wenn nicht gar duschen, doch da drehte sie sich zu Henri um. »Holst du das Telefon her? Ich will erst mal in Ruhe mit deinem Vater reden, bevor sich dein Onkel einmischt.«

»Klar.« Grinsend verließ Henri das Zimmer.

Ich sah ihm einen Moment hinterher. Nachdem er fast den kompletten Flug verschlafen hatte, wirkte er ausgeruht und fit; außerdem viel weniger bekümmert als ich. Er schien sich keine Sorgen um Ash oder die Existenz seines Clans zu machen, und die Abfuhr von mir hatte er anscheinend auch gut weggesteckt. Ich wandte mich wieder Tianna zu. »Danke dir! Ich weiß gar nicht, wie ich das wiedergutmachen kann, was ihr für mich tut.«

»Ach, Caroline.« Tianna strich mir lächelnd über den Arm und hinterließ dort nicht nur eine Gänsehaut, sondern auch zum ersten Mal in meinem Leben ein Gefühl von Zugehörigkeit. »Ich sage das nicht nur so. Du bist meine Nichte und kannst immer zu mir kommen. Du gehörst jetzt zu uns, ob du willst oder nicht.« Sie grinste. »Wo wir das jetzt geklärt haben – du und Ash?« Ich spürte die Hitze in meinen Wangen, und die kam leider nicht von der jamaikanischen Sonne, denn im Haus war die Klimaanlage eingeschaltet. Tianna lachte. »Das ist okay, ich mag Ash, obwohl er ein Morgan ist. Er wirkt zwar extrem selbstverliebt und arrogant, aber das ist doch alles nur Fassade. Mir kann er nichts vormachen, ich kannte den Jungen schon, bevor er Bartwuchs hatte.«

»Er ist wirklich ganz anders, wenn man ihn erst mal kennt.«

»Du magst ihn, oder?«, fragte Tianna.

Ich nickte. »Noch vor zwei Wochen hätte ich ihn am liebsten auf den Mond geschossen, aber jetzt …«

Tianna strich mir ein zweites Mal über den Arm. »Er wird schon wieder. Ash ist zäher als ein zu lang gebratenes Steak.«

Trotz des lustigen Vergleichs war mir alles andere als zum Lachen zumute. »Das hoffe ich.« Wenn er es tatsächlich nicht schaffen würde, und ich wäre schuld daran … Das würde ich mir nie verzeihen. Niemals. Was, wenn er vielleicht schon …? Ich durfte nicht einmal daran denken. Das hätte ich doch spüren müssen, oder? Ich hätte mich schwach gefühlt, Atemnot bekommen oder hätte einfach einen Moment der Einsicht gehabt, so wie das in den Liebesfilmen, die ich nur Megan zuliebe sah, immer der Fall war. Oder nicht? Aber ich wusste, dass es in der Realität anders aussah. Wenn Ash starb, dann würde er das tun, ohne dass ich es merkte.

Einen Moment breitete sich Schweigen zwischen uns aus. Auch wenn Tianna vor mir so zuversichtlich tat, so spürte und sah ich doch, dass sie sich ebensolche Sorgen um Ash machte wie ich. Sie schien nahezu erleichtert, als Henri zurück ins Zimmer kam, das Telefon in der Hand.

»Ich hab Vater bereits angerufen«, sagte er, während er Tianna den Hörer reichte und sich mir zuwandte. »Die Morgans wollten ihm nichts zu Ashs Gesundheitszustand sagen, aber laut Vater muss er über den Berg sein. Ansonsten wäre Ash längst gestorben, und in dem Fall hatten die Morgans Vergeltung geschworen.«

»Und Papa Ajani ist sich wirklich sicher?«, hakte ich nach. Was, wenn er sich irrte?

Doch Henri nickte. »Dir gegenüber hatte er es nicht so direkt sagen wollen, aber es stand ziemlich schlecht um Ash. Wenn er nicht stark genug gewesen wäre, hätte er die letzte Nacht nicht überlebt. Und du kennst die Clans inzwischen gut genug, um zu wissen, dass die Morgans in dem Fall nicht lange fackeln würden.«

Oh, Gott sei Dank! Es war unbeschreiblich, welche Last mir in diesem Moment von der Brust fiel. Wenn mir noch nicht klar gewesen wäre, was ich für Ash empfand, spätestens jetzt hätte ich es gewusst. »Und was ist mit meinem Dad?« Henri brauchte nichts zu sagen, allein bei seinem Anblick schnürte sich meine Kehle wieder zu.

»Es tut mir leid, Caroline. Der Zustand deines Vaters hat sich leider verschlechtert.«

Ich saß mit Henri und seinen beiden Cousinen, den sechzehnjährigen Zwillingsmädchen Jayda und Nelly, am Strand, genoss die warme Sonne auf der Haut, das laue Lüftchen und diesen herrlichen Ausblick. Oder ich versuchte es zumindest, denn so richtig klappen wollte es nicht mit der Entspannung. Ich konnte einfach nicht aufhören, an das Magietraining zu denken, das ich jetzt eigentlich absolvieren sollte, anstatt in der Sonne zu liegen. Das war immerhin der Grund, weshalb ich auf Jamaika war. Um mich vor den Merlins zu verstecken, aber auch um zu lernen, meine Kräfte zu beherrschen. Und je eher ich das tat, desto eher konnte ich zurück nach London, zurück zu Ash und Dad und zurück in mein altes Leben.

Am Tag zuvor war ich achtzehn geworden. Natürlich hatten wir diesen wichtigen Tag nicht mit Training *vergeudet*, wie Tianna es nannte. Wobei ich zugeben musste, dass es ein sehr schöner Geburtstag gewesen war. So hatte ich ihn mir zwar nie vorgestellt, aber Tianna und Henri hatten wirklich alles gegeben, um ihn unvergesslich zu machen. Ich hatte einen selbst gebackenen Kuchen bekommen, wir waren am Strand gewesen und später in einer Shopping Mall. Tianna hatte mir unzählige Klamotten und andere Sachen gekauft, ohne auf den Preis zu achten. Wir waren abends essen gegangen und danach noch im Kino gewesen. Wirklich ein wunderschöner Tag, auch wenn er mit Ash und meinem Vater sicher noch viel schöner gewesen wäre.

Beim Frühstück heute Morgen hatte ich Tianna erneut gebeten, endlich mit dem Training anzufangen, doch sie hatte darauf bestanden, dass ich mich noch ein wenig von den ganzen Strapazen der letzten Tage erholen solle. Ich verstand das nicht. Ob sie mich hinhielt? Ob die Lecourts mir nur leere Versprechungen gemacht hatten, um mich aus England, weg von Ash, seiner Hilfe und seiner Magie zu locken? Das war für mich erst recht ein Grund, endlich mit dem Training zu beginnen.

»Ich muss lernen, mich zu verteidigen«, sagte ich völlig aus dem Zusammenhang gerissen und ziemlich leise zu Henri, obwohl die Zwillinge gerade im Meer schwammen. Dabei schienen sie gar nicht böse über meine Anwesenheit zu sein, und auch Mikéles Frau bemühte sich, mir einen schönen Aufenthalt in ihrem Haus zu bereiten. Nur Mikéle ging mir, so gut er konnte, aus dem Weg und hatte seit meiner Ankunft kaum ein Wort mit mir gewechselt.

Henri wusste sofort, wovon ich sprach. »Du hast doch gehört, was Tianna gesagt hat, und ich fände es auch sinnvoll, wenn du dich erst noch ein bisschen schonst. Du hast einiges mitgemacht in letzter Zeit.«

»Ich fühle mich wohl, und außerdem ist das doch meine Entscheidung. Aber bitte – dann bring mir wenigstens die Voodoomagie näher. Ich muss etwas machen, Henri. Ich kann hier nicht nur einfach herumsitzen und Zeit vergeuden.« Denn dann würde ich pausenlos an Ash und meinen Dad denken. Nicht wirklich zu wissen, wie es ihnen ging, machte mich verrückt.

Er seufzte, überlegte und nickte schließlich. »Also gut, aber das bleibt vorerst unter uns. Und wir machen das nicht hier.«

»Nichts lieber als das.«

Den ganzen Sonntag und auch Montag zogen Henri und ich uns auf eine große Wiese zurück. Sie befand sich zwar in der Nähe des Lecourt-Hauses, war aber so weitläufig, dass wir dort unsere Ruhe hatten. Obwohl hier kein Mohn wuchs und wir nicht auf Haiti waren, musste ich immerzu an meine Eltern denken. Und an Ash. Die Voodoomagie würde mir vermutlich im Kampf gegen die Merlins keine große Hilfe sein, aber sie war ein Teil von mir. Es war wichtig, dass ich auch sie kennenlernte, und außerdem war es besser, als nur herumzusitzen.

Henri fing ganz von vorne an und erklärte mir die Grundlagen des

Voodoo. So waren die Loa etwa verschiedenen Familien zugeordnet, was mir bisher nicht bewusst gewesen war. Die Loa der Rada-Familie galten zum Beispiel als sanft, während die Pedro-Loa aggressiv waren. Henri berichtete mir von allen wichtigen Loa und wozu man sie anrief. Agau etwa war ein gewalttätiger Loa, ebenso Marinette. Boli Shah war der richtige Ansprechpartner für Familien, die Probleme hatten, Ezulie widmete sich der Liebe und dem Glück. Doch bis auf Legba – einer der wichtigsten Loa, da er zu Beginn jeder Zeremonie angerufen wurde –, konnte ich mir die Namen und ihre Aufgabengebiete kaum merken. Laut Henri war das wie Vokabeln pauken. Ich hatte also noch einiges vor mir, wenn ich ein richtiges Mitglied der Voodoogemeinde werden wollte.

Dann gab es zwei Arten der Voodoomagie: die kleine und die große Voodoomagie. Die große hatte ich, zumindest zum Teil, bereits kennengelernt. Man vollzog Rituale, rief die Loa an und bat sie um Beistand. Auch die Voodoopuppe, die Henri angefertigt hatte, um mir mit meinen Kopfschmerzen zu helfen, gehörte zur großen Voodoomagie. Die kleine Voodoomagie konnte man ohne Hilfe der Loa und ohne große Vorbereitungen wirken. Dafür war sie allerdings auch weniger effektiv.

»Die kleine Voodoomagie ist zum Beispiel hilfreich, wenn du etwas von einem Regal holen willst, aber nicht herankommst«, erklärte Henri. »Du stellst dir einfach vor, wie dein Arm länger wird, und schon klappt es. Wirklich interessant für dich sind jedoch die verschiedenen Zauber, Pulver und Öle.«

Jetzt wurde es spannend. »Was kann man damit anstellen?«, wollte ich wissen. Im Kampf gegen die Merlins erschien mir diese Variante der Voodoomagie noch am effektivsten. Die Loa waren zwar sehr mächtig und im Zweifel das Mittel der Wahl, aber man brauchte erst einmal die Zeit, um ein Ritual zu vollziehen, und die hatte man bei einem Angriff zumeist nicht.

»Das kommt darauf an«, antwortete Henri. »JuJu-Öl zum Beispiel verstärkt Zauber, Zonkapulver bricht Flüche oder schwarze Magie. Hast du schon mal von einem Gris-Gris gehört? Das ist ein Talisman, ein kleiner Beutel aus Kunstleder, der je nach Bedarf verschiedene Öle, Pulver und Pflanzen enthält, die dich vor dem Bösen schützen. Es ist sicher sinnvoll, eines zu haben, aber auch aufwendig zu machen. Die Anfertigung wird ein paar Tage dauern.«

»Kein Problem«, sagte ich. Wer wusste schon, wann ich wieder auf die Merlins stoßen würde. Wir hatten ja noch nicht einmal mit dem richtigen Magietraining angefangen. »Danke, dass du mir eines machen willst.«

»Das ist doch selbstverständlich. Dann gibt es im Voodoo noch die richtig effektiven Pulver, die aber eigentlich nur ein Bokor verwendet.«

»Ein Schwarzmagier?«, fragte ich, als ich mich an das Gespräch mit Henri erinnerte, das wir geführt hatten, als er die Voodoopuppe für mich angefertigt hatte.

Er nickte. »Zombiepulver zum Beispiel. Damit kann man Unlebende erschaffen.«

»Du meinst Untote?«

»Nein, Untote sind wiedererweckte Tote. Kein schöner Anblick, glaub mir. Unlebende hingegen sind nicht direkt tot, sie haben nur keinen eigenen Willen mehr. Sie machen, was du ihnen sagst.«

Ein Schauer lief mir über den Rücken. »Das klingt in der Tat nach schwarzer Magie.«

»Dann gibt es noch das Feuerpulver. Es täuscht dem Opfer vor, bei lebendigem Leib zu verbrennen. Das kann schnell zu Wahnsinn oder Tod führen.«

Ich seufzte. »Also auch ein Werkzeug für Bokoren.«

»Nicht direkt«, erwiderte Henri zögerlich. »Im Voodoo gibt es für gewöhnlich nur schwarz oder weiß. Böse oder gut. Wenn du jemandem schaden möchtest, handelt es sich um schwarze Magie. Wenn du es aber mit deinem Gewissen vereinbaren kannst, ist es in Ordnung. Die Frage ist, ob es für dich tragbar wäre, sollte ein Merlin-Mitglied aufgrund von Feuerpulver sterben oder verrückt werden.«

Ich dachte einen Moment darüber nach und zuckte schließlich mit den Schultern. »Na ja, sie wollen mich doch auch umbringen, also …« Den Rest des Satzes ließ ich in der Luft hängen.

»Wir sind halt im Voodoo ein wenig begrenzt. Die Loa sind unglaublich mächtig, aber diese Art der Magie braucht nun mal ihre Vorbereitung. Apropos, Vorbereitung ist das A und O im Voodoo, und damit meine ich ausnahmsweise nicht das Vorbereiten eines Rituals, sondern das Vorbereiten deines Geistes und deines Körpers. Lass uns zuallererst meditieren, dann können wir das Tanzen und Singen üben. Außerdem sind Übungen zum Visualisieren und zur Konzentration ganz wichtig.«

»Meditieren?«, hakte ich nach und konnte die Skepsis nicht aus meiner Stimme heraushalten.

»Du würdest ja auch nicht ohne Pilotenausbildung ein Flugzeug fliegen, oder?« Henri seufzte. »Ja, ich weiß, das alles ist so gar nicht deins, aber du wirst es brauchen, wenn du eines Tages selbst mit den Loa kommunizieren willst. Es sieht vielleicht nicht so aus, aber es ist alles andere als einfach, einen Chant anzustimmen, sich gleichzeitig gegen den Uhrzeigersinn um das Vèvè und sich selbst zu drehen und dabei die Trance zuzulassen.«

»Was war noch mal ein Vèvè?«, fragte ich.

»Du hast schon eines gesehen. Als ich Ayizan um Hilfe gebeten habe oder als Tianna deine Magie aktiviert hat. Es ist das Symbol für die Loa, wobei natürlich jeder Loa sein eigenes Vèvè hat. Es wird bei einem Ritual mit Maismehl auf den Boden gemalt, bevor man den entsprechenden Loa anruft.«

»Richtig, ich erinnere mich an das Vèvè für Ayizan: ein A in einem V.«

Henri nickte. »Ganz genau. Und wo wir schon dabei sind: Du wirst jetzt jeden Tag mindestens eine Stunde lernen, welcher Loa wofür zuständig ist und welches Vèvè zu ihm gehört.«

»Das habe ich mir ohnehin schon vorgenommen«, erwiderte ich mit einem triumphierenden Lächeln. »Warum tanzt man eigentlich gegen den Uhrzeigersinn?«

»Weil dir sonst schlecht und schwindelig wird, und so in Trance zu verfallen ist fast unmöglich.«

Klang logisch. »In Ordnung, dann lass uns mit den Übungen beginnen.«

Eine Stunde später war ich fast am Verzweifeln. Meditieren war wirklich nicht meins. Ich konnte still sitzen, aber meine Gedanken ließen sich nicht zur Ruhe zwingen. Sie wanderten von Ash zu Dad, von ihm zu den Merlins und wieder zurück zu Ash. Auch Henris Konzentrationsübungen funktionierten nicht viel besser. Immerhin klappten das Tanzen und Singen ganz gut, auch wenn ich mir dabei ziemlich blöd vorkam. Die Übungen zum Visualisieren bekam ich auch halbwegs hin, schließlich hatte ich das ja quasi schon mit Ash geübt. Wenn ich nur an die Tauben auf dem Trafalgar Square zurückdachte …

»Na schön«, erbarmte sich Henri irgendwann. »Wenn du willst, kannst du dich mal an der kleinen Voodoomagie versuchen.« Er nahm mich bei der Hand und führte mich über die Wiese an den Rand und zu den Bäumen. Dort zeigte er auf einen großen Ast, der auf dem Boden lag und eher einem Baumstamm glich. »Heb ihn hoch.«

»Hochheben? Ich allein?« Die Sache war von vornherein zum Scheitern verurteilt, und mir war auch nicht klar, was das mit Voodoo zu tun haben sollte, doch Henri sah mich so eindringlich an, dass ich es trotzdem versuchte. Natürlich funktionierte es nicht. »Zu schwer.«

Henri grinste. »Ich weiß. Hier kommt die Voodoomagie ins Spiel, und gleich wirst du auch verstehen, warum wir die Übungen zum Visualisieren gemacht haben. Allein durch deine Gedankenkraft kannst du dir vorstellen, wie dein Arm ein Stück länger wird, um etwas zu erreichen, an das du sonst nicht herankommst. Wie deine Beine länger werden, um über einen Fluss zu springen. Oder wie du stärker wirst, um etwas Schweres hochzuheben.«

»Das ist verrückt«, sagte ich.

»Das ist Voodoomagie«, erwiderte Henri. »Du musst es dir nur bildlich vorstellen. Probier es aus, und schieb deine Skepsis beiseite, sonst wird es nicht funktionieren.«

Okay, er hatte recht. Bei normaler Magie war ich anfangs auch skeptisch gewesen, aber es gab sie, und ich hatte zumindest halbwegs gelernt, sie anzuwenden. Warum also sollte es nicht auch mit Voodoomagie funktionieren? Ich schloss kurz die Augen, holte tief Luft und stellte mir vor, wie ich den Ast aus eigener Kraft vom Boden hochhob. Dann bückte ich mich und versuchte es einfach. Ich fühlte mich nicht wirklich stärker, und dennoch konnte ich den Ast mühelos anheben. »Wahnsinn. Das klappt ja tatsächlich.«

»Natürlich. Ich verstehe nicht, warum du immer noch an dir zweifelst.«

»Glaubst du, ich schaffe es auch, mit einem Loa in Kontakt zu treten?«

»Sicher«, antwortete Henri, ohne zu zögern. »Aber das können wir leider nicht einfach so ausprobieren. Um einen Loa anzurufen, braucht man einen guten Grund. Sie sind temperamentvoll und zum Teil nachtragend und mögen es gar nicht, grundlos gestört zu werden. Außerdem bist du noch nicht so weit.«

»Vielleicht sollten wir uns dann endlich meiner Magie zuwenden«, schlug ich stattdessen vor.

Henri seufzte. »Besprich das doch lieber mit Tianna. Ich will nicht die ganze Zeit hinter ihrem Rücken handeln. Verstehst du das?«

Ich nickte. Natürlich konnte ich Henri verstehen, aber ich verstand nach wie vor nicht, warum Tianna mir diese Entscheidung nicht selbst überließ.

Kapitel 6

Ash

Ash schlug die Augen auf und fühlte sich zum ersten Mal, seit er an jenem Abend im Salon der Morgans aufgewacht war, zumindest halbwegs wie ein Mensch. Er konnte nach wie vor keine Bäume ausreißen, das war ihm klar, als er sich aufzusetzen versuchte, aber immerhin war dieses grässliche Gefühl, dass ihn etwas von innen zerreißen wollte, verschwunden, und auch das Fieber schien endlich gesunken zu sein.

Der Hunger und die Sehnsucht nach Caroline trieben ihn aus dem Bett und aus seinem Zimmer, in dem er für seinen Geschmack viel zu viel Zeit verbracht hatte, auch wenn er seit Carolines Magieaktivierung jegliches Zeitgefühl verloren hatte. Er würde etwas Vernünftiges essen und duschen oder vielleicht auch andersherum, denn er stank nach diesem grässlichen Kräuterzeug, in das sein Vater ihn immer wieder aufs Neue gehüllt hatte, und dann wollte er zu Caroline. Ob sie noch bei den Lecourts war? Zu Hause war sie mit Sicherheit nicht, aber Megan konnte ihm hoffentlich weiterhelfen. Doch noch ehe er die Türklinke in der Hand hielt, klappten seine Beine unter ihm zusammen, und die Tür wurde plötzlich von der anderen Seite geöffnet.

»Arthur, hast du mich erschreckt!« Seine Mutter legte die freie Hand auf ihr Herz. In der anderen hielt sie ein Fieberthermometer. »Was ist passiert? Geht es dir gut?«

»Alles bestens«, antwortete Ash und wollte sich ohne die Hilfe seiner Mutter aufrappeln, was ihm leider nicht gelang. Sie griff ihm unter die Arme und bugsierte ihn natürlich sofort zurück Richtung Bett. »Warte. Ich wollte was essen und duschen, und dann muss ich unbedingt zu Caroline.«

Seine Mutter atmete hörbar aus. »Kommt gar nicht infrage. Jede Art von Aufregung ist momentan pures Gift für dich. Außerdem hat dich das Mädchen erst in diese Lage gebracht, mein Sohn.«

»Aber doch nicht absichtlich. Sie ...«

»Ob absichtlich oder nicht, spielt keine Rolle. Das Mädchen ist gefährlich, und dein Vater und ich wollen, dass du dich von ihr fernhältst.«

Ash fuhr sich durch die verschwitzten Haare. »Caroline. Ihr Name ist Caroline, und ich werde mich nicht von ihr fernhalten. Nur weil ihr alle an diese Prophezeiung glaubt und meint, sie töten zu müssen ...«

»Das hat sich vorerst erledigt. May hat sämtliche Morgans von der Jagd nach Caroline abgezogen.«

»Hat sie?« Ash runzelte die Stirn. Natürlich waren das gute Neuigkeiten, so musste er sich nicht zwischen Caroline und seiner Familie entscheiden, wobei ihm diese Entscheidung unter den gegebenen Umständen nicht schwergefallen wäre. Aber er verstand es trotzdem nicht.

Nun runzelte auch seine Mutter die Stirn. »Aber du bist doch wach gewesen, als du schwer verletzt von den Lecourts hergebracht wurdest. Kannst du dich an nichts erinnern?«

Ash dachte an den Abend zurück. Er erinnerte sich noch an jedes Detail bis zu dem Moment, in dem Carolines Magie im Hause der Lecourts aktiviert worden war. Danach waren es nur noch Bruchstücke, Kleinigkeiten. Vor allem Emotionen und Bilder, aber keine Worte. Die aufgeschreckten Clans, der besorgte Blick seines Vaters, die bitterlich weinende Meredith Merlin. Und die Schmerzen. Die unerträglichen Schmerzen, die alles andere in den Hintergrund hatten rücken lassen.

»Kaum. Was ist denn passiert?« Samantha setzte sich auf seine Bettkante, und er fühlte sich in seine Kindheit zurückversetzt. Seine Mutter war alles andere als der fürsorgliche Typ, aber wenn er krank gewesen war, hatte sie ausnahmsweise alles andere stehen und liegen lassen, um ihn oder seine jüngere Schwester gesund zu pflegen.

»Wie sich herausgestellt hat, ist Carolines Mutter nicht Tara Merlin, sondern Sophie Lecourt«, begann sie nun, kam aber nicht weiter.

Ash schreckte hoch. »Sophie Lecourt?« Ganz dunkel erinnerte er sich, dass er das nicht zum ersten Mal hörte, doch er war nicht fähig gewesen, über die Konsequenzen nachzudenken, und das fiel ihm auch jetzt nicht leicht. Seine Mutter erklärte, dass die Morgans demnach nicht zu den beiden mächtigsten Clans aus der Prophezeiung gehörten und May deshalb den Rückzug befohlen hatte, doch Ash hörte nur mit halbem Ohr hin. Dass Caroline das Kind aus der Prophezeiung war, machte alles nur noch komplizierter. Unter diesen Umständen würden die Merlins sie nie und nimmer am Leben lassen. Verdammt. Was, wenn ...? »Wo ist Caroline? Wie geht es ihr?«

»Das weiß ich nicht, Arthur.«

»Was soll das bedeuten, du weißt es nicht?«

»Wie gesagt, unser Clan hat sich zurückgezogen«, erwiderte seine Mutter ruhig. »Wir sind nicht auf dem neuesten Stand der Dinge.«

»Warum machst du dir dann solche Sorgen? Die Prophezeiung ist nicht mehr unser Problem. Ist es wegen mir?«

Seine Mutter sah ihn an, als würden ihm zwei Köpfe wachsen. »Natürlich, was denkst du denn? Dass du mir egal bist? Du bist trotz allem immer noch mein Sohn, vergiss das nicht.«

»Aber das ist nicht alles, oder?«, hakte Ash nach. Vielleicht kannte er seine Mutter nicht so gut, wie andere Kinder ihre Mütter kannten, aber er merkte doch, wenn etwas nicht stimmte. Sie zögerte, schien offensichtlich zu überlegen, ob sie ihn einweihen sollte oder nicht. Der Gedanke behagte ihm überhaupt nicht. Was war nur passiert? »Mum?«

Sie stieß ein Seufzen aus. »Du hast recht. Die Maleficarier. Sie haben sich deinem Dad genähert.«

Ashs Herz schlug schneller, und jetzt wusste er auch, was seine Mutter meinte, als sie gesagt hatte, jede Art von Aufregung sei pures Gift für ihn. »Was soll das heißen? Geht es ihm gut? Haben sie ihm was getan?«

»Zum Glück nicht, er konnte sich wehren. Es ist schon ein paar Tage her; seitdem ist nichts weiter passiert. Aber wir fragen uns natürlich, was das zu bedeuten hat. Wissen die Maleficarier von unserem Clan? Was haben sie vor? Es ist fast so, als ob ... als ob sich die Prophezeiung erfüllt.«

»Ich muss Caroline finden.« Und zwar, ehe die Clans es taten oder womöglich die Maleficarier. Er schlug seine Decke zurück und wollte sich aus dem Bett hieven, aber seine Mutter hinderte ihn daran. Die Gedanken drehten sich in seinem Kopf, wurden immer schneller wie ein Kettenkarussell, sodass ihm fast schon übel wurde. Da bekam er einen dieser Gedanken zu fassen. Hatte seine Mutter gesagt, es sei schon ein paar Tage her? »Wie lange war ich weggetreten?«, wollte er wissen und zwang sich, nicht daran zu denken, was Caroline in dieser Zeit alles hatte passieren können.

»Heute ist Montag.«

»Montag schon?«

Seine Mutter nickte. »Zum Glück stand relativ schnell fest, dass du über den Berg bist, aber dein Körper brauchte Zeit, um sich vollständig zu regenerieren. Und dieser Prozess ist noch lange nicht abgeschlossen. Es wird sicher einige Tage, vielleicht sogar mehrere Wochen dauern, bis du wieder richtig fit bist.«

Montag. In der Nacht von Donnerstag auf Freitag war Carolines Magie aktiviert worden. Das bedeutete, er hatte drei komplette Tage verschlafen. Drei Tage! Das war eine Ewigkeit, in der Gott weiß was hatte passieren können. Ash versuchte, zuversichtlich zu sein. Caroline war nicht allein, sie hatte Henri an ihrer Seite und vielleicht auch noch mehr Mitglieder des Lecourt-Clans. Immerhin war sie jetzt ein Teil von ihnen. Trotzdem machte er sich Sorgen um sie. Und dann hatte er auch noch ihren Geburtstag versäumt. Am Samstag war sie achtzehn geworden. Zwar war ihre Magie inzwischen aktiviert worden, sodass eigentlich alles okay sein müsste, aber er fragte sich dennoch, ob vielleicht etwas schiefgegangen war.

Erneut versuchte er aufzustehen, doch seine Mutter drückte ihn zurück auf die Matratze, was ihr leider keine allzu großen Schwierigkeiten bereitete. »Hast du mir nicht zugehört? Du bist noch nicht so weit, dass du wieder aufstehen kannst. Außerdem hast du dich von Caroline fernzuhalten.«

»Das werde ich nicht tun. Sie braucht Hilfe, und ganz sicher werde ich nicht dabei zusehen, wie sie einfach umgebracht wird. Ich rede mit May, und danach werde ich zu den Merlins gehen oder besser noch zu den Lecourts.« Er rechnete zwar nicht damit, dass er irgendetwas erfahren würde, denn wenn die Merlins wüssten, wo Caroline war, würde sie bestimmt nicht mehr leben, und das wollte er sich lieber nicht ausmalen. Aber die Lecourts. Henri oder Tianna. Einer von beiden würde ihm hoffentlich etwas Brauchbares sagen können. Und ansonsten gab es immer noch Megan.

»Das wirst du nicht tun, Junge. Sei ein Mal in deinem Leben vernünftig.«

»Ich bin zum ersten Mal in meinem Leben vernünftig, Mutter. Und ich bin achtzehn, ich kann meine Entscheidungen selbst treffen.«

»Caroline ist das Kind aus der Prophezeiung, Arthur. Das kann dir doch nicht egal sein. Hast du keine Angst vor ihr? *Ein Kind, mächtig und gefahrvoll, der beiden größten Stämme* –«

»Inzwischen ist mir die Prophezeiung bekannt«, unterbrach Ash seine Mutter ungeduldig. »Und nein, ich habe keine Angst vor Caroline. Weil ich weiß, sie würde niemals zulassen, dass unser Clan oder meinetwegen auch die Merlins oder Lecourts untergehen. Wenn ihr euch nur die Mühe machen würdet, sie ein wenig kennenzulernen ...«

»Das eine hat doch mit dem anderen rein gar nichts zu tun«, erwiderte seine Mutter. In diesem Moment klang sie weder genervt noch verärgert, sondern eher erschöpft. Ob sie die vergangenen Tage und Nächte an seinem Bett gewacht hatte, ohne dass er es mitbekommen hatte? »Niemand behauptet, dass sie ein schlechter Mensch sei oder mit Absicht handeln würde, aber sie wird den Untergang für einen Clan bedeuten, so sagt es nun mal die Prophezeiung. Und wenn du ihr hilfst, wirst du ebenfalls auf der Abschussliste der Merlins und Lecourts stehen, und das werde ich verhindern.«

»Woher willst du wissen, dass die Lecourts Caroline ebenso tot sehen wollen wie die Merlins?«, fragte Ash. Er kannte den Voodooclan von ihnen allen am besten, und er konnte sich einfach nicht vorstellen, dass Papa Ajani an die Prophezeiung glaubte.

»Weil sie dumm wären, wenn sie das Mädchen am Leben lassen

würden. Kouri Lecourt hat das bestätigt, als er dich herbrachte. Das Mädchen bedeutet Zerstörung, Tod. Das kannst du nicht wollen, Ash.«

Es kam nur selten vor, dass seine Mutter ihn bei seinem Spitznamen nannte. Sie wollte ihn wirklich beschützen, aber er musste Caroline beschützen. Wenn es dafür nicht längst zu spät war. »Ich glaube nicht an Prophezeiungen, Mutter. So wie ich nicht an Horoskope oder Wahrsager glaube, was du im Übrigen auch nicht tust, wenn ich dich daran erinnern darf. Also erklär es mir. Warum glaubst du jetzt daran?«

Seine Mutter schob sich eine dunkle Haarsträhne hinters Ohr. Obwohl sie sich sicher Sorgen um ihn gemacht und vermutlich seit einer Ewigkeit kein Auge zugetan hatte, sah sie wie immer wie aus dem Ei gepellt aus. Das war es, was Ash manchmal zur Verzweiflung trieb. Seine Mutter zeigte keinerlei Schwäche, sie versteckte sich hinter Make-up und schicken Kostümen. Und dahinter versteckte sie auch jede Art von Emotionen, wenn sie überhaupt welche hatte, was Ash immer mehr bezweifelte.

»Das ist etwas anderes«, sagte sie jetzt. »Immerhin geht es hier um eine Prophezeiung, die Merlin selbst gemacht hat. Nur ein Idiot würde sie ignorieren.«

Ash schnaubte. »Na vielen Dank auch.«

»Ich habe nicht gesagt, dass du ein Idiot bist, allerdings verhältst du dich dumm. Blind vor Liebe. Selbst wenn es Merlins Prophezeiung nicht geben würde, hättest du mit Caroline keine Zukunft. Die Vermischung von Clans ist nicht gewünscht, und du siehst, warum. Darf ich dich außerdem daran erinnern, dass du bereits einem anderen Mädchen versprochen wurdest?«

Ash schnaubte erneut. »Wir sind nicht mehr im Mittelalter, Mutter.

Ihr werdet langsam akzeptieren müssen, dass ich meine Cousine nicht heiraten werde.«

Seine Mutter lächelte nur, als hätte sie ihn überhaupt nicht gehört. »Du wirst im Gegenteil endlich akzeptieren müssen, dass du Mitglied eines Clans bist und deine Entscheidungen Konsequenzen für uns alle haben. Caroline ist vielleicht eine Hexe, aber sie ist keine Morgan. Sie ist ein Bastard. Dein Vater und ich werden nicht zulassen, dass ausgerechnet unser Sohn die reine Linie der Morgans verdirbt.«

Ash ballte die Hände zu Fäusten. Hunger, Durst, das leichte Schwindelgefühl, das ihn überkommen hatte – das alles war vergessen. Er wollte nur zu Caroline, jetzt noch dringender als zuvor. »Ihr habt mir bereits das mit Elizabeth zerstört. Damals habe ich mich euch nicht entgegengestellt, aber dieses Mal werdet ihr mir das nicht ruinieren.«

Und da sah er sie auf einmal vor sich. Caroline. Sie saß auf seinem Bett und sah traurig aus, so als wollte sie ihm sagen, dass es vorbei sei. Er dachte an die Situation vor dem Tor des Holland Parks zurück, kurz bevor sie mit ihm Schluss gemacht hatte. Ihre Worte, als er sie gefragt hatte, warum sie sich nicht weiterhin von ihm helfen lassen wolle, hatte er noch ganz genau im Ohr: *Weil sie mich jagen werden, Ash. Sie werden nicht aufgeben, und wenn du bei mir bist, werden sie auch dich jagen. Das weißt du genauso gut wie ich.* Vielleicht hatte sie recht, nach dem Gespräch mit seiner Mutter musste er das wohl oder übel einsehen. Aber sah Caroline das auch noch genauso? Er wollte ihr sagen, dass es noch nicht vorbei war, dass sie eine Chance hatten, wenn sie nur zusammenhielten. Er wollte sie berühren. Zu spät erkannte er, dass seine Mutter ihre Kräfte eingesetzt hatte. Sie hatte ein Trugbild erschaffen und war in der Zwischenzeit aus seinem Zimmer verschwunden. Ash sprang auf, und obwohl er ins Wanken geriet, stolperte er zur

Tür und wollte sie aufreißen. Sie war verschlossen, und das nicht nur auf herkömmliche Weise, sondern mit Magie. Er hob die Hand, machte eine fließende Bewegung. Blaue Funken stoben aus seinen Fingern – schwach zwar, aber es funktionierte –, doch die Tür blieb fest verriegelt. Er versuchte es mit dem Fenster, doch auch das ließ sich nicht öffnen.

Er war ein Gefangener in seinem Zimmer, und seine eigene Mutter hatte ihn dazu gemacht.

Ash hatte alles versucht. Er hatte geschrien und randaliert, er hatte das Fenster einschlagen oder die Tür eintreten wollen. Sogar seine Magie hatte er benutzt, als ihm Garry irgendwann eine Waschschüssel und etwas zu essen gebracht hatte. Nichts hatte geholfen, er war immer noch in seinem Zimmer gefangen. Nun saß er bereits seit einer Weile auf seinem Bett und starrte ins Leere. Er konnte es nicht fassen. Nicht nur, dass er sich von seiner Mutter hatte überrumpeln lassen, was ihm seit Jahren nicht passiert war. Was ihn wirklich schockierte, war die Tatsache, dass sie ihre Magie überhaupt gegen ihn, ihren eigenen Sohn, angewandt hatte. Wenn sie es in der Vergangenheit je getan hatte, dann nur zu Übungszwecken, um ihn stärker zu machen.

Ash schüttelte den Kopf. Wie konnte jemand so sehr an etwas glauben, dass er seine eigenen Kinder dafür in Gefahr brachte? Noch dazu für etwas, für das es nicht einmal einen Beweis gab. Wusste denn niemand außer ihm, was das Wort Prophezeiung bedeutete? Es war nichts weiter als das, eine Prophezeiung. Eine Aussage über die Zukunft, die so unpräzise war, dass man sie gar nicht genau deuten konnte. Darauf die Zukunft der Clans aufzubauen und zu morden ... Und seine Familie befand sich mittendrin in dem ganzen Chaos, auch wenn sich die Morgans zumindest vorerst ganz offiziell zurückgezogen hatten. Ja, die Prophezeiung stammte von Merlin, und Ash war durchaus bewusst, dass Merlin der mächtigste Magier aller Zeiten war. Aber auch er hatte nicht in die Zukunft sehen können. Ash musste dem Ganzen ein Ende bereiten. Er musste Caroline finden und irgendwie beweisen, dass sich selbst ein großer Magier wie Merlin irren konnte. Aber wie sollte er das anstellen? Seine Mutter hatte ihn erfolgreich eingesperrt, und natürlich lag auch sein Handy nicht mehr auf seinem Nachtschrank.

Das Handy. Er hatte doch in der Kommode sein altes Handy liegen. Eines mit Prepaidkarte, die allerdings noch nicht abgelaufen sein sollte. Henris Nummer kannte Ash seit jeher auswendig, und für den Notfall hatte er Carolines und sogar Megans Nummer auswendig gelernt, denn er hatte schon oft erlebt, wie Mobiltelefone oder ganze Telefonnetze durch Magie unbrauchbar gemacht worden waren. Er konnte nur hoffen, dass seine Mutter in diesem Fall nicht so weit gegangen war und er Empfang haben würde.

Ash kramte das Handy samt Netzteil aus der Schublade hervor und hängte es an die Steckdose, bevor er es einschaltete. Er hielt den Atem an und stieß schließlich erleichtert die Luft aus. Es funktionierte. Er hatte sowohl Empfang als auch noch ein wenig Guthaben. Mit zitternden Fingern wählte er zuallererst Carolines Nummer – und landete sofort auf der Mailbox.

»Hallo, hier ist Caroline. Hinterlasst mir doch eine Nachricht. Wenn ihr Glück habt, rufe ich sogar zurück.«

Es war schön, zumindest kurz Carolines Stimme zu hören, auch wenn sie nur vom Band kam. Vom Band. Ash unterdrückte ein Fluchen. Wäre ja auch zu schön gewesen, wenn er sie direkt erreicht hätte. Irgendwie hatte er damit gerechnet, dass Carolines Handy ausgeschaltet war, denn die Clans waren nicht blöd. Ein Handy konnte man leicht orten. Trotzdem hatte er gehofft, sie hätte vielleicht einen Weg gefunden, um sich nicht ganz von der Außenwelt abzuschotten.

Der obligatorische Piepton war zu hören. »Caroline, hier ist Ash. Wo bist du? Geht es dir gut? Gott, ich hoffe es. Bitte melde dich bei mir, aber nur unter dieser Nummer. Meine Mutter hat das andere Handy kassiert und mich in meinem Zimmer eingesperrt. Caroline ...« Er stieß die Luft aus. »Ich hoffe, wir sehen uns bald wieder. Du fehlst mir.«

Er legte auf und wählte direkt im Anschluss Henris Nummer – nur um wieder auf der Mailbox zu landen. Ash hinterließ eine weitere Nachricht und fragte sich, was das zu bedeuten hatte. Waren Caroline und Henri zusammen unterwegs? Unter normalen Umständen würde ihm das alles andere als gefallen, denn Henris Gefühle für Caroline waren mehr als offensichtlich. Aber Henri und Ash waren Freunde, und Caroline konnte jede Hilfe gebrauchen. Und waren Caroline und Henri jetzt nicht sogar auf irgendeine Weise miteinander verwandt? Ash hoffte so sehr, dass seine Mutter sich geirrt hatte und die Lecourts nicht auch noch Jagd auf Caroline machten, denn es war schon schwer genug, es mit einem Clan aufzunehmen. Aber gleich mit zwei?

Unwillkürlich hatte Ash die letzte Strophe der Prophezeiung im Ohr: *Von den alten Stämmen zwei, die teilten sich die Welt, wird besteh'n nur einerlei, wenn einst das Urteil fällt.* Angenommen, die Lecourts hielten sich raus, ebenso wie seine Familie, und Caroline würde es schaffen, die Merlins zu schlagen ... Vernichtend zu schlagen, denn das war aus jetziger Sicht die einzige Möglichkeit, die Merlins davon abzubringen, Caroline zu töten. Fressen oder gefressen werden. Dann hätte sich die

Prophezeiung erfüllt. Ein Schauer lief durch Ashs Körper, doch er versuchte, das Ganze logisch zu betrachten. Zuerst einmal musste Caroline es schaffen, was trotz ihrer Macht recht unwahrscheinlich war, vor allem in ihrem Zustand. Der konnte sich in den letzten Tagen natürlich drastisch verbessert haben, aber nichtsdestotrotz konnte man doch in dem Fall auch von einer sich selbst erfüllenden Prophezeiung sprechen. Oder nicht? Was würde passieren, wenn die Merlins nichts unternahmen und Caroline in Ruhe ließen? Das war die große Frage, aber die Merlins waren ganz sicher nicht bereit, das auf praktische Weise herauszufinden.

Seufzend wählte Ash Megans Nummer und hoffte inständig, wenigstens sie zu erreichen. Das Freizeichen ertönte, immer und immer wieder. Hörte sie das Telefon vielleicht nicht? War sie gerade im *Hound Dog* und konnte deshalb nicht abnehmen? Arbeitete sie im Moment überhaupt? Verdammt, jetzt wünschte Ash sich, die Mailbox würde anspringen. Dann könnte er wenigstens eine Nachricht hinterlassen, denn bei Megan war es am wahrscheinlichsten, dass sie die Nachricht abhören und ihn zurückrufen würde. Er wollte gerade aufgeben und auflegen, als plötzlich ihre Stimme am anderen Ende der Leitung ertönte. Außerdem hörte er Stimmengewirr und leise Musik. Megan schien tatsächlich im *Hound Dog* zu sein.

»Ich hoffe, es ist wichtig.«

»Megan, hier ist Ash.«

»Ash, oh mein Gott! Wo ist Caroline? Wie geht es ihr?«

Er schluckte seine Enttäuschung hinunter. Das war es dann wohl. Wen hätte er jetzt noch anrufen sollen? Die Nummer von Tianna oder Ajani Lecourt hatte er nicht, und die der Merlins schon gar nicht. »Das wollte ich eigentlich von dir wissen. So ein Mist!«

»Von mir?«

»Dann hast du auch nichts von Henri gehört, nehme ich an?«

»Nein, verdammt.«

Im Hintergrund rumorte es, etwas war wohl auf den Boden gefallen. Megan fluchte leise, und Ash hörte, wie sie an etwas lutschte. Vielleicht hatte sie etwas zerbrochen und sich dabei verletzt?

»Alles okay?«

Doch er bekam keine Antwort. Stattdessen fragte eine männliche Stimme: »Wo willst du hin?«

»Ich bin sofort zurück, Nate«, rief Megan, dann verschwanden die Hintergrundgeräusche. »Ash, ich hab seit Donnerstagnacht nichts mehr von Caroline gehört und auch von sonst niemandem. Sie rief an und hat mir von der Eskalation im Haus deiner Familie erzählt, von dem toten Hexenmeister und von Italien. Und sie hat gesagt, dass Henris Tante ihr helfen würde. Das ist mein letzter Stand der Dinge. Mitten in der Nacht tauchten dann zwei Männer in der Wohnung auf und haben nach ihr gefragt. Ich glaube, das waren auch Magier. Den einen habe ich schon mal im *Hound Dog* gesehen.«

Ash umklammerte das Handy fester. Das konnte nur Jared Merlin gewesen sein. »Haben sie dir etwas getan?«

»Nein, das nicht. Sie waren ziemlich grob und wütend, und sie haben mich gezwungen, irgend so ein komisches Zeug zu trinken. Ich dachte schon, die wollen mich vergiften. Ash, ich verstehe das nicht. Caroline hat versprochen, dass sie sich meldet, aber das hat sie nicht. Ich habe nichts mehr von ihr gehört. Sie hat mir gesagt, dass sie Schluss gemacht hat, aber du musst doch trotzdem irgendwas wissen. Was ist da los bei euch?«

Ash atmete laut aus. Dabei wollte er Megan nicht noch mehr beunruhigen, aber er konnte nicht anders. »Ich weiß es nicht, und das macht mich genauso verrückt wie dich.«

»Vielleicht hat das mit Henris Tante nicht geklappt, und Caroline hat es nicht mehr rechtzeitig nach Italien geschafft. Verdammt, ich hätte sie zwingen müssen, mit mir nach Neapel zu fliegen.«

»Megan, mach dir keine Vorwürfe. Du kannst am allerwenigsten für das, was passiert ist, und zumindest in der Hinsicht kann ich dich beruhigen. Henris Tante hat Carolines Magie aktiviert. Es schien ihr gut zu gehen.«

»Es schien?«, fragte Megan verwirrt. »Warst du nun dabei oder nicht?«

»Warte kurz«, flüsterte Ash und versteckte das Handy unter der Bettdecke. Vor der Tür meinte er etwas gehört zu haben. Er lauschte in die Stille, nur das Hämmern seines eigenen Herzens hatte er noch im Ohr, doch als es auch Sekunden später noch ruhig vor seiner Tür war, nahm er das Telefon wieder zur Hand.

»Bist du noch da? Alles okay?«, fragte Megan.

»Entschuldige, ich wollte nur nicht, dass mich jemand hört. Meine Mutter hat mich eingesperrt, und ...«

»Deine Mutter hat dich eingesperrt? Jetzt verstehe ich gar nichts mehr.«

Ash seufzte. »Das ist auch nicht leicht zu verstehen. Kannst du mich unter dieser Nummer zurückrufen? Ich hab sicher kaum noch Guthaben, weil das ein altes Handy ist, und dann erkläre ich dir alles.« Keine Minute später hatte er Megan erneut am Apparat und erzählte ihr alles, was passiert war, angefangen mit der Prophezeiung, der Jagd auf Caroline und seinem Unfall während der Aktivierungszeremonie, und obwohl sie schon einiges wusste, war sie einen Moment erstaunlich ruhig, nachdem Ash geendet hatte.

»Denkst du, ihr ist was passiert? Dass die Merlins sie erwischt haben?«

»Ich weiß es ehrlich nicht, aber ich hoffe, dass meine Familie es wissen würde, wenn dem so wäre.« Das war der einzige Strohhalm, an den er sich klammern konnte. Die Merlins würden garantiert damit prahlen, wenn sie es endlich geschafft hätten, Caroline zu töten. Aber vielleicht auch nicht.

»Wie lange dauert das denn noch?«, war erneut die männliche Stimme am anderen Ende der Leitung zu hören.

»Das ist wichtig, Nate. Zieh es mir meinetwegen vom Lohn ab, aber ich brauche noch einen Moment.«

»Herrgott noch mal, ich sollte mir neue Mitarbeiterinnen suchen. Die eine liegt seit einer Woche mit Grippe im Bett, und die andere telefoniert stundenlang während der Arbeitszeit.«

»Von stundenlang kann wohl kaum die Rede sein«, rief Megan dem Mann hinterher. Dann holte sie tief Luft. »Okay, was nun? Was sollen wir machen?«

»Ich fürchte, wir können gerade nicht viel tun. Ich bin eingesperrt, und du ...«

»Ich bin nicht eingesperrt, und die Arbeit ist unwichtig.«

»Das hab ich gehört!« Wieder der Mann.

»Mein Chef belauscht meine Gespräche. Warte mal kurz.« Das Stimmengewirr und die Musik wurden wieder lauter, dann hörte Ash eine Tür ins Schloss fallen und Autos. Megan musste nach draußen gegangen sein. »Im Ernst, wir müssen irgendetwas machen. Wenn Caroline noch lebt, kann sie jede Hilfe gebrauchen. Soll ich dich befreien? Ich hab zwar keine Ahnung, wie ich das anstellen soll, aber mir fällt schon was ein. Vielleicht mit Sprengstoff, was meinst du?«

»Ohne Magie wirst du mir leider nicht helfen können.«

»Mist, du hast recht. Und ich weiß auch nicht, wie ich an Sprengstoff kommen sollte. Dann gehe ich eben zu den Merlins und rede mit denen.«

»Das wirst du nicht tun, Megan, mit den Merlins ist nicht zu spaßen. Die ganze Sippe ist noch sturer als Caroline. Es wird nichts bringen, und es ist auch viel zu gefährlich.«

»Was dann, Ash? Was dann? Irgendetwas müssen wir doch machen.«

Ash seufzte erneut. »Wenn ich könnte, würde ich zu Henris Tante gehen. Sie hat Caroline einmal geholfen, und vielleicht tut sie es wieder.«

»In Ordnung, wo wohnen die Lecourts?«

Ash zögerte. Er wollte Megan nicht in Gefahr bringen, aber sie war im Moment seine einzige Chance, Caroline zu helfen, also nannte er ihr die Adresse von Henris Familie. »Falls sie wissen, wo Caroline steckt, werden sie es dir nicht sagen, und das ist auch besser so, da die Merlins es mit einem Wahrheitstrank aus dir herausbekommen könnten. Aber vielleicht hast du ja trotzdem auf irgendeine Weise Erfolg.«

»Es ist zumindest besser, als gar nichts zu tun«, sagte Megan entschlossen. »Nate wird das nicht gefallen, aber ich mache mich sofort auf den Weg und melde mich später bei dir.«

Ash nickte. »In Ordnung. Pass auf, dass dich niemand verfolgt. Die Merlins beobachten dich vermutlich, und sie sollen dich nicht zusammen mit den Lecourts sehen, denn das würde dich in Teufels Küche bringen. Und rede mit niemandem außer mit Henris Tante Tianna, hörst du?«

»Ja, ja. Sonst noch was?«

Ash schloss die Augen. Caroline würde es ihm nie verzeihen, wenn

Megan etwas passieren würde, und er sich auch nicht. »Pass bitte auf dich auf.« Megan war einen Moment ungewöhnlich ruhig, was Ash hoffen ließ, dass sie den Ernst der Lage endlich erkannt hatte.

»Du auch auf dich«, sagte sie dann und legte auf.

Ash hatte nichts mehr von Megan gehört. Er war lange wach geblieben, um ihren Anruf ja nicht zu verpassen und weil er ohnehin nicht hätte schlafen können, solange Megan sich da draußen in Gefahr brachte. Denn sie *war* in Gefahr. Wenn die Merlins herausfanden, dass sie Kontakt zu den Lecourts suchte, würden sie annehmen, dass Megan etwas wusste oder plante. Er hoffte nur, dass er sich in dem Voodooclan nicht täuschte und sie nicht direkt in die Höhle des Löwen geschickt hatte. Er hatte Megan befohlen, nur mit Tianna zu sprechen, aber prinzipiell konnte er sich auch bei den anderen Lecourts nicht vorstellen, dass sie Megan etwas antun würden. Hoffentlich irrte er sich nicht. Nicht auszudenken, wenn die Lecourts tatsächlich selbst Jagd auf Caroline machten. Wer konnte schon wissen, wie jemand reagierte, wenn er mit einer Prophezeiung konfrontiert wurde, laut der theoretisch seine ganze Familie ausgelöscht werden konnte? Ash hätte auch nie für möglich gehalten, dass sich sein Clan auf die Abmachung mit den Merlins einlassen würde. Wenn er sich ausmalte, was mit seiner kleinen Schwester passiert wäre, hätte seine Familie damals diesen Wettstreit verloren … Allerdings fragte er sich, wie seine Familie den Wettstreit überhaupt hatte gewinnen können, wenn sie am Ende doch nicht zu den beiden mächtigsten Clans Londons gehörte.

Während seiner Grübeleien und dem regelmäßigen Blick aufs Handy schlief Ash irgendwann ein. Er hatte keine Ahnung, wie lange er geschlafen hatte, als er mitten in der Nacht aufwachte. Tatsächlich brauchte er erst einmal einen Augenblick, um sich zu orientieren. Er fühlte sich völlig erschöpft, und ihm war auch ein wenig schwindelig. Ungern gestand er es sich ein, aber zumindest in dem Punkt hatte seine Mutter wohl recht. Sein Körper schien sich noch nicht so gut regeneriert zu haben, wie er das gern gehabt hätte.

Ash tastete nach dem Handy. Vielleicht hatte Megan endlich angerufen und er war von dem Vibrieren wach geworden. Den Ton hatte er schon den ganzen Tag über auf stumm gestellt gehabt, damit ja niemand aus seiner Familie mitbekam, dass er über ein Handy verfügte und Kontakt zu Carolines Freundin hatte. Aber ein kurzer Blick aufs Handy reichte, um Ashs Hoffnung zu zerstören: keine verpassten Anrufe.

Verdammt, was war das? Erschrocken rückte Ash ein Stück beiseite und war drauf und dran, aus dem Bett zu springen und nach Hilfe zu rufen. Da lag jemand neben ihm, und ein Irrtum war ausgeschlossen, denn der Mond schien hell genug in sein Zimmer, um die Konturen der Person sehen zu können. Außerdem konnte er die Wärme desjenigen spüren. Wer zum Teufel lag in seinem Bett? Und warum? Das Herz raste in seiner Brust. Zuerst vor Angst, doch dann war es Aufregung, die ihn erfasste und seinen Herzschlag aus dem Takt geraten ließ. Er schaltete die Nachttischlampe ein, denn er kannte diese Konturen, den dunkleren Hautton und die dunklen Locken, die sich auf seinem Kissen ausbreiteten. Einen Moment fragte er sich, ob er träumte, doch dann streckte er die Hand aus, um die Locken zu berühren. Sie fühlten sich nicht so seidig an wie sonst, und dennoch war es kein Traum.

Sie lag tatsächlich neben ihm.

Kapitel 7

Caroline

»Caroline?«

Ich musste träumen, denn jemand flüsterte meinen Namen, und dieser jemand klang wie Ash. Irgendwo zwischen Schlaf und Wachsein gestattete ich mir einen kostbaren Moment, mir vorzustellen, wie es sein würde, tatsächlich bei Ash zu sein. Henris Vater hatte sich nicht mehr gemeldet, und ich hatte keine Ahnung, wie es Ash inzwischen ging. Hoffentlich hatte Ajani recht, und er war auf dem Weg der Besserung. Trotzdem machte ich mir Sorgen um ihn. Würde er wieder ganz der Alte werden? Was war mit seiner Familie? Hatten sie ihm verziehen, jetzt, wo sich die Morgans von der Jagd nach mir zurückgezogen hatten?

An meinen Vater wollte ich gar nicht erst denken, auch wenn es mir schwerfiel. Aber ich war auf Jamaika und hatte keine Möglichkeit, irgendwie mit ihm in Kontakt zu treten. Ich konnte nichts ändern, und er hatte mich seit Tagen nicht mehr an seinen Erlebnissen teilhaben lassen. Was das zu bedeuten hatte, wollte ich mir lieber nicht ausmalen.

»Caroline?« Wieder Ashs Stimme, die meinen Namen flüsterte, und nun strich mir auch noch jemand über den Rücken.

Ich zuckte zusammen. Inzwischen war ich hellwach, also konnte ich auch nicht träumen. Aber wer war in meinem Zimmer? Henri? Vielleicht hatte er etwas Neues erfahren. Vielleicht war etwas passiert. Ich riss die Augen auf und setzte mich auf. Orientierungslos sah ich mich um. Das war nicht mein Zimmer auf Jamaika, das alte Zimmer meiner Mum. An der Wand hing kein Bild mit Mohnblumen, und die Möbel waren auch nicht weiß, sie waren eher anthrazit und die Wände zum Teil tiefblau. In diesem Zimmer war ich nie zuvor gewesen, trotzdem wusste ich, wem es gehörte. Aber wie konnte das sein?

»Ash?« Er saß neben mir, genauso ungläubig wie ich. Vorsichtig streckte ich die Hand aus, um sein Gesicht zu berühren und mich zu vergewissern, dass ich tatsächlich wach war und keine Halluzinationen hatte. Ich spürte weiche Haut unter meinen Fingern und riss ihn in meine Arme. »Oh mein Gott, Ash!«

»Caroline!«

Wir hielten uns innig umarmt und lösten uns nur kurz wieder voneinander, um uns gegenseitig anzusehen, uns zu berühren und zu küssen – auf den Kopf, die Schläfe, die Wange, den Mund.

»Gott, ich bin so froh, dass du lebst. Wie geht es dir, Ash? Ist alles in Ordnung? Es tut mir so leid, ich wollte nicht –«

»Psst.« Er legte mir einen Finger auf die Lippen. »Wie geht es *dir*? Ich habe mir solche Sorgen um dich gemacht. Als Tianna deine Magie aktiviert hat und du diesen Schrei ausgestoßen hast …«

»Es geht mir gut, wirklich. Vielleicht lag es an meinem Alter oder der Voodoomagie, dass ich solche Schmerzen hatte, aber das spielt jetzt keine Rolle mehr. Hauptsache, meine Magie wurde rechtzeitig aktiviert.«

»Dein Geburtstag. Es tut mir so leid, dass ich nicht bei dir sein konnte. Ich hätte diesen Tag so gern mit dir verbracht, aber immerhin habe ich jetzt die Gelegenheit, dir Gesundheit und ein langes, glückliches Leben zu wünschen.« Er gab mir einen Kuss auf den Mund. »Was hast du an deinem Geburtstag gemacht?«

»Das Übliche«, erwiderte ich. »Shoppen, Kino, essen gehen. Ich hätte dich so gern dabeigehabt.«

»Das holen wir nach, okay? Ganz bald. Und was hast du sonst so getrieben?«

Jedenfalls nicht gelernt, meine Kräfte zu beherrschen, was eigentlich der Plan gewesen war. Tianna hatte sich nicht überzeugen lassen, mit dem Training zu beginnen, nachdem Henri und ich nach unserer Voodooeinheit ins Haus zurückgekehrt waren. Zugegeben, es war schon Abend gewesen. Und dennoch. »Vertraust du den Lecourts?«, fragte ich Ash jetzt. »Insbesondere Tianna?«

Ash zögerte einen Moment. »Ich mag Tianna, sie hat mir und Henri früher immer Pfannkuchen mit Eis zum Frühstück gemacht. Und prinzipiell kenne ich sie auch schon viele Jahre lang, aber ohne sie wirklich zu kennen. Verstehst du, was ich meine?«

Ich nickte. Das verstand ich nur zu gut. Unter normalen Umständen hätte ich auch nicht weiter nachgehakt, aber von normalen Umständen war ich so weit entfernt wie nur irgend möglich. »Aber du hast meine Frage nicht beantwortet. Vertraust du ihr?«

Ash nahm meine Hände in seine und stieß ein Seufzen aus. »Ich denke schon. Sie hat immerhin deine Magie aktiviert und damit dein Leben gerettet. Das hätte sie nicht tun müssen, denn damit hat sie auch ihren Clan in die ganze Sache hineingezogen.«

Nun seufzte auch ich. »Das stimmt, und zu dem Zeitpunkt wusste sie nicht einmal, dass ich ihre Nichte bin.«

Ash legte seine Stirn gegen meine. »Caroline Lecourt. Was hältst du davon?«

»Ich bin lieber eine Lecourt als eine Merlin«, antwortete ich, ohne darüber nachdenken zu müssen.

»Heißt das, die Lecourts sind auf deiner Seite? Fragst du deshalb nach ihrer Vertrauenswürdigkeit? Helfen sie dir, dich zu verstecken?« Ash schüttelte den Kopf. »Nein, warte. Sag es mir nicht«, bat er dann, und ich konnte sehen, wie schwer ihm diese Worte fielen. »Besser, ich weiß nichts davon. Du darfst niemanden einweihen, okay? Auch Megan nicht, falls sie dich irgendwie erreicht.«

»Megan?« Ein ungutes Gefühl beschlich mich. Bitte, nicht sie auch noch. »Was ist mit ihr? Geht es ihr gut?«

Ash nickte. »Es geht ihr gut, ich habe vorhin mit ihr telefoniert. Sie wollte zu den Lecourts, um mit Tianna über dich zu reden.«

»Mit Tianna? Was hat sie denn über mich erfahren?«

»Das weiß ich nicht, Megan hat sich noch nicht wieder gemeldet. Aber mach dir keine Sorgen, es wird ihr gut gehen.«

Es klang eher so, als wollte Ash sich selbst beruhigen, denn ich wusste ja, dass die Lecourts auf meiner Seite waren. Zumindest hoffte ich, dass sie mich nicht belogen hatten. »Sucht nicht nach mir. Es geht mir gut, und ich bin vorerst in Sicherheit«, sagte ich und sah Ash eindringlich in die blauen Augen, die dunkel wie ein See in der Nacht wirkten.

»Ich muss dich was fragen, Caroline. Die Maleficarier. Hast du irgendwas mitbekommen? Sind sie dir auf der Spur?«

Ich horchte auf. »Nicht, dass ich wüsste. Warum? Was ist los?«

Ash zuckte mit den Schultern. »Ich weiß es auch nicht so genau. Sie haben wohl meinen Dad angegriffen, aber es ist nichts passiert«, fuhr er fort, ehe ich nachfragen konnte. »Sei bitte vorsichtig, okay?«

»Das bin ich immer. Dann hat deine Familie dir verziehen?« Ash schluckte, und die Härchen in meinem Nacken stellten sich auf.

»Das ist noch nicht so ganz raus. Ich war die letzten Tage mehr oder weniger ohne Bewusstsein. Ich habe nur mit meiner Mutter gesprochen, und die war nicht allzu begeistert darüber, dass ich als erste Amtshandlung nach dir gefragt habe.«

»Ach, Ash.« Ich legte meine Hände an seine Wangen und küsste ihn. Eigentlich hatte es nur ein kleiner Kuss werden sollen, doch daraus wurde mehr, denn mein Körper wollte mehr. *Ich* wollte mehr. Ich hatte mich so sehr nach ihm gesehnt, nach seiner Nähe, seiner Wärme und seinem Duft, dass ich jetzt unmöglich mit einem kleinen Kuss zufrieden sein konnte. Ich presste meine Lippen regelrecht auf seine, während ich auf seinen Schoß kletterte und auch meinen Körper gegen ihn presste. Ash stöhnte leise auf. Zwar ohne sich von mir zu lösen, doch es war ziemlich deutlich, dass dieses Stöhnen nicht seiner Lust entsprang. Sofort wollte ich von ihm abrücken, doch er hielt mich, mit den Händen auf meinem Rücken, auf seinem Schoß. »Geht es dir wirklich wieder gut, Ash?«

Er nickte. »Aber klar. Ich brauche noch ein paar Tage, bevor wir das von neulich Nacht unter der Dusche wiederholen können, aber ansonsten ist alles in Ordnung. Ganz sicher.« Er strich mir eine Locke aus der Stirn. »Tja, dann sind wir jetzt wieder zusammen. War ja auch eine dämliche Idee, sich von mir zu trennen.«

Als Antwort küsste ich ihn erneut und schmunzelte in mich hinein. Oh ja, er war wieder ganz der Alte. Fast zumindest, denn er sah erschöpft aus, ein wenig blass. Dazu die Schmerzen, die er offensichtlich noch hatte. Schnell sah ich mich in seinem Zimmer um und versuchte, jedes Detail zu erfassen. Auf dem Schreibtisch stand ein Tablett mit einem Suppenteller und einer Tasse, daneben eine Waschschüssel. Ansonsten war es ordentlich. Keine Wäsche, die herumlag oder über Stuhllehnen hing. Es roch nach Kräutern und auch ein wenig muffig. Hier musste dringend mal wieder gelüftet werden. Wir waren zwar nicht auf Jamaika, aber in London war es, zumindest bis vor meiner Abreise, nachts mild genug gewesen, um die Fenster zu öffnen. Doch diese hier waren fest verschlossen.

London. Ich war tatsächlich wieder in London, dieses Mal ohne Flug, der fast einen halben Tag dauerte. Bisher war ich zu überwältigt von meinen Gefühlen gewesen, um mir der Implikationen klar zu werden, doch jetzt traf es mich mit voller Wucht. Ich war nicht länger auf Jamaika und damit nicht länger in Sicherheit, sondern auffindbar für die Merlins. Ich befand mich in Ashs Bett, in seinem Zimmer auf dem Anwesen der Morgans. Hatten die Merlins mich hier vielleicht schon geortet? Waren sie auf dem Weg hierher? Immerhin war ich durch meine Kräfte hier gelandet.

Ash bemerkte meinen Gefühlswandel. »Alles okay?«

Ich wollte nicken, konnte aber nicht. »Wie kann ich hier bei dir sein? Ich war nicht einmal ansatzweise in der Nähe von England, und plötzlich wache ich in deinem Bett auf.«

Ash musste sich einen anzüglichen Kommentar nicht einmal verkneifen, denn auch er wirkte plötzlich ziemlich besorgt. »Du hast dich nicht bewusst herteleportiert? Dann musst du es im Schlaf getan haben. Das erste Mal?«

Eine Gänsehaut überzog meine Arme; dieses Mal nickte ich. »Das erste Mal.« Was hatte das nur zu bedeuten? Warum teleportierte ich mich im Schlaf? Ein Gespräch mit Henri klang mir im Ohr.

»Du könntest dich nach Haiti teleportieren. Und mich am besten gleich mit.«

»Das geht? Ich könnte mich wirklich über so weite Strecken teleportieren?«

»Du könntest nicht, du kannst, aber dafür brauchst du Erfahrung. Nicht, dass du nachher aus Versehen im Ozean landest.«

Ich erschauderte. Wie sollte ich wieder zurückkommen? Denn so gern ich hier bei Ash war, hier war ich nicht sicher. Ich musste zurück nach Jamaika. »Ich muss gehen«, flüsterte ich.

»Ich weiß«, erwiderte Ash ebenso leise, seinen Kopf gegen meinen gelehnt, die Augen geschlossen. Doch dann straffte er die Schultern. »Nimm mich mit.«

»Was? Aber …«

»Kein aber. Nimm mich mit, Caroline. Ich will bei dir sein. Hier zu sitzen und nicht zu wissen, ob es dir gut geht, mich immerzu zu fragen, ob du noch lebst, macht mich verrückt.«

Mein Herz schlug schneller. Theoretisch wollte ich nichts lieber als das, denn auch mich machte es verrückt, nicht in Ashs Nähe zu sein, nicht zu wissen, wie es ihm ging. Praktisch hatte ich Angst. »Ash, ich weiß nicht mal, ob ich es schaffe, mich in einem Stück zurück zu teleportieren. Es geht hier um eine weite Strecke, und ich habe das noch nie gemacht. Was, wenn ich das nicht schaffe? Wenn wir irgendwo im Meer landen? Du bist noch nicht wieder fit. Du könntest sterben. Ich will nicht erneut dafür verantwortlich sein, dass dir etwas zustößt.«

Ash atmete hörbar ein und aus. Einmal, zweimal, dreimal. Er

schien tatsächlich einzusehen, dass es keine gute Idee war, wenn ich ihn jetzt mitnahm. »Du wirst das schaffen, Caroline, du musst nur an dich und deine Kräfte glauben. Du bist das Mädchen aus der Prophezeiung, schon vergessen? Beschenkt mit Kräften übervoll. Außerdem hast du dich zu mir teleportieren können. Warum sollte es nicht auch in die entgegengesetzte Richtung funktionieren?«

Seine Worte ergaben Sinn, und dennoch. »Da habe ich geschlafen, Ash. Du weißt, wie gut ich meine Kräfte in wachem Zustand im Griff habe, nämlich so gut wie gar nicht. Daran hat sich auch durch die Aktivierung nicht viel geändert.«

»Hast du deine Kräfte denn seitdem noch mal eingesetzt?«

Ich wollte erst den Kopf schütteln, doch dann fiel mir der Angriff der Merlins wieder ein. Wie hatte ich den nur vergessen können? »Wenig.«

»Und?«

Ich dachte an die Nacht zurück, in der ich Ash das letzte Mal gesehen hatte und in der so viel passiert war. Ich hatte von der Prophezeiung erfahren, mehrfach fliehen müssen, endlich meine Familie gefunden, aber dafür Ash und meinen Vater fast verloren. Und dann dachte ich an den letzten Angriff der Merlins zurück. »Es hat ganz gut geklappt, aber da war ich auch in einer Stresssituation, vollgepumpt mit Adrenalin.«

»Ich kann gern meine Mutter unter einem Vorwand herrufen, dann hast du deine Stresssituation«, meinte Ash mit einem angedeuteten Grinsen, das gleich wieder verschwand. »Im Ernst, du schaffst das. Mach dir einfach nicht so viele Gedanken, das hat bisher noch immer am besten geholfen.«

Ich nickte. Unsere vorerst letzten Minuten wollte ich nicht

damit verbringen, mir zu überlegen, was bei der Rückteleportation alles schiefgehen konnte. »Du weißt nicht zufällig, wie es meinem Vater geht?«

Ash seufzte. »Leider nicht. Nachdem mein Clan nicht mehr von der Prophezeiung betroffen ist, hat May den Rückzug angeordnet.«

Das war also nach wie vor der Stand der Dinge. Prinzipiell hätte das gut für Ash und mich sein müssen, aber es änderte rein gar nichts. Ein Sohn der Morgans in einer Beziehung mit dem Mädchen aus der Prophezeiung? Das ging gar nicht, und zumindest Ashs Mutter hatte auch noch andere Gründe. Ich musste daran denken, wie Ash mir davon erzählt hatte, er sei seiner Cousine versprochen. So ernst hatte ich das zu dem Zeitpunkt gar nicht genommen, weil ich mir einfach nicht hatte vorstellen können, dass so etwas heutzutage und noch dazu in westlichen Ländern üblich war, aber dann hatte ich die Clans kennengelernt und musste meine Meinung ändern. Samantha Morgans Blick, als sie mich das erste Mal gesehen hatte … Ash war zwar stark und ließ sich eigentlich keine Vorschriften machen, aber da blieb das Eigentlich. Und seine Mutter würde garantiert nicht kampflos aufgeben.

Ash riss mich aus meinen Grübeleien, indem er einen Stift und einen Zettel aus seinem Nachttisch nahm und einige Zahlen darauf notierte. »Meine Mutter hat mein Handy konfisziert, aber du kannst mich unter dieser Nummer erreichen. Wenn irgendwas ist …«

Ich nickte und versuchte, mir die Nummer einzuprägen, bevor ich den Zettel in die Tasche meiner Pyjamahose steckte. Nur für den Fall der Fälle, sollte ich tatsächlich beim Teleportieren im Karibischen Meer landen und sich der Zettel in seine Bestandteile auflösen. Ich schluckte. Das war es dann wohl. Inzwischen war ich seit einer ganzen Weile hier, es begann sogar schon zu dämmern, und je länger ich blieb, desto höher war das Risiko, dass mich ein Mitglied des Morgan-Clans erwischte oder die Merlins Peony Hall stürmten.

Ash zog mich in seine Arme, und so verharrten wir noch einige kostbare Sekunden. Ich genoss seine Nähe und sog ein letztes Mal seinen Duft ein. Zwar wurde er ein wenig von diesem aufdringlichen Kräutergeruch übertüncht, aber nichtsdestotrotz roch er nach Ash.

»Versprich mir, dass du wiederkommst und mich holst«, sagte Ash leise an meinem Ohr.

Ich wollte es ihm versprechen, ich wollte es wirklich, weil ich mir selbst nichts sehnlicher wünschte. Aber wie konnte ich das? Ich musste doch zuerst mit Tianna reden. Sie setzte alles für mich aufs Spiel, und ich wollte ihr Vertrauen in mich nicht missbrauchen, indem ich einfach den Sohn der Morgans entführte und mit in unser Versteck brachte. Und um mir Mikéles Reaktion dazu ausmalen zu können, musste ich kein Genie sein. Er würde mich ganz sicher seines Hauses verweisen, und dieses Mal würde Ajani mich nicht retten können, denn er war garantiert auch dagegen. Trotzdem würde ich es versuchen. Vielleicht konnte ich Tianna ja überreden. »Ich komme wieder«, sagte ich vorerst nur und hoffte, Ash würde nicht genauer nachfragen.

»Bitte pass auf dich auf, Caroline.«

»Und du auf dich.« Ich nahm sein Gesicht in meine Hände und küsste ihn ein vorerst letztes Mal, während ich die Augen schloss. Um das Gefühl seiner Lippen auf meinen zu intensivieren, aber auch, um mich zu konzentrieren, was angesichts der Tatsache, dass ich nicht wusste, wann ich ihn wiedersehen würde, gar nicht so einfach war. Ich wollte nicht weg von ihm, ich musste. Doch schließlich war das Gefühl von Ashs Lippen auf meinen fort, und ich befand mich nicht länger auf Peony Hall in seinem Zimmer. Aber ich war auch nicht zurück in dem alten Zimmer meiner Mum.

Ich war in Paris.

Paris?! Wie zum Teufel war ich in Paris gelandet? Nicht, dass ich nicht auch irgendwie erleichtert war, denn immerhin war es nur die französische Hauptstadt und nicht der Ozean. Trotzdem war ich Jamaika kein Stück näher gekommen – im Gegenteil. Außerdem lag zwischen mir und meinem Ziel nach wie vor sehr viel Wasser. Zu viel Wasser für meinen Geschmack.

Ich musste unterbewusst daran gedacht haben, wie Ash mich in jener Nacht, in der so viel passiert war, gebeten hatte, uns zur Ablenkung nach Paris zu teleportieren. Und hier war ich nun, auf einer Brücke, die direkt auf den Eiffelturm zuführte. Mein Herz klopfte ein kleines bisschen zu schnell, was definitiv nicht an der am Horizont aufgehenden Sonne lag, die das ganze Szenario kitschig, aber zugegebenermaßen auch irgendwie romantisch wirken ließ. Nur wenige Zentimeter weiter rechts, und ich wäre in der Seine gelandet. Zudem hätte mich jemand bei der ganzen Aktion beobachten können; allerdings sah niemand so aus, als würde er gleich in Ohnmacht fallen.

Ich atmete tief durch. Die Luft war mild und klar; es roch nach Rosen, Kaffee und Croissants, was meinen Herzschlag wieder halbwegs normalisierte. Ganz ruhig, Caroline. Es konnte doch nicht so schwer sein, sich nach Jamaika zu teleportieren. Ash hatte recht, auf dem Hinweg hatte es immerhin auch funktioniert. Ich hatte vielleicht geschlafen, aber es bewies dennoch, dass ich es konnte. Und wenn es einmal geklappt hatte, klappte es auch ein zweites Mal. Ich musste mich nur richtig konzentrieren. Oder einfach machen.

Ganz kurz überlegte ich, ein wenig durch die gerade erwachende Stadt zu schlendern. So schnell konnten mir die Merlins nicht hierher folgen, und ich war immerhin in Paris. Barfuß und im Pyjama war das jedoch vermutlich keine so gute Idee. Und dennoch – endlich konnte ich dank meiner Kräfte reisen und etwas von der Welt sehen, ohne an meine Ersparnisse gehen zu müssen. War das nicht herrlich? Ich schloss die Augen und genoss dieses Gefühl, um mich erneut zu teleportieren.

Zögerlich öffnete ich die Augen. Eine Welle schwappte heran und umspülte meine Füße, bevor ich zurücktreten konnte. Das Wasser war angenehm, aber für Jamaika fast ein wenig zu kalt. Ich sah mich um und stellte fest, dass ich mich in einer Bucht befand. Die aufgehende Sonne tauchte alles in einen warmen Kupferton – die Boote vor mir und die unzähligen Häuserreihen hinter mir. Begrenzt wurde die Bucht von einem Berg, der wie ein Kamel zwei Höcker hatte. Ich war irgendwo am Meer gelandet, aber das war ganz sicher nicht Jamaika, auch wenn ich bisher nur einen kleinen Teil der Insel kennengelernt hatte. Wo war ich? Die Sonne ging auf, was wohl bedeutete, dass ich mich weiterhin in Europa befand, denn auf Jamaika musste es noch mitten in der Nacht sein. Ich war am Meer, irgendwo im Süden Europas. Erneut blickte ich mich um, sah mir die Architektur der Häuser noch einmal genauer an. Ich tippte auf Italien.

Natürlich. Ich seufzte. Neapel. Nun erkannte ich in dem Berg auch den Vulkan Vesuv. Zum Glück war ich nicht direkt auf dem Vulkan gelandet, aber dafür kam ich dem Wasser immer näher, was mir gar nicht gefiel.

Ich brauchte mich nicht zu fragen, warum ausgerechnet Neapel, denn ich kannte die Antwort längst. Ash hatte mit mir in besagter Nacht zum Hexenmeister nach Neapel gewollt, um von ihm meine Magie aktivieren zu lassen. Mein Unterbewusstsein schickte mich offensichtlich an all die Orte, zu denen ich mit Ash hatte reisen wollen. Wohin hatte er noch mit mir gewollt? Hatten wir in all den Tagen über weitere Ziele in fernen Ländern gesprochen? Ich konnte mich an nichts dergleichen erinnern.

Leichte Panik erfasste mich, aber ich schluckte sie hinunter. Ich kam meinem Ziel doch immer näher. Immerhin war ich am Meer, im Süden. Daran, dass ich mit Paris und Neapel nicht nur immer weiter in den Süden, sondern auch in den Osten gelangte, obwohl ich eigentlich in den Westen musste, dachte ich an dieser Stelle lieber nicht. Ob es nun von Neapel nach Green Island ein paar Kilometer mehr oder weniger als von London aus waren, spielte auch überhaupt keine Rolle, denn zwischen mir und meinem Ziel lag nach wie vor der Atlantische Ozean. Und der machte mir Angst. Was würde passieren, wenn ich im Meer landete? Das wollte ich lieber nicht so genau wissen.

Um mich herum wurde es immer heller. Ich musste hier weg, denn schon bald würden die ersten Menschen in der Bucht auftauchen, und dann würde ich keine Gelegenheit und vor allem keine Ruhe mehr haben, um mich ungestört zu teleportieren.

Ich schloss erneut die Augen und atmete ein paar tiefe Atemzüge lang die salzige Meeresluft ein. Dann sprang ich regelrecht in die Dunkelheit.

Kaltes Wasser umspülte mich, doch dieses Mal nicht nur meine Füße, sondern mich. Von allen Seiten. Es riss mich regelrecht in die Tiefe. Warum hatte ich auch ans offene Meer denken müssen, als ich mich teleportiert hatte? Panik erfasste mich zusammen mit den Wellen, die mich herumwirbelten. Nur langsam wurde das Wasser ruhiger. Ich sank, immer weiter und weiter in die Tiefe. Ich öffnete die Augen, obwohl ich wusste, was ich sehen würde. Nichts. Nichts außer Dunkelheit. Ich war mitten im Meer gelandet. Ob nun im Atlantik oder nicht war dabei völlig egal, denn es würde mich verschlingen, wenn ich nicht etwas unternahm. Ich stieß mich ab, wollte nach oben schwimmen, auch wenn ich keine Ahnung hatte, wo überhaupt oben war und ob ich es bis an die Meeresoberfläche schaffen konnte. Vielleicht war ich inzwischen zu tief gesunken, und die Luft würde nicht reichen.

Was war das? Etwas streifte meine Beine. Gab es im Atlantik Haie? Oder wo auch immer ich war? Ich schwamm weiter, verlor erneut jede Orientierung. Meine Lungen brannten. Ich brauchte Sauerstoff, musste atmen. Lange würde ich nicht mehr durchhalten.

Wieder streifte etwas meine Beine. Den Bruchteil einer Sekunde fragte ich mich, ob ich lieber von einem Hai gefressen werden wollte als zu ertrinken. Die Antwort war nein. Nein, ich wollte keines von beidem. Ich wollte nicht so sterben. Dann lieber im Kampf gegen die Merlins.

Luft, ich brauchte Luft. Und ich musste mich konzentrieren. Nicht auf das Wasser, nicht auf den Tod. Wie sollte ich mich dann in Sicherheit teleportieren? Ganz gleich, wohin, nur raus aus dem Meer. Ich musste hier weg. Ich musste …

Kapitel 8

Ash

»Was ist los? Wo bringst du mich hin?«

Doch Ash erhielt keine Antwort. Garry zog ihn einfach weiter, packte dabei kräftig seinen Oberarm und nahm keinerlei Rücksicht auf Ashs Gesundheitszustand. Und dabei war es noch sehr früh am Morgen. Caroline war gerade einmal zehn, fünfzehn Minuten fort gewesen. Zum Glück war Garry nicht zuvor in Ashs Zimmer geplatzt. Vielleicht hielten sich die Morgans offiziell raus, was die Jagd auf Caroline anging. Dennoch wollte er sich lieber nicht vorstellen, was passiert wäre, hätten sie sie in seinem Zimmer erwischt.

Ash fühlte sich unendlich müde, und das nicht nur, weil er wegen Megan kaum und schließlich nur schlecht geschlafen hatte. Auch nachdem Caroline aus seinen Armen verschwunden war – genauso plötzlich, wie sie zuvor neben ihm gelegen hatte –, hatte er kein Auge mehr zugetan. Weil er keine Zeit mehr zum Einschlafen gehabt hatte, aber vor allem, weil er sich Sorgen machte. Hatte sie es sicher zurück geschafft nach …? Ja, wohin eigentlich?

Ash hatte eine Vermutung, denn Caroline hatte davon gesprochen, dass es sich um eine weite Strecke handelte, und sie hatte Angst davor gehabt, mitten im Meer zu landen. Zugegeben, da sich London auf einer Insel befand, musste man generell erst einmal das Meer überqueren, wenn man Großbritannien verlassen wollte, aber Ash vermutete, dass sie nicht nur nach Frankreich, Norwegen oder Island gewollt hatte, sondern noch viel weiter weg. Sehr viel weiter. Zudem war Caroline für Norwegen oder Island viel zu braun gewesen. Ihr cappuccinofarbener Teint war definitiv noch eine Spur dunkler gewesen als sonst, und sie hatte nach Sommer und Sonnencreme gerochen. Doch Ash verbot sich, seine Vermutung auch nur zu denken, denn er wollte seiner Familie oder gar den Merlins im Fall des Falles keine Anhaltspunkte liefern.

Garry zog ihn immer weiter, den Flur entlang und durch den Geheimgang zum Salon im Haupthaus, aus dem aufgebrachte Stimmen zu hören waren. Ash schluckte. Er hatte erneut eine Vermutung, und die wurde zur Gewissheit, als Garry ihn nur wenige Sekunden später regelrecht in den Salon schubste.

George Merlin. Er stand vor May und gestikulierte wild mit den Händen, während er von Vertrauen und Ehre sprach, doch nun wirbelte er zu Ash herum und hielt direkt auf ihn zu. Er sah ziemlich wüst aus um die grauen Haare, als wäre er unsanft aus dem Schlaf gerissen worden und hätte sich nur schnell etwas zum Anziehen übergeworfen, um direkt herzukommen.

Er war der einzige Merlin in dem großen Raum, durch dessen Fenster das erste Licht des Tages drang. Von Ashs Familie waren die üblichen Verdächtigen anwesend: seine Tante, seine Eltern und natürlich Garry. Auch sie waren angezogen. Ash war der Einzige, der noch einen Schlafanzug trug, was ihm ganz und gar nicht gefiel.

»Wo ist sie?«, polterte George Merlin los. »Wo steckt das verfluchte Mädchen?«

Ash zwang sich, nicht zusammenzuzucken oder zurückzuweichen, während George Merlin immer näher auf ihn zukam. Fast hatte er ihn erreicht, um ihn zu schütteln oder vielleicht auch gleich zu foltern, doch im letzten Moment schoben sich auf Mays Kopfnicken hin Garry und Richard zwischen Ash und das Merlin-Oberhaupt.

»Geht mir aus dem Weg«, knurrte das Oberhaupt.

»Jetzt mal ganz langsam«, sagte May ruhig und kam ebenfalls einige Schritte auf Ash und die anderen zu. »Du stellst lediglich Behauptungen auf, noch haben wir keine Beweise. Und wir sollten nicht vergessen, dass mein Neffe nach wie vor ziemlich angeschlagen ist. Ich habe Arthur nur unter der Voraussetzung herbringen lassen, dass du Vorsicht walten lässt.«

»Ihr wisst, was auf dem Spiel steht, und dennoch gewährt ihr dem Mädchen Unterschlupf und eurem Jungen Narrenfreiheit? Auch wenn ihr euch zurückgezogen habt, werden wir dieses Verhalten nicht ungestraft dulden.«

»Wir haben niemandem Unterschlupf gewährt«, erwiderte May und verschränkte die Arme vor der Brust. »Und ich bitte dich ein letztes Mal, ruhig zu bleiben.«

Doch George ignorierte die Bitte des Morgan-Oberhaupts. »Habt ihr nicht? Und warum ...?«

»Lassen wir doch erst einmal meinen Sohn zu Wort kommen«, bat Richard laut. George Merlin verstummte endlich, und alle Blicke richteten sich auf Ash.

Ihm war klar, was hier los war. Trotzdem tat er so, als wüsste er von nichts, um Zeit zu schinden. »Kann mir mal einer erklären, was das Ganze soll? Ich bin seit Tagen nicht aus meinem Zimmer herausgekommen und habe keine Ahnung –«

»Stell dich nicht dumm, Junge«, warnte George Merlin, der allmählich die Geduld zu verlieren schien. »Du sagst mir jetzt sofort, wo das verdammte Mädchen ist, sonst ...«

»Sonst was?«, erwiderte May in ebenso drohendem Tonfall, doch sie wartete die Antwort nicht ab. Stattdessen stellte sie sich zwischen George und ihren Neffen. »Arthur, bitte. Das System der Merlins hat Alarm geschlagen und Carolines Magie auf unserem Anwesen geortet. Meine Schwester hat mir von eurem Gespräch erzählt, und du bist der Einzige auf Peony Hall, zu dem Caroline Kontakt suchen würde. Also mach die Sache nicht unnötig kompliziert.«

Ash blickte in die Gesichter seines Clans, und aus jedem einzelnen konnte er Enttäuschung ablesen. Dabei hatte er noch nicht einmal zugegeben, dass Caroline ihn tatsächlich aufgesucht hatte. Leugnen hatte jedenfalls keinen Zweck, auch wenn ihm das schon zuvor klar gewesen war. Er stieß die Luft aus, aber er blickte weder weg noch zu Boden, als er gestand: »Caroline hat sich in mein Zimmer teleportiert. Ungebeten, wohlgemerkt. Ich hatte ja auch überhaupt keine Gelegenheit, sie zu kontaktieren, nachdem meine eigene Mutter mich eingesperrt hat.« Er wusste, dass das nicht hierher gehörte, immerhin war ein fremdes Clanmitglied anwesend, aber den Seitenhieb hatte er sich einfach nicht verkneifen können.

»Ash.« May schüttelte den Kopf.

»Was?«, fragte er trotzig. »Ich habe Caroline wie gesagt nicht darum gebeten.« Wenn er gekonnt hätte, hätte er es jedoch getan. Das war nicht nur ihm klar, sondern auch jedem anderen in diesem Raum. Doch noch etwas wurde ihm in diesem Moment bewusst, und er schien nicht der Einzige zu sein, denn nun schüttelte auch sein Vater den Kopf.

»Wie hat Caroline das überhaupt geschafft? Peony Hall ist gesichert, sodass man mit Magie weder rein- noch rauskommt. Wie also konnte sie sich hierher teleportieren?« Er sah in die Runde, doch die anderen schwiegen.

George Merlin fuhr sich mit den Händen durchs Gesicht. »Das darf doch alles nicht wahr sein! Wie konnte das passieren? Habt ihr euer Anwesen nicht gut genug abgeschirmt?«

»Natürlich haben wir das«, erwiderte May. »Es ist mir schleierhaft, wie Caroline das schaffen konnte. Was hat sie gesagt, Ash? Wo hält sie sich versteckt?«

Ash runzelte die Stirn. »Ich dachte, wir halten uns da raus.«

»Aber nicht so.«

George Merlin trat vor, um die letzte Lücke zwischen sich und Ash zu schließen und ihm die Hand auf die Stirn zu legen. Ash hatte es bisher nicht selbst erlebt, aber er wusste, dass das Merlin-Oberhaupt auf diese Weise die Erinnerungen und vielleicht sogar Gedanken seines Gegenübers anzapfte. Instinktiv trat er einen Schritt zurück, was unnötig gewesen wäre, da Garry das Handgelenk des Clan-Oberhaupts packte. Das Oberhaupt der Merlins war vielleicht mächtiger als Garry Morgan, aber Garry war einige Jahre jünger und stärker, und noch waren sie nicht so weit, dass sie ihre Kräfte gegeneinander einsetzten. In dem Fall hätte Garry keine Chance gehabt, denn Ash hatte am eigenen Leib erfahren, wie mächtig George Merlin tatsächlich war.

Einen Moment standen die beiden Männer sich angriffslustig gegenüber, und es bedurfte nur eines kleinen Tropfens, der das Fass zum Überlaufen gebracht hätte. George Merlin schien sich zusammenreißen zu müssen. Man konnte förmlich sehen, wie es hinter seiner Stirn arbeitete, doch schließlich riss er sich los und ließ die Hand sinken. »Also, wo versteckt sie sich? Du siehst selbst, dass dieses Mädchen ungeheuer mächtig ist. Zu mächtig. Wir müssen sie aufhalten. Sag mir, was du weißt, und ich werde euch in Ruhe lassen. Andernfalls muss ich andere Saiten aufziehen.«

May ließ diesen Einwand ausnahmsweise so im Raum stehen und nickte Ash zu. Der verschränkte die Arme vor der Brust und stieß ein Seufzen aus. »Ich weiß aber nichts, und das ist die Wahrheit. Caroline wollte mir nicht verraten, wo sie sich versteckt hält, und um ehrlich zu sein, wollte ich es auch nicht wissen.«

George Merlin schnaubte. »Das glaubst du doch selbst nicht. Was wollte sie denn bitte von dir, wenn nicht deine Unterstützung? Ihr muss doch klar gewesen sein, dass es riskant ist, ihre Kräfte einzusetzen. Für einen Gutenachtkuss hat sie das ganz sicher nicht auf sich genommen.« Die eisblauen Augen des Oberhaupts verengten sich zu Schlitzen. »Was plant ihr? Du, Caroline, der Lecourt-Junge und dieses andere Mädchen?«

Jede Faser in Ashs Körper spannte sich an. Henri schien tatsächlich bei Caroline zu sein, aber das war nicht das, was seine Aufmerksamkeit erregte. Das andere Mädchen? George Merlin konnte nur von Megan reden. War das der Grund, weshalb sie sich bisher nicht bei ihm gemeldet hatte? Hatten die Merlins sie vor dem Anwesen der Lecourts abgefangen? »Wo ist sie? Was habt ihr mit ihr gemacht?«

Ash wusste, dass er einen Fehler begangen hatte. George Merlin grinste, denn endlich hatte er einen Trumpf in der Hand. »Ganz ruhig. Du kannst sie sehen, wenn du mir sagst, was du über Carolines Versteck oder Pläne weißt.«

»Aber ich weiß nichts«, presste Ash zwischen zusammengebissenen Zähnen hervor.

»Ash …«

»Wirklich nicht, Vater«, unterbrach Ash Richard Morgan. »Caroline war nicht da, um Unterstützung zu fordern oder Pläne zu schmieden. Um ehrlich zu sein, hat sie unsere Beziehung in der Nacht, in der wir in diesem Raum hier von der Prophezeiung erfuhren, beendet. Um mich zu schützen.«

»Dann stellt sich erst recht die Frage, was sie heute Nacht von dir wollte«, bemerkte seine Mutter scharf.

»Sie hat … sich Sorgen gemacht und wollte wissen, wie es mir geht«, antwortete Ash nach kurzem Zögern. »Ihr wisst schon, nach der ganzen Sache bei den Lecourts zu Hause.« Fast hätte er sich verplappert und gestanden, dass Caroline sich nicht bewusst in sein Zimmer teleportiert hatte, doch das hielt er für keine gute Idee. Sein Clan und die Merlins brauchten nicht zu wissen, dass sie ihre Kräfte nach wie vor nicht im Griff hatte. Zusammen mit der Tatsache, dass sie es überhaupt geschafft hatte, sich in sein Zimmer zu teleportieren, ergab das hochexplosiven Stoff. Die Clans würden Caroline erst recht bis zum bitteren Ende jagen, wobei die Situation kaum noch schlimmer werden konnte, als sie ohnehin schon war. Caroline stand auf der Abschussliste, und anscheinend konnte nichts und niemand etwas daran ändern. Das Ganze passte einfach zu gut mit Merlins Prophezeiung zusammen, doch allmählich kam auch Ash nicht mehr umhin, sich zu fragen, wie das sein konnte.

»Und dann kommt sie erst jetzt?«, fragte George Merlin zweifelnd. »Und geht dieses Risiko ein?« Ihm war deutlich anzusehen, dass er Ash kein Wort glaubte. Dieser zuckte nur mit den Schultern. George wandte sich an May. »Darf ich?« Er musste nicht aussprechen, was er wollte, denn jeder in diesem Raum wusste es.

May seufzte, zögerte. Betrachtete ihren Neffen ganz genau, doch schließlich nickte sie. Auch sie schien ihm nicht zu glauben, und Ash konnte es ihr nicht einmal verdenken. Denn selbst wenn er etwas gewusst hätte, hätte er es ihnen ganz gewiss nicht verraten. Dieses Mal zuckte er nicht zurück, als das Merlin-Oberhaupt langsam und mit ausgestreckter Hand auf ihn zukam. Stoisch ließ sich Ash die raue Hand auf die Stirn legen, doch er schaffte es nicht, die Augen offen zu halten, als die Erinnerungen der vergangenen Tage auf ihn einprasselten wie ein plötzlicher Regenschauer: sein und Carolines erster Kuss in Southampton, ihre erste und bisher einzige intime Begegnung unter der Dusche, ihr Gespräch vor dem gesperrten Tor des Holland Parks und Carolines Magieaktivierung bei den Lecourts. Und schließlich die heutige Nacht, wo sie auf einmal neben ihm gelegen hatte. George Merlin ließ die Hand sinken und rümpfte die Nase.

»Er sagt die Wahrheit.«

Ash unterdrückte ein erleichtertes Aufatmen, was ihm nicht schwerfiel. Natürlich war er heilfroh, dass George Merlin offensichtlich keine Gedanken lesen konnte und nicht erfahren hatte, dass sich Caroline unbeabsichtigt teleportiert hatte, aber Ash war vor allem sauer auf sich selbst, dass das Merlin-Oberhaupt ihm ausgerechnet seine intimsten Momente mit Caroline gestohlen hatte.

»Dann war es das wohl«, sagte May. Eine höfliche Umschreibung, um George Merlin vom Morgan-Grundstück zu werfen.

»Das denke ich nicht«, ertönte da Alice Merlins Stimme von der Tür her. Mit Ashs Mutter im Schlepptau betrat sie schnellen Schrittes den Salon. Ash konnte sich nicht erinnern, dass es an der Tür geläutet hatte. Er musste in diesem Moment in seine Erinnerungen vertieft gewesen sein.

»Was ist los, Alice?«, fragte George. »Habt ihr sie endlich gefunden?«

Er klang aufgeregt, und auch Ashs Herz klopfte augenblicklich schneller. Hoffentlich nicht. Hoffentlich hatte Caroline ihre Spuren bei der Rückteleportation verwischen können.

»Das nicht«, erwiderte Alice. »Wir haben ihre Magie in Paris und Neapel geortet, danach haben wir sie verloren.«

Paris? Neapel? Ash unterdrückte ein Grinsen. Er konnte sich noch ganz genau erinnern, wie er Caroline vorgeschlagen hatte, die Clans zu verwirren, und es schien tatsächlich funktioniert zu haben. Aber warum war Jareds Mutter dann hier? Mit irgendetwas mussten die Merlins Erfolg gehabt haben, anders ließ sich Alices selbstgefälliges Grinsen nicht erklären. Aber in ihren Augen lag auch eine Spur Angst.

»Was ist dann?«, wollte nun auch das Oberhaupt der Merlins wissen.

»Ich hatte eine Vision der Zukunft, die du dir unbedingt ansehen solltest, solange wir noch hier sind.«

Eine Vision der Zukunft? Ash runzelte die Stirn. Seit wann konnte Alice Merlin in die Zukunft sehen? Das war ihm neu, aber es konnte nichts Gutes bedeuten. Noch eine Weissagung, eine Art Prophezeiung, die alle verrückt machen würde. Darauf konnte er gut und gerne verzichten. Was Ash jedoch wirklich verwirrte, war die Tatsache, dass alle in diesem Salon irritiert wirkten, eingeschlossen George Merlin.

»Eine Zukunftsvision?«, fragte er nun. »Bist du sicher, Alice? Du hast keine gehabt, seit Steven am 11. September in dieses Flugzeug steigen wollte.«

Alice nickte. »Absolut sicher.«

Der 11. September? Und war Steven nicht der Name von Jareds

Vater? Georges Miene verfinsterte sich, das Ganze bedeutete also tatsächlich nichts Gutes, wie Ash von vornherein vermutet hatte. Er blickte sich um, doch die anderen Mitglieder seiner Familie schienen genauso wenig zu verstehen wie er.

»Offensichtlich scheint diese Vision ja auch uns zu betreffen. Könnte uns also bitte jemand aufklären?«, bat May, eine Spur Ungeduld in der Stimme, was nicht oft vorkam.

Ash betrachtete seine Tante genauer, die schräg vor seiner Mutter stand. Die beiden waren sich zumindest äußerlich unglaublich ähnlich. Sie hatten die gleichen dunklen Haare, auch wenn seine Mutter sie kinnlang trug, während Mays ihr fast bis auf die Schultern fielen. Die Gesichtszüge, die Nase, die Größe. Sie kleideten sich sogar ähnlich, meist in Kostümen oder zumindest in einer Bluse und Stoffhose. Ash konnte sich nicht erinnern, seine Mutter je in Jeans gesehen zu haben. May und Samantha Morgan wurden oft für Zwillinge gehalten, aber da hörte die Ähnlichkeit auch schon auf. Samantha versteckte jegliche Gefühlsregung hinter einer kühlen Fassade, zumindest positive Gefühle, denn Wut, Ärger oder Enttäuschung hatte Ash oft genug an ihr erlebt. Er wusste, dass sie immer Oberhaupt des Morgan-Clans hatte werden wollen, aber seine Tante May war nun einmal die Ältere und hatte damit das Recht geerbt, den Clan zu führen. Abgesehen davon fand Ash sie auch deutlich geeigneter für diese Aufgabe. Auch sie konnte ihre Gefühle verbergen, was für ein Clan-Oberhaupt durchaus nicht unangebracht war. Aber hin und wieder blitzten ihre wahren Empfindungen auf, und trotz allem war sie empathisch. Als kleines Kind hatte Ash sich oft gefragt, warum nicht May seine Mutter hatte sein können, doch leider hatte sie keine eigenen Kinder, und inzwischen war sie wohl schon zu alt dafür. Theoretisch hatte Ash gute Chancen, eines Tages Oberhaupt des Clans zu werden, auch wenn er diese Chance vermutlich gerade durch die Sache mit Caroline verwirkte. Aber er war sich auch nie sicher gewesen, ob er diese Verantwortung tragen wollte. Dabei war ihm bis vor Kurzem nicht einmal klar gewesen, was es wirklich bedeutete, Oberhaupt eines Clans zu sein. Er für seinen Teil wollte nicht die Entscheidung über Leben oder Tod treffen.

»Einen Moment, May«, bat George Merlin, und dieses Mal klang es wirklich wie eine Bitte und nicht wie eine Aufforderung. »Lass mich zuerst diese Vision ansehen. Alice hat nicht die Befugnis, zu entscheiden, ob sie für euren Clan wirklich von Interesse ist oder nicht.«

May zögerte, doch schließlich wedelte sie mit der Hand. George trat auf seine Tochter zu und legte ihr seine Hand auf die Stirn, wie er es kurz zuvor bei Ash getan hatte. Samantha trat auf ihre Schwester zu und wisperte: »Warum erlaubst du ihnen das, hier auf unserem Anwesen?«

May gab keine Antwort, doch Ash glaubte sie dennoch zu kennen. Zum einen war es eine Sache zwischen Oberhäuptern, denn seine Tante mochte es selbst nicht, wenn jemand für sie Entscheidungen treffen wollte, die eigentlich sie als Clanoberhaupt treffen sollte. Zum anderen war sie sicher neugierig, ebenso wie er und vermutlich alle anderen in diesem Raum, vielleicht ausgenommen seiner Mutter. Dabei wusste er jetzt schon, dass er es mit Sicherheit bereuen würde. Manchmal konnte Unwissenheit ein Segen sein.

Angst. Das, was Ash in George Merlins Augen sah, war Angst und nichts anderes. Unruhe erfasste den Salon, obwohl niemand von ihnen ein Wort sprach. Samantha und May warfen sich einen Blick zu, Garry trat von einem Bein aufs andere, und Richard fuhr sich mit einer Hand durchs Gesicht.

»Und?«, fragte May schließlich. »Was hast du gesehen?«

George fuhr sich ebenfalls mit der Hand durchs Gesicht. In diesem Moment wirkte er alt; alt und müde. »Kampf, Krieg, Zerstörung. Ihr könnt euch nicht länger heraushalten, May.«

Stille.

»Moment mal«, mischte sich Ashs Mutter ein, bevor sonst irgendjemand etwas sagen konnte. »Was hat es überhaupt mit diesen Visionen auf sich? Seit wann hat Alice die Fähigkeit, in die Zukunft zu sehen, und warum wissen wir nichts davon?«

»Weil es euch für gewöhnlich nichts angeht«, erwiderte George Merlin kühl. »Diese Fähigkeit zeigt sich nur, wenn etwas sehr Grausames direkt in Alices Umfeld passiert, und solch eine grausame Tat steht uns nun bevor. Uns allen. Ihr seid davon ebenso betroffen wie wir, ob ihr nun in Merlins Prophezeiung direkt erwähnt werdet oder nicht.«

»Inwiefern?«, wollte May wissen. »Du brauchst unsere Unterstützung, weil du Caroline allein nicht besiegen kannst, aber um diese zu bekommen, musst du uns schon mehr geben als ein paar leere Worte.«

Sie klang selbstsicher und angstfrei, doch Ash spürte, dass dem nicht so war. Natürlich hatte sie Angst, erneut in die ganze Sache hineingezogen zu werden, ebenso wie er selbst. Er hatte befürchtet, dass genau das passieren würde. Sein Herz schlug viel zu schnell, und der Schweiß stand ihm auf der Stirn, was nicht nur daran lag, dass es wieder ein schöner Tag werden sollte. Die Sonne schien in den Salon, ließ den Raum größer und freundlicher wirken. Staubkörner tanzten in der Luft, doch niemand hatte ein Auge dafür. Alle Aufmerksamkeit war auf das Merlin-Oberhaupt gerichtet. Ash nutzte die Gelegenheit, nahm sich eine Flasche Wasser, die auf dem großen Holztisch bereitstand, und setzte sich auf das kühle Ledersofa. Er fühlte sich nach wie vor schwach, vor allem nach den Ereignissen des vergangenen Tages und der letzten Nacht, aber er wollte nicht, dass das irgendjemand mitbekam.

»Wir werden sterben«, erklärte George nun. »Wir alle, durch Carolines Hand.«

»Das ist eine Lüge!« Ash sprang wieder auf und verschüttete dabei etwas von dem Wasser. Schwarze Punkte tanzten vor seinen Augen, und er musste sich zurück aufs Sofa fallen lassen, um nicht womöglich umzukippen.

May warf ihm einen warnenden Blick zu und wandte sich wieder an George. »Zeig es mir. Ich werde meinen Clan nicht erneut in Gefahr bringen, wenn ich es nicht mit eigenen Augen gesehen habe.«

George sah kurz zu Alice und nickte dann. »In Ordnung, versuchen wir es. Vielleicht kann ich die Vision irgendwie an dich weiterleiten. Normalerweise wäre das Brians Aufgabe, aber Brian ist ... verhindert, und er würde uns vermutlich sowieso nicht helfen.«

Davon ging Ash auch aus. Abgesehen von Megan waren er, Brian Merlin und Henri Lecourt die Einzigen, die in Bezug auf Caroline noch vernünftig dachten. Oder waren sie die Einzigen, die verblendet waren, weil bei ihnen allen drei Gefühle im Spiel waren? Ash wollte es nicht, mit aller Macht versuchte er, diesen Gedanken zu unterdrücken, bevor er sich in seinem Kopf einnisten konnte. Doch es war zu spät. Der Gedanke saugte sich bereits fest wie ein Tintenfisch, streckte seine Tentakel in alle Richtungen aus, um Ash damit zu infizieren.

May trat auf George zu, der sich in die Mitte von ihr und Alice stellte, beide Arme ausgestreckt. Eine Handfläche legte er auf Alices Stirn, die zweite auf Mays. Dann schloss er die Augen, ebenso wie die Frauen.

Ash wäre am liebsten aufgesprungen und dazwischengegangen, aber er wusste, dass er grundsätzlich und im Moment schon mal gar nicht die Kraft hatte, um das zu unterbinden. Er trank einen großen Schluck Wasser und klammerte sich an die Flasche, bis seine Finger regelrecht verkrampften.

Die Sekunden schienen sich zu Minuten zu ziehen, doch endlich ließ George die Hände sinken. Er wirkte noch erschöpfter als zuvor. Niemand fragte, ob es funktioniert oder was May gesehen hatte, denn ihr Blick sprach Bände. In ihren Augen war dieselbe Angst zu sehen wie zuvor in George Merlins.

»Er hat recht«, sagte May leise und schüttelte den Kopf. Sie wich Ashs Blick aus, ob bewusst oder unbewusst war nicht klar. Nach einem kurzen Moment drehte sie sich zu Richard um. »Würdest du bitte die anderen zusammentrommeln? Es ist wichtig. In spätestens einer Viertelstunde will ich alle hier im Salon sehen.«

Ashs Vater verschwand, während sich George an Alice wandte. »Ruf Steven an. Sie sollen herkommen, und sie sollen das Mädchen mitbringen.«

»Warte, wir brauchen Alice noch«, sagte May, bevor Jareds Mutter den Salon ebenfalls verlassen konnte.

George zog die Augenbrauen zusammen. »Warum? Was soll das? Mein Clan hat ebenso ein Recht wie deiner, die Wahrheit zu erfahren und an der Planung des weiteren Vorgehens teilzuhaben.«

»Darum geht es nicht«, erwiderte May. »Ich möchte, dass Arthur diese Vision sieht.«

Ash starrte seine Tante an, unfähig, sich zu rühren oder etwas zu sagen. Er wollte diese Vision nicht sehen. Unter keinen Umständen. Was sollte das Ganze überhaupt?

George Merlin verdrehte die Augen. »Was soll das, May?«, fragte nun auch er. »Wir haben Wichtigeres zu tun. Ich kann und ich werde nicht jedem Mitglied deines Clans diese Vision zeigen. Dann müsste ich sie auch jedem Mitglied meiner Familie zeigen, und dafür fehlt uns die Zeit.« Und die Kraft. Diese Worte sprach er selbstverständlich nicht aus, aber das musste er auch nicht.

»Das möchte ich gar nicht, George«, sagte May erstaunlich ruhig. »Ich möchte nur, dass Arthur diese Vision sieht. Wir können diesen Kampf nicht gewinnen, wenn wir nicht alle an einem Strang ziehen. Und mein Neffe wird gegen uns arbeiten, wenn er diese Vision nicht zu Gesicht bekommt. Er ist auf Carolines Seite, und das wird sich nicht ändern, solange wir ihm keinen handfesten Beweis liefern, dass sie der Feind ist. Das weißt du genauso gut wie ich.«

George sah überzeugt aus, und Ash schluckte die aufkommende Panik hinunter. Die Worte seiner Tante machten ihm Angst. Er musste einen Weg finden, um um diese Vision herumzukommen. »Ich bin auf eurer Seite«, sagte er, und seine Stimme klang dabei erstaunlich fest. »Wenn ich mich zwischen meiner Familie und einem Mädchen entscheiden muss, das ich gerade einmal zwei Wochen lang kenne, ist die Entscheidung doch wohl klar.«

Seine Tante lächelte, doch es war alles andere als ein amüsiertes Lächeln. »Und was ist mit dem Gespräch, das du erst gestern mit deiner Mutter geführt hast?«

Ash machte eine wegwerfende Handbewegung und hoffte, dabei überzeugend auszusehen. »Das habe ich im Fieberwahn gesagt. Ich mag Caroline, ja, und ich bin dagegen, einen Menschen umzubringen. Wir sind keine Mörder. Aber das alles ist mir nicht wichtiger als die Familie.«

»Dann macht es dir ja auch nichts aus, dir endlich diese verdammte Vision anzusehen, damit wir uns den wichtigen Dingen widmen können«, sagte Garry genervt.

»Das sehe ich ebenso«, erwiderte George, der nicht minder gereizt wirkte. »Ich werde jedoch zuvor unseren Clan benachrichtigen. Außerdem sollten wir das Lecourt-Oberhaupt kontaktieren. Immerhin sind die Lecourts jetzt mit von der Partie. Alice, informierst du Steven?«

Jareds Mutter verließ ohne jedes weitere Wort den Salon, und May nickte. »Ich bin einverstanden, wenn du Ajani Lecourt anrufen möchtest.« Dann ging sie auf das Sofa zu, auf dem Ash saß, und sagte so leise, dass nur er es hören konnte: »Du bist nicht auf unserer Seite, Ash, das wissen wir beide. Und nun komm.«

Er schluckte erneut. Er hatte verloren. Wenn er sich am Tag zuvor seiner Mutter gegenüber beherrscht hätte, hätte er seine Familie heute vielleicht davon überzeugen können, dass er ihr gegenüber loyal war, aber dafür war es jetzt zu spät, denn die Morgans würden alles tun, um ihn tatsächlich auf ihre Seite zu ziehen.

Kapitel 9

Caroline

»Caroline! Wach auf, bitte.«

Ich schlug um mich, schnappte panisch nach Luft. Doch erst jetzt, als mich jemand wie aus weiter Ferne ansprach, wurde mir bewusst, dass es funktionierte: Meine Lungen füllten sich tatsächlich mit Luft, mit frischem Sauerstoff, immer und immer wieder.

»Nicht so hektisch, sonst kippt sie uns noch um.«

»Ich weiß, aber was soll ich denn machen?« Jemand strich mir Haare aus dem Gesicht. »Atme ganz ruhig, Caroline.«

Hell, dunkel, hell, dunkel. Meine Augenlider flatterten ein paarmal auf und zu, bevor ich sie endgültig aufhalten konnte. In meinen Ohren rauschte das Blut, doch dann wurde mir klar, dass ich am Strand lag und vielleicht auch einfach nur das Rauschen der Wellen hörte.

Ich lag tatsächlich am Strand und war nicht mehr irgendwo in den Tiefen des Meeres gefangen, und ich nahm an, dass es der kleine private Strandabschnitt war, der zum Lecourt-Anwesen in Green Island auf Jamaika gehörte. Es war dunkel. Der Mond schien, und Sterne leuchteten über mir am klaren Himmel. Die Temperaturen waren eigentlich angenehm. Trotzdem zitterte ich am ganzen Körper, und ich konnte einfach nicht damit aufhören. Dabei war mir eigentlich gar nicht kalt, obwohl ich völlig durchnässt war. Die Haare klebten mir im Gesicht, Sand überall an meinem Körper.

»Ganz ruhig, es ist alles in Ordnung. Du bist in Sicherheit.«

Henri und Tianna kauerten über mir, jeder auf einer Seite und beide mit besorgten Gesichtern. »Komm, wir bringen sie rein«, sagte Tianna nun.

»Nein, bitte nicht.« Ich setzte mich so abrupt auf, dass mir einen Moment schwindelig wurde, aber ich wollte unter keinen Umständen, dass Mikéle mitbekam, was passiert war. Er würde mich in hohem Bogen aus seinem Haus werfen, aus Angst, ich könnte die Morgans oder Merlins nach Green Island locken, und das konnte ich jetzt gar nicht gebrauchen. Ich musste lernen, meine Kräfte zu beherrschen. Jetzt noch dringender als zuvor. Den Gedanken, dass Mikéle mit seiner Befürchtung recht haben könnte, schüttelte ich ab.

Henri warf unserer Tante einen vorwurfsvollen Blick zu und machte beruhigende Geräusche, als hätte er ein kleines Kind vor sich. »Alles gut. Konzentrier dich aufs Atmen, aber langsam.«

»Okay, das reicht«, sagte ich. Ich schüttelte Henris Hand ab, die mir immer wieder nasse Locken aus dem Gesicht strich und damit auch meine Panik. Wie auch immer ich es schlussendlich geschafft hatte, ich *hatte* es geschafft und war in Sicherheit. Ich würde nicht ertrinken. Nicht heute, nicht jetzt. Und in letzter Zeit hatte ich mich weinerlich und ängstlich genug gezeigt. Das musste allmählich ein Ende haben.

Henri und Tianna warfen sich einen kurzen Blick zu, in dem viel Ungesagtes mitschwang. »Tut mir leid«, murmelte Henri irritiert, »ich wollte nur helfen.«

Seufzend klopfte ich mir den Sand von den Händen und strich mir selbst die nassen Haare aus dem Gesicht. »Nein, mir tut es leid. Ich wüsste nicht, was ich ohne euch machen sollte. Ich will bloß nicht …« Wie sollte ich das jetzt erklären? »Es geht mir gut, okay?«

Tianna sah nicht wirklich überzeugt aus, doch sie nickte. »In Ordnung. Dann kannst du uns ja jetzt auch erzählen, was passiert ist. Warum liegst du plötzlich mitten in der Nacht halb ertrunken am Strand?«

Jetzt war die Stunde der Wahrheit gekommen. »Ich habe mich teleportiert. Zuerst unbewusst, im Schlaf, aber irgendwie musste ich auch wieder zurückkommen.«

Henri schnappte nach Luft. »Teleportiert? Im Schlaf? Scheiße, Caroline, was da alles hätte passieren können!«

Tianna sah ebenso überrascht wie schockiert aus, aber sie schien auch zu spüren, dass da noch etwas kommen würde. »Wo bist du gewesen?«

Ich war versucht, den Blick zu senken, aber das wäre gleichbedeutend mit einem Schuldeingeständnis, und ich hatte nichts falsch gemacht. Immerhin hatte ich mir nicht mit Absicht Ashs Zimmer auf Peony Hall als Ziel ausgesucht. Trotzdem antwortete ich leise, denn ich wusste, dass ich alles noch komplizierter gemacht hatte. »Bei Ash. Auf dem Anwesen der Morgans.«

»Caroline!« Tianna schüttelte den Kopf.

»Ich weiß, es tut mir leid. Das war wirklich unbewusst. Du musst mir glauben, Tianna. Mir ist klar, wie gefährlich das ist. Ich hätte mich beziehungsweise uns nie mit Absicht diesem Risiko ausgesetzt.«

Tianna strich mir über den Arm, bevor sie aufstand. »Ich weiß, aber ich muss trotzdem sofort mit Papa Ajani telefonieren. Falls er es nicht längst auf andere Weise erfahren hat.« Sand wirbelte auf, als sie Richtung Haus lief. Das lange weiße Nachthemd wehte hinter ihr her.

Henri und ich blickten ihr nach, bis sie in der Dunkelheit nicht mehr zu sehen war, bevor wir uns einander zuwandten. »Es tut mir leid«, murmelte ich. »Ich wollte euch keinen Ärger machen.«

Henri zögerte. »Du hast dich wirklich im Schlaf zu Ash teleportiert?«

Ich konnte ihm nicht verübeln, dass er noch einmal nachhakte. Trotzdem versetzte es mir auch einen kleinen Stich. »Ich würde euch niemals belügen, Henri. Nicht nach allem, was ihr für mich getan habt.«

»Du hast recht.« Er blickte kurz zu Boden, sah aber direkt wieder auf. »Aber wie konntest du das überhaupt? Ich dachte, Peony Hall ist gegen Magie abgeschirmt.«

Ich runzelte die Stirn, spürte ein unangenehmes Ziehen in meinem Bauch. Vorher war mir das überhaupt nicht bewusst gewesen und Ash offenbar auch nicht, doch nun erinnerte ich mich daran, wie er mir davon erzählt hatte. »Wie kann das sein?«

»Wie genau bist du denn bei Ash gelandet?«

Ich zuckte mit den Schultern. »Keine Ahnung. Ich bin auf einmal in einem fremden Bett aufgewacht, und Ash lag neben mir.«

»Verstehe. Ich kann dir leider nicht sagen, wie das möglich ist.« Wir sahen einander für einen Moment in die Augen.

Es war ein seltsamer Moment, in dem wie zuvor bei ihm und Tianna sehr viel Ungesagtes mitschwang. Ich hatte meine Antwort vorher nicht durchdacht, aber jetzt wurde mir klar, wie sie bei Henri ankam. Und jetzt wurde mir auch erst bewusst, dass er nur mit Boxershorts bekleidet vor mir saß. Er sah schnell weg, aber in seinen braunen Augen hatte ich trotz der Dunkelheit Schmerz und Verlegenheit lesen können. Ob es wirklich so eine gute Idee gewesen war, Ajani gegenüber darauf zu bestehen, nur mit Henri an meiner Seite nach Jamaika zu reisen? Ich war froh, dass er hier war, das stand außer Frage, aber ich wollte nicht, dass er sich erneut Hoffnung machte. Doch im Moment war das alles zweitrangig, denn ich machte mir Sorgen. Wie konnte ich etwas schaffen, das eigentlich unmöglich sein sollte?

»Wie geht es Ash denn?«, fragte Henri nun.

Ich war froh über seine Frage, denn es zeigte mir, dass die beiden sich nach wie vor nicht egal waren. Wenigstens darüber brauchte ich mir keine Sorgen zu machen. »Ganz okay. Er wirkt immer noch schwach und mitgenommen, aber er scheint über den Berg zu sein.«

»Das ist gut.«

Den Bruchteil einer Sekunde überlegte ich, Henri zu erzählen, dass Ash mich gebeten hatte, ihn mitzunehmen, hierher nach Jamaika, doch ich ließ es bleiben. Das schien mir nicht der richtige Augenblick zu sein. Für die Diskussion, ob das eine gute oder eine katastrophale Idee war – wobei ich die Antwort im Grunde schon kannte –, fühlte ich mich jetzt nicht bereit. Stattdessen sah ich hinaus aufs Meer. Die Wellen wirkten friedlich und beruhigend, wie sie in regelmäßigen Abständen vor und zurück an den Strand rollten. Aber sie konnten gleichermaßen tödlich sein, wie ich gerade am eigenen Leib hatte erfahren müssen. »Wie habt ihr mich eigentlich gefunden?«

»Tianna konnte nicht schlafen. Sie ...« Henri zögerte. »Sie schläft nicht gut, seit sie deine Magie aktiviert hat, aber binde ihr bitte nicht auf die Nase, dass ich es dir verraten habe. Sie will nicht, dass du Schuldgefühle deswegen hast.«

Dafür war es zu spät. Ich schluckte. »Das wollte ich nicht.« Langsam breitete sich dieses Gefühl in mir aus, das ich früher sehr oft empfunden hatte: dass mich niemand wollte und ich überall nur für Ärger und Schmerz sorgte. Ein bitterer Geschmack machte sich gleichzeitig in meinem Mund breit. Ich hatte gehofft, das Ganze hätte endlich mal ein Ende, wenn ich meine Familie finden würde. Jemanden, der mich mögen *musste*, ob er wollte oder nicht, weil das gleiche Blut durch unsere Adern floss, aber es war nur noch schlimmer geworden. Vielleicht wäre es wirklich besser gewesen, wenn ich nie geboren worden wäre. Vielleicht hätte es vielen Leuten viel Leid erspart.

»Was auch immer du denkst, hör sofort auf damit«, sagte Henri entschlossen. »Du bist ein guter Mensch, und du kannst nichts dafür, was gerade um dich herum passiert. Außerdem hat Tiannas Schlaflosigkeit nichts mit dir zu tun. Sie träumt viel von Sophie. Albträume.«

Ich nickte nur, denn ich wusste nicht, was ich dazu sagen sollte. Die arme Tianna, sie musste meinetwegen ganz schön viel durchmachen. Dabei hatte sie mir nur helfen wollen, und ich hatte kaum darüber nachgedacht, was das ganze Wissen bei ihr ausgelöst haben musste. Ihre Schwester, die sie anscheinend über alles geliebt hatte, war bei meiner Geburt gestorben. Noch dazu, weil sie ein Kind bekommen hatte, das laut einer uralten Prophezeiung nur Ärger machen würde. Und nun kam sie auch noch zurück zu uns an den Strand, barfuß und mit wehenden Locken in einem weißen Nachthemd, das ebenfalls im Wind flatterte. Sie wirkte beinahe wie ein Engel, auch wenn ihre Miene nicht ganz dazu passen wollte.

»Papa Ajani wusste Bescheid, die Merlins hatten ihn gerade aus dem Bett geklingelt. Hier, du solltest etwas trinken.« Sie reichte mir eine Flasche Wasser.

Erst jetzt wurde mir bewusst, wie trocken mein Mund und wie durstig ich war. Ich musste jede Menge Meerwasser geschluckt haben. In großen Zügen trank ich die Wasserflasche leer, die Tianna mir gegeben hatte. Dann fiel ich ihr um den Hals. »Danke.«

Sie lachte. »So viel Dankbarkeit für eine Flasche Wasser?« Doch dann blickte sie zu Henri, und sie kräuselte ihre Stirn, wie ich es nun schon einige Male an ihr beobachtet hatte. »Du hast es ihr erzählt.«

Henri zuckte mit den Schultern. »Es tut mir nicht leid, falls du das hören wolltest.«

Tianna schüttelte den Kopf, konnte sich ein Grinsen aber nicht verkneifen, was mich optimistisch stimmte. Wenn sie noch grinsen konnte, war das Gespräch mit Ajani wohl nicht so schlimm verlaufen wie befürchtet. Oder sie wollte mich schon wieder schützen, und Ajani war richtig wütend auf mich, was ich mir eher vorstellen konnte. »Was hat er gesagt?«, fragte ich, doch der Versuch, eine Spur Gleichgültigkeit in meine Stimme zu legen, schlug fehl.

Tianna seufzte. »Er war wenig begeistert, aber er weiß auch, dass du es nicht mit Absicht getan hast. Also mach dir keinen Kopf.«

»Hat er etwas zu den Maleficariern gesagt?«, wollte ich wissen.

Tianna zog erneut die Stirn kraus. »Nein, hat er nicht. Warum fragst du? Was ist passiert?«

Erst jetzt wurde mir klar, wie meine Frage auf sie wirken musste.

»Keine Sorge, ich bin keinem von ihnen begegnet. Ich wüsste auch gar nicht, wie ich sie erkennen sollte.«

»Oh, glaub mir, das würdest du«, murmelte Henri.

»Ash hat mich nach ihnen gefragt. Offenbar haben sie seinem Vater aufgelauert. Es ist aber nichts passiert.«

»Das wird der Grund sein, warum Ajani sich nicht dazu geäußert hat; es wird nicht wichtig sein. Oder er weiß noch gar nichts davon.«

Das erschien mir wahrscheinlicher, denn alles, was mit den Maleficariern zusammenhing, war in meinen Augen potenziell gefährlich und sollte nicht ignoriert werden. Ich hoffte nur, dass ich die selbst ernannten Hexenjäger nicht erst durch meine Magieaktivierung wieder auf den Plan gerufen hatte.

Nun runzelte auch Henri die Stirn und hatte dabei große Ähnlichkeit mit seiner Tante, was mir vorher nie aufgefallen war. »Was hat mein Vater denn sonst noch gesagt? Zum Beispiel, was man dagegen tun kann? Wie wir verhindern können, dass Caroline sich erneut teleportiert?«

»Ganz ruhig, Henri. Dein Vater ruft nach dem Treffen bei den Morgans wieder an.«

»Ein Treffen bei den Morgans?« Mein Herz klopfte schneller. Würde Ash dabei sein, oder würde seine Familie ihn schonen? Nein, das würde sie nicht, denn offensichtlich war mein Auftauchen nicht unbemerkt geblieben. Ob er ihnen glaubhaft weismachen konnte, dass er nichts von meinem Kommen gewusst und mich auch nicht zu sich gebeten hatte? Würde er überhaupt versuchen zu leugnen, dass da zwischen uns auch weiterhin mehr war?

Tianna seufzte erneut. »Kinder, ich weiß auch nicht viel mehr als ihr. Ich weiß nur, dass die Merlins Carolines Magie bei den Morgans orten konnten. Insofern ergibt es doch Sinn, sich dort zu treffen, oder nicht? Papa Ajani meldet sich wie gesagt später, und dann will er auch mit dir reden, Caroline.« Tianna ließ sich in den Sand sinken, sodass sie mir gegenübersaß. »So, und nun erzähl mal, was genau passiert ist. Du bist einfach so bei Ash aufgewacht? In London?« Ich nickte. »Meine Güte, da hast du aber großes Glück gehabt. Ist dir das bewusst?«

Ich nickte erneut. »Oh ja, das ist es. Glaub mir. Ich wollte mich zurückteleportieren, denn erneut den Flieger zu nehmen, hielt ich für keine gute Idee.« Zumal so ein Spontanflug von England nach Jamaika richtig viel Geld gekostet hätte. Zwar hatte ich ein wenig Erspartes, aber ich ging nicht gern an das Geld, nicht einmal in Notfällen. Jeder Penny sollte eines Tages in meine Pilotenausbildung gesteckt werden. Allerdings stellte sich die Frage, ob ich jemals die Möglichkeit haben würde, solch eine Ausbildung zu machen. Im Moment sah es ehrlich gesagt nicht danach aus. Wozu also noch sparen? Wozu den Lecourts auf der Tasche liegen? Doch ich kannte die Antwort. Seit Ash in mein Leben getreten war, wurde ich allmählich zu einer hoffnungslosen Optimistin, die tatsächlich noch daran glaubte, dass das Ganze ein gutes Ende nehmen konnte.

»Und weiter?«, fragte Henri irgendwann.

»Ähm, richtig. Ich wollte mich eigentlich auf dem direkten Weg zurück nach Jamaika teleportieren, aber das hat leider nicht funktioniert. Stattdessen bin ich in Paris gelandet. Und in Neapel. Und schließlich irgendwo mitten im Atlantik, nehme ich an.«

»An sich gar nicht so blöd«, bemerkte Henri. »Auf diese Weise hast du die Merlins verwirrt, sodass sie deiner Magie wahrscheinlich nicht bis hierher folgen konnten. Oder?« Er sah zu Tianna.

»Das nehme ich an. Papa Ajani wird uns nachher sicher mehr sagen können. Und wie bist du dann vom Atlantik hier an den Strand gelangt?«

»Das weiß ich nicht. Plötzlich wurde es stockdunkel um mich herum.« Noch dunkler, als es mitten im Meer mitten in der Nacht ohnehin schon war. Allein daran zu denken, löste fast eine neue Panikwelle in mir aus.

»Ich nehme an, dein Körper hat dich instinktiv vor dem Ertrinken gerettet. Das ist schon mal gut. Trotzdem mache ich mir Sorgen. Was, wenn es wieder passiert?« Und das nächste Mal schiefgeht? Sie sprach es nicht aus, doch ihr Blick sagte genug.

»Warum ist es überhaupt passiert?«, fragte Henri. »Wenn wir irgendwie verhindern können, dass es erneut …«

Ich schüttelte vehement den Kopf, sodass Henri irritiert innehielt. »Das ist nicht das Problem. Das Problem ist, dass ich meine Kräfte immer noch nicht beherrsche. Wir sind nun schon seit einigen Tagen hier, ohne das Teleportieren geübt zu haben. Das war aber die Voraussetzung, dass ich überhaupt mitgekommen bin. Ich will lernen, meine Kräfte gezielt einzusetzen. Ich will mich verteidigen können.«

»Natürlich«, sagte Tianna beschwichtigend, »das wirst du auch. Aber du warst schwach, du musstest erst einmal wieder zu Kräften kommen. Und nach deinem unfreiwilligen Ausflug solltest du dich ein wenig ausruhen.«

Ich schüttelte erneut den Kopf und hievte mich aus dem Sand. »Ich will mich nicht ausruhen. Versteht mich bitte nicht falsch, denn ich will nicht undankbar erscheinen, aber ich werde trainieren, sobald die Sonne aufgegangen ist. Ob mit oder ohne eure Hilfe, überlasse ich euch.« Und damit stapfte ich durch den Sand Richtung Haus.

Ich kam nicht sehr weit, denn Mikéle stand in der offenen Tür und schien auf mich zu warten. Aus dem Inneren des Hauses drang nur schwaches Licht, das von hinten auf ihn fiel. So wirkte er noch größer und angsteinflößender, als er es ohnehin schon tat. Seine dunklen Augen waren kaum zu erkennen, nur das Weiße blitzte auf. Er musste nichts sagen, damit ich wusste, dass er alles mit angehört hatte. Irgendwie hatte er erfahren, dass ich mich unfreiwillig zu den Morgans teleportiert hatte. Aber wie? Hatte Tianna es ihm verraten, als sie kurz zuvor im Haus gewesen war? Doch ich schob den Gedanken sofort beiseite. Nein, das würde sie nie tun. Wahrscheinlicher war es, dass Mikéle ihr Gespräch mit Ajani angehört hatte. Oder er hatte Voodoomagie angewandt.

Mikéle musste nicht einmal breitbeinig in der offenen Tür stehen. Mit den breiten Schultern versperrte er mir auch so den Weg ins Haus. Ich hatte keine Chance, an ihm vorbeizukommen, aber ich würde mich auch nicht so von ihm behandeln lassen. Zumal die Nacht schon anstrengend genug gewesen war und ich wusste, dass er hier im Grunde nichts zu sagen hatte.

»Lass mich rein, Mikéle«, sagte ich bestimmt und blieb mit verschränkten Armen vor ihm stehen, doch er rührte sich keinen Zentimeter von der Stelle.

Wütend blickte er mir entgegen. »Ich wusste, dass du uns nur Ärger machen würdest.«

Bevor ich mich verteidigen oder auch nur etwas erwidern konnte, kam Henri um die Ecke gelaufen. »Warte Mal, Caroline«, rief er, doch da entdeckte er seinen Onkel und mich, wie wir uns schweigend, aber angriffslustig gegenüberstanden. Henri verstummte und hielt inne, doch dann nahm er die letzten Schritte und trat neben mich auf die Veranda. »Was ist hier los?« Er sah zwischen seinem Onkel und mir hin und her.

»Das musst du schon deinen Onkel fragen«, sagte ich, als dieser keine Antwort gab, und hielt meinen Blick weiterhin auf ihn gerichtet.

»Dieses Mädchen bringt nur Ärger über unsere Familie. Warum will das keiner von euch sehen? Sie wird uns ins Verderben stürzen, uns alle, und ich werde nicht kampflos dabei zusehen.«

»Bitte, nicht das auch noch«, murmelte Henri. »Woher weißt du das überhaupt?«

»Ich habe Ohren, und ich beherrsche Voodoomagie.« Nun stemmte Mikéle die Hände in die Hüften, als würde er mit einem ungehorsamen Kind reden. »Glaubst du wirklich, ich lasse euch hier einfach machen, was ihr wollt, ohne euch zu kontrollieren? Ich werde nicht zulassen, dass dieses Mädchen, das meinetwegen Sophies Tochter ist, von dem ich aber bis vor wenigen Tagen nichts wusste, andere Clans herlockt und meine Familie in Gefahr bringt.«

Henri verdrehte die Augen. »Onkel, bitte. Caroline hat nicht mit Absicht gehandelt. Sie würde uns niemals wissentlich in Gefahr bringen, und außerdem konnten die Merlins ihrer Magie überhaupt nicht folgen. Wir sind hier nach wie vor in Sicherheit.«

»Noch vielleicht, aber es ist nur eine Frage der Zeit. Und es spielt keine Rolle, ob sie mit Absicht handelt oder nicht. Mit ihren Fähigkeiten, die sie nicht im Griff hat, bringt sie uns alle in Gefahr.«

»In dem Punkt muss ich dir ausnahmsweise recht geben«, stimmte ich Mikéle zu und nahm ihm damit tatsächlich ein wenig den Wind aus den Segeln. »Ich bin hier, um zu lernen, meine Kräfte zu beherrschen, und nicht, um am Strand zu liegen.«

Mikéle fuhr sich über die Glatze. »Davon sehe ich bisher aber nicht sehr viel«, antwortete er düster.

Spontan kam mir eine Idee, und obwohl es mir widerstrebte, Mikéle um Hilfe zu bitten, sprach ich es laut aus. Vielleicht war es gar nicht so dumm, ihn einzubeziehen. »Warum hilfst *du* mir nicht?«, fragte ich daher herausfordernd. »Ich bin eine halbe Lecourt, deshalb möchte ich auch die Voodoomagie besser kennenlernen.«

Er schnaubte, und seine Miene verfinsterte sich wieder. »Mach, was du willst, aber nicht unter meinem Dach. Ich vertraue dir nicht, du steckst mit den Morgans unter einer Decke.«

»Ich stecke nicht mit ihnen unter einer Decke«, widersprach ich. »Ich bin lediglich mit Ash befreundet, wie Henri im Übrigen auch.«

Doch Mikéle überhörte meinen Einwand. »Und du kannst trainieren, so viel du willst, du wirst deine Kräfte nie im Griff haben. Weil sie zu stark für dich sind. Mein Bruder und Neffe wollen das vielleicht nicht wahrhaben und Tianna sowieso nicht. Sie sieht in dir nur die Tochter ihrer verstorbenen Schwester und nicht die Gefahr, die du darstellst. Doch ich sehe sie, und ich werde sie nicht ignorieren. Diese Nacht gewähre ich dir noch Schonfrist, aber morgen früh verlässt du mein Haus, verstanden?«

»Das werden wir ja noch sehen. Kommt.«

Tianna, die plötzlich wie aus dem Nichts hinter mir aufgetaucht war, nahm mich am Arm. Entschlossen schob sie Mikéle aus dem Weg und mich durch die Tür. Während sie mich durch den Flur und Richtung Treppe bugsierte, konnte ich einen unfreiwilligen Blick auf die schummerige Lichtquelle werfen, die aus der Küche kam. Auf der Arbeitsfläche stand ein halbierter Kürbis auf drei Steinen. Innerhalb des Kürbisses befanden sich zwei Knochen, die eine Art Docht hielten, der brannte.

Ein Schauer lief mir über den Rücken. Was auch immer Mikéle hier für einen Voodoozauber praktizierte, ich konnte nur hoffen, dass er sich nicht gegen mich richtete.

Kapitel 10

Ash

May schob Ash unbarmherzig Richtung George Merlin, der sein Mobiltelefon inzwischen wieder weggesteckt hatte, und auch Alice kehrte zurück in den Salon. Sie nickte dem Merlin-Oberhaupt zu und stellte sich an seine Seite. Nicht mehr lange, und das Lecourt-Oberhaupt sowie die restlichen Ratsmitglieder der Morgans und Merlins würden hier aufschlagen.

Ash drehte sich zu seiner Tante um. »Darf ich mir vielleicht etwas anziehen, bevor die Merlins hier einfallen?« Nicht einmal als Kind hatte er am Wochenende im Schlafanzug frühstücken dürfen, und nun sollte er in diesem Aufzug Besuch empfangen. Aber in erster Linie ging es ihm darum, Zeit zu schinden. Vielleicht würde er einen Weg finden, um doch um diese Vision herumzukommen. Doch May lächelte ihm nur zu und schnippte mit den Fingern, aus denen bordeauxrote Funken stoben. Ash sah an sich herab. Der gestreifte Pyjama war verschwunden, stattdessen trug er ein blaues T-Shirt zu einer Jeans. »Danke«, murmelte er.

»Können wir dann endlich?«, fragte George Merlin und streckte bereits die Arme zu beiden Seiten aus.

Ash schloss die Augen und spürte erneut die raue Handfläche auf seiner Stirn, doch dieses Mal sollte er etwas sehen, anstatt selbst etwas zu senden. Er wusste nicht, was schlimmer war. *Ich liebe dich, Caroline,* dachte er noch. Dann versteifte er sich, und in der nächsten Sekunde prasselten die ungebetenen Bilder auf ihn ein wie Hagelkörner.

Er sah mindestens zwei Dutzend Mitglieder der Merlins und Lecourts. Henri und seine Großmutter, Jared, Alice und George Merlin. Mitglieder seiner Familie. Seine Eltern, May, Garry. Sich selbst. Sie alle standen in einem Kreis aus Feuer, und sie alle brannten. Und mittendrin Caroline, außerhalb des Feuers, die Arme ausgebreitet, die Augen weit aufgerissen, schreiend. Sie beeinflusste das Feuer, sodass die Flammen noch höher schlugen. Er konnte die Angst und Ungläubigkeit in seinen eigenen Augen erkennen, die Wut in Carolines Augen. So wütend und gleichzeitig verzweifelt hatte er sie noch nie erlebt.

Die Bilder verblassten, doch das beklommene Gefühl blieb zurück, als George Merlin die Hand sinken ließ und Ash langsam die Augen öffnete. Sein Atem ging viel zu schnell, als hätte er einen Sprint hinter sich. George blickte ihn an und wirkte zufrieden, und Ash spürte, dass ihm das Entsetzen, die Angst nach wie vor ins Gesicht geschrieben standen. Er taumelte zu einem Stuhl, ließ sich darauf fallen. Versuchte, sich zu fassen und dem Gesehenen einen logischen Sinn abzugewinnen, doch es wollte ihm einfach nicht gelingen. Es machte keinen Sinn. Außer, dass Caroline irgendwann in naher Zukunft die Nerven verlieren und alles und jeden vernichten würde, der sich ihr in den Weg stellte.

Sie hatte selbst ein wenig mitgenommen gewirkt, aber ansonsten unversehrt. Und sie schien ihre Kräfte nicht nur in den Griff zu bekommen, sondern auch weiterzuentwickeln. Seit wann beherrschte sie die Elemente? Doch da erinnerte Ash sich an kleine Szenen in der Vergangenheit, denen er kaum Bedeutung beigemessen hatte: Caroline hatte ihn vor der Anwaltskanzlei vor Jareds Angriff geschützt, indem sie noch vor Ash gemerkt hatte, dass ein Auto auf sie zugeflogen war. Und sie hatte den Drachen im Holland Park erledigt, indem sie sein eigenes Feuer zu ihm zurückgeworfen hatte.

Das war nicht gut. Für einen Magier war es alles andere als ungewöhnlich, ein Element zu kontrollieren. Seine Tante May zum Beispiel konnte Feuerbälle schleudern, Garry konnte die Erde manipulieren. Doch Ash kannte keinen Magier, der die Macht über mehrere Elemente gleichzeitig hatte. Caroline hingegen schien nicht nur Telekinese und die Teleportation, sondern auch sämtliche Elemente zu beherrschen. Wusste sie davon? Aber ob sie es wusste oder nicht, zumindest unbewusst übte sie Macht auf die Elemente aus. Damit war sie stärker als alle anderen Magier zusammen, und zudem war ihre Magie auch noch unerschöpflich. Verdammt! Ash lief ein Schauer über den Rücken. Was, wenn sie wirklich irgendwann die Nerven verlieren würde? Es leid sein würde, gejagt zu werden? Zurückschlagen würde?

Er zuckte zusammen, als er eine Hand auf seiner Schulter spürte. May stand vor ihm, ihr Blick war fast ein wenig mitleidig. »Es tut mir leid, Ash. Ich wünschte, ich hätte dir das ersparen können.«

Er gab keine Antwort. Was hätte er auch dazu sagen sollen? Er wusste nicht, was er denken sollte, was er glauben sollte. Wie in Trance erlebte er die nächsten Minuten, in denen sich allmählich das Wohnzimmer füllte: der Rest seiner Sippe, Meredith Merlin und ihr Mann Fred, Georges Bruder. Zwischendurch tauchten Ajani und Kouri Lecourt auf, und ganz zum Schluss Steven und Jared Merlin, doch sie waren nicht allein.

»Lasst mich endlich los«, beschwerte sich eine weibliche Stimme, die Ash sofort erkannte und aus seiner Trance riss. »Was soll das überhaupt? Ich hab euch nichts getan. Schon mal was von Freiheitsberaubung gehört? Ich werde euch anzeigen, aber so was von.«

Jared Merlin lachte nur und schubste Megan im nächsten Augenblick in den Salon. Sie stolperte, fing sich aber sofort wieder. Erstaunt sah sie sich um, bis ihr Blick auf Ash fiel.

»Ash, oh mein Gott!«

Sie lief auf ihn zu, er stand auf und schloss sie in seine Arme. »Alles okay?«, fragte er. Sie sah übernächtigt aus, aber ansonsten unversehrt.

»Es geht mir gut, wenn man einmal davon absieht, dass die Idioten mich die ganze Nacht über festgehalten haben.« Den letzten Teil des Satzes sagte sie überraschend laut. Zumindest jetzt, wo Ash bei ihr war, schien sie keine Angst mehr vor den Merlins zu haben.

»Was macht das Mädchen hier?«, fragte Ajani Lecourt, ohne sie oder Ash anzusehen.

»Das ist eine gute Frage«, erwiderte George Merlin und verschränkte die Arme vor der Brust. »Meine Leute haben sie gestern Abend vor eurem Anwesen aufgegabelt. Kannst du uns das erklären?«

»Sie hat nach Caroline gefragt, aber ich habe sie weggeschickt, weil ich nicht einmal weiß, wer das Mädchen ist«, erwiderte Ajani gelassen. »Außerdem habe ich keine Gefahr in ihr gesehen. Gibt es ein Problem? Sie ist doch keine Hexe, oder?«

»Du willst mir weismachen, dass du das Mädchen nicht kennst, das wochenlang mit Caroline und deinem Sohn die Köpfe zusammengesteckt hat?«, fragte George.

»Henri wohnt im Gegensatz zu euren Zöglingen nicht mehr zu Hause, und ich kenne in der Tat nicht alle seine Freunde. Du scheinst außerdem zu vergessen, dass die Lecourts bis vor Kurzem nichts mit der Hetzjagd auf Caroline zu tun hatten.«

Ash nutzte die Gelegenheit, denn inzwischen waren alle Anwesenden auf die Auseinandersetzung zwischen dem Lecourt- und dem Merlin-Oberhaupt konzentriert. Er griff nach Megans Hand und setzte seine eigenen Kräfte ein, indem er die Zeit verlangsamte. »Schnell, was ist passiert? Hast du etwas erfahren? Haben sie dir etwas getan?«

Megan sah sich fasziniert um. Die Bewegungen der anderen wurden schwerfällig, und die Gesprächsfetzen klangen, als würde sie jemand langsamer vom Band laufen lassen, als sie ursprünglich aufgenommen worden waren. »Cool. Du manipulierst gerade die Zeit, oder?«

»Megan, schnell. Meine Kräfte wirken bei meinem eigenen Clan und mächtigen Magiern nur schlecht.«

»Ähm, klar, entschuldige.« Ash wedelte mit der freien Hand, um sie zum Weiterreden zu animieren. Megan strich sich nervös eine Haarsträhne hinters Ohr, während sie sich weiter umsah. »Bei den Lecourts habe ich nichts erfahren. Der Mann dort drüben«, sagte sie und blickte dabei zu Ajani, »hat mich sofort wieder weggeschickt. Was mir überhaupt einfiele, einfach so bei ihm aufzukreuzen. Ich hatte gar nicht erst die Gelegenheit, nach Henri oder Tianna zu fragen.«

»Und die Merlins?«

»Die haben mich nur wieder gezwungen, dieses grässliche Zeug zu trinken. Einen Wahrheitstrank? Mir ist ziemlich schlecht geworden von dem Zeug, was dem Teppich im Wohnzimmer der Merlins nicht so gut bekommen ist.« Sie kicherte, wurde aber gleich wieder ernst. »Hast du etwas von Caroline gehört?«

Ash nickte. »Sie war letzte Nacht bei mir.«

»Was? Wie geht es ihr? Warum ...?«

»Es geht ihr gut«, antwortete Ash schnell, bevor sie zu viel Zeit verloren. Er wusste noch nicht so recht, was er mit den neuen Erkenntnissen über Caroline und die Zukunft anfangen sollte, aber Megan war Carolines beste Freundin und verdiente die Wahrheit, damit sie sich zumindest vorerst keine Sorgen mehr machen musste. »Ich weiß nicht, wo sie ist und ob sie Hilfe hat, geschweige denn von wem, aber sie scheint erst mal in Sicherheit zu –«

Bevor Ash seinen Satz beenden konnte, wurden er und Megan von George Merlin auseinandergerissen. »Was ist hier los? Was heckt ihr schon wieder aus? Hat dir die Vision immer noch nicht die Augen geöffnet?«

George Merlin war Ash so nahe, dass er seinen nach Kaffee riechenden Atem in der Nase hatte. Ash verschränkte die Arme vor der Brust. »Ich wollte nur wissen, wie es Megan geht und was ihr mit ihr angestellt habt, ohne dabei von euch unterbrochen zu werden. Ist das verboten? Sie ist immerhin eine gute Freundin.«

»Aber sicher doch«, rief Jared durch den halben Salon und nickte mit dem Kopf zu Megan. »Weiß meine liebe Cousine, dass du mit ihrer Freundin anbandelst, während sie selbst auf der Flucht ist?«

Ash presste den Kiefer aufeinander. »Pass auf, was du sagst, Merlin.«

»Es reicht, Jungs«, ging Ajani Lecourt dazwischen. »Vielleicht könnte uns stattdessen mal endlich jemand einweihen, warum diese Krisensitzung hier anberaumt wurde.«

»Sofort, wir müssen vorher noch etwas anderes besprechen«, sagte May.

»Kann das nicht warten?«, fragte Jared ungeduldig. »Ich würde wirklich gern wissen, was schon wieder passiert ist.«

»Kann es nicht. Das Ganze könnte zwar zusammenhängen, aber

wenn ihr erst einmal erfahrt, warum ihr hier seid, ist es mit der Konzentration dahin.«

»Du sprichst in Rätseln. Also?« George verschränkte die Arme vor der Brust. Es schien ihm nicht zu gefallen, dass May das Kommando an sich genommen hatte, und auch Ash fragte sich, was das Ganze sollte.

»Es geht um die Maleficarier – sie greifen unseren Clan an. Zuerst Richard, jetzt Garry. Beide hatten keine Mühe, die Angriffe abzuwehren. Dennoch bereitet mir das Ganze Kopfzerbrechen. Was soll das?«

George ließ die verschränkten Arme wieder sinken. »Das ist in der Tat merkwürdig.«

»Dann haben sie sich eurem Clan bisher nicht genähert?« Mays Stimme nahm mehrere Tonlagen an, als könne sie sich nicht entscheiden, ob sie erleichtert oder verwirrt sein sollte.

George schüttelte den Kopf. »Zum Glück nicht.«

»Was hat das nun wieder zu bedeuten?«, warf Samantha in den Raum.

»Die Maleficarier scheinen etwas zu planen«, äußerte sich Meredith. »Wir sollten herausfinden, was, bevor es zu spät ist und sich die Prophezeiung tatsächlich auf die eine oder andere Weise erfüllt.«

»Ihr habt ja keine Ahnung«, sagte Alice Merlin. »Die Maleficarier sind unser geringstes Problem, denn ich habe mit eigenen Augen gesehen, auf welch grausame Art sich die Prophezeiung erfüllen wird.«

Im Salon der Morgans war es so still, wie es in Ashs Erinnerungen noch nie gewesen war. Nicht einmal, als seine ältere Cousine Margaret verkündet hatte, sie würde einen der Kinsellas heiraten wollen, einem sehr unbedeutenden Clan aus der Nähe von Glasgow, was die Morgans natürlich zu verhindern gewusst hatten. Man hörte niemanden atmen oder nach Luft schnappen, niemand spielte nervös an seiner Kleidung oder kratzte sich. Normalerweise war es eine hochexplosive Mischung, wenn die wichtigsten Clanmitglieder der Morgans, Merlins und Lecourts aufeinandertrafen, doch die Vision von Alice machte sie alle zu Verbündeten. Es hatte ihnen allen die Sprache verschlagen. Wohin man auch blickte, man blickte in geschockte Gesichter. Selbst Megan sagte einen Moment lang kein Wort, nachdem George und May den anderen Mitgliedern den Grund für dieses Treffen genannt hatten.

»*Der Tochter Feuer verrät all*«, zitierte Meredith leise die Prophezeiung. »Es ist also wirklich wahr. Merlins Prophezeiung wird sich durch Caroline erfüllen.«

Erneutes Schweigen hing im Raum, doch dann schrie Megan: »Seid ihr verrückt geworden?« Der Reihe nach blickte sie die Magier an. »Caroline ist doch keine Massenmörderin. Wie könnt ihr diesen Mist nur glauben?«

»Misch dich nicht in Dinge ein, die dich nichts angehen«, fuhr George Merlin sie an.

»Und ob mich das was angeht, Caroline ist immerhin meine Freundin. Ich kenne sie im Gegensatz zu euch.« Megan begann sich sprichwörtlich die Haare zu raufen, auf und ab zu laufen. »Sie würde so etwas nie tun. Und selbst wenn, hättet ihr es allesamt verdient. *Ihr* wollt sie doch umbringen! Jetzt sag doch auch mal was.« Abrupt blieb sie stehen und wirbelte zu Ash herum.

Doch Ash brachte keinen Ton hervor. Er bewunderte Megan für ihren Mut, denn es gehörte wirklich Mut dazu, sich einer Ansammlung der mächtigsten Magier Londons auf diese Weise entgegenzustellen.

Und er bewunderte ihre Loyalität Caroline gegenüber. Er wünschte, er könnte auch so bedingungslos an sie glauben, doch er wusste nicht mehr, was er glauben sollte. Merlins Prophezeiung, Alices Vision – das musste alles etwas zu bedeuten haben.

Megan starrte ihn an. Zuerst verwirrt, doch dann wechselte die Verwirrung zu Ungläubigkeit und schließlich zu Enttäuschung. »Du kannst das doch nicht glauben, Ash. Du kennst Caroline. Sie ist keine Mörderin.«

Tatsache war, dass Ash Megan zugestimmt und die anderen als verrückt abgetan hätte, hätte er Alices Vision nicht mit eigenen Augen angesehen, aber er hatte die grausame Tat, die Angst und Panik selbst gespürt, und nun konnte er das Ganze nicht mehr so einfach abtun. Er wollte Caroline nach wie vor retten, aber er war sich nicht sicher, ob er bereit war, dafür seine eigene Familie und zwei weitere Clans zu opfern. Der Preis war zu hoch. Caroline bedeutete ihm inzwischen mehr als jedes Mitglied der Morgans, aber es war keine Lösung, unzählige Leben auszulöschen, um ihres zu retten. Nur: Wie sah die Lösung aus? Darauf hatte er keine Antwort und der Rest der Clans ganz offensichtlich ebenso wenig.

»Ash«, sagte Megan nun, und in diesem einen Wort lag pure Verzweiflung.

Er traute sich kaum, ihren Blick zu erwidern. »Ich habe es selbst gesehen, Megan. Die Wut, die Zerstörung. Vielleicht wird Caroline es nicht mit Absicht tun, aber es wird etwas sehr Grausames geschehen.«

»Dann müssen wir sie davon abhalten. Wenn ihr alle endlich damit aufhören würdet, euch gegenseitig an die Gurgel zu gehen …«

»Schluss jetzt.« Mit grünen Funken brachte George Merlin Megan zum Schweigen und fesselte sie an einen Stuhl. »Wir haben keine Zeit für so was.« Er wandte sich an Ash und legte ihm eine Hand auf die Schulter. »Dann bist du endlich überzeugt, Junge?«

Ash spürte Megans hilflosen Blick auf sich, wich diesem jedoch aus. Es mochte feige sein, aber in diesem Moment konnte er vorerst nichts für sie tun. Sie saß vielleicht geknebelt und gefesselt auf einem unbequemen Stuhl, aber in Gefahr war sie ganz sicher nicht. Im Gegenteil, sie war sicherer, solange sie die Magier in diesem Raum nicht weiterhin verbal angriff, denn sonst würde garantiert früher oder später einer von ihnen die Geduld verlieren. Er sah hinüber zu seiner Mutter, die nervös ihre Hände knetete, zu seinem Vater und May. Sie alle hofften, er würde endlich wieder an ihrer Seite kämpfen. Seufzend wandte er sich an George. »Ich werde nicht zusehen, wenn Caroline tatsächlich unsere Clans ausrotten will, aber ich halte es trotz allem nicht für richtig, sie umzubringen. Es muss einen anderen Weg geben.«

»Den gibt es aber nicht. Fressen oder gefressen werden. Das war schon immer so.« George blickte sich im Raum um und blieb an Meredith hängen. »Noch jemand Zweifel, was die Gefährlichkeit des Mädchens angeht?«

Meredith wirkte traurig und zögerte einen Moment, aber dann schüttelte sie den Kopf. »Ich will nicht sterben. Nicht für ein Kind, das ich gar nicht kenne und das auch nicht meines ist.«

»Caroline ist kein Kind mehr, sie ist erwachsen, und sie ist sehr mächtig. Erinnert euch, dass sie in der Lage war, sich trotz der Sicherheitsvorkehrungen nach Peony Hall zu teleportieren, und wer weiß, zu was sie sonst noch fähig ist. Sie wird uns in der Zukunft mit Feuer besiegen, wenn wir ihr nicht zuvorkommen. Vielleicht hat sie noch mehr Kräfte, als wir wissen. Wir dürfen keinesfalls den Fehler machen, sie zu unterschätzen, denn das kann und wird uns alle das Leben kosten.

Man verhandelt nicht mit dem, der eine Waffe hat, und das Mädchen hat nicht nur eine Waffe. Sie *ist* die Waffe.« George wandte sich erneut an Ash. »Also wenn du irgendetwas weißt, Junge, das uns weiterhelfen könnte, auf welche Art auch immer, dann sag es uns bitte.«

Aller Augen waren auf Ash gerichtet, doch er schüttelte wie zuvor Meredith den Kopf. Allerdings ohne zu zögern. Wenn er auch nur den Bruchteil einer Sekunde überlegt hätte, wären alle davon ausgegangen, dass er etwas wusste und sich nicht sicher war, ob er es preisgeben wollte. Doch in diesem Fall war Ash sich absolut sicher. Er würde Caroline nicht verraten. Bevor er auch nur daran denken würde, den anderen etwas über Carolines Macht über die Elemente oder ihre unerschöpflichen Reserven zu erzählen, musste er mit ihr reden. Zwar machte er sich selbst Sorgen wegen der Dinge, die er an diesem Morgen erfahren hatte, aber er liebte Caroline, und es wäre alles andere als fair gewesen, ihr nicht zumindest die Chance zu geben, ihm alles zu erklären. Er hatte jedoch keine Ahnung, wie er es anstellen sollte, zu ihr Kontakt aufzunehmen.

»Was wollen wir nun in Bezug auf die Maleficarier unternehmen?«, fragte May. »Ich mache mir Sorgen und wollte euch die neuesten Ereignisse nicht verschweigen, aber angesichts von Alices Vision bin ich nicht sicher, ob wir uns der Maleficarier annehmen sollten oder lieber abwarten. Was meint ihr?« Zur Überraschung aller blickte sie nicht nur zu George Merlin, sondern auch zu Ajani Lecourt.

»Lasst uns abwarten«, meinte George. »Es ist merkwürdig, das will ich gar nicht abstreiten, und wenn sich die Hexenjäger meinem Clan genähert hätten, würde ich mir auch Sorgen machen. Laut Alices Vision scheint sich die Prophezeiung aber nicht durch die Maleficarier zu erfüllen, sondern durch Caroline. Sie sind lästig, keine Frage, und sie scheinen uns tatsächlich wieder auf der Spur zu sein, aber vorerst sind sie unser geringstes Problem. So sehe ich das.«

»Das ist auch meine Meinung«, stimmte Ajani zu. »Wir sollten sie im Auge behalten, aber uns vorerst darauf konzentrieren, endlich das Mädchen zu finden.«

»Nun gut, nachdem wir das geklärt haben, würde ich gern wissen, wie ihr untereinander verblieben seid, nachdem wir uns zurückgezogen hatten«, fuhr May fort und sah erneut zu Ajani und George. Sie hatte sich gegen den Esstisch gelehnt, die Hände hinter sich auf der Platte abgestützt, doch nun drückte sie sich ab, um sich zu ihrer vollen Größe aufzurichten. »Die Lecourts sind auch dafür, Caroline aus dem Weg zu räumen, nehme ich an? Oder zumindest die meisten von euch?«

»Natürlich«, antwortete Ajani. »Es ist die einzige Lösung. Caroline hat zu viel Macht. Kein Magier sollte so viel Macht auf sich allein konzentrieren, das kann nicht gut gehen.«

»Was ist mit Henri?«, wollte May wissen. »Und mit ... Wie hieß sie noch gleich?«

»Du meinst sicher Tianna. Sie hat Carolines Magie aktiviert, ohne mit mir Rücksprache zu halten.« Ajani seufzte. »Die beiden sind leider nicht auf unserer Seite. Henri ist nach der Zeremonie zur Magieaktivierung zusammen mit Caroline geflohen, und Tianna ist unauffindbar. Ich kann es nicht mit Sicherheit sagen, aber ich nehme an, dass sie die beiden begleitet.«

Ash nahm sich erneut eine Flasche Wasser und setzte sich neben seinen Vater aufs Sofa. Er hätte Caroline doch fragen sollen, ob die Lecourts auf ihrer Seite waren. Oder wenn er sich wenigstens an jene Nacht erinnern könnte. Dann wüsste er mit hundertprozentiger Sicherheit, auf wessen Seite das Lecourt-Oberhaupt stand, aber er hatte während Carolines Magieaktivierung das Bewusstsein verloren und erst später, hier im Salon der Morgans, wiedererlangt. Bis jetzt war er sich nicht sicher gewesen, ob der Voodooclan wirklich gemeinsame Sache mit den Merlins machte, aber es gab keinen Grund, an den Worten des Lecourt-Oberhaupts zu zweifeln. Warum hätte sich Ajani auch auf die Seite von Caroline stellen sollen? Nur, weil sie verwandt waren? Das kümmerte George Merlin schließlich auch nicht. Es war dumm von Ash gewesen, das auch nur anzunehmen.

»Hast du eine Ahnung, wo sie sich aufhalten?«, hakte May weiter nach.

»Leider nein. Ich bin zuerst davon ausgegangen, dass sie nach Haiti zu unserer Verwandtschaft geflohen sind, aber bisher haben wir keine Spur von ihnen.«

»Was meinst du?«, fragte May an Ash gewandt.

Er zuckte zusammen. »Ich?«

»Du kennst Henri am besten von uns. Wo könnte er Caroline hingebracht haben?«

Dieses Mal zögerte er. Auch Ash hatte vermutet, dass Henri Caroline zu seiner Familie nach Haiti gebracht hatte, doch offensichtlich hatte er sich getäuscht. Oder die beiden hatten sich extrem gut versteckt und nicht die Verwandtschaft um Hilfe gebeten, aus Angst, niemandem vertrauen zu können. »Ich weiß es nicht. Haiti wäre auch meine Vermutung gewesen.«

»Habt ihr denn keinen Plan gehabt?«, fragte George Merlin. »Ihr habt die ganze Zeit zusammengesteckt. Du, Henri, Caroline und dieses Mädchen da.« Er deutete mit dem Kopf hinüber zu Megan, die es inzwischen aufgegeben hatte, sich von den Fesseln befreien zu wollen. »Ihr müsst doch über so etwas geredet haben.«

»Haben wir aber nicht«, erwiderte Ash gereizt. »Unser Ziel war es, den Tag zu überleben und Carolines Magie zu aktivieren. Darüber hinaus haben wir erst einmal nicht nachgedacht.«

George machte eine wegwerfende Handbewegung. »Ihr habt überhaupt nicht gedacht, das ist das Problem. Ihr habt einfach gehandelt, du und der Lecourt-Junge, ohne logisch an die ganze Sache heranzugehen.«

Ash sprang vom Sofa. »Habt *ihr* denn logisch über all das nachgedacht? Ihr bringt seit Jahren Kinder um, ohne auch nur einmal an eine Alternative zu denken. Fressen oder gefressen werden, aber was, wenn wir Caroline in Ruhe lassen? Dann lässt sie uns auch in Ruhe.«

George schnaubte. »Das wird sie nicht, weil es ihr Schicksal ist. Sie hat zu viel Macht, und mit dieser Macht wird sie nicht nur sich selbst früher oder später vernichten, sondern uns alle.«

»Und wenn wir sie lehren, ihre Kräfte zu kontrollieren?«

»Jetzt ist es aber gut«, ging May dazwischen, da die Ader auf der Stirn des Merlin-Oberhaupts bereits gefährlich pochte. »Mir gefällt es auch nicht, einen Menschen zu töten, aber wenn wir damit unseren Clan schützen können, werde ich es tun. Und du auch, dessen waren wir uns doch inzwischen einig. Lasst uns lieber überlegen, wie wir Caroline aufspüren können. Was ist mit eurem Sicherheitssystem? Lässt sich das nicht irgendwie einsetzen oder umfunktionieren?«

»Wenn dem so wäre, hätten wir es längst getan«, erwiderte George Merlin brummig.

»Ich könnte mir das System mal anschauen«, bot sich Richard an. »Ich bin technisch recht versiert.« Ash rechnete damit, dass George Merlin einen Wutanfall bekommen würde, doch zu seiner Überraschung stimmte er zu. Er musste allmählich wirklich verzweifelt sein, was ihn unberechenbar machte.

»Gibt es eine Möglichkeit, durch Brian Kontakt mit Caroline aufzunehmen?«, überlegte May. »Freiwillig wird er uns sicher nicht helfen, aber wenn wir ihm die Vision zeigen und ihm für seine Hilfe Straffreiheit versprechen, erklärt er sich vielleicht dazu bereit.«

Alice schüttelte den Kopf. »Ich kenne meinen Schwager. Er ist stur, und er liebt Caroline, auch wenn er sie im Grunde gar nicht kennt. Aber Blut ist dicker als Wasser. Was auch immer wir ihm versprechen, er wird uns nicht helfen. Lieber wird er sterben, als seine eigene Tochter zu verraten.«

Ash schluckte, denn er wusste, dass es die Wahrheit war. Brian würde für Caroline sterben, Henri ganz sicher auch und Megan sowieso. Das bewies ein Blick zu ihr. Sie hielt seinem stand, trotzig und traurig zugleich, doch schließlich sah sie zu Boden, und er erkannte die einzelne Träne, die von ihrer Nasenspitze tropfte. Er hielt es nicht länger aus, er musste wegsehen.

»Außerdem sollte Brian die Vision nicht kennen«, fügte George hinzu. »Er könnte sie Caroline zeigen, und ich will sie nicht auch noch erst auf die Idee bringen, uns alle mithilfe von Feuer zu vernichten.«

»Wie geht es Brian eigentlich?«, fragte Ash, an dem nach wie vor das schlechte Gewissen nagte. Dass Carolines Vater ausgerechnet durch seine Hand schwer verletzt worden war, würde er sich nie verzeihen, auch wenn Caroline ihm zum Glück geglaubt hatte, dass er es nicht mit Absicht getan hatte.

»Den Umständen entsprechend«, antwortete George nach kurzem Zögern. »Die Wunde ist ziemlich tief und hat sich zudem entzündet. Er leidet unter Fieber und Halluzinationen, aber er wird wohl wieder, damit er seine gerechte Strafe für das empfangen kann, was er getan hat.«

»Darüber sollten wir noch reden, aber nicht unbedingt jetzt«, sagte May und wandte sich an Ajani. »Was ist denn mit euch? Habt ihr im Voodoo vielleicht eine Möglichkeit, Caroline aufzuspüren?«

Ajani schüttelte den Kopf. »Wir tun bereits, was wir können, bisher ohne Erfolg.«

»Was habt ihr überhaupt bisher getan?«, fragte Samantha Morgan ungeduldig. »Ihr und die Merlins? Vier Tage sind vergangen, seit die Magie des Mädchens aktiviert wurde und es, mal wieder, geflüchtet ist. Vier Tage!«

George Merlin ballte die Hände zu Fäusten. Ash nahm an, dass ihn nicht nur die Worte seiner Mutter wütend machten, sondern vielmehr die Tatsache, dass etwas Wahres daran war. Vier Tage, und sie waren keinen Schritt weitergekommen. Im Gegenteil, denn mit jedem Tag, der verging, stieg die Wahrscheinlichkeit, dass Caroline ihre Kräfte zu beherrschen lernte. Und was dann passieren konnte, hatte Alices Vision nur allzu deutlich gezeigt.

»Ich kann nur für uns sprechen, aber unser Sicherheitssystem läuft auf Hochtouren«, erklärte George. »Wir haben sämtliche Hotels in der Gegend nach dem Mädchen abgesucht. Wir haben Orte bewacht, an denen sie auftauchen könnte, zum Beispiel ihre Wohnung oder diese Bar in Campusnähe. Wir haben ihre Freundin Tag und Nacht überwacht.« George deutete mit der Hand zu Megan, die ihre Fassung inzwischen zurückgewonnen hatte. »Unsere Leute patrouillieren in ganz London, seit die Lecourts das Mädchen Donnerstagnacht haben gehen lassen.«

Ajanis Augen verengten sich. »Pass auf, was du sagst, George Merlin.

Caroline ist abgehauen, bevor ich überhaupt von ihrer Anwesenheit in meinem Haus wusste. Ich habe sie nicht gehen lassen, und im Übrigen ist sie euch allen hier mehrfach entwischt.«

»Nun denn, gegenseitige Anschuldigungen bringen uns nicht weiter«, schritt May ein. »Wir sollten uns stattdessen überlegen, was wir jetzt machen. In der Stadt zu patrouillieren, wird uns nämlich auch nicht viel nützen, so wie ich das sehe.«

»Und was schlägst du stattdessen vor? Ganz offensichtlich kann sich das Mädchen ja inzwischen teleportieren, und meines Wissens nach hat niemand von uns diese Kraft«, bemerkte George spitz. »Und selbst wenn, wir brauchen irgendeinen Anhaltspunkt.«

»Nicht, wenn wir ihr eine Falle stellen«, erwiderte May mit einem diabolischen Grinsen.

Kapitel 11

Caroline

Sie wollen dir eine Falle stellen. Ajanis Worte hallten in meinem Kopf nach. Die Morgans und Merlins, vorgeblich auch die Lecourts, wollten mir eine Falle stellen, und Ash war mit von der Partie. Ajani hatte keine Einzelheiten preisgegeben – ob er nicht wollte oder keine kannte, wusste ich nicht. Er hatte mich nur gebeten, vorsichtig zu sein und Ash keinesfalls blind zu vertrauen.

»Was ist passiert?«, hatte ich immer wieder gefragt. »Es muss etwas passiert sein, wenn Ash plötzlich gegen mich ist.«

»Dazu kann ich dir nicht viel sagen. Nur, dass Alice Merlin eine Vision von der Zukunft hatte, und diese hat Arthur überzeugt, an der Seite seines Clans zu kämpfen.«

»Was für eine Vision?«

»Spielt das eine Rolle?«, hatte Ajani geantwortet. »Wichtig ist nur, dass du dem Morgan-Jungen nicht weiter vertrauen kannst. Er hat Gefühle für dich, das kann auch ich nicht leugnen, aber Blut ist dicker als Wasser, und er wird auf keinen Fall dabei zusehen, wie sein Clan untergeht. Also sei vorsichtig. Und lern endlich, deine Kräfte zu kontrollieren. Wir haben genug Zeit vergeudet, die Schonfrist ist vorbei. Ich will nicht, dass du dich noch einmal zu den Morgans teleportierst, sei es nun bewusst oder unbewusst.«

»Wenn es nach mir ginge, würde ich meine Kräfte längst beherrschen«, hatte ich nur geantwortet und einfach aufgelegt. Mir war klar gewesen, dass ich aus Ajani ohnehin keine weiteren Informationen herausbekommen hätte.

Stand Ash nun wirklich auf der anderen Seite? Und wenn ja, seit wann? Letzte Nacht hatte es sich nicht so angefühlt. Ash hatte mich gebeten wiederzukommen, um ihn zu holen. Aber er hatte sich zuvor verdammt schnell von mir überzeugen lassen, dass es keine gute Idee war, ihn sofort mitzunehmen. Warum? Diente das alles dem Plan, mich in eine Falle zu locken? Oder hatte Ash erst seine Meinung geändert, nachdem ich bei ihm gewesen war? Der Gedanke, dass ich es hätte verhindern können, wenn ich ihn einfach mitgenommen hätte, verursachte mir Bauchschmerzen.

Wenn ich nur wüsste, was passiert war, denn es *musste* etwas passiert sein. Ash änderte nicht einfach so seine Meinung, das war nicht seine Art. Was hatte Alice Merlin in der Zukunft gesehen? Und warum verriet Ajani es mir nicht? Irgendwie konnte ich mir nicht vorstellen, dass er wirklich keine Einzelheiten kannte. Oder waren die Morgans und Merlins nach wie vor dermaßen elitär, dass sie die Lecourts nur einweihten, wenn es nicht mehr anders ging? Das hingegen konnte ich mir tatsächlich ziemlich gut vorstellen. Auf jeden Fall fiel es mir schwer, den Lecourts blind zu vertrauen und Ash auf einmal als Feind zu betrachten. Zumal Ajani immer noch nichts von den Maleficariern berichtet hatte. Hatte Tianna vielleicht doch recht, und es war nicht wichtig? Betraf mich nicht? Aber wie konnte es nicht wichtig sein und mich nicht betreffen, wenn es um die Maleficarier ging?

Am liebsten hätte ich Ash angerufen und ihn zur Rede gestellt, aber ich traute mich nicht. Ich selbst hatte kein Handy mehr, und ich wollte auch kein anderes Telefon benutzen. Was, wenn Ash tatsächlich die Seiten gewechselt hatte und die Clans meinen Anruf zurückverfolgten? Vielleicht war es Teil des Plans. Mich in Sicherheit wiegen und so tun, als würde Ash die Wahrheit über meinen Aufenthaltsort gar nicht wissen wollen, und dann hinterrücks zusammen mit den Merlins meinen Standort ermitteln, sobald ich ein Telefon zur Hand nahm. Vielleicht hatte er mir sogar den Floh mit den Maleficariern ins Ohr gesetzt, damit ich unsicher wurde. So schätzte ich Ash zwar eigentlich nicht ein, aber wie gut kannten wir uns schon?

Wenigstens wusste ich, dass Megan in Sicherheit war. Ajani hatte mir erzählt, dass die Merlins sie gefangen genommen, sie aber schließlich wieder auf freien Fuß gesetzt hatten, da sie ohne magische Fähigkeiten keine Gefahr darstellte.

»Erde an Caroline.« Henri wedelte mit der Hand vor meinem Gesicht herum. »Seit Tagen willst du unbedingt lernen, deine Kräfte zu beherrschen, und jetzt träumst du die ganze Zeit vor dich hin.«

Ich schreckte auf. »Tut mir leid, ich war in Gedanken bei dem Gespräch mit deinem Vater.«

Henri seufzte. »Wenn es dich tröstet: Mir fällt es auch schwer zu glauben, dass Ash plötzlich hinter seinem Clan und der ganzen Prophezeiungssache stehen soll. Ich meine, er wusste längst von der Prophezeiung und hat sie als Mist abgetan, was sie meiner Meinung nach auch ist. Warum also sollte er sich jetzt durch eine Vision der Merlins überzeugen lassen?«

Ich zuckte mit den Schultern. »Keine Ahnung. Bilder sagen manchmal mehr als tausend Worte. Und Bilder können trügen. Was nicht bedeutet, dass ich Ash verteidigen will. Wenn er jetzt wirklich an den ganzen Quatsch glaubt, dann gnade ihm Gott.« Ich versuchte, zu lachen und es als Scherz abzutun, aber es wollte mir nicht gelingen.

Henri betrachtete mich mitleidig. »Weißt du, die Merlins würden vermutlich alles behaupten, damit die Morgans wieder an ihrer Seite kämpfen. Immerhin haben diese richtige Kräfte. Was kann man schon mit uns Lecourts bewirken, die nur Voodoomagie beherrschen? Brrr.« Er schüttelte sich, doch auch ihm nahm ich diesen Scherz nicht ab.

Dennoch flackerte Hoffnung in mir auf. Henri kannte Ash am besten von uns allen. Wenn er bedingungslos an ihn glaubte, konnte auch ich es tun. »Dann denkst du, dass Ash doch nicht die Seite gewechselt hat?«

Henri seufzte erneut. »Ich weiß es nicht.«

Ich ließ die Schultern wieder hängen. »Warum erzählt dein Vater uns nicht die ganze Wahrheit?«, fragte ich. »Worum geht es in dieser Vision? Denkst du, er weiß es nicht? Oder will er es mir nicht sagen?«

»Ich rede noch mal mit ihm.« Henri wollte aufstehen, doch ich schüttelte den Kopf und zog ihn zurück in den Sand.

»Später vielleicht. Lass uns loslegen.« Keinesfalls würde ich mir noch mal anhören, dass ich hier nur meine Zeit vergeudete, denn das war das Letzte, was ich wollte. Ich wollte endlich lernen, meine Kräfte zu beherrschen, damit ich sie gegen die Merlins und notfalls auch gegen die Morgans einsetzen und dem Ganzen ein Ende bereiten konnte.

Henri und ich saßen uns im Schneidersitz an dem kleinen Privatstrand der Lecourts im Sand gegenüber. Die Sonne schien auf uns herab, aber es war noch früh am Morgen, sodass sie um diese Uhrzeit noch nicht allzu viel Kraft hatte. Kurz blickte ich zu dem Haus hinter mir mit der Veranda, die sich um das gesamte Gebäude zog. Zu dem Balkon, der zum alten Zimmer meiner Mutter gehörte. Hinter einem der Fenster meinte ich, eine Bewegung wahrzunehmen, aber vielleicht war es auch nur der Wind, der die Vorhänge wehen ließ. Ich versuchte, nicht an Mikéle zu denken, der mich auf Anweisung von Ajani vorerst hier wohnen lassen musste, ob er wollte oder nicht. Ajani hatte ihm damit gedroht, das Haus ansonsten Tianna zu überschreiben. Und dass Tianna und Mikéle sich nicht ausstehen konnten, war kein Geheimnis. Sie würde Ajanis Stiefbruder und seiner Familie kein Wohnrecht gewähren und ihn sofort in hohem Bogen hinauswerfen. Das stand für uns alle außer Frage. Aber dass Ajani seinen eigenen Bruder dermaßen behandelte, schwelte in Mikéle. Lange würde er sich das nicht mehr gefallen lassen, auch das stand für mich außer Frage. Und wenn er explodierte, wollte ich lieber nicht in der Nähe sein. Überhaupt wollte ich so schnell wie möglich zurück nach London, zurück zu Ash, und kitten, was noch zu kitten war. Als Ziel hatte ich mir Ende der Woche gesetzt, bis dahin musste ich meine Kräfte endlich zu kontrollieren lernen, und deshalb musste ich mich jetzt auch verdammt noch mal konzentrieren.

Ich setzte mich aufrecht hin, griff nach Henris Händen, die er mir entgegenhielt und die angenehm warm waren, und schloss die Augen. Konzentrierte mich auf meine Atmung und das stetige Rauschen der Wellen. Ein, aus. Vor und zurück. Es sollte mir helfen, mich zu fokussieren und auf meine Kräfte zu konzentrieren, und es funktionierte. Mit jedem Atemzug, mit jedem Heranrollen der Wellen wurde ich ruhiger, fokussierter. *Jetzt,* dachte ich einige Sekunden später und nahm noch einen tiefen Atemzug, bevor ich die Augen wieder öffnete. Henri und ich saßen nicht länger am Strand, sondern auf einer großen Wiese. Und hinter uns befand sich nicht mehr das Haus der Lecourts, sondern ein wunderschönes dreistöckiges Anwesen. Die oberste Etage war weiß verputzt, die anderen beiden bestanden aus Stein. Die mittlere Etage war von Terrassen umgeben, und über eine breite Treppe gelangte man zum Torbogen in die unterste Etage. Weitere Treppen führten von der Terrasse auf den vorgelagerten Torbogen und hinunter auf die Haupttreppe. Ich blickte mich nach allen Seiten um. Wiesen und Bäume, wohin das Auge auch blickte, und in der Ferne erkannte ich einen von Palmen gesäumten Weg, der zum Anwesen führte.

»Wo sind wir gelandet?«, fragte ich an Henri gewandt. Er hatte mich gebeten, uns auf die Wiese nahe des Lecourt-Anwesens zu teleportieren, wo er mir die Voodoomagie näher gebracht hatte.

»Nicht weit von Montego Bay auf Rose Hall. Eines der bekanntesten, wenn nicht das bekannteste Bauwerk auf Jamaika.«

»Rose Hall? Es sieht schön aus hier.«

»Das ist es auch. Und es hängt mit unserer Familiengeschichte zusammen.«

Neugierig sah ich mich noch einmal um. »Inwiefern? Das musst du mir genauer erklären.«

»Aber nicht hier. Rose Hall Great House ist jetzt ein Museum, und wenn ich es richtig in Erinnerung habe, öffnet es um neun Uhr. Komm.« Er nahm meine Hand, zog mich hoch und über die Wiese in den Schutz einiger Bäume, die seitlich des Hauses standen. Dort setzten wir uns wieder ins Gras, dieses Mal in den Schatten. Nachdenklich betrachtete Henri das Anwesen samt Grundstück. »Ich frage mich, warum du uns hierher teleportiert hast.«

»Was hat es mit Rose Hall auf sich?«, fragte ich, während ich mich mit dem Rücken gegen einen Baumstamm lehnte, die Beine anzog und diese mit den Armen umschlang. Die Luft hier war herrlich frisch, so sauber und unverbraucht.

»Rose Hall stammt aus dem 18. Jahrhundert und gehörte einem englischen Plantagenbesitzer. Einer Legende zufolge spukt es hier. Schon mal von der White Witch gehört, der Weißen Hexe?«, fragte Henri, wartete meine Antwort aber nicht ab. »Die Engländerin Annie Palmer wurde auf Haiti von einem Kindermädchen großgezogen, nachdem ihre Eltern gestorben sind. Und dieses Kindermädchen konnte angeblich hexen und Voodoo praktizieren.«

»Angeblich?«, hakte ich nach.

»Die Legende ist natürlich wahr, Annie Palmer und das Kindermädchen gab es wirklich.«

»Aber wenn es vor mir schon mal ein Mädchen gab, das halb Hexe, halb Voodoo–«

Henri schüttelte den Kopf, noch ehe ich den Gedanken zu Ende bringen konnte. »Unseres Wissens nach konnte das Kindermädchen nicht wirklich hexen. Die Leute haben es einfach behauptet, denn Voodoo wird ja gemeinhin auch als Hexerei und nicht als Religion bezeichnet. Dieser Teil der Legende ist also wirklich nur Legende.«

Enttäuscht verzog ich den Mund. Wäre auch zu schön gewesen, wenn sich die Prophezeiung auf diese Weise erledigt hätte. »Was ist aus den beiden Frauen geworden?«

»Annie Palmer zog nach Jamaika. Sie hat hier den Plantagenbesitzer kennengelernt und ermordet, um an seinen Besitz zu gelangen. Und sie tötete weitere Männer, bis sie schließlich selbst von einem Sklaven ermordet wurde.«

Mir lief ein Schauer über den Rücken. »Kein Wunder, dass die Leute behaupten, hier würde es spuken. Und das Kindermädchen war eine Lecourt, nehme ich an?«

Henri grinste. »Wie kommst du darauf? Benita war eine Cousine deiner Urururgroßmutter. Frag mich nicht, wie viele Urs genau davorgehören. Der Stammbaum der Clans und insbesondere der Lecourts war mir schon immer zu kompliziert.«

»Schlussendlich ist doch ohnehin jeder Cousin oder Cousine.«

»Ein wahres Wort, Cousinchen.«

Ich musste lachen. »Was hältst du davon, dass wir so eng miteinander verwandt sind?«

»Ganz so eng ist es ja gar nicht, wenn man meinem Vater glaubt.« Henri zuckte mit den Schultern. »Ich find's gut. Schon allein deshalb, weil meine Familie jetzt auch ein Auge auf dich hat.«

Ich schob mir eine Locke hinters Ohr, die mir die leichte Brise, die vom Meer herkam, ins Gesicht geweht hatte. »Es tut mir wirklich leid, dass ich euch so viel Ärger mache. Ich hoffe, die Merlins können mich hier nicht aufspüren.«

»Hör bitte auf, dich zu entschuldigen, und das werden sie schon nicht. Aber selbst wenn, ist mein Vater doch auch noch da. Er wird es hoffentlich erfahren und uns rechtzeitig informieren, sodass du uns in Sicherheit teleportieren kannst. Funktioniert doch ganz gut, auch wenn wir nicht unbedingt dort landen, wo wir hinwollten.« Demonstrativ sah er sich um.

»Dafür habe ich mehr über deine Familie erfahren. *Unsere* Familie.« Würde ich mich je daran gewöhnen? »Sag mal, was war das eigentlich für ein Zauber, den dein Onkel gestern Abend gewirkt hat?« Ein erneuter Schauer lief mir über den Rücken, als ich an den Kürbis und die Knochen dachte. Wollte ich es wirklich wissen?

»Die schwarze Lampe. Sie ist dazu da, um Feinde abzuwehren oder negative Mächte zu besänftigen. Aber mach dir keinen Kopf. Das war keine schwarze Voodoomagie.«

Trotzdem verstärkte sich die Gänsehaut auf meinem Rücken. Blieb nur die Frage, ob Mikéle das Ritual den Merlins oder mir gewidmet hatte. Glaubte er wirklich, dass von mir eine solche Gefahr ausging? Ich seufzte. »Lass uns weitermachen, okay?« Zwar fand ich es schön, die Geschichte um Rose Hall kennengelernt zu haben, und ich war schon froh, wenn ich nicht mehr im Meer landete, aber früher oder später wollte ich doch gern lernen, ein bestimmtes Ziel anpeilen zu können.

Henri nickte und reichte mir seine Hände. Ich ergriff sie, schloss die Augen und konzentrierte mich erneut auf meine Atmung und dieses Mal auf das leise Rascheln der Blätter im Wind.

Ich hatte Angst, einzuschlafen. Hinter meiner Stirn pochte es ein wenig, was an und für sich kein Grund zur Besorgnis war. Henri und ich hatten den ganzen Tag geübt, und obwohl Ash behauptete, meine Magiereserven seien unerschöpflich, so ging die ganze Hexerei doch nicht spurlos an mir vorbei. Aber das war nicht alles. Auf meinem Kopfkissen heute Morgen hatten ziemlich viele lose Haare gelegen, und neben meinem Bett hatte ich sechs tote Fliegen entdeckt. Das musste alles nichts zu bedeuten haben, aber mir ging diese eine

Frage nicht aus dem Kopf: Was, wenn die Gefahr doch noch nicht gebannt war? Wenn es mehr brauchte als die Aktivierung meiner Magie, um mich zu heilen? Immerhin war ich ein Clanmischling, und zwar – so sah es zumindest aus – der erste Mischling überhaupt. So abwegig erschien mir das Ganze demnach nicht. Ich schob den Gedanken so weit weg wie möglich, aber da war noch eine Frage, die mich quälte: Was, wenn ich mich heute Nacht wieder unbewusst teleportieren würde? Prinzipiell wollte ich nichts lieber, als erneut zu Ash, denn ich musste unbedingt mit ihm reden. Solange er mir nicht selbst sagte, dass er gegen mich war, fiel es mir extrem schwer, das zu glauben. Und selbst wenn er jetzt für seine Familie war, würde ich nichts unversucht lassen, ihn wieder auf meine Seite zu ziehen, denn ich wollte nicht gegen ihn kämpfen. Ich wusste nicht, ob ich es konnte. Aber ich hatte Angst, denn die Clans wollten mich in eine Falle locken. Sie warteten sicher nur darauf, dass ich mich erneut zu Ash teleportieren würde. Und so wie die Dinge im Moment standen, würde Ash mir vermutlich nicht helfen, lebend zu entkommen. Aber würde er mich umbringen? Würde *er* es können?

Ich lag auf dem Rücken in dem Bett, in dem schon meine Mum gelegen hatte, und starrte an die Decke. Der Mond schien durch die Balkonfenster und malte Schatten an die Wand, die jedoch alles andere als gruselig wirkten. Vor dem Fenster hörte ich es rascheln, doch ich stand nicht auf, um nachzusehen, wo es herkam. Stattdessen fragte ich mich, ob meine Mutter wohl auch des Öfteren in diesem Bett gelegen, an die Decke gestarrt und sich Sorgen gemacht hatte. Zum Beispiel wegen ihrer Beziehung zu Brian Merlin. Oder war sie einfach nur glücklich gewesen? Ich erinnerte mich an Tiannas Worte. Sophie war demnach ein fröhlicher Mensch gewesen; selbst nachdem sie von einem Merlin ein Kind erwartet hatte, war sie noch voller Zuversicht gewesen. Ich hoffte so sehr, dass es stimmte und Sophie ihrer Schwester nichts vorgespielt hatte. Denn wenn ich nur ein kleines bisschen nach ihr kam, war das mehr als wahrscheinlich.

Ich fuhr hoch, weil ich meinte, vor der Zimmertür ein Geräusch wahrgenommen zu haben. Die Clans? Hatten sie es doch geschafft, mich aufzuspüren? Angestrengt lauschte ich in die Stille. Adrenalin wurde durch meinen Körper gepumpt und sorgte dafür, dass ich bereit war, jeden Moment aus dem Bett zu springen und zum Angriff überzugehen. Doch es blieb still im Haus, und ganz langsam beruhigte sich mein Herzschlag wieder.

Es war verrückt. Ich konnte mich teleportieren, und selbst wenn ich nicht immer am gewünschten Ort ankam, so funktionierte es doch. Henri und ich hatten den ganzen Tag geübt, und ich war immer besser geworden.

»Es ist erstaunlich, wie schnell du lernst, wenn du erst einmal den Dreh raus hast«, hatte Henri gesagt. »Und es ist erstaunlich, dass du immer noch nicht ausgepowert bist.«

Henris Worte gaben mir neue Zuversicht. Ich hatte die Macht und die Kraft, mich gegen die Clans zur Wehr zu setzen, und selbst wenn sie mich hier aufspüren würden, konnte ich im Nullkommanichts verschwinden, ohne dass sie mir folgen konnten. Mit diesem Gefühl schlief ich schließlich doch ein.

Ein seltsames Geräusch weckte mich. Ein Geräusch, das nicht nach Jamaika passte, das ich aber aus meinem Zimmer in London kannte.

Es klang vielleicht profan, aber es war die Klospülung. Wie oft war ich davon wach geworden, wenn Megan von ihren Partys oder der Spätschicht im *Hound Dog* nach Hause gekommen war.

Ich brauchte einen Moment, um zu realisieren, was das bedeutete, doch dann riss ich die Augen auf und sah mich um. Die Sonne schien durch den Spalt zwischen den dunkelblauen Vorhängen ins Zimmer. Beim Anblick all der vertrauten Dinge musste ich lächeln: die graublauen Wände und der weiße Teppich, der Schreibtisch, an dem ich bisher nie gelernt hatte, und die Poster von fernen Orten an der Wand. Außerdem der Teddybär, den mir mein Vater mitgegeben hatte, als er mich schweren Herzens ins Kinderheim geben musste. Ich nahm ihn hoch und drückte ihn an mich wie einen kostbaren Schatz. Der Duft des Lavendelweichspülers stieg mir in die Nase, und zum ersten Mal seit Langem bekam ich davon keine Kopfschmerzen, sondern verspürte ein Gefühl von Vertrautheit und Geborgenheit. Ich war tatsächlich in meinem Zimmer in London, und Megan schien zu Hause zu sein. Ich sprang aus dem Bett und lief in den Flur, wo sich gerade die Tür zum Badezimmer öffnete und eine verschlafene Megan heraustappte. Die dunklen Haare standen ihr wirr ums Gesicht, und sie trug noch ihren Pyjama, einen rosafarbenen Jumpsuit mit Minnie Mouse darauf.

»Nicht erschrecken«, bat ich, doch es war zu spät. Megan schrie bereits, als hätte sie einen Geist gesehen. Wenn Mrs Preston, die Vermieterin, nicht ohnehin mit den Vögeln aufstehen würde, wäre sie spätestens jetzt wach. Hoffentlich kam sie nicht auf die Idee, die Polizei zu rufen. »Ganz ruhig, ich bin's nur.«

»Gott, was machst du hier?« Megan fasste sich ans Herz, doch schon im nächsten Moment rannte sie auf mich zu und fiel mir um den Hals. »Caroline! Ich habe mir solche Sorgen um dich gemacht. Wie geht es dir? Ist alles okay?«

»Na ja, wenn man davon absieht, dass es zwei Clans auf mich abgesehen haben, ist alles bestens.«

Megan runzelte die Stirn. »Nur zwei?«

»Drei. Sorry, bei dem ganzen Hin und Her hab ich den Überblick verloren«, log ich, obwohl ich ihr so gern die Wahrheit gesagt hätte. Aber ich konnte nicht riskieren, dass die Merlins oder Morgans diese durch einen Wahrheitstrank von ihr erfuhren. »Die Morgans ziehen sich zurück, die Morgans sind wieder dabei. Ash behauptet, dass er mich liebt, und ist auf meiner Seite. Ach, hoppla, nein, vielleicht auch nicht. Ich weiß nicht mehr, was ich glauben soll. Wem ich glauben soll.«

»Mir kannst du vertrauen«, sagte Megan und schloss mich noch einmal in die Arme. »Sag mal, woher weißt du das überhaupt alles?«

Mist, ich musste aufpassen, mich nicht doch auf irgendeine Weise zu verplappern. »Frag bitte nicht. Außerdem ist das Ganze extrem kompliziert. Ich habe wirklich keine Ahnung, wer auf meiner Seite ist und wer nur so tut.«

»Aber zumindest Henri und Tianna helfen dir?«, fragte Megan und ging in die Küche. »Das behauptet zumindest Henris Vater.«

Ich folgte ihr. »Das hoffe ich doch, aber bei den beiden kann ich mir nicht vorstellen, dass sie mir nur etwas vormachen.«

»Willst du auch einen Kaffee?« Megan war bereits dabei, Wasser in die Kanne zu füllen.

Wie gern hätte ich Ja gesagt und mich mit ihr auf einen Plausch in die Küche gesetzt, wie in alten Zeiten, aber das Risiko war zu hoch, dass die Merlins meine Magie hier orteten. Ein paar Minuten blieben mir sicher noch, aber dann musste ich zurück. »Solange kann ich gar nicht bleiben, Megan.«

Sie stellte die Kanne beiseite und drehte sich zu mir um. Ihre Augen wirkten traurig, fast glasig. »Verstehe. Und was nun? Kann ich irgendwas für dich tun? Irgendwie helfen? Mir ist klar, dass ich ohne Magie nicht viel ausrichten kann, aber …«

»Ich muss unbedingt mit Ash reden«, unterbrach ich sie. »Er soll mir selbst sagen, dass er gegen mich ist.«

Megans Gesichtsausdruck wurde, wenn das überhaupt möglich war, noch trauriger. »Ich war dabei, Caroline. Er hat mich angesehen und gesagt, dass du etwas sehr Grausames tun wirst, ob nun absichtlich oder nicht.«

Ich schüttelte den Kopf. »Nein. Nein, das glaube ich nicht.«

»Es ist aber wahr«, erwiderte Megan sehr leise.

Und mit diesen vier kleinen Wörtern brach meine Welt ein weiteres Mal in sich zusammen. Ajani kannte ich kaum, und ich wusste nicht einmal, ob ich ihm wirklich vertrauen konnte. Deshalb war es nicht schwer gewesen, seine Worte in Zweifel zu ziehen. Aber Megan war nicht nur meine Mitbewohnerin und Arbeitskollegin, sie war inzwischen auch zu meiner besten Freundin geworden. Zu einer Schwester, die ich nie gehabt, mir aber immer gewünscht hatte. Wenn auch sie behauptete, Ash habe die Seiten gewechselt, fiel es mir verdammt schwer, das Ganze weiterhin als Lüge abzutun.

»Aber …« Ich ließ meinen Einwand im Raum stehen, denn ich wusste nicht, was ich dazu noch sagen sollte. Ich fühlte mich verraten, im Stich gelassen. Und ich fühlte ein großes schwarzes Loch an der Stelle, wo eigentlich mein Herz sein sollte. Das Leben hatte mich sehr früh gelehrt, dass ich mich nur auf mich selbst verlassen konnte, und was tat ich, als mir ein zugegebenermaßen attraktiver Junge über den Weg lief? Mich verlieben und ihm blind vertrauen, obwohl von Anfang an so vieles gegen ihn gesprochen hatte.

Megan nickte. »Ich weiß, es tut mir leid. Ich konnte es auch nicht glauben, aber Ash war verdammt überzeugend.«

Neue Hoffnung keimte in mir auf, obwohl ich mit aller Macht versuchte, sie zu unterdrücken. »Und wenn er nur so getan hat, um seine Familie zu überzeugen? Genau das habe ich schon einmal erlebt.« Als Ash von der Prophezeiung erfahren hatte, hatte er seiner Familie auch zuerst vorgespielt, an den ganzen Blödsinn zu glauben. Vor dem Holland Park, kurz vor der Aktivierung meiner Magie, hatte ich ihm sogar noch geraten, gegenüber seiner Familie erneut zu behaupten, er würde an die Prophezeiung glauben. Vielleicht hatte er gar nicht die Seiten gewechselt, vielleicht hatte er nur auf mich gehört.

Megan zögerte. »Ich weiß nicht. Wenn das wirklich nur gespielt war, sollte er Schauspieler werden.«

»Aber denkst du, es wäre möglich?«

Megan zuckte mit den Schultern. »Ich weiß es nicht, okay? In einer Welt voller Magie sollte prinzipiell alles möglich sein, aber wir reden hier immerhin von seiner Familie, gegen die er sich stellen müsste, und ihr beide kennt euch kaum. Wobei …«

Ich horchte auf. »Was? Wenn du etwas weißt oder einen Verdacht hast, dann sag es bitte.«

Sie senkte den Blick. »Nicht direkt, aber Ash hat sich ziemlich dafür eingesetzt, das Ganze ohne Blutvergießen zu regeln. Er will nicht, dass du stirbst.«

Mein Herz klopfte schneller. Das reichte mir fürs Erste, um die neu aufkeimende Hoffnung nicht gleich wieder im Keim zu ersticken. »Ich muss mit ihm reden. Leihst du mir dein Telefon?«

Schweigend verließ Megan die Küche und kehrte nur wenige Sekunden später mit ihrem Handy zurück. »Hier, aber lass dich nicht von ihm um den Finger wickeln. Die Nummer ist unter Sam eingespeichert.«

»Sam?«, hakte ich nach, suchte aber bereits mit zitternden Händen im Adressbuch nach dem richtigen Eintrag. Zwar wusste ich die Nummer noch, aber plötzlich hatte ich es gar nicht mehr so eilig mit dem Anruf. Was, wenn ich mir nur etwas vorgemacht und Ash seiner Familie dieses Mal nichts vorgespielt hatte?

Megan deutete mit den Händen in Richtung Flur. »Ähm, ich warte in meinem Zimmer. Wenn was ist …«

Dankbar nickte ich ihr zu und lauschte der Verbindung, die sich aufbaute. Hier in London war es kurz nach acht am Morgen; die Chance, Ash zu erreichen, stand also gar nicht mal so schlecht. Und plötzlich war er am anderen Ende der Leitung.

»Du hast Glück, ich wollte gerade zum Frühstück. Alles okay?«

Das Herz klopfte mir bis zum Hals. »Ash, ich bin es.« Schweigen. Wir hatten nicht viel Zeit, denn jeden Moment konnte Ash entdeckt werden oder mich verraten, oder die Merlins schlugen hier auf. Trotzdem sagte für einige Sekunden keiner von uns beiden ein Wort. »Wir müssen reden«, brachte ich schließlich hervor.

»Das müssen wir. Am liebsten unter vier Augen, aber ich kann hier nicht unbemerkt weg, und du kannst nicht herkommen. Sagen wir, meine Familie hat sich etwas ganz Besonderes für dich zum Empfang ausgedacht.«

Okay, *jetzt* klopfte mir das Herz bis zum Hals. Konnte es sein, dass ich tatsächlich recht behielt? »Ash, mir erzählen alle, dass du die Seiten gewechselt hast und jetzt gegen mich bist. Was ist da dran?« Er antwortete nicht sofort, und in meinem Bauch bildete sich ein Knoten. Ich lag falsch, und alle anderen hatten recht. Meine Hoffnung zersprang in tausend kleine Stücke, wie eine Porzellantasse, die auf den Boden fiel.

»Haben sie dir auch von Alice Merlins Vision erzählt?«, fragte Ash leise.

»Keine Details.« Ich war versucht aufzulegen, aber ich konnte nicht, und das nicht nur, weil ich endlich wissen wollte, was es mit dieser verdammten Vision auf sich hatte. »Spielen die Details denn eine Rolle?«, fragte ich jedoch zu meiner eigenen Überraschung. »Ich dachte, du liebst mich, aber anscheinend habe ich mich geirrt.«

»Nein, das hast du nicht«, antwortete Ash nach wie vor leise.

»Und warum hast du dann die Seiten gewechselt? Vor dem Holland Park, in der Nacht der Magieaktivierung, hast du mir noch versprochen, mich zu beschützen. Du hast gesagt, du würdest nicht zulassen, dass mir irgendjemand ein Haar krümmt, und jetzt willst du mir selbst etwas antun?« Ash sollte nicht hören, wie sehr er mir wehtat, auch wenn er es mit Sicherheit wusste, und ich konnte die Frustration und Enttäuschung auch nicht länger aus meiner Stimme heraushalten.

»Sag das nicht so.«

»Nenn es, wie du willst«, fuhr ich ihn an, »aber es ändert nichts an der Tatsache. Du glaubst nicht mehr an mich.« An uns.

»Ich weiß nicht mehr, was ich glauben soll, Caroline. Diese Vision von Alice …«

Er brach ab, und ich konnte ihn förmlich vor mir sehen, wie er auf seinem Bett saß und den Kopf schüttelte, völlig verzweifelt. Er befand sich in einem Zwiespalt, und wenn einer verstand, wie sich das anfühlte, dann ich. »Erzähl mir von dieser Vision«, bat ich, nun deutlich ruhiger.

»Ich wollte sie nicht sehen, Caroline, das musst du mir glauben. Meine Tante hat mich dazu gezwungen.«

»Die Clans würden alles dafür tun, um jeden, der noch auf meiner Seite ist, davon zu überzeugen, dass ich der Feind bin. Vielleicht haben sie dich manipuliert. Hast du schon einmal daran gedacht?«

»Immerzu. Wie gesagt, ich weiß nicht mehr, was ich denken soll, aber diese Bilder ...« Ash stieß die Luft aus. »Ich bekomme sie nicht mehr aus dem Kopf. Du wirst uns alle vernichten, Caroline. Auch Henri und mich.«

Mein Herz setzte einen Moment aus und schlug dann doppelt so schnell weiter. »Nein. Nein, Ash, du musst dich irren. Auch Bilder kann man manipulieren. Sie haben dir nicht alles gezeigt, oder? Hast du gesehen, wie du stirbst? Durch meine Hand?«

»Das nicht«, gab er zu, »aber ich habe mehr als genug gesehen. Die Angst und Panik in meinen Augen, absolute Hilflosigkeit und Ungläubigkeit in Henris Augen, und du warst völlig außer dir. So wütend habe ich dich noch nie erlebt. Die Clanmitglieder standen alle in einem Kreis aus Feuer, auch Henri und ich, und du hast das Feuer beeinflusst. Die Flammen schlugen immer höher.«

»Ich könnte niemals gegen euch alle gleichzeitig ankommen, und ich kann auch kein Feuer beeinflussen, Ash.«

»Oh doch, das kannst du«, widersprach er, »und du weißt es. Erinnerst du dich daran, wie du den Drachen im Holland Park vernichtet hast? Und ich denke, dass du nicht nur das Feuer beherrschst, sondern auch alle anderen Elemente.« Ash machte eine kurze Pause. »Das ist höhere Magie, Caroline. Du bist mächtiger als wir alle zusammen, mächtiger als jeder Hexenmeister. Wenn du erst einmal lernst, deine Kräfte zu kontrollieren, bist du unbesiegbar.«

Ich umklammerte das Handy noch fester, als ich es ohnehin schon tat. »Ich würde dich niemals töten, Ash.«

»Vielleicht, vielleicht auch nicht. Wer kann schon in die Zukunft sehen?«

»Eben, das ist genau der Punkt.«

Doch Ash überging meinen Einwand und redete einfach weiter. »Das Ganze muss irgendwann ein Ende nehmen, Caroline. Das weißt du, oder? Du kannst dich nicht ewig verstecken. Und was dann? Was, wenn dich die Clans finden? Dann heißt es sie oder du.«

»Das weiß ich, Ash. Mir war das die ganze Zeit über klar, aber dir offensichtlich nicht. Im Übrigen kann ich mich teleportieren, und demnach könnte ich mich auch ewig verstecken, ohne dass ihr mich in die Finger kriegen würdet.«

»Wir wissen aber beide, dass du so ein Leben nicht willst«, erwiderte Ash und hatte recht damit. So ein Leben wollte ich wirklich nicht, selbst wenn es möglich war. Ich wollte nicht in ständiger Angst leben, dass mich die Clans vielleicht doch erwischten. »Also, was dann?«, wiederholte Ash seine Frage. »Sie oder du? Würdest du dich opfern, um die Leben der Merlins und der Lecourts, die Leben meines Clans zu verschonen? Oder würdest du dich zur Wehr setzen?«

Ich schluckte. »Das ist nicht fair, Ash. Was soll ich denn machen? Soll ich mich töten lassen? Ist es das, was du willst?«

»Nein«, antwortete er leise.

»Was dann? Was willst du?«

»Ich weiß es nicht, okay?«, schrie er jetzt fast. »Könnt ihr nicht verhandeln? Das Ganze ohne einen Krieg regeln? Es muss doch nicht gleich zum Äußersten kommen.«

»Wären die Clans denn dazu bereit?«, fragte ich, obwohl ich diese Option niemals wirklich in Betracht ziehen würde.

»Ich kann noch mal mit den Oberhäuptern reden ...«

»Also nein.« Ich holte tief Luft. »Es ist zu spät, Ash, und wir haben längst Krieg. Keiner traut mehr dem anderen, wir sind das beste Beispiel dafür. Wenn nicht einmal wir uns vertrauen können, wie soll ich dann den Merlins oder einem der anderen Clans vertrauen? Einer von uns wird sein Leben lassen müssen, und ich werde kämpfen, weil ich nun mal so bin. Aber ich würde dir niemals etwas antun, Ash. Das musst du mir glauben.«

»Das glaube ich dir, aber ich kann nicht zulassen, dass du drei ganze Clans auslöschst.«

Schweigen. Tränen traten mir in die Augen, und ich schaffte es nicht, sie fortzublinzeln. »Dann war es das wohl«, sagte ich, nachdem ich ein paarmal tief Luft geholt hatte, um meine Stimme daran zu hindern zu brechen.

»Sieht so aus«, erwiderte Ash mit belegter Stimme. »Es tut mir leid. Ich wollte nicht –«

Doch ich hatte bereits aufgelegt. Langsam ließ ich mich auf einen Küchenstuhl und meinen Kopf auf die Tischplatte sinken. Was nun? Wie sollte es jetzt weitergehen? Doch bevor ich auch nur darüber nachdenken konnte, spürte ich die Veränderung in der Umgebung.

Die Merlins. Sie hatten mich gefunden, und sie waren hier, um mich zu töten.

Kapitel 12

Einen Moment war ich hin- und hergerissen. War es besser, mich ruhig zu verhalten? Oder sollte ich Megan warnen? Mich einfach in Sicherheit zu teleportieren und Megan zurückzulassen war jedenfalls keine Option. Das letzte Mal hatten die Merlins ihr nichts angetan und sie wieder auf freien Fuß gesetzt, aber das würden sie garantiert nicht noch einmal tun. Ich hatte Megan in Gefahr gebracht, und deshalb würde ich sie auch mitnehmen. Sie konnte nicht allein hierbleiben, nicht ohne magische Hilfe.

»Pass auf!«, entschied ich mich spontan für die zweite Option und hoffte, dass Megan mich in ihrem Zimmer gehört hatte.

Im selben Moment spürte ich, wie mir die Luft wegblieb. Ich sank auf die Knie und fasste mir an die Kehle. Das musste derselbe Magier sein, der mich und Henri vor dem Luxushotel angegriffen hatte, und wieder war er so feige und zeigte sich nicht. Doch da nahm ich eine Bewegung im Flur wahr. Jared Merlin, ein breites Grinsen im Gesicht, lehnte mit verschränkten Armen gegen den Türrahmen. Jared? Seit wann konnte Jared die Luft manipulieren? Da gesellte sich ein zweiter Mann zu ihm, der deutlich älter war, aber ansonsten sahen sich die beiden ziemlich ähnlich. Nicht zwingend von der Haar- und Augenfarbe her, aber das Gesicht und die Statur waren so gut wie identisch. Das musste wohl Jareds Vater und demnach mein Onkel sein. Seine blauen Augen funkelten vor

Vergnügen. Machte es ihm wirklich Spaß, Menschen zu ersticken? Mir war immer noch unbegreiflich, wie diese Sippe mit mir verwandt sein konnte. Wenn es gegangen wäre, hätte ich ein würgendes Geräusch von mir gegeben, doch ich war zu sehr damit beschäftigt, irgendwie Luft in meine Lungen zu bekommen.

»Hallo, Cousinchen. Du bist ganz schön schwer aufzutreiben. Findest du das fair, einfach so abzuhauen, ohne uns die Gelegenheit zu geben, dich angemessen in der Familie willkommen zu heißen?«

Ungewollt gab ich krächzende Geräusche von mir. Mein Hals fühlte sich an, als würde er immer weiter zugedrückt. Aus den Augenwinkeln nahm ich wahr, wie Megan hinter Jared auftauchte, eine Vase in der Hand, mit der sie ihm eins überbraten wollte. Sie würde sich meinetwegen in Gefahr begeben, denn beide Magier konnte sie unmöglich auf diese profane Art und Weise ausschalten. Ich wollte sie hindern, aber ich schaffte es weder zu sprechen noch mit den Händen zu wedeln. Nicht einmal in ihre Richtung konnte ich schauen, was vielleicht auch besser so war. So hatte sie zumindest das Überraschungsmoment auf ihrer Seite, und vielleicht konnte sie Jareds Vater wenigstens für eine Sekunde ablenken, sodass ich zurückschlagen und uns von hier wegteleportieren konnte. Doch Jared bemerkte Megan, denn plötzlich wirbelte er zu ihr herum. Sie holte aus, aber mit seinen Kräften schlug er ihr die Vase aus der Hand und ließ sie durch die Luft fliegen. An der Wand über mir zerschellte sie, Glasscherben regneten auf mich herab. Gleichzeitig packte Jared Megan am Handgelenk und nahm sie in den Klammergriff.

»Denkst du wirklich, ich mache es dir so leicht, Schätzchen?«, fragte er, doch seine Stimme strafte seine Worte Lügen. Er war wütend.

Jareds Vater jedoch hatte nicht einmal mit der Wimper gezuckt oder seinen imaginären Griff um meinen Hals auch nur ein bisschen gelockert. Panik stieg in mir auf und ließ sich kaum noch unterdrücken. Ich fühlte mich zu sehr an letzte Nacht erinnert, wo ich fast im Atlantik ertrunken wäre. Keine Ahnung, wie ich mich schlussendlich gerettet hatte, denn irgendwann war ich bewusstlos geworden. Das hatte ich jedoch dieses Mal nicht vor, zumal ich dann auch Megan nicht hätte mitnehmen können.

»Drück fester zu, oder willst du, dass sie uns wieder entkommt?«, fuhr Jared seinen Vater an. Er selbst fixierte den Kühlschrank.

Okay, das reichte. Wut füllte mein Innerstes aus und löste die Panik ab, bis nichts mehr davon übrig blieb. Hatte Ash nicht behauptet, ich sei stärker als sie alle zusammen? Und dass ich sämtliche Elemente beherrschen würde? Zeit, es auszuprobieren. Ich wusste nicht, ob es funktionieren würde, denn ich hatte bisher noch nie Menschen bewegt, die ja zum Großteil aus Wasser bestanden; nur Gegenstände. Aber ich musste es zumindest versuchen. Ich nahm meine Hand zu Hilfe, auch wenn es mir schwerfiel, sie von meinem Hals zu lösen, konzentrierte mich auf Jareds Vater und bewegte die Hand mit Schwung weg von mir. Gleichzeitig wurde Jareds Vater durch den Flur und gegen die Wand hinter sich geschleudert. Reglos blieb er am Boden liegen. Mir blieb kaum Zeit, nach Luft zu schnappen, denn der Kühlschrank flog direkt auf mich zu. Ich hechtete zur Seite, rollte mich ab und sprang auf die Beine. Mit einem lauten Knall prallte der Kühlschrank auf die Fliesen, die unter der Wucht zersprangen. Wenn Mrs Preston nicht längst die Polizei gerufen hatte, würde sie es sicher spätestens jetzt nachholen. Wir mussten hier weg.

Jared war so perplex, dass Megan sich aus seinem Griff lösen konnte. Sie trat auf seinen Fuß und rammte ihm den Ellenbogen in die Magengrube. Stöhnend fiel Jared auf die Knie, die Hände auf den Bauch gedrückt. Ich wollte kein Risiko eingehen und schleuderte ihn wie zuvor seinen Dad gegen die Wand.

»Komm, wir müssen hier weg«, sagte ich zu Megan und lief auf sie zu. Doch noch ehe ich sie erreicht hatte, ging ich selbst zu Boden, die Hände an den Kopf gepresst. Diese alles verzehrenden Schmerzen kannte ich. Ich hatte miterlebt, wie Ash beinahe daran gestorben war. George Merlin musste in der Nähe sein.

»Nicht so schnell«, ertönte da auch schon seine Stimme. »Na, wen haben wir denn da? Dieses Mal entkommst du uns nicht.«

Der Schmerz verstärkte sich noch, und ich schrie auf.

»Halt, was machen Sie denn da? Hören Sie auf!«, hörte ich Megan kreischen. Sie ging auf ihn los und kratzte ihn quer durchs Gesicht, aber das ließ sich George Merlin, einer der mächtigsten Magier unserer Zeit, nicht so einfach gefallen.

»Du Miststück«, fuhr er sie an. Im nächsten Moment hockte Megan ebenfalls auf dem Boden. Für einen kurzen Augenblick ließen meine eigenen Schmerzen nach, doch ich hatte keine Zeit zu reagieren, denn George Merlin wollte Megan nur beweisen, was passierte, wenn sie sich in Dinge einmischte, die sie seiner Meinung nach nichts angingen. Er verschonte sie und sagte stattdessen: »Halte dich raus, und dir wird nichts passieren. Ansonsten garantiere ich für nichts.« Dann konzentrierte er sich wieder ganz auf mich.

Megan sah zu mir, doch ich schaffte es kaum, ihren Blick zu erwidern. Mir wurde schlecht vor Schmerzen, und die Luft blieb mir erneut weg. Megans Augenbrauen zogen sich zusammen. Ich kannte sie, und ich wusste, dass sie das Merlin-Oberhaupt ein zweites Mal attackieren würde, aber ich schaffte es nicht, sie davon abzuhalten. Ich konnte nicht einmal mehr klar denken, sonst hätte ich vielleicht irgendeine meiner Kräfte einsetzen können.

Megan sprang auf und hechtete mit einem Schrei auf George zu. Er war so auf mich fokussiert und rechnete offensichtlich überhaupt nicht damit, dass sich ihm ein Normalsterblicher widersetzen könnte, dass er Megans Angriff nicht schnell genug ausweichen konnte. Sie sprang auf seinen Rücken, klammerte sich mit ihren Händen an seinem Hals fest und biss ihm ins Ohr.

Ich war frei, die Schmerzen waren weg. In der Ferne hörte ich Sirenen, und die anderen beiden Merlins wachten allmählich aus ihrer Benommenheit auf. Wir mussten schnellstens hier weg.

In diesem Moment schüttelte George Megan ab, sie landete mit dem Rücken auf dem Boden. Er streckte die Hand bereits erneut nach mir aus, doch ich war schneller. Ich schleuderte ihn gegen die Wand, und er landete halb auf Jareds Vater, der sich gerade wieder aufrappeln wollte. George ließ sich nicht beirren, er brauchte nur ein paar Sekunden, um wieder ganz bei sich und seinem Ziel zu sein – mir. Seine Augen funkelten vor Wut, und ich wusste, dass er mich dieses Mal nicht verschonen würde. Zum ersten Mal setzte ich ohne Hilfe die kleine Voodoomagie ein und stellte mir vor, wie ich schneller war als sonst. Ich rannte zu Megan, packte sie am Arm und griff gleichzeitig mit der anderen Hand nach meinem Teddy, der neben ihr lag. In der nächsten Sekunde waren wir fort.

»Alles okay?« Ich hockte über Megan, die ein wenig kurzatmig und grün im Gesicht war.

»Ja, ja, geht schon.« Mit meiner Hilfe rappelte sie sich auf und blickte sich erstaunt um.

Wir waren in Paris gelandet, doch dieses Mal nicht auf der Brücke, sondern auf der Wiese vor dem Eiffelturm. Ein kleiner Junge blickte in unsere Richtung und blinzelte verwirrt, doch dann wurde er von seiner Mutter gerufen und rannte fort. Gott, hoffentlich würde ich nicht eines Tages beim Teleportieren gefilmt oder womöglich direkt von einem Maleficarier erwischt werden.

Ich sah mich selbst kurz um. Die Sonne strahlte von einem hellblauen Himmel, nur ein paar Schleierwolken zogen vorbei, und es war bereits einiges los. Am Eiffelturm bildete sich eine lange Schlange, die gleich noch länger werden würde, denn ein Reisebus hielt an der Straße, und die ersten Touristen stürmten auf das Ende der Schlange zu, um sich ebenfalls einzureihen.

Megans Augen leuchteten, das Grün verschwand allmählich aus ihrem Gesicht. »Paris. Ich wollte schon immer mal nach Paris.«

»Ich auch.« Dabei war ich im Grunde nun schon das zweite Mal hier, wenn auch nur auf eine Stippvisite. »Danke! Ich schätze, du hast mir das Leben gerettet.«

»Und du mir. Ich glaube kaum, dass der Typ meinen Angriff einfach so hingenommen hätte.«

»Das glaube ich auch.« Ich musste ein Kichern unterdrücken, dabei war die Situation gerade eben alles andere als lustig gewesen. Wir hatten Glück, dass wir lebend da herausgekommen waren. »Der Typ war übrigens mein Großvater, und die anderen beiden waren mein Cousin und mein Onkel.« Okay, streng genommen war George

Merlin vielleicht nicht wirklich mein Großvater, da Brian sein Schwiegersohn war. Aber da Brian dennoch mit George verwandt war, war ich es ebenso, über wie viele Ecken auch immer.

Megan blickte mich an, den Mund zu einer Grimasse verzogen. »Eine charmante Familie hast du da.« Doch dann trat ein schelmischer Ausdruck in ihre Augen, und ich wusste sofort, was sie dachte. »Also, deine Verwandtschaft kann uns doch nicht hierher folgen, oder?«

»Ash hat immer gesagt, dass nur ich diese Kräfte habe.«

Zufrieden stand Megan auf und klopfte sich die Grashalme von ihrem Jumpsuit. »Na dann, lass uns frühstücken gehen. Ich würde alles geben für ein Croissant und einen Café au Lait.«

Die Tatsache, dass wir beide im Schlafanzug waren und kein Geld dabeihatten, hatte sie offensichtlich verdrängt. Aber ich ließ ihr die Freude; mir würde schon was einfallen. Wozu war ich denn eine Hexe?

Als ich am nächsten Morgen aufwachte, fühlte ich mich wie gerädert. Sich nachts durch die Gegend zu teleportieren, führte definitiv nicht zu einem erholsamen Schlaf. Allerdings hatten Megan und ich nicht nur in Paris gefrühstückt, sondern anschließend in Neapel Pasta gegessen – das Teleportieren machte wirklich hungrig. Na jedenfalls trugen die Städtetrips sicher dazu bei, dass ich mich schon mal besser gefühlt hatte.

Megan war schon wach, als ich mich auf die andere Seite drehte. Sie saß mit dem Rücken an der Wand, die Beine im Schneidersitz, und sah verzückt aus dem Fenster. »Hast du gar nicht geschlafen?«, fragte ich.

Sie schüttelte den Kopf. »Ich war zu aufgekratzt. Paris, Neapel, Jamaika. Ich kann's noch gar nicht glauben. Kannst du uns auch nach Australien teleportieren? Zur Oper in Sidney? Oder vielleicht nach New Orleans? Ich wünsche mir schon so lange, die Schauplätze von *The Originals* zu sehen, aber das, was wir im *Hound Dog* verdienen, reicht ja gerade mal für die Miete.«

Wem sagte sie das. »New Orleans könnte klappen, weil es nicht so weit von Jamaika entfernt liegt, aber weite Strecken traue ich mich nicht. Weißt du, ich hab das noch nicht so richtig im Griff.«

Megan runzelte die Stirn. »Aber das hat doch letzte Nacht super funktioniert.«

»Nicht, wenn man bedenkt, dass ich uns eigentlich gar nicht nach Paris teleportieren wollte. Das war mein Unterbewusstsein, wegen … Na ja, du weißt schon.«

»Oh, okay. Na, macht nichts. Du übst einfach noch eine Weile, dann wird das schon.«

»Das hoffe ich. Henri und ich haben gestern den ganzen Tag geübt, und es lief gar nicht mal so schlecht.« Und ich musste ja schon froh sein, dass Megan und ich letzte Nacht nicht wieder im Atlantik gelandet waren. Wobei ich uns vorsichtshalber über Island, Grönland, Kanada und die USA zurück nach Jamaika teleportiert hatte. Ich hoffte nur, dass die Merlins meine Magiespur während unseres Kontinente-Hoppings irgendwann verloren hatten.

Megan setzte sich aufrechter hin. »Henri ist hier?« Zum Glück nannte sie ihn nicht mehr Henry, denn ich wusste nicht, wie Tianna das finden würde.

Ich setzte mich ebenfalls auf und nickte. »Und seine Tante Tianna. Ich dachte, du wüsstest es.«

»Prinzipiell schon, aber das habe ich wohl wieder verdrängt. Meinst du, es ist okay, dass du mich mitgenommen hast?«

»Um Henri und Tianna würde ich mir weniger Sorgen machen als um Mikéle. Das ist der Stiefbruder von Henris Vater. Er wohnt hier, und er hat mich nicht gerade gern in seinem Haus«, fügte ich hinzu, als ich Megans skeptischen Gesichtsausdruck bemerkte, doch dann fiel mir auf, dass sie an mir vorbei und auf mein Kopfkissen sah. Ich folgte ihrem Blick und zuckte beinahe zusammen. Unsere Augen trafen sich.

»Du solltest dringend Stress reduzieren. Oder wahlweise das Shampoo wechseln.«

Doch ich konnte nur auf mein Kopfkissen starren, auf dem sich nahezu ein Teppich dunkler Haare ausbreitete. Hektisch klaubte ich sie zusammen und stolperte barfuß nach draußen auf den Balkon, um sie über die Brüstung zu werfen. Aus den Augen, aus dem Sinn, aber so einfach war das nicht. Schon im Hotel in London, bevor Ajani mich nach Jamaika geschickt hatte, hatte ich mehr Haare als üblich verloren. Zu dem Zeitpunkt war es mir nicht ungewöhnlich vorgekommen, aber wenn ich an die Haare am Morgen zuvor dachte und das jetzt … Inzwischen war es richtiger Haarausfall geworden. Noch dazu das halbe Dutzend toter Fliegen neben meinem Bett … Wenigstens hatte ich heute Morgen keine toten Fliegen gefunden, trotzdem schlug mein Herz zu schnell. Was hatte das alles zu bedeuten?

»Alles okay?«, fragte Megan, die mir auf den Balkon gefolgt war.

»Klar. Ich fürchte, ich hab wirklich zu viel Stress«, erwiderte ich mit einem Lächeln, um sie nicht zu beunruhigen. Es reichte, wenn ich mir Sorgen machte. Um Megan abzulenken, zeigte ich hinaus aufs Meer und die kleinen Inseln, die sich überall verteilten. »Ist das nicht herrlich?«

»Der Wahnsinn!« Sie trat näher an die Brüstung und beugte sich darüber. »So etwas Schönes habe ich noch nie gesehen. Ich wünschte, wir könnten für immer hierbleiben.«

Ich wollte erwidern, dass das gar nicht so abwegig war, weil das Haus meiner Familie gehörte, doch ich bekam keinen Ton über die Lippen. Stattdessen starrte ich auf eine tote Maus, die in der hintersten Ecke des Balkons lag und mir deshalb erst jetzt aufgefallen war. War das das Rascheln gewesen, das ich letzte Nacht von hier draußen gehört hatte? Und warum war die Maus jetzt tot?

»Sicher, dass alles okay ist?«, fragte Megan und folgte meinem Blick, als ich nicht antwortete. »Oh, das arme Tier.« Sie sah wieder zu mir und eilte auf mich zu. »Was ist denn los? Warum bist du so blass?«

»Das ... das ...«

»Ganz ruhig, Caroline.« Megan nahm mich am Arm und führte mich zurück ins Zimmer, wo sie mich aufs Bett schob. »Also, was ist los? Nimmt dich das arme Tierchen so sehr mit? Ich finde es ja auch sehr schade um die Maus, aber ...«

Ich schüttelte den Kopf. »Das kann kein Zufall sein. Gestern Morgen lagen neben meinem Bett tote Fliegen – und jetzt die Maus. Dazu der Haarausfall ...«

Megan kniete sich vor mich und legte ihre Hände auf meine nackten Beine. »Du siehst Gespenster, was ich gut verstehen kann, aber das hat sicher rein gar nichts zu bedeuten. Bei dem Stress, den du hast, ist es nicht verwunderlich, wenn du Haare verlierst, und im Haus meiner Eltern in Surrey Hills liegen dauernd tote Fliegen herum. Tote Mäuse sind auch nicht gerade ungewöhnlich.«

»Es waren sechs tote Fliegen, Megan. Sechs auf einmal, und sie lagen alle direkt neben meinem Bett. Und das hier …« Ich fuhr mir durch die Locken und hatte zwar kein Büschel in der Hand, aber doch viele lose Haare. Zu viele, wie ich mit zitternder Hand feststellte. Ich hatte mir selbst beweisen wollen, dass es nicht so schlimm war, doch das war es, denn das war alles andere als normal. »Das ist nicht normal«, sprach ich meinen Gedanken leise aus.

»Caroline …«

Doch ich sprang bereits vom Bett, wobei Megan das Gleichgewicht verlor und fast nach hinten kippte. Sie fing sich mit den Händen hinter dem Rücken ab und rappelte sich auf. »Entschuldige, aber ich muss unbedingt mit meiner Tante reden«, sagte ich und eilte durchs Zimmer.

Megan bekam große Augen. »Moment mal, deine Tante? Ich dachte, Tianna wäre Henris Tante.«

Ich blieb an der Tür stehen und drehte mich zu meiner Freundin um. Megan wusste offenbar noch nicht, dass ich eine halbe Lecourt war, auch wenn es mich wunderte. »Mehr oder weniger. Henris Mutter ist bei ihrer Cousine zusammen mit ihren Großcousinen Tianna und Sophie aufgewachsen, die in ihrem Alter waren. Und wie sich bei der Aktivierung meiner Magie herausstellte, war Sophie meine Mum.«

»Aber … aber das würde ja bedeuten, dass Henri und du verwandt seid. Ich dachte, du gehörst zu diesem anderen Clan, der dich heute Nacht mal wieder ausschalten wollte.«

»Die Merlins. Das stimmt, mein Dad gehört zu den Merlins, aber meine Mutter war eine Lecourt.«

»War?«

Ich nickte. »Sie ist leider bei meiner Geburt gestorben.«

»Oh, Caroline, das tut mir leid.« Megan kam auf mich zu und schloss mich in ihre Arme. »Dieses ganze Hin und Her. Die ganze Zeit werden dir Eltern präsentiert, die gar nicht deine Eltern sind, und als du dann endlich die Wahrheit erfährst, will deine Familie dich umbringen, und deine Mum ist tot. Wenigstens dein Vater schwebt nicht mehr in Lebensgefahr. Er war doch auf deiner Seite, oder? Ansonsten kann er meinetwegen ruhig hopsgehen.«

Ich krallte meine Fingernägel so fest in Megans Arme, dass sie zusammenzuckte. »Meinem Vater geht es besser? Bist du sicher?«

»So habe ich es zumindest verstanden. Seine Wunde hat sich entzündet, weshalb er Fieber und Halluzinationen hat, aber dieser gruselige Typ, dein Großvater, meinte, er würde wieder werden.«

Erst jetzt wurde mir bewusst, dass ich die Luft angehalten hatte. Erleichtert atmete ich aus. »Wenigstens etwas.«

»Jetzt verstehe ich erst, warum die Lecourts zusammen mit den Merlins bei Ashs Familie waren. Sie sind jetzt auch hinter dir her, richtig?«

Ich zögerte. Sollte ich Megan die Wahrheit sagen? Aber warum nicht? Inzwischen wusste sie ohnehin schon zu viel. Ich konnte sie nicht zurück nach London bringen und damit riskieren, dass die Merlins Informationen aus ihr herausbekamen oder ihr etwas antaten. »Sie sind auf meiner Seite, zumindest behauptet Papa Ajani das, Henris Vater. Er hat mich mit Tianna und Henri hierhergeschickt, damit ich lerne, meine Kräfte zu beherrschen. Nur so kann ich es mit den anderen Clans aufnehmen.«

»Aber das ist doch großartig, oder etwa nicht? Ein Problem weniger. Mit zwei Clans kannst du es ganz sicher aufnehmen. Bei drei wäre ich skeptisch gewesen, aber zwei? Das schaffst du.«

Ich schenkte ihr ein Lächeln. »Ein Kinderspiel, zumindest mit dir an meiner Seite. Nein, Megan, du hast gesehen, wie mächtig allein George Merlin ist.«

Megan winkte ab. »Ach, der ist auch nicht mehr der Jüngste. Gegen den alten Tattergreis wirst du doch wohl noch ankommen.«

Jetzt musste ich wirklich lachen und vergaß sogar für einen kurzen Moment meinen Haarausfall und die tote Maus. »Du hast recht. Ich übe noch ein paar Jahre, dann sind die stärksten Clans ganz Englands gar kein Problem mehr für mich. Na komm, ich stelle dir Tianna vor. Du wirst sie mögen.« Ich hatte die Hand schon an der Klinke, als es an der Tür klopfte.

»Guten Morgen«, begrüßte Henri mich, nachdem ich sie geöffnet hatte. »Hab ich mir doch gedacht, dass du schon wach bist. Und, wie war …?« Er hielt inne und starrte seine Exfreundin an, die hinter mir stand. »Megan? Aber wie kommst du hierher? Wie …? Natürlich.« Sein Blick glitt wieder zu mir, und er sah alles andere als begeistert aus. »Du hast dich wieder teleportiert, richtig? Caroline, verdammt! Wie konntest du sie herbringen? Du bringst uns alle in Teufels Küche.«

»Was hast du dir nur dabei gedacht, Caroline?« Tianna lief in meinem Zimmer auf und ab. Sie bemühte sich, leise zu sprechen, damit Mikéle uns nicht hörte, aber das wollte ihr angesichts ihrer Aufgebrachtheit nicht so recht gelingen. »Was machen wir denn jetzt nur mit ihr? Sie kann nicht hierbleiben.«

Megan rutschte unwohl auf dem Bett hin und her. »Ähm, am besten, ich gehe. Ich komme schon irgendwie klar.«

»Nein.« Megan wollte aufstehen, aber ich zog sie zurück neben mich auf die Matratze. Sie tat mir so unglaublich leid. Ich wusste, wie es sich anfühlte, wenn man unerwünscht war. Das hatte ich mehr als einmal erleben müssen, und ich hatte Megan erst in diese Lage gebracht. »Wenn sie geht, gehe ich auch.«

»Nun sei doch vernünftig, Caroline«, bat Tianna mich. »Allein hast du keine Chance.«

»Und Megan erst recht nicht«, blieb ich hart, obwohl mir klar war, dass Tianna recht hatte. Ich pokerte hoch, aber mir blieb keine Wahl. »Sie hat kein Geld dabei und auch keinen Ausweis. Außerdem können wir uns keinen Flug zurück nach London leisten.«

»Das hättet ihr euch vorher überlegen müssen«, fuhr Tianna mich an.

»Was hätte ich denn machen sollen?«, wurde ich nun ebenfalls wütend. »Sie den Merlins ausliefern? Dieses Mal hätten sie sie nicht so glimpflich davonkommen lassen.«

Tianna atmete ein paarmal tief durch, dann ließ sie sich auf einen der beiden filigranen Stühle fallen, die zusammen mit dem runden Tisch in der Ecke zum Balkonfenster standen und an ein Bistro in Frankreich erinnerten. »Du hast recht, es tut mir leid. Bitte entschuldige, Megan. Es ist nicht so, dass ich dich nicht hier haben möchte.

Carolines Freunde sind mir immer willkommen, aber Mikéle wird das anders sehen. Und Papa Ajani sicher auch. Sie verkompliziert alles«, fügte Tianna an mich gewandt hinzu.

»Warum?«, erwiderte ich. »Megan war schon immer auf meiner Seite und wird es auch immer sein. Das ist nichts Neues für die Merlins oder Morgans.«

Henri setzte sich auf den zweiten Stuhl zu Tianna. »Ich kann trotzdem verstehen, dass Tianna sie nicht hier haben will. Zurück in eure Wohnung kann Megan nicht, das ist klar, aber theoretisch könntest du sie doch zu ihren Eltern teleportieren. Oder in das Landhaus, von dem du im Hotel in London gesprochen hattest.«

Doch Tianna schüttelte den Kopf. »Kommt gar nicht infrage. Ich will vorerst keine Teleportationen mehr nach England, und das Risiko ist auch zu groß, dass die Clans Megan trotz allem finden und unseren Aufenthaltsort erfahren könnten. Papa Ajani muss das einsehen. Nur um Mikéle mache ich mir Sorgen.«

Wir schwiegen einen Moment, denn Tianna war nicht die Einzige, die sich wegen Mikéle sorgte. Er hatte sich schon lange wie ein Vulkan vor dem Ausbruch benommen. Megans Anwesenheit in diesem Haus würde er nicht dulden. Ob wir sie vor ihm verstecken konnten? Theoretisch könnte ich Megan aus dem Haus teleportieren, auf dieselbe Weise zurück in mein Zimmer kommen und dann selbst auf dem normalen Weg das Haus verlassen. Aber Megan musste auch mal ins Badezimmer. Nein, es musste eine andere Lösung geben, doch darüber konnten wir uns gleich Gedanken machen. Vorher musste ich endlich loswerden, was ich auf dem Herzen hatte.

»Es gibt da noch etwas anderes, über das ich mir den Kopf zerbreche«, begann ich und zog damit erneut alle Aufmerksamkeit auf mich. »Neuerdings habe ich ziemlich heftig Haarausfall. Außerdem sterben Tiere um mich herum. Zuerst war es nur ein halbes Dutzend Fliegen, aber jetzt ist es eine Maus. Was hat das zu bedeuten?«

Tianna und Henri wechselten einen Blick, der mir gar nicht gefiel. »Davon habe ich noch nie gehört«, sagte Tianna schließlich. »Wir behalten das im Auge, aber mach dir keine Gedanken. Okay?«

»Das war noch nicht alles«, gab ich zu. »Ich habe mit Ash telefoniert, als ich heute Nacht in meiner Wohnung war. Er hat tatsächlich die Seiten gewechselt. Er sagt, dass ich laut dieser Vision von Alice Merlin mächtiger bin als alle anderen Clanmitglieder zusammen. Und er behauptet, ich könnte sämtliche Elemente beherrschen.«

Tianna schüttelte den Kopf. »Das ist unmöglich, Liebes. Vielleicht beherrschst du die Macht über ein Element, was schon ungewöhnlich wäre, da du bereits die Gabe der Telekinese und der Teleportation hast, aber kein Magier vereint die Macht über alle Elemente in sich. Das würde ihn viel zu mächtig machen.« Sie war immer leiser und langsamer geworden. Nachdenklich betrachtete sie mich. »Kann das wirklich möglich sein?«

Ich zuckte mit den Schultern. »Keine Ahnung, aber ich bin mir ziemlich sicher, dass ich tatsächlich schon einmal Feuer beeinflusst habe. Und ich kann Luftveränderungen spüren.« Außerdem konnte ich Menschen bewegen, aber das musste nicht unbedingt Wassermagie sein. Das konnte genauso gut der Telekinese zu verdanken sein.

Eine ganze Weile herrschte Schweigen. Das war nicht gut. Das war gar nicht gut. Was, wenn Ash recht hatte?

»Okay, ein Problem nach dem anderen«, sagte Tianna schließlich. »Zuerst überlegen wir uns, was wir mit Mikéle machen, und danach widmen wir uns deinen Kräften.«

»Ich könnte in ein Hotel gehen«, bot Megan an. »Ich will wirklich keinen Ärger machen. Ihr habt andere Probleme als meine Bleibe. Zwar habe ich im Moment kein Geld, aber ich zahle es euch auf jeden Fall zurück. Mit Zinsen.«

Das würde sie für mich tun? Ich griff nach Megans Hand und drückte sie fest, während ich Tiannas Blick auffing, die lächelnd in meine Richtung sah. Spätestens jetzt hätte ich sie auf meiner Seite gehabt, denn als sich Mikéle über meine Ankunft hier aufgeregt hatte, hatte ich genau das Gleiche gesagt. Doch Mikéle würde sich nicht so leicht überzeugen lassen – wenn wir es überhaupt schaffen würden. Vielleicht war es doch das Beste, Megan vorerst vor ihm zu verstecken, aber bevor ich diesen Vorschlag aussprechen konnte, wurde die Tür aufgestoßen. Mit einem Knall schlug sie gegen die Wand und gab den Blick auf einen wütenden Mikéle frei. Auf einen Mikéle mit einer Schrotflinte in der Hand.

Kapitel 13

Tianna sprang erschrocken von ihrem Stuhl. »Bist du verrückt geworden? Leg sofort das Gewehr beiseite, Mikéle, oder es wird dir noch leidtun, die Familie deines Stiefbruders so behandelt zu haben.«

Doch er schien ihr überhaupt nicht zuzuhören. »Du und Henri könnt gern hierbleiben, aber die beiden Mädchen verschwinden. Ihr habt fünfzehn Minuten Zeit, um euren Krempel zu packen.«

»Und wo sollen sie bitte hin?«, fragte Henri. Seine Stimme klang wütend, doch er blieb ruhig auf seinem Stuhl sitzen. Ob er seinen Onkel gut genug kannte, um zu wissen, dass er nie ernst machen würde?

»Das ist nicht mein Problem, und ich werde es auch nicht zu meinem machen. Jetzt ist ein für alle Mal Schluss. Das Mädchen hat seine Kräfte nicht unter Kontrolle, und das werde ich mir nicht länger mit ansehen.«

»Mikéle, ich bitte dich. Lass uns vernünftig darüber reden«, bat Tianna.

Als Antwort entsicherte er die Waffe, den Finger am Abzug. »Nicht, solange ihr nicht einsehen wollt, welche Gefahr das Mädchen für uns darstellt. Euch mag es egal sein, dass sie sich unbewusst im Schlaf teleportiert und ihre Kräfte zu stark für sie sind. Der Haarausfall und die toten Tiere sind ein eindeutiger Beweis dafür. Aber ich werde das nicht länger dulden.«

»Du hast uns belauscht«, stellte Tianna fest. Mit festem Blick ging sie auf Mikéle zu, sie schien nicht länger Angst vor ihm zu haben. »Warte nur, bis dein Bruder davon hört.«

»Ajani ist nicht hier, und meines Wissens hat er im Moment auch keine Zeit, um herzufliegen.« Er richtete die Schrotflinte auf mich. »Die Zeit läuft. An eurer Stelle würde ich mich beeilen.«

Ich sprang vom Bett und funkelte ihn ebenso wütend an. Ich mochte es überhaupt nicht, wenn man eine Waffe auf mich richtete oder mir drohte. Einen Moment überlegte ich, meine Kräfte einzusetzen. Ich könnte Mikéle das Gewehr aus der Hand fegen und ihn gegen die Wand schleudern, aber ich hatte keine Ahnung, zu was er fähig war. Zu was die Voodoomagie fähig war. Außerdem wollte ich nicht Ajanis Missgunst auf mich ziehen. Ich brauchte ihn, seine Hilfe. Ohne ihn war ich verloren, denn Megan hatte nicht ganz unrecht. Nie und nimmer würde ich es mit mehreren Clans gleichzeitig aufnehmen können, auch wenn Ash etwas anderes behauptete.

»Ich werde Papa Ajani anrufen«, sagte Tianna und wollte das Zimmer verlassen, doch ich hielt sie zurück.

»Nein, schon gut. Wir gehen.« Ich hatte zwar keine Ahnung, wo wir hin sollten, aber unter diesen Umständen wollte ich nicht länger hierbleiben.

»Vernünftige Entscheidung«, meinte Mikéle. »Du hast noch zehn Minuten.«

Ich hatte bereits nach der Reisetasche gegriffen, doch nun ließ ich sie auf den Boden fallen und wirbelte zu Mikéle herum. Meine Wut war kaum mehr zu bremsen. Ich wollte ihm nicht wehtun, aber er hatte einen Denkzettel verdient. War die Schrotflinte nicht aus Metall, und kam Metall nicht aus der Erde? Ohne weiter darüber nachzudenken, konzentrierte ich mich auf den Lauf der Flinte. Wie ein Stück Kaubonbon in der Sonne verbog sich der Lauf der Flinte in Mikéles Händen. Er zuckte zusammen. »Ich gehe, weil ich es so will, verstanden? Und hetz mich nicht, sonst wirst du es bereuen.«

Mikéle erwiderte meinen Blick wütend, und einen Moment lud sich die Atmosphäre auf wie die Luft vor einem Gewitter. Hätte er mich angegriffen, ich hätte meine Vorsätze über Bord geworfen und ihn ebenfalls attackiert. Doch schließlich ließ er die inzwischen ohnehin nutzlose Waffe sinken. »Beeil dich trotzdem ein bisschen.«

Ein letztes Mal blickte ich mich in dem Zimmer um, in dem meine Mum einst ihre Ferien verbracht hatte, und versuchte, mir jedes Detail einzuprägen. Dann schulterte ich die Reisetasche und verließ zusammen mit Megan das Zimmer. Mikéle wartete im Eingangsbereich auf uns.

»Darf ich mich wenigstens noch von Tianna und Henri verabschieden?«, fragte ich.

Doch Mikéle gab keine Antwort. Er öffnete die Tür und schubste zuerst mich, dann Megan hinaus. Hinter uns knallte die Tür ins Schloss. Ich atmete tief durch, um nicht in Versuchung zu geraten, doch noch etwas Dummes zu tun.

»Es tut mir leid«, murmelte Megan neben mir und schaffte es damit, mich wieder zu beruhigen.

»So ein Blödsinn. Gib dir bitte nicht die Schuld. Mikéle hätte mich so oder so hinausgeworfen, das hier hat rein gar nichts mit dir zu tun.«

»Sie hat recht«, bemerkte Henri, der hinter uns ins Freie trat, einen Koffer und eine Reisetasche in der Hand. Tianna folgte ihm. »Mein Onkel hat nur auf eine Gelegenheit gewartet, uns endlich an die frische Luft zu setzen.«

»Henri, Tianna. Bitte nicht. Ich will nicht, dass ihr wegen mir auf der Straße sitzt.«

Tianna strich mir über den Rücken. »Alles gut, meine Süße. Wir sind jetzt eine Familie, und wir halten zusammen. Komme, was wolle. Außerdem lasse ich dich jetzt gewiss nicht allein, denn wie es aussieht, beherrschst du tatsächlich die Elemente.«

Zuerst wollte ich den Impuls unterdrücken, ihr um den Hals zu fallen, doch dann tat ich es einfach. »Und was nun? Wo sollen wir hin?«

Ein Hotel war auf Dauer viel zu teuer, und es war mir auch nicht recht, wenn die Lecourts so viel Geld für mich ausgaben. Ob sie nun meine Familie waren oder nicht. Und ich war mir nicht sicher, ob es auf Jamaika weitere Verwandtschaft gab. Die Frage war zudem, ob die uns überhaupt aufnehmen würde oder ob Mikéle alle vor uns warnte.

»Ich schätze, Großtante Lissy und die anderen können wir abhaken, aber wir könnten uns eine Ferienwohnung suchen«, schlug Henri vor. »Vater hat bestimmt nichts dagegen.«

Aber Tianna schüttelte den Kopf. »Die Lecourts besitzen eine Hütte am anderen Ende der Insel, mitten im Regenwald. Früher wurde sie zum Jagen verwendet, aber diesem Hobby geht schon lange niemand mehr in der Familie nach.«

»Zum Glück«, murmelte Megan.

»Sie ist nicht sehr komfortabel«, fuhr Tianna fort, »und ich hätte

Caroline zudem gern die Chance geboten, im ehemaligen Zimmer ihrer Mutter zu wohnen, aber unter diesen Umständen scheint es mir die beste Lösung zu sein.« Sie ging bereits voran Richtung Auto. »Lasst uns vorher noch einige Einkäufe erledigen, denn wenn ich mitten im Regenwald sage, dann meine ich mitten im Regenwald.«

Okay, Tianna hatte nicht übertrieben. Die Hütte lag tatsächlich mitten im Regenwald, fernab von jeder Zivilisation. Es gab nur einen unbefestigten Weg, und der bis oben hin vollbeladene Geländewagen hatte seine liebe Mühe, durch das dichte Gestrüpp zu kommen. Vögel flatterten auf, und Megan und ich warfen uns einen besorgten Blick zu. Ich wollte nicht, dass die Flora und Fauna wegen mir zu Schaden kam, aber jetzt noch etwas zu sagen, war zu spät, da wir bereits seit über fünf Stunden unterwegs waren. Ich hätte uns teleportieren sollen, auch wenn ich bezweifelte, dass ich vier Leute samt Auto und Gepäck geschafft hätte.

»Wir sind gleich da«, meinte Tianna wie bei unserer Ankunft auf der Insel, und ich fragte mich nicht zum ersten Mal, ob sie Gedanken lesen konnte.

Nur wenige Minuten später kam eine Holzhütte in Sicht, die mich an das Märchen von Hänsel und Gretel erinnerte. Sie sah ein wenig verwittert und klein aus, aber ansonsten ganz niedlich. Und sie lag vielleicht nicht direkt am Meer, aber dafür an einem kleinen See.

»Wunderbar gelegen, um das Teleportieren zu üben«, meinte Tianna, während sie ausstieg und den Kofferraum öffnete.

Ich schnaubte. Es war nur eine Frage der Zeit, bis ich mich in diesem Regenwald verirren würde. Ich sagte ja, Hänsel und Gretel. Wir anderen stiegen ebenfalls aus und halfen dabei, das Gepäck auszuladen und vorerst auf die Holzveranda der Hütte zu tragen.

»Okay, hier sind die Hausregeln«, begann Tianna, und Henri stöhnte, was vermutlich nicht an den beiden Kästen Wasser lag, die er gerade schleppte. »Regel Nummer eins: Keiner von euch verlässt allein die Hütte. Das gilt auch für dich, Caroline. Kein nächtliches Teleportieren mehr. Ich habe Angst, dass du nicht wieder zurückfindest oder von einem wilden Tier angegriffen wirst. Außerdem ist es ohnehin viel zu gefährlich.«

»Ich kann es nicht kontrollieren, Tianna«, sagte ich.

»Uns fällt schon was ein. Und Regel Nummer zwei: Seid vorsichtig, wenn ihr im See schwimmen wollt, und geht auch hier bitte immer nur mindestens zu zweit. Auf Jamaika gibt es Krokodile, von denen sich vielleicht eines hierher verirrt hat, und ich möchte nicht wissen, was dort sonst noch alles herumschwimmt.«

»Aye, aye, Madam«, meinte Henri und fing sich dafür einen nicht ernst gemeinten Klaps unserer Tante ein.

»So, ich räume die Sachen in die Hütte, und ihr übt mit Caroline das Teleportieren. Je eher sie es im Griff hat, desto besser. Ach, und falls ihr zufällig in der Nähe eines Supermarkts landet, bringt doch noch Kondensmilch mit. Dann backe ich uns was Leckeres.«

Diese Landschaft war einfach atemberaubend. Ich hatte Green Island schon wunderschön gefunden, aber der Regenwald rund um die Blue

Mountains toppte das Ganze noch. Zwar hatten wir von dem Hügel, auf dem wir saßen, keinen Meerblick, aber hier lag uns der Regenwald direkt zu Füßen. Palmen und Bäume, so weit das Auge reichte, und dahinter thronten die Blue Mountains, die bei dem diesigen Licht tatsächlich blau wirkten. Vorher hatte ich uns schon nach Port Antonio teleportiert, um Kondensmilch zu besorgen, und anschließend zum Rio Grande, der sich durch den Landkreis Portland Parish beziehungsweise den Regenwald zog. Dort hatte es herrlich nach Mangos geduftet, und wir hatten uns kaum sattsehen können an den unzähligen Pflanzenarten, die am Ufer wuchsen. Wir hatten Reiher beobachtet, die sich auf der Suche nach Fischen in den Fluss gestürzt hatten, außerdem Wimpelschwänze. Unmengen von Wimpelschwänzen. Laut Henri wurde dieser Vogel auch Jamaika-Kolibri genannt, weil er nur auf dieser Insel beheimatet war. Er hatte einen roten Schnabel und einen langen Schwanz, dazu ein grün-schwarzes Gefieder. Ein wunderschönes Tier, das fast in der Luft zu schweben schien. Megan war aus dem Staunen gar nicht mehr herausgekommen, und auch ich war hin und weg von dem Schauspiel der Natur gewesen.

Doch jetzt genossen wir einfach nur die Ruhe fernab des Tourismus, wobei es alles andere als totenstill war. Anstatt Autos hörte man das leise Rauschen der Blätter im Wind, statt Menschen die Laute der Tiere. Minutenlang traute sich keiner von uns, ein Wort zu sagen, um keinesfalls die Atmosphäre zu zerstören.

»Das ist traumhaft schön«, flüsterte Megan irgendwann. »Danke, dass ich mitkommen durfte.«

Ich lächelte ihr zu und ließ ein paarmal den Kopf kreisen, da ich leichte Kopfschmerzen verspürte. Ich versuchte, mir deshalb keine

Gedanken zu machen. Vermutlich war ich nur verspannt, außerdem war die Nacht kurz gewesen, der Tag dafür lang. Und ich hatte uns mehrfach zu dritt teleportiert, was anstrengend war. Die Mehrbelastung hatte ich gespürt wie ein Auto, das voll beladen war.

»Alles okay?«, fragte Henri.

»Nur ganz leichte Kopfschmerzen«, antwortete ich, und obwohl ich es nicht wollte, musste ich nun doch an Mikéles Worte denken. Zweimal hatte er behauptet, meine Kräfte seien zu stark für mich. Dass ich sie deshalb nie in den Griff kriegen würde, egal wie viel ich auch trainierte. Dabei hatte ich momentan eigentlich das Gefühl, dass es ganz gut klappte. Oder hatten meine Kräfte mich im Griff? Offenbar war es alles andere als normal, mehrere Fähigkeiten gleichzeitig zu besitzen. Waren es zu viele Kräfte für mich? War das die Folge, dass ich ein Mischling war – halb Lecourt und halb Merlin? Und was hatte es mit dem Haarausfall und den toten Tieren auf sich? Waren es wirklich Beweise dafür, dass meine Magie zu stark für mich war?

»Du machst dir Sorgen.« Seufzend fuhr Henri sich durch die Haare.

Ich zuckte mit den Schultern. »Ich würde es gern lassen, vor allem angesichts dieses wunderschönen Ausblicks, aber was soll ich machen? Die Worte deines Onkels einfach ignorieren? Ich meine, irgendwie muss er ja darauf kommen.«

»Mikéle reimt sich da was zusammen, oder fühlst du dich schlecht? Hast du das Gefühl, deine Kräfte sind zu stark? Ich habe eher das Gefühl, dass du allmählich den Dreh raus hast. Oder etwa nicht?« Henri griff nach einem Ast und warf ihn in hohem Bogen fort.

Er musste mich nicht bitten, ihn mithilfe der Telekinese zurückzuholen. Inzwischen war es eine meiner leichtesten Übungen. Schon im nächsten Moment hielt ich den Ast in der Hand und reichte ihn Henri, auch wenn ich mir dabei vorkam wie ein Hund.

»Doch, aber …«

»Kein aber.« Megan nahm meine Hand und lehnte sich mit dem Kopf gegen meine Schulter. »Du hast dich einfach noch nicht daran gewöhnt, dass du diese vermaledeiten Migräneanfälle endlich los bist.«

Vielleicht hatte sie recht. *Hoffentlich* hatte sie recht. Auch wenn das Damoklesschwert schlussendlich nicht lange über mir geschwebt hatte, so war es mir doch wie eine Ewigkeit vorgekommen. Zumal mich die Migräne ja auch wirklich einen Großteil meines Lebens begleitet hatte. Ein leichtes Ziehen im Nackenbereich hingegen deutete wohl eher auf eine normale denn auf eine magische Ursache hin.

Wir genossen noch eine Weile die Ruhe und Natur um uns herum, doch dann mussten wir zurück. Allmählich ging die Sonne unter, und wir wollten Tianna auch nicht zu lange allein lassen. Nicht, dass sie sich noch Sorgen machte, wir seien im Dickicht verloren gegangen.

Ich nahm Henri an die eine und Megan an die andere Hand, schloss die Augen und konzentrierte mich auf meine Atmung. Inzwischen gelang es mir mühelos, dieses Gefühl der Ruhe herbeizurufen. Nur mit dem Zielen klappte es immer noch nicht einhundertprozentig, aber ich war zuversichtlich, dass ich das auch noch hinbekommen würde. Noch ein wenig Üben, und ich war bereit für die nächste Stufe: die Magie mit den Elementen.

Während der Fahrt in den Osten der Insel hatten wir uns darauf geeinigt, dass wir eins nach dem anderen angingen. Zwar wurde ich allmählich ungeduldig, aber ich hatte am Ende doch einsehen müssen, dass es die beste Lösung war. Die Telekinese beherrschte ich inzwischen ziemlich gut, und mit der Teleportation würde es auch nicht mehr lange dauern. Danach konnte ich mich daran wagen, ein Element nach dem anderen auszuprobieren.

Ich hoffte, Ash würde sich irren und ich hatte nicht die Macht über alle gleichzeitig, aber tief in mir drinnen spürte ich, dass er damit recht hatte. Hoffentlich würde er nicht auch recht behalten, was Alice Merlins Vision anging.

»Da seid ihr ja endlich. Ich habe mir Sorgen gemacht.« Tianna öffnete die Fliegengittertür und trat von der Veranda ins Freie, wo wir gelandet waren.

Ich hatte mich ein paarmal verteleportiert. Drei Anläufe hatte es gebraucht, um endlich die Lichtung mit der Hütte zu finden. Die letzten Sprünge hatten ziemlich viel Kraft gekostet. Da war es auch nur logisch, dass sich die Kopfschmerzen verstärkt hatten, oder? Müde rappelte ich mich vom Waldboden auf und klopfte mir Erde und Blätter von der Hose. Megan und Henri taten es mir gleich.

»Alles okay?«, fragte Tianna. »Du siehst blass aus.«

»Das Teleportieren ist auf Dauer anstrengend, das ist alles.«

»Dann habe ich genau das Richtige für dich«, sagte sie. »Ich habe einen Eintopf vorbereitet. Der gibt Kraft und wärmt.«

Das war gut, denn inzwischen war mir auch ein wenig kalt. Die

Sonne war schon vor einer Weile untergegangen, und nach Einbruch der Dunkelheit kühlte es mitten im Regenwald ganz schön ab. Und es war laut geworden. Grillen zirpten, und überall raschelte es im Gebüsch oder im Blätterdach der Bäume. Fast ein wenig unheimlich. Die ganze Zeit hatte man das Gefühl, beobachtet oder verfolgt zu werden. Nicht unbedingt beruhigend, wenn einem gleich zwei magische Clans auf den Fersen waren. So war ich froh, dass ich Tianna nach drinnen in die Hütte folgen konnte. Viel Schutz würde sie garantiert nicht bieten, denn sie wirkte alles andere als massiv. Trotzdem fühlte ich mich sicher und geborgen, als ich sie betrat, was vermutlich auch daran lag, dass Henri nach einem Blick von Tianna sofort Richtung Esstisch ging, wo Zonka-Pulver und ein Ritualmesser – ein einfacher, schmuckloser Dolch – bereitlagen. Er wollte eine Barriere ziehen, die Schutz vor magischen Angriffen bieten sollte. Kurz ließ ich meine Augen durch das Innere der Hütte wandern, die von innen viel gemütlicher war, als ich angenommen hatte: Holzpaneele, allerdings von einem helleren Ton als draußen, verkleideten die Wände. Linker Hand war die offene Küche mit einer Eckbank, rechts das Wohnzimmer mit zwei cremefarbenen Sofas und einem Kamin, in dem ein Feuer prasselte. Es roch herrlich nach Gewürzen. Ich setzte mich zusammen mit Megan auf die Eckbank, um aus dem Weg zu sein, während Tianna zum Herd ging, um den Eintopf aufzuwärmen, und Henri Messer und Pulver zur Hand nahm. Er begann »Legba commandè, commandè Legba, commandè Yo« zu singen und ging zum kleinen Küchenfenster rechts von der Eingangstür, wo er zuerst etwas Pulver vor das Fenster streute. Dann schlug er mittig dreimal gegen die linke Seite des Fensters, bewegte das Messer horizontal zur rechten Seite und schlug auch dort dreimal gegen den Rahmen. Im Uhrzeigersinn tat er das vor jeder Öffnung, die aus der Hütte führte, bis er schließlich am Eingang ankam, wo er zwei Kreuze mit dem Pulver malte. Zum Schluss stellte sich Henri in die Mitte der Hütte. Erst jetzt beendete er seinen Gesang, schloss die Augen und hob das Gesicht Richtung Decke.

»Legba, ich bitte dich, erhöre mich. Schütze diesen Ort und alle Menschen, die hier leben. Bewahre unser Heim und uns vor negativen Einflüssen. Legba, ich bitte dich, hilf uns.« Für einen kurzen Moment schienen Fenster und Türen regelrecht zu glühen. Langsam öffnete Henri wieder die Augen. Das Ritual war vollzogen, die magische Barriere aktiv.

»Cool«, raunte Megan mir zu, die Henri fasziniert beobachtet hatte. »Kannst du das auch?«

»Im Prinzip schon, denke ich.«

»Sicher«, erwiderte Henri und setzte sich zu uns. »Aber du wirkst etwas müde, deshalb dachte ich, verschieben wir das lieber.«

Ich nickte nur. Wahrscheinlich hatte er recht. Eine magische Barriere brachte schließlich nichts, wenn sie durchlässig war für Angriffe. Zwar hoffte ich inständig, dass wir sie nicht brauchten und sie nur als Vorsichtsmaßnahme diente, denn heute fühlte ich mich überhaupt nicht mehr dazu imstande, auch nur gegen einen Magier anzutreten, aber man konnte nie wissen.

Tianna holte vier Schüsseln aus dem Hängeschrank über der Spüle und gab Eintopf hinein. Ich stand auf, um ihr zu helfen, musste mich aber am Esstisch festhalten, weil ich kurz das Gleichgewicht verlor. Mir war gar nicht aufgefallen, dass mir schwindelig war. Ich ließ mich zurück auf die Bank fallen und kam nicht umhin, an jenen Abend auf der Studentenparty zu denken, wo ich Ash zum ersten Mal begegnet war. Damals hatte ich ihn für einen arroganten Idioten gehalten, der nur auf sich und seinen Vorteil bedacht war, doch jetzt empfand ich vor allem Schmerz, wenn ich an ihn dachte. Ich hätte nicht geglaubt, dass er sich mal gegen mich wenden und dass es so wehtun würde. Zumindest in einem Punkt hatte ich recht behalten: Der Junge brachte nichts als Ärger.

»Warte, ich mache das«, sagte Megan und schob sich an mir vorbei, um die vollen Suppenschüsseln auf dem Tisch zu verteilen. »Dann kann ich mich wenigstens mal nützlich machen, wenn ich schon hierbleiben darf.«

Henri musterte mich ein wenig besorgt, wie ich fand, sagte aber nichts, und Tianna schien meinen Schwächeanfall nicht einmal mitbekommen zu haben.

»So, dann lasst es euch mal schmecken«, sagte sie und setzte sich zu uns an den Tisch. »Es ist noch reichlich da, und Festivals kann ich uns gleich auch noch zum Nachtisch machen.«

»Was sind Festivals?«, wollte Megan wissen.

»Frittiertes Gebäck aus Maismehl«, erklärte Henri. »Süß und unglaublich lecker.«

»Der Eintopf ist auch sehr lecker«, sagte ich und nahm einen erneuten Löffel. Dabei war er so ganz anders als das britische Stew. Er schmeckte nach Limette und Chili und wärmte von innen, wie Tianna gesagt hatte. Das war genau das, was ich jetzt brauchte.

»Das freut mich.« Tianna lächelte mir zu, doch das Lächeln verschwand gleich wieder aus ihrem Gesicht. »Ich habe übrigens mit Papa Ajani gesprochen.«

Mein Herz schlug schneller. Ich verdrängte den Gedanken, wie sie mitten im Nirgendwo Empfang haben konnte, denn wahrscheinlich war Magie im Spiel gewesen. Ganz sicher sogar. Dabei hatte ich gehofft, einer erneuten Standpauke durch unseren unfreiwilligen Umzug erst einmal entgangen zu sein. »Und?«

»Was soll ich sagen? Er war natürlich wenig begeistert über die Geschehnisse dieses Tages. Du hast dich nicht nur erneut in Gefahr teleportiert, du hast auch noch Megan mitgebracht. Dazu der Rauswurf von Mikéle ... Papa Ajani war ziemlich wütend, aber Mikéle hat nicht ganz unrecht: Solange er in London ist, kann er nichts unternehmen. Trotzdem wird das Ganze noch ein Nachspiel haben.«

Für Mikéle oder für mich? Die Frage lag mir auf der Zunge, aber ich sprach sie nicht laut aus. Mir war nicht wohl bei dem Gedanken, den Lecourts so viel Ärger zu bereiten. Worauf ließen sie sich da überhaupt ein, wenn sie so taten, als wären sie auf der Seite der anderen Clans und dann doch mir halfen? Das konnte niemand wissen, aber das Ganze würde nicht gut ausgehen, so viel stand fest. Ash hatte recht: Es musste irgendwann enden, und es würde mit Tod enden. Die Frage war nur, wer sterben würde. Und ob es bereits feststand, so wie Ash behauptete, oder ob die Karten noch offen waren. Aber warum sollte ich Henri umbringen? Denn das würde ich laut Ash und Alice Merlins Vision tun, doch es ergab überhaupt keinen Sinn. Schließlich stand er auf meiner Seite. Im Gegensatz zu Ash hatte er das immer getan.

Einen Moment spielte ich mit dem Gedanken, heute Nacht einfach wegzulaufen. Ich könnte mich verstecken, auf immer und ewig, oder ich könnte mich der Sache allein stellen. Aber konnte ich das wirklich? Es war immer mein Lebensweg gewesen, alles allein zu machen. Traue niemandem. Aber in den letzten Wochen hatte ich einiges gelernt und einsehen müssen, dass man manchmal eben doch Hilfe brauchte und nicht zu stolz sein sollte, sie anzunehmen. Und das war einer dieser Fälle, ob ich es wollte oder nicht. Ich hoffte nur, dass niemandem etwas passieren würde. Ich sah von Henri zu Tianna. Nein, ihnen durfte nichts geschehen. Dafür würde ich sorgen.

»Was hat mein Vater denn noch gesagt?«, fragte Henri, während er zum Herd ging und sich Nachschlag holte.

»Die Merlins müssen ziemlich sauer gewesen sein. George Merlin hat wohl getobt.« Tianna grinste.

»Dem haben wir ja auch ordentlich in den Hintern getreten«, bemerkte Megan. »Am besten, ich helfe euch weiterhin, dann kann gar nichts schiefgehen.«

Ich musste mir ein Lachen verkneifen, und auch Tiannas und Henris Mundwinkel zuckten verräterisch. Natürlich war das keine Option, Megan würde sich in Zukunft gefälligst aus allen Kämpfen heraushalten, aber ich war dennoch froh, sie hier zu haben. Sie konnte so herrlich erfrischend sein und schaffte es immer wieder, dass man zumindest für einen Moment seine Sorgen vergaß.

»Sind sie denn weitergekommen? Konnten sie Carolines Magie zurückverfolgen?«, fragte Henri.

Tianna schüttelte den Kopf und stand auf, um sich selbst noch Nachschlag zu holen. »Die Strecke ist zu weit, um sie zurückzuverfolgen. Da verliert sich die Spur irgendwann, aber es war dennoch gut, dass du euch nicht auf direktem Weg zurück nach Jamaika teleportiert hast«, sagte Tianna nun zu mir. »So verwirrst du die Clans und ihr Sicherheitssystem. Allerdings machst du sie so auch sehr wütend, und wer wütend ist, wird irgendwann unberechenbar.«

»Und macht Fehler«, fügte ich hinzu.

»Hoffentlich«, murmelte Tianna und sah zu Megan und mir. »Möchte von euch noch jemand was haben? Es ist immer noch genug von dem karibischen Eintopf da.«

»Gern.« Ich stand auf, um Tianna meine Suppenschüssel zu bringen. Im selben Moment gaben meine Beine unter mir nach, und ich landete mit den Knien zuerst auf dem Boden. Die Schüssel fiel klirrend neben mich. Mein Blick ging ins Leere, und Panik erfasste mich und schnürte mir die Kehle zu. Dann war mir klar, was hier passierte. Mein Vater, er schickte mir eine Nachricht. Das bedeutete, dass es ihm gut gehen musste, dass er das Fieber und die Halluzinationen überstanden hatte.

Das Bild wurde klarer, und George Merlin gelangte in mein Blickfeld. Es war, als würde er direkt vor mir stehen, so nah war mir sein Gesicht auf einmal. Seine Augen waren zu Schlitzen verengt, sein Mund zu einer Fratze verzogen. »Du missratene kleine Göre«, zischte er wie eine Giftschlange. »Wenn du glaubst, du kannst uns an der Nase herumführen und uns entkommen, dann hast du dich getäuscht. Wir werden dich jagen, und wir werden dich finden, und es ist nur noch eine Frage der Zeit. Wir wissen, wo du steckst, und es dauert nicht mehr lange, bis wir deinen genauen Standort ermittelt haben. Das ist keine Drohung, das ist ein Versprechen. Hast du verstanden? Hast du das verstanden?«

Das Bild verschwamm vor meinen Augen. Ich bemühte mich mit aller Kraft, etwas zu erkennen, vielleicht sogar meinen Vater zu sehen, doch aus den vergangenen Visionen wusste ich, dass er sich nie zeigte. Es war, als würde ich alles mit ihm zusammen erleben, aus seiner Perspektive. Aber ich spürte wie beim letzten Mal wieder den harten Steinboden, die Kälte und die Hitze des Fiebers. Er war weit davon entfernt, wieder gesund zu sein, und er befand sich weiterhin in diesem grauenvollen Verlies anstatt in einem Krankenhaus oder wenigstens einem vernünftigen Zimmer, wo er wieder zu Kräften kommen konnte. George Merlin musste ihn gezwungen haben, mir diese Nachricht zu übermitteln, und hatte damit vielleicht alles noch schlimmer gemacht. Es gab einen Grund, warum mein Vater mir in letzter Zeit keine Bilder schickte. Es hatte sich angefühlt, als wäre er bewusstlos gewesen und als würde er langsam wieder zurück in die Bewusstlosigkeit driften.

»Was ist denn los? So tut doch was.«

Megan quiekte nahezu, und ich war zurück im Hier und Jetzt. Meine Hände zitterten, als ich meine Augen öffnete und mich wieder aufrappelte.

»Langsam«, bat Tianna, doch ich ignorierte sie.

»Dein Vater?«, fragte Henri, der das Ganze schon mal miterlebt hatte, und ich nickte. Tianna runzelte die Stirn.

»Mein Vater hat die Gabe, mich an seinen Erlebnissen teilhaben zu lassen«, erklärte ich und setzte mich zurück auf die Bank. Die Schüssel hatte Tianna bereits aufgehoben. Sie war zum Glück nicht zerbrochen, denn so viel Geschirr schien es in dieser Hütte nicht zu geben. »Und genau das hat er gerade getan, oder besser gesagt mein Großvater. George Merlin hat mir eine Drohung übermitteln lassen. Die Merlins wissen, wo ich stecke, und werden schon bald meinen genauen Standort ermittelt haben.«

»Was?« Megan sah erschrocken von einem zum anderen. Jetzt, wo es ernst wurde, bekam sie es doch mit der Angst zu tun, was gut war, denn sie tendierte ansonsten dazu, leichtsinnig zu werden.

Doch es achtete niemand auf sie. Tianna und Henri wechselten schon wieder einen dieser Blicke, der mir gar nicht gefiel.

»Was? Denkt ihr etwa, ich sage nicht die Wahrheit?«

»Doch, natürlich«, erwiderte Tianna schnell. »Ich frage mich nur, wie das sein kann.«

»Das ist unmöglich«, sagte Henri. »Wahrscheinlich blufft George Merlin, sonst hätte mein Vater uns doch informiert.«

»Ach, und da bist du dir ganz sicher? Er hat uns bisher zum Beispiel auch nichts von der Sache mit den Maleficariern erzählt, und wer weiß, was er uns sonst noch verschweigt.«

Henri erhob sich, die Hände auf dem Tisch abgestützt. Wütend blickte er mich an, aber das konnte ich auch. »Ist das dein Ernst? Mein Vater bringt unseren ganzen Clan in Gefahr, um dich zu unterstützen, und du zweifelst immer noch an ihm?«

Ich zuckte mit den Schultern, dabei klopfte mein Herz viel zu schnell. »Was ist mit dem Gefallen, den man einem Voodoomagier schuldet, wenn er einem hilft? Wer weiß, wofür Ajani das Ganze tut.«

Ich wollte lieber nicht an Ashs Worte denken, der behauptete, ich sei Ajani jede Art von Gefallen schuldig. Jede. Und bisher hatte ich es auch geschafft, es nicht zu tun, da mir keine andere Wahl geblieben war, als Ajanis Hilfe anzunehmen. Aber was, wenn er wirklich einen Hintergedanken verfolgte?

Henris Augen verengten sich zu Schlitzen. »Wir sind nicht wie die Merlins. Du gehörst jetzt zumindest zur Hälfte zu unserem Clan, ob dir das nun gefällt oder nicht.«

Damit war nicht klar, ob ich nun tatsächlich in Ajanis Schuld stand und was er für seine Hilfe einfordern würde.

»Leute, bitte, das bringt doch nichts«, ging Megan dazwischen, doch Henri hatte sich bereits in Fahrt geredet.

»Zweifelst du etwa auch an uns?«, fuhr er fort und zeigte dabei auf sich und unsere Tante. »Wir sind hier bei dir, anstatt bei der Familie zu sein. In dem Wissen, dass wir den Merlins ausgeliefert sind, sollten sie uns hier wirklich finden. Wir kommen niemals zu dritt gegen sie an.«

»Nein, ich zweifele nicht an euch«, sagte ich leise, weil ich wusste, was ich mit meinen Worten zuvor angerichtet hatte. »Das habe ich nie getan. Ich habe dir immer vertraut, Henri, und das weißt du hoffentlich.«

Eine Weile blickten wir einander an, und ich fürchtete schon, ich wäre tatsächlich zu weit gegangen, doch schließlich ließ sich Henri wieder zurück auf den Stuhl sinken. Er sagte nichts, aber er griff nach meiner Hand und drückte sie, und ich atmete erleichtert aus.

»Das sind die Nerven«, sagte Tianna mit einem Lächeln, das nicht ganz echt wirkte. »Aber gut, dass wir das nun geklärt haben. Wer möchte jetzt noch einen Nachschlag?«

Doch mir war der Appetit inzwischen vergangen. Ich bekam es mit der Angst zu tun. Was, wenn Ash recht hatte? Mit allem, was er behauptete? Vielleicht spielten die Clans uns gegeneinander aus, und womöglich war das der Grund, warum ich mich in der Zukunft gegen Henri stellen würde. Dazu durfte es auf keinen Fall kommen. Wir mussten aufpassen. Ich musste aufpassen.

Kapitel 14

Wir saßen mit einer Tasse Tee und Festivals auf den Sofas vor dem brennenden Kamin und unterhielten uns. Wobei sich hauptsächlich Megan und Tianna unterhielten. Ich hörte nur mit halbem Ohr zu, und auch Henri schwieg größtenteils. Die Stimmung war ein wenig angespannt, seitdem ich Henris Vater vorgeworfen hatte, nicht ehrlich zu uns beziehungsweise zu mir zu sein. Dabei wusste ich nicht einmal, wie ich überhaupt darauf gekommen war. Es gab absolut keinen Grund, Ajani zu misstrauen. Henri hatte recht, George Merlin musste geblufft haben. Und je mehr ich über seine Worte nachdachte, desto überzeugter war ich davon. Er hatte absolut keine Ahnung, dass ich mich auf Jamaika aufhielt. Er konnte es gar nicht wissen. Denn wenn er es wüsste, wüsste er auch meinen genauen Standort.

Ich wandte mich Henri zu, der sich in diesem Moment neben mich setzte. Wir lächelten uns an, und obwohl ich mich bereits zuvor mehrfach entschuldigt hatte, wusste ich, dass er erst jetzt bereit war, meine Entschuldigung anzunehmen. Er legte einen Arm um mich, und ich zögerte nur kurz, bevor ich mich an ihn kuschelte. Megan sah das sicher nicht gern, aber Henri war nur ein Freund, und ich brauchte jetzt ganz dringend einen Freund. Außerdem wollte ich, dass zwischen uns wirklich wieder alles in Ordnung war. Er roch unglaublich gut, nach Gewürzen und nur dezent nach Aftershave.

Das Ganze vermischte sich mit dem Duft nach Rauch und Holz. Wenn ich an die Zeit zurückdachte, als er noch mit Megan ausgegangen war ... Da hatte er stets wie eine ganze Parfümabteilung gerochen, doch das hatte er mir zuliebe abgelegt, und obwohl ich zwischenzeitlich lange nicht mehr so empfindlich war, was Gerüche anging, hatte er nicht wieder damit angefangen.

Ich spürte Megans Blick auf uns, doch ich sah nicht zu ihr hinüber, und auch sie sah schnell wieder weg und gab vor, der Unterhaltung mit Tianna zu lauschen. Dabei war sie in Gedanken ganz sicher bei Henri. Es war bestimmt schwer für sie, in seiner Nähe, aber nicht mit ihm zusammen sein zu können. Sie war in Henri verliebt, aber Henri liebte mich, und ich ... Ich war in einen Jungen verliebt, der nichts mehr von mir wissen wollte. Der ganz normale Teenie-Wahnsinn, nur dass mir diese Probleme geradezu lächerlich vorkamen, seit ich ein unerwünschtes Mitglied der Magiergemeinde war und auf deren Abschussliste stand. Nur, warum tat es dann so weh?

»Es tut mir leid«, entschuldigte ich mich abermals bei Henri; leise, um die anderen beiden nicht zu stören, dabei sagte ich nichts, was sie nicht hätten hören dürfen. »Ich weiß wirklich nicht, was da in mich gefahren ist.«

Henri streichelte über meinen Arm. »Ist schon gut. Ich habe nicht nachgedacht und mich angegriffen gefühlt, aber ich kann dich verstehen. Nicht, dass du meinem Vater oder unserem Clan misstraust, aber dass du generell misstrauisch bist. Nach allem, was passiert ist, hast du jeden Grund dazu. Es ist okay.«

Er spielte sicher auf Ash an, auch wenn er es nicht laut aussprach. Keiner von uns hätte gedacht, dass sich Ash jemals gegen mich wenden würde. Ob Henri froh war, dass sein bester Freund den Weg frei gemacht hatte? Oder fühlte er sich genauso verraten wie ich? »Nein, es ist nicht okay«, sagte ich und drehte den Kopf so, dass ich ihn besser ansehen konnte. Das hatte allerdings zur Folge, dass sich unsere Gesichter ziemlich nah waren. Ich spürte seinen Atem auf meiner Wange, und seine Augen versanken regelrecht in meinen. Doch ich sah nicht weg. Ash hatte mich fallen lassen, aber Henri war da, und ich brauchte jemanden, der uneingeschränkt an mich glaubte. »Es ist nicht okay«, wiederholte ich leise. »Du warst neben Megan der Einzige, der die ganze Zeit für mich da war, und ich habe dir immer vertraut. Ich will nicht, dass du daran zweifelst. Ich will nicht, dass wir unsere Freundschaft aufs Spiel setzen.«

»Das werden wir nicht.«

»Wie kannst du da so sicher sein? Habe ich euch nicht von der Vision erzählt, die Alice Merlin hatte? Sie sagt voraus, dass ich euch alle vernichten werde. Euch alle.«

»Psst.« Henri zog mich näher an sich und legte seinen Kopf auf meinen. »Du glaubst nicht daran, und ich tue es auch nicht. Ich habe dir verziehen, und ich werde weiterhin an deiner Seite sein, ob du das nun willst oder nicht. Mich wirst du so schnell nicht los, okay?«

»Okay.« Meine Antwort war nicht mehr als ein Flüstern, doch ich spürte Henri an meiner Schläfe lächeln. Eine Weile blieben wir so sitzen, und ich genoss die Nähe und Vertrautheit zwischen uns. Ich beobachtete das Feuer im Kamin, die Flammen, die mal höher züngelten und sich dann wieder zurückzogen. Hatte ich wirklich die Fähigkeit, solch eine Naturgewalt zu beeinflussen? Doch ich war zu müde, um jetzt darüber nachzudenken. Es fiel mir schwer, die Augen offen zu halten, und schließlich gab ich es auf, dagegen anzukämpfen. Irgendwann – ich hatte keine Ahnung, wie viel Zeit vergangen war, und es war mir auch egal – räusperte sich jemand, und ich fuhr hoch, aus Henris Umarmung. Megans und mein Blick trafen sich, doch auch jetzt sah sie schnell weg. Ich fühlte mich ertappt, dabei hatte ich nichts Falsches getan. Immerhin hatte ich Henri weder geküsst noch mit ihm geflirtet. Aber ich wusste selbst, dass ich mir etwas vormachte. Ich ließ ihn erneut an mich heran, jetzt, wo die Sache mit Ash beendet war, und ich öffnete mein gebrochenes Herz für ihn.

»Wir sollten für heute Schluss machen, es ist schon spät«, sagte Tianna und pustete die Kerzen auf dem Couchtisch aus. »Bleibt nur die Frage, wie wir das mit dem Schlafen regeln, es gibt nämlich nur zwei Schlafzimmer.«

»Oh, ich brauche kein eigenes Zimmer. Ich kann mir ein Bett mit Caroline teilen, wenn sie nichts dagegen hat«, sagte Megan.

»Natürlich nicht«, erwiderte ich schnell. Ob sie fürchtete, ich könnte mir sonst ein Zimmer mit Henri teilen wollen?

Tianna lächelte. »Das ist lieb, aber wir müssen uns außerdem überlegen, wie wir Caroline daran hindern, sich heute Nacht wieder unerwünscht zu teleportieren.«

»Oder ich nehme das Sofa. Das sieht doch ganz gemütlich aus.«

»Ich fürchte, wir können sie nicht daran hindern«, meinte Henri, ohne auf Megans Kommentar einzugehen, und sah zu mir. »Wir können nur hoffen, dass du dich den Tag über genug teleportiert hast und jetzt zu erschöpft bist, um es erneut zu tun.«

»Das bin ich, glaub mir.« Ich hätte sofort weiterschlafen können.

»Darauf sollten wir uns nicht verlassen, wir müssen Sicherheitsvorkehrungen treffen.«

»Und wie sollen die aussehen?«, fragte ich Tianna. Soweit ich wusste, gab es keine Möglichkeit, die Magie zu unterdrücken. Und damit hatte ich auch keine guten Erfahrungen gemacht.

»Ganz einfach: Henri wird sich an dich ketten und bei dir schlafen. Vielleicht sendest du irgendwelche Signale, bevor du dich unbewusst teleportierst, sodass Henri sie bemerkt und dich wecken kann. Und falls nicht, bist du wenigstens nicht allein.« Tianna blickte uns der Reihe nach an, doch keiner von uns sagte ein Wort. »Wenn einer von euch eine bessere Idee hat, bin ich offen dafür, aber wenn nicht, machen wir es so, wie ich es sage.«

Wir schwiegen weiterhin, nur das Knacken der Holzscheite im Kamin war zu hören. Ich dachte fieberhaft nach, ebenso wie Megan, wie es aussah, aber mir wollte einfach nichts einfallen. Megan konnte diese Aufgabe nicht übernehmen, denn ohne magische Fähigkeiten war sie mir im Falle eines Falles keine große Hilfe. Das hatte letzte Nacht zwar ganz anders ausgesehen, aber das war Glück gewesen. Noch einmal würden wir garantiert nicht so viel Glück haben. Henri war zwar auch keine allzu große Hilfe, da Spontanzauber weniger zum Voodoo gehörten, aber immerhin hatte er Ahnung von der Magie. Tianna selbst schien diese Aufgabe nicht übernehmen zu wollen, sonst hätte sie es sicher längst angeboten. Oder verfolgte sie einen Hintergedanken? Immerhin wusste sie, dass Henri etwas für mich übrig hatte.

»In Ordnung, dann ist das abgemacht«, sagte Tianna und stand auf. »Megan, du kannst bei mir schlafen. Das Sofa ist nämlich lange nicht so gemütlich, wie es aussieht.«

Ich schreckte hoch. Wieder hatte ich eine Vision meines Vaters gehabt. Oder war es dieses Mal wirklich nur ein Traum gewesen? Denn es war fast dieselbe Szene wie beim letzten Mal gewesen: mein Vater, der im Verlies hockt, und George, der ihn auslacht und ihm auf den Kopf zusagt, er könne dort verrotten.

In diesem Moment waren leise Stimmen zu hören, direkt vor der Zimmertür. Im ersten Moment befürchtete ich, George Merlin hatte doch nicht geblufft und wäre hier, doch dann bemerkte ich, dass ich meinen Arm frei bewegen konnte. Zwar war nach wie vor das Ende eines Seidenschals fest um mein Handgelenk gebunden, aber das andere Ende lag neben mir im leeren Bett. Henri hingegen war fort. Ich versuchte, die Stimmen vor der Tür zu verstehen, doch sie waren zu leise. Ob sich Henri mit seiner Tante unterhielt? Ich wollte es nicht, denn es war keine Lüge, dass ich den beiden vertraute. Dennoch setzte ich die kleine Voodoomagie ein. Henri hatte gesagt, man könne sich Arme oder Beine länger denken, also warum sollte es nicht auch mit den Ohren funktionieren? Ich kam nicht umhin, an *Dumbo* zu denken, trotzdem stellte ich mir vor, wie meine Ohren größer wurden. Mikéle hatte uns vermutlich auf diese Weise im Haus am Strand belauscht, aber das versuchte ich ebenso wie mein schlechtes Gewissen zu ignorieren.

Es klappte. Die Stimmen waren immer noch kaum mehr als ein Flüstern, aber ich hörte sie nun recht deutlich. Und das, obwohl es nachts im Regenwald alles andere als still war. An das ständige Gefühl, dass jemand ums Haus schlich, musste ich mich erst noch gewöhnen. Jedenfalls war es tatsächlich Henri, der sich vor meiner Tür mit jemandem unterhielt. Aber es war nicht unsere Tante. Es war Megan.

»... tut mir wirklich leid«, sagte Henri in diesem Moment. »Es ist bestimmt alles andere als entspannend für dich, hier zu sein. Und dann noch mit mir, eingesperrt auf so kleinem Raum.«

Ich hielt den Atem an, da ich Megans Antwort auf keinen Fall verpassen wollte. Darüber hatte ich natürlich nicht nachgedacht, als ich sie spontan mit mir hergebracht hatte. Es hätte auch keine Rolle gespielt, da ich Megan keinesfalls allein mit den Merlins zurückgelassen hätte. Trotzdem hatte ich ein schlechtes Gewissen, sie einfach so ihrem Umfeld entrissen zu haben. Sie durfte keinen Kontakt zu ihren Eltern aufnehmen, weil es viel zu gefährlich war. Sie durfte Nate nicht Bescheid geben, der mit Sicherheit stinksauer war. Ich konnte nur hoffen, dass wir unsere Jobs noch haben würden, sollten wir jemals heil aus dieser Sache herauskommen. Und ich hatte Megan ungefragt in die Nähe ihrer unerwiderten Liebe gebracht.

»Schon okay«, erwiderte Megan so leise, dass ich sie kaum verstand, was mir verriet, dass es nicht okay war.

Henri schien das ebenso zu sehen. »Ach, Megan.«

»Nein, wirklich«, wehrte sie ab. »In Anbetracht der Umstände ist es okay. Aber nur in Anbetracht der Umstände.«

Henri lachte leise. »Danke, das macht es so viel einfacher. Und es tut mir wirklich leid. Ich wollte dir nicht wehtun. Das glaubst du mir hoffentlich.«

Die Leichtigkeit, die kurz aufgekommen war, war wieder dahin. »Ich würde lügen, wenn ich behaupten würde, dass es leicht wäre, denn ich mag dich nach wie vor. Aber im Moment spielt das keine Rolle. Wir müssen Caroline helfen, nur das zählt.«

Fast wäre ich aus dem Bett gesprungen und aus dem Zimmer gestürmt, um ihr um den Hals zu fallen, doch das hielt ich für keine gute Idee. Sie sollten nicht wissen, dass ich sie belauschte. Nicht, dass Henri doch noch auf falsche Gedanken kam.

»Du bedeutest mir auch noch etwas. Es ist nur …«

»Ja, ich weiß. Caroline bedeutet dir mehr.« Megan seufzte. »Aber das ist vielleicht auch ganz gut so, denn wer weiß, ob du ihr sonst so uneingeschränkt helfen würdest. Womit ich nicht sagen will, dass du ihr sonst nicht helfen würdest. Ich meine nur …«

»Ich weiß schon.« Einen Moment herrschte Schweigen zwischen den beiden, doch dann sagte Henri: »Ich sollte wieder zu Caroline gehen. Nicht, dass sie sich ausgerechnet diesen Zeitpunkt aussucht, um sich zu teleportieren. Versuch ein wenig zu schlafen, okay? Wir müssen alle Kräfte sammeln für das, was uns bevorsteht.«

»Ich versuche es. Gute Nacht, Henri.«

Ich hörte eine Tür leise ins Schloss klicken, dann öffnete sich unsere Zimmertür. Kurz spielte ich mit dem Gedanken, mich schlafend zu stellen, doch ich ließ es bleiben. Das, was ich vorher zu Henri gesagt hatte, meinte ich ernst. Ich wollte keine Heimlichkeiten, keine Lügen zwischen uns, denn das wäre pures Gift für unsere Freundschaft und unser Vertrauen zueinander, und gerade in der jetzigen Situation konnten wir uns das nicht erlauben.

»Du bist ja wach«, stellte er fest, als er vorsichtig zu mir ins Bett kroch. »Habe ich dich geweckt?«

Ich schüttelte den Kopf, obwohl ich mir da nicht so sicher war. Hatte mich die Vision geweckt, die hoffentlich nur ein Traum gewesen war, oder waren es die Stimmen vor der Tür gewesen? »Warte, ich helfe dir«, sagte ich, legte ihm das Tuch ums Handgelenk und machte einen Doppelknoten. Lilafarbene Funken erhellten für einen

Moment das Zimmer, als ich den Knoten mithilfe von Magie verstärkte. Kaum zu glauben, wie leicht mir das Hexen inzwischen von der Hand ging. »Ist alles okay?«

»Klar. Ich musste nur mal schnell ins Bad; der Tee. Und Megan konnte nicht schlafen. Sie wollte Tianna nicht stören, deshalb hat sie im Wohnzimmer auf dem Sofa gesessen und in die Glut gestarrt.«

»Die Arme. Die Situation ist sicher alles andere als leicht für sie. Manchmal frage ich mich, ob ich sie doch zu Hause hätte lassen sollen.« Henri legte sich auf den Rücken und einen Arm um mich, und ich kuschelte mich an seinen Oberkörper. Anfangs hatte ich Bedenken gehabt, als Tianna den Vorschlag gemacht hatte, Henri solle bei mir schlafen, aber dann hatte ich sie beiseitegewischt. Es war vernünftig, und es war auch nicht die erste Nacht, die wir zusammen in einem Bett verbrachten. Außerdem war es schön, nicht allein zu sein. So fiel es mir leichter, nicht die ganze Zeit zu grübeln. Über Ash, meinen Dad, meine Zukunft. Sollte ich überhaupt eine haben.

»Du hast richtig gehandelt. Zwar war ich anfangs wenig begeistert, dass du Megan einfach mitgebracht hast, aber es war die richtige Entscheidung. Du hättest sie nicht zusammen mit den Merlins zurücklassen können.«

»Das nicht, aber ich hätte sie zum Beispiel zu ihren Eltern bringen können.«

»Und riskieren, dass die Merlins sie aufspüren und ihr was antun?« Er hatte recht und ich richtig gehandelt, das wussten wir beide. Also ließ ich das Thema bleiben und verschränkte meine angebundene Hand mit seiner. »Kannst du nicht schlafen?«, fragte

Henri nach einer Weile, nachdem ich unablässig mit dem Daumen über seinen Handrücken gefahren war.

»Ich kann nicht aufhören, an meinen Dad zu denken. Es geht ihm nicht gut, und die Merlins lassen ihn einfach in diesem Verlies zurück. Ich muss ihm helfen, er hat doch sonst niemanden mehr.«

Henri atmete hörbar aus. »Ich weiß, und es tut mir leid, aber im Moment ist es zu riskant. Du bist noch nicht so weit.«

Seit einer Ewigkeit hörte ich nichts anderes. Würde ich denn jemals so weit sein? Und wie sollte die Lösung dann aussehen? Alle Merlins und Morgans umbringen, die nicht auf meiner Seite waren? Und bis auf meinen Vater waren das alle, Ash eingeschlossen.

Oh Gott, er hatte recht. Ash hatte völlig recht. Es musste enden, aber doch nicht auf diese Weise. Ich war keine Mörderin. Ich wollte meine Zukunft nicht auf Blut aufbauen.

»Was ist los?«, fragte Henri, der bemerkt haben musste, dass meine Atmung schneller ging. Oder vielleicht lag es auch daran, dass ich meine Finger in sein T-Shirt gekrallt hatte.

Ich stützte mich auf einem Ellenbogen ab, um ihn ansehen zu können. »Wir müssen uns was anderes überlegen. Ich kann sie nicht alle umbringen, Henri. Ich bin keine Mörderin, und ich will auch keine sein. Es muss einen anderen Weg geben.«

»Das ist hart. Glaub mir, das gefällt mir auch nicht. Ich fürchte nur, wir haben keine Wahl.«

»Aber …«

»Wir haben schon so oft darüber nachgedacht, und uns ist kein Plan B eingefallen. Oder hast du einen?«

Ich schwieg, denn ich hatte keinen Plan. Nicht einmal den Hauch einer Idee. Ich kam mir vor wie der König, der im Schach stand, kurz davor, matt gesetzt zu werden. Sich immerzu verstecken und mit der Angst leben, die Clans könnten mich finden: nicht erstrebenswert. Und wo blieb Megan bei dieser Lösung? Ash, Henri, mein Dad. Ich konnte sie nicht alle mitnehmen. Zwei ganze Clans auslöschen: definitiv keine Option. Mich opfern und töten lassen: auch keine Option. Ich war gefangen in meinem eigenen Leben, konnte weder vor noch zurück.

»Wir denken morgen noch mal in aller Ruhe darüber nach, okay? Vielleicht fällt Tianna oder Megan etwas ein, aber jetzt versuch, ein bisschen zu schlafen. Dein Körper braucht die Ruhephase, er muss sich erholen und neue Kraft tanken.«

Henri hatte recht. Ich war hundemüde, und mir die Nacht um die Ohren zu schlagen, würde mich der Lösung garantiert keinen Schritt näherbringen. Also nickte ich und kuschelte mich zurück an ihn. Aber es dauerte, bis ich endlich wieder in den Schlaf sank.

Als ich das nächste Mal aufwachte, wusste ich sofort, was passiert war. Möglicherweise hatte sich mein Bewusstsein daran gewöhnt, möglicherweise lag es auch daran, dass ich nicht mehr auf der weichen Matratze lag, sondern auf kaltem, hartem Steinboden. Und es roch auch nicht mehr nach sauberer Bettwäsche und Holz, sondern muffig, fast schon modrig. Außerdem war da ein rasselndes Geräusch, das zuvor nicht da gewesen war. Mein Herz schlug schneller, denn ich hatte eine Ahnung, wohin mich mein Unterbewusstsein dieses Mal teleportiert hatte, und als ich die Augen öffnete, stellte es sich als Tatsache heraus. Ich war in dem Verlies, in dem ich bereits mehrfach dank der Gabe meines Vaters gewesen war, und ich war nicht allein. Henri lag neben mir, nach wie vor am Schlafen, und hinter den Gitterstäben lag mein Dad auf dem Boden. Nur eine dünne Matratze hatten sie ihm hingelegt, nicht einmal eine Decke oder ein Kissen. Das rasselnde Geräusch ging von ihm aus, es musste sein Atem sein. Wut stieg in mir auf. Wenn er jetzt dank unserer Familie auch noch eine Lungenentzündung bekommen würde, würde ich die Merlins, ohne zu zögern, allesamt umbringen. Dann kannte ich keine Gnade.

»Dad! Dad, bist du wach? Ich bin es, Caroline.« Das Seidentuch, das Henri und mich verband, war relativ lang, und so schaffte ich es, zum Gitter zu krabbeln und die Hand durch die Stäbe zu stecken, doch meinen Vater konnte ich nicht erreichen. Er lag zu weit weg, und er schien zu schlafen. Oder ohne Bewusstsein zu sein.

Die Spannung des Tuches verstärkte sich, und ich wusste, dass Henri wach geworden war, ohne dass ich mich zu ihm umdrehen musste. Im nächsten Moment hockte er neben mir und sah entgeistert von meinem Vater zu mir.

»Ist das dein Ernst? Verdammt, Caroline!«

»Ich weiß, es tut …« Doch dann schüttelte ich den Kopf. »Nein, es tut mir nicht leid.« Nun drehte ich mich doch zu Henri um. »Ich habe uns nicht mit Absicht herteleportiert, und das weißt du, aber es ist vielleicht das Beste, was passieren konnte. Wir können meinen Dad befreien.«

»Bitte was?« Henri hatte so laut gesprochen, dass seine Worte von den Wänden widerhallten. Erschrocken hielt er inne, sah sich um, genau wie ich.

»Mensch, Henri!«, flüsterte ich schließlich, als es ruhig blieb. »Willst du, dass wir auffliegen?«

»Natürlich nicht, aber du bist verrückt geworden. Es war schon leichtsinnig, Megan mitzunehmen, aber deinen Vater? Er ist ein Merlin, noch dazu ein hochrangiges Mitglied. Ist dir das eigentlich klar?«

»Er ist aber in Ungnade gefallen, und in erster Linie ist er mein Vater. Wir können ihn nicht hierlassen, Henri. Er braucht Hilfe, schau ihn dir doch an.« Ich zeigte in seine Richtung und bemerkte, wie er sich bewegte. Er war wach geworden. Ich umklammerte die Gitterstäbe. »Dad!«

Mühsam und unter Röcheln setzte er sich auf, und ich hielt erschrocken die Luft an. Er sah schrecklich aus. Blass, abgemagert, die Augen blutunterlaufen. Fast wie ein Vampir. Ich hielt mir die Hand vor den Mund, um ein Schluchzen zu unterdrücken. Das war alles meine Schuld, weil ich ihn nicht längst befreit hatte.

»Caroline?« Seine Stimme war nur ein Flüstern, kaum zu hören.

»Ich bin hier, Dad. Es wird alles wieder gut, wir holen dich hier raus.«

»Caroline, das geht nicht«, zischte Henri mir zu. »Wir müssen das zuerst mit meinem Vater oder unserer Tante besprechen.«

»Damit die Nein sagen?« Ich schnaubte. »Das ist nicht deren Entscheidung, Brian ist *mein* Vater.« Mein Vater robbte derweil mit seiner letzten Kraft durch das Verlies auf uns zu. Ich bat ihn, es nicht zu tun, aber es brachte nichts. Irgendwoher musste ich meinen Dickkopf ja haben. Der Gedanke erfüllte mich einen Moment mit Stolz und brachte mich zum Lächeln. »Wie geht es dir?«

»Besser.« Er hustete, rasselnd und trocken.

»Du bist ein schlechter Lügner. Los, gib mir deine Hand. Ich hol dich hier raus.« Ich streckte ihm meine freie Hand entgegen. Es dauerte, bis ich seine zu fassen bekam. Sie fühlte sich eiskalt an.

»Das wird nicht funktionieren«, sagte Henri neben mir. »Oder denkst du, die Merlins sind so blöd, das Verlies nicht magisch abzuriegeln? Du wirst deinen Vater dort nicht herausteleportieren können.«

Mein Vater nickte. »Dein Cousin hat recht.«

»Dann knacken wir das Schloss. Moment mal, vielleicht lässt es sich mit Blut öffnen«, sagte ich und dachte an das Verlies auf Peony Hall. Ash hatte mich dort befreit, indem er seinen Finger in das Schloss gesteckt hatte. Ich wollte dasselbe hier tun, doch mein Vater hielt meine Hand auf einmal erstaunlich fest.

»Bring dich in Sicherheit. Sofort.«

Ich wollte protestieren, doch es war zu spät. Wir hatten zu viel Zeit vergeudet. Bevor ich mich auch nur umsehen konnte, flog ein Feuerball auf uns zu. Ich kannte bisher nur eine Hexe, die diese Fähigkeit besaß: May Morgan, Ashs Tante! Sie war hier, und sie war sicher nicht allein. Ich schubste Henri beiseite, gerade noch rechtzeitig. Er flog nach rechts, ich nach links. Der Feuerball zerschnitt zuerst das Tuch, das Henri und mich verband, und traf dann das Gitter an der Stelle, an der wir gerade noch gehockt hatten. Mein Vater wurde mit voller Wucht nach hinten geschleudert. Ich unterdrückte den Impuls, nach ihm zu sehen, und visierte ein Schwert an, das an der Wand hing. Im nächsten Moment hatte ich es in der Hand und schleuderte es blind in die Richtung, aus der der Feuerball gekommen war. Mit einem Klirren fiel es zu Boden, ohne vorher jemanden getroffen zu haben, denn der nächste Feuerball folgte sofort. Ich konzentrierte mich auf ihn, stellte mir vor, wie ich eine Kerze auspustete, und im nächsten Moment war der Feuerball nur noch ein Funken, der wie eine Sternschnuppe zu Boden segelte. Ich wollte zu Henri, nach seiner Hand greifen, um uns in Sicherheit zu teleportieren, doch da spürte ich den alles verzehrenden Schmerz, der ohne Vorwarnung über mich hereinbrach. George Merlin war in der Nähe.

»Dieses Mal entkommst du uns nicht«, hörte ich ihn sagen, doch ich konnte ihn nirgends sehen, und er würde sich auch nicht zeigen, denn dann würde er sich angreifbar machen.

»Feigling!«, rief ich und zwang mich, mich nicht vor Schmerzen zu krümmen.

»Wir sind nicht feige, aber warum sollen wir es kompliziert machen, wenn es auch einfach geht? Aber bitte, wenn du es so willst.« George Merlin trat in den düsteren Gang, May Morgan folgte ihm. »Dann sehen wir dir eben in die Augen, wenn wir dich töten.«

Der Schmerz verstärkte sich. Henri wollte zu mir, doch es würde nichts ändern. Er konnte mir nicht helfen. May holte sich mit beiden Händen Energie von einer brennenden Fackel, um zwei Feuerbälle gleichzeitig abzufeuern. Einen in Henris Richtung, den anderen in meine. Nein! Angst schnürte mir die Kehle zu, ich konnte nicht einmal schreien. Die Schmerzen blockierten meine Kraft, sodass ich weder George noch May unschädlich machen konnte. Es durfte nicht so enden. Nicht so. Nicht auch Henri.

Und dann geschah alles ganz schnell. Aus dem Nichts tauchte plötzlich Ash auf und rempelte May in dem Moment an, in dem sie die Feuerbälle abfeuerte. Sie stieß gegen George, der wiederum gegen die Mauer prallte. Die Feuerbälle verfehlten Henri und mich, und die Schmerzen waren fort. Ebenso Ash. Er musste die Zeit verlangsamt haben, um ungesehen zu verschwinden, aber er war hier gewesen. Er hatte mir tatsächlich geholfen. Lautlos formte ich mit den Lippen ein Danke und sah ein letztes Mal zu meinem Vater. In Gedanken versprach ich ihm wiederzukommen. Dann packte ich Henris Hand und teleportierte uns in Sicherheit.

Keine Ahnung, ob das gut war, aber ohne es zu wollen, hatte ich Henri und mich dieses Mal ohne Umschweife zurück nach Jamaika teleportiert. Sogar die Holzhütte traf ich beim ersten Anlauf. Henri und ich fielen wie aus dem Nichts auf das Doppelbett, das federnd unter uns nachgab.

»Scheiße, das war in letzter Sekunde«, murmelte Henri. »Wie hast du das nur geschafft? Gegen George Merlin und May Morgan anzukommen?«

»Ash«, antwortete ich nur, außer Atem, als hätte ich einen Marathon hinter mir. Ich konnte es selbst kaum glauben, aber ich hatte ihn gesehen. Ash war in dem Verlies gewesen und hatte uns geholfen. Aber warum hatte er es getan? Was bedeutete das? Hatte er uns allen etwas vorgespielt, um mir aus dem Verborgenen zu helfen? So wie er das schon einmal getan hatte? Vielleicht hatte er nie die Seiten gewechselt. Nein, ich wollte mich nicht schon wieder an eine Hoffnung klammern, die sich nachher in Luft auflösen würde. Ash hatte mir am Telefon selbst gesagt, dass er gegen mich war, und er hatte leider sehr überzeugend dabei geklungen. Wahrscheinlicher war es doch, dass er einfach nicht die Kraft gehabt hatte, mich umzubringen. So wie ich es vermutlich auch nicht gekonnt hätte, hätten wir uns in einem Kampf direkt gegenübergestanden. Dann musste die Frage lauten, ob er es noch lernen würde, seine Gefühle auszuschalten und nur den Verstand zu benutzen. Ob wir es beide lernen würden.

Henri runzelte die Stirn. »Wirklich? Ash war dort und hat uns geholfen? Aber ich dachte, er ist gegen uns. Was hat das nun wieder zu bedeuten?« Seufzend fuhr er sich durch die Haare. »So oder so, ich möchte nicht in seiner Haut stecken. Er wird richtig Ärger ...«

Henri verstummte, die Augen plötzlich tellergroß. Ich musste nicht fragen, was los war, denn ich spürte es selbst. Das warme Blut, das aus meiner Nase tropfte. Und dann begann sich alles um mich herum zu drehen, als säße ich in einem Karussell. Henri sagte etwas, doch ich sah nur, wie sich seine Lippen bewegten. Mein Blickfeld wurde immer kleiner, bis ich schließlich nur noch schwarze Punkte vor meinen Augen tanzen sah. Stille brach über mich herein.

Kapitel 15

Ash

»Was hast du dir dabei gedacht?«, schrie May, obwohl sie normalerweise nicht zu solchen Gefühlsausbrüchen neigte. Sie musste richtig wütend sein, und Ash konnte es ihr nicht verübeln. »Der Befehl lautete für dich, hier im Salon zu warten. Ich fasse es einfach nicht, dass wir schon wieder diese Diskussion führen müssen. Gott, Ash!«

Er rechnete fast mit einer Ohrfeige, doch May ballte nur die Hände an ihren Seiten zu Fäusten. Dabei hätte er es sogar verstanden. Er wusste selbst nicht, was in ihn gefahren war. Als er Carolines Stimme gehört, sie gesehen hatte … Er hatte sie einfach nicht sterben lassen können, also hatte er instinktiv gehandelt. »Es tut mir leid«, sagte er. Wobei das nicht der Wahrheit entsprach. Es tat ihm ganz gewiss nicht leid, dass Caroline noch am Leben war.

»Es tut dir leid? Es tut dir leid?!« George Merlin schritt auf ihn zu und packte ihn am Kragen seines T-Shirts. »Sie ist uns erneut entkommen und das nur deinetwegen. Ich werde dich dafür büßen lassen, das verspreche ich dir.« Georges Griff verstärkte sich, doch Ash riss sich los.

»Ihr habt auch Henris Leben aufs Spiel gesetzt. Er ist mein bester Freund, das wisst ihr schon, oder?« Er sah von George zu seiner Tante und wieder zurück. »Die Rede war davon, Carolines Leben für das größere Wohl zu opfern. Nicht auch Henris, und ich bin mir ziemlich sicher, dass Papa Ajani das ebenso sehen wird.« George Merlin presste die Lippen aufeinander, und Ash wusste, dass er seinen Kopf noch einmal aus der Schlinge gezogen hatte.

»Das beantwortet aber eine Frage nicht«, sagte May und trat zwischen das Merlin-Oberhaupt und ihren Neffen. »Bist du nun auf unserer Seite oder nicht? Denn wir wissen alle, dass es dir bei der Aktion gerade eben nicht in erster Linie um Henri ging. Du kannst nicht für uns sein und gleichzeitig Carolines Leben retten.«

Im Prinzip war es genau das, was Ash wollte, aber seine Tante hatte recht. Beides ging nicht. Er hatte sich die Nächte um die Ohren geschlagen, um eine Lösung zu finden, aber es gab keine. Also holte er tief Luft und sah May direkt in die Augen, als er sagte: »Ich kann Caroline nicht töten, aber solange ihr Henri aus dem Spiel lasst, werde ich euch nicht mehr im Weg stehen.«

»Gut.«

»Gut?«, polterte George Merlin los. »Das glaubst du ihm, einfach so? Was, wenn er uns hintergeht? Wenn er uns erneut in den Rücken fällt? Wir können kein Risiko mehr eingehen, und ich traue dem Jungen nicht.«

Seufzend drehte May sich zu dem anderen Oberhaupt um. »Das ist eine Angelegenheit der Morgans, ich regele das. Würdest du uns bitte einen Moment allein lassen, George?«

Im ersten Moment schien es nicht so, als würde er ihr den Gefallen tun, doch dann drehte er sich um und verließ den Salon. »Ihr habt fünf Minuten«, sagte er beim Hinausgehen grimmig.

May nahm Ash am Arm und zog ihn auf eines der Sofas aus rotem Samt. »Setzen wir uns kurz«, sagte sie erstaunlich sanft zu ihm. »Also, was ist wirklich los? Wir haben eine Mission, um die wir uns kümmern müssen, und das wird nichts, wenn wir uns immer wieder fragen müssen, ob wir denen aus unseren eigenen Reihen trauen können.«

Einen Moment sah Ash sich in dem Salon der Merlins um, der so ganz anders war als der Salon auf Peony Hall. Hier dominierte die Farbe Rot, passend zu den bordeauxroten Kutten der Merlins. Die Sitzecke mit den beiden Sofas und Sesseln nahm den größten Teil des relativ kleinen Raumes ein, in dem es keine Fenster gab. Ash fragte sich, ob es Zufall oder Taktik war, um sich vor neugierigen Blicken und Lauschangriffen zu schützen. Der Salon auf Peony Hall war deutlich größer, mindestens dreimal so groß, und dort gab es Fenster, die allerdings zumeist mit blauen Samtvorhängen verhüllt waren. Ansonsten waren sich die Salons recht ähnlich: Kronleuchter baumelten von der Decke, es gab einen Kamin und einen Servierwagen mit Alkoholflaschen in sämtlichen Größen und Farben sowie Gläser. An den Wänden hingen Wandteppiche und Gemälde von bedeutenden oder verstorbenen Familienmitgliedern. Und trotzdem war der Salon der Morgans in Ashs Augen deutlich moderner als der der Merlins, so wie das ganze Merlin-Anwesen einen älteren und verstaubteren Eindruck als Peony Hall machte. Das Morgan-Anwesen bestand aus einem Haupt- und mehreren Nebengebäuden. Es verströmte den Charme eines Südstaatenhauses aus den USA, war herrschaftlich und luxuriös. Ein Herrenhaus auf einem cremefarbenen Steinsockel mit Sichtmauerwerk, Sprossen- und Rundbogenfenstern und Säulenbau. Das Merlin-Anwesen hingegen wirkte wie aus einem anderen Jahrhundert, was es definitiv auch war. Es stammte aus dem Elisabethanischen Zeitalter, soweit Ash wusste, und hätte super als Kulisse eines Horrorstreifens dienen können: graues Mauerwerk, mehrere Standerker, kleine Fenster und Steinskulpturen im Vorgarten. Es passte eher aufs englische Land als nach London.

»Also?«, fragte May erneut. »Rede mit mir, Ash, sonst kann ich dir nicht helfen.«

»Das kannst du so oder so nicht«, erwiderte Ash, ohne seine Tante anzusehen. Er strich sich die dunkelblonden Haare aus dem Gesicht, stützte die Arme auf den Oberschenkeln ab und ließ den Kopf hängen. Wie war er nur in diese Situation geraten? Er spürte eine Hand auf seinem Rücken.

»Du liebst sie, oder?«

Er schnaubte, und es klang fast ein bisschen wie ein verzweifeltes Lachen. »Was denkst du denn?« Es war das erste Mal, dass er so für jemanden empfand. Nicht einmal für Elizabeth hatte er so tiefe Gefühle gehabt wie für Caroline, und alle anderen Mädchen waren nur Staffage gewesen. Hübsche, leere Hüllen, um sich abzulenken und seine Eltern zu ärgern. Warum hatte er sein Herz ausgerechnet an Caroline verlieren müssen? Sie war anfangs so stur gewesen. Stur und abweisend, entschlossen und fast ein wenig hart. Gleichzeitig war da diese Verletzlichkeit und Zerbrechlichkeit gewesen, und die hatte am Ende nicht nur ihre Schale geknackt. Spätestens in dem Hotelzimmer in Southampton, wo sie den Fernseher zum Implodieren gebracht hatte, hatte er sich in sie verliebt, und das hatte sich bis heute nicht geändert. Ash wandte den Kopf, ohne den Oberkörper zu heben, um seine Tante jetzt doch ansehen zu können. »Natürlich liebe ich sie. Ich habe alles getan, um sie zu retten, und nun soll ich sie töten? Das kann ich nicht, May.«

»Das sollst du auch nicht. Niemand wird von dir verlangen, Caroline umzubringen.«

Er schnaubte erneut, sah wieder nach unten zwischen seine Beine auf den roten Teppichboden. »Vielleicht nicht, aber ich soll euch dabei helfen, alles vorzubereiten und euch dann in aller Seelenruhe dabei zusehen.«

Seine Tante stieß die Luft aus, nahm die Hand von seinem Rücken. »Was soll ich dazu sagen? Du hast die Vision von Alice gesehen, und es wird allmählich Zeit, dass du dich entscheidest. Rette Caroline oder rette deinen eigenen Clan, aber beides wird nicht gehen. Du musst dich entscheiden, Ash. Endgültig.«

»Ich weiß«, sagte er stöhnend. Er hatte sich entschieden, zumindest hatte er das geglaubt. Aber als Caroline gerade eben hatte sterben sollen, war ihm klar geworden, dass sein Verstand die Entscheidung getroffen hatte. Sein Herz war völlig anderer Meinung. Aber was spielte es für eine Rolle? Wenn er die Wahl hatte zwischen dem Mädchen, das er liebte, und seiner Familie, gab es kein richtig oder falsch. Er wäre immer nur mit halber Sache dabei. Er schloss die Augen und holte tief Luft. Ein Leben für das von vielen. Für die seiner Familie. »Ich bleibe bei meiner Entscheidung. Ich stehe euch nicht länger im Weg, aber ich selbst werde Caroline kein Haar krümmen. Das könnt ihr nicht von mir verlangen.«

Als hätte George Merlin sie belauscht, suchte er sich genau diesen Moment aus, um in den Salon zurückzukehren. Im Schlepptau hatte er Ashs Eltern und Garry, Jared, Alice, Steven und Meredith von seinem eigenen Clan sowie Ajani und Kouri vom Lecourt-Clan. Ash unterdrückte ein Stöhnen. Na super, jetzt durfte er sich auch vor allen anderen rechtfertigen.

May griff unauffällig nach seiner Hand und drückte sie, und er wusste, dass er seine Kräfte einsetzen sollte, ohne dass sie ihn explizit darum bitten musste. Also tat er es. Wie in Zeitlupe betraten die verschiedenen Clanmitglieder den Salon, stolz und hoch erhobenen Hauptes.

»Wie gesagt, das wird keiner von dir verlangen. Du hast mein Wort«, sagte May fast etwas gehetzt. »Aber bist du dir auch wirklich sicher? Ich frage als deine Tante und nicht als dein Clanoberhaupt. Wenn du noch Bedenkzeit brauchst, besorge ich dir welche, aber die Sache ist zu ernst. Wir können uns deine Zweifel nicht erlauben.«

Ash zögerte nicht, stattdessen sah er seiner Tante fest in die Augen. »Was soll mehr Bedenkzeit bringen? Egal, wie ich mich entscheide, es wird sich niemals richtig anfühlen.« Er zuckte mit den Schultern, und seiner Tante schien das zu genügen. Sie nickte und ließ seine Hand los. Er genoss noch einen kurzen Moment der Stille ohne Vorwürfe, bevor er die Zeit wieder normal laufen ließ.

»Und?«, fragte George Merlin, der Ashs Zeitmanipulation zum Glück nicht mitbekommen hatte, denn das hätte nur weitere Fragen aufgeworfen. »Sind wir uns jetzt einig?«

May wandte sich den Neuankömmlingen zu und nickte erneut. »Ash ist und bleibt auf unserer Seite, aber er möchte nicht dabei sein, wenn ... es geschieht. Ich habe es ihm zugesagt.«

George musterte Ash nachdenklich. »Das scheint mir auch das Beste zu sein.«

»Ich traue ihm trotzdem nicht«, sagte Jared Merlin und verschränkte die Arme vor der Brust. »Er wird uns wieder verraten, das weiß ich. Die kleine Hexe muss doch nur mit den Fingern schnippen, und schon ändert er seine Meinung.«

»Ich habe einen Fehler begangen, auch wenn ich meine Gründe dafür hatte, aber ich habe meine Meinung nicht geändert«, antwortete Ash zwischen zusammengepressten Zähnen.

»Keine Sorge, er wird keine Gelegenheit mehr bekommen, uns zu verraten«, sagte George leise zu Jared, aber er sprach so laut, dass alle ihn hören konnten.

Ash wunderte sich nicht, dass von den anderen Clanmitgliedern niemand Fragen stellte. Die meisten waren selbst Zeugen von Carolines plötzlicher Anwesenheit gewesen, und die anderen hatte George sicher längst eingeweiht. Es war purer Zufall gewesen, dass die Morgans gerade hier und die Lecourts auf dem Weg hierher gewesen waren, als das Sicherheitssystem der Merlins Alarm geschlagen hatte. George Merlin hatte dieses Treffen am frühen Morgen anberaumt, aber bisher wusste niemand den Grund dafür, denn bevor sie mit der Besprechung hatten beginnen können, war das rote Lämpchen über der Tür, das mit dem Sicherheitssystem verbunden war, aufgeleuchtet und hatte Carolines Anwesenheit verkündet. Sofort war Chaos ausgebrochen, und Ashs Herz hatte so laut gegen seine Rippen gehämmert, dass er befürchtet hatte, man würde ihn an Ort und Stelle unschädlich machen, damit er die Mission nicht gefährden konnte. Vielleicht hätten sie es besser tun sollen, dann hätte er sich diesen Schmerz ersparen können und die Zweifel, die an ihm nagten wie eine Maus an einem Stück Käse.

Ash sah hinüber zu Henris Vater und seinem Bruder; beide verzogen keine Miene. Was wohl passiert wäre, wenn sie rechtzeitig hier gewesen wären? Hätten sie zugelassen, dass ihr eigener Sohn beziehungsweise Bruder bei der Aktion gefährdet wurde? Ein Kollateralschaden, um Schlimmeres zu verhindern? Wussten sie überhaupt, was im Verlies passiert war? Dass May einen Feuerball in Henris Richtung geschleudert hatte? Wenn Ash nicht gewesen wäre, wären sie jetzt beide tot gewesen. Caroline und auch Henri, sein bester Freund. Das hatte er einfach nicht zulassen können. Henri stand vielleicht auf der falschen Seite, aber es war nicht sein Krieg. Es gab keinen Grund, auch sein Leben auszulöschen. Es war die Wahrheit gewesen, als er das George

Merlin als Grund für sein Verhalten genannt hatte, aber er wusste wie alle anderen in diesem Raum, dass es nur die halbe Wahrheit war. Selbst wenn May keinen Feuerball in Henris Richtung geworfen hätte, hätte er so gehandelt, wie er es getan hatte. Wahrscheinlich war es wirklich das Beste, wenn er am Tag der Entscheidung nicht dabei war. Zwar hatte er das in dieser Form nicht mit seiner Tante besprochen, aber es war die beste Lösung für alle. Er wollte Caroline nicht selbst töten, aber er wollte es auch nicht sehen oder auch nur mitbekommen. Das könnte er nicht ertragen, und er konnte auch für nichts garantieren. Was, wenn sein Herz wieder die Führung übernehmen würde?

»Also, was nun?«, fragte Garry, der Ash böse ansah, seit er den Salon betreten hatte. »Das war die Gelegenheit, das Mädchen endlich aus dem Weg zu räumen. Allzu viele Gelegenheiten werden wir nicht bekommen. Es ärgert mich, dass ausgerechnet einer von uns es vermasselt hat.«

»Ich will nicht gutheißen, dass Arthur das Mädchen hat entkommen lassen, aber immerhin ging es hier auch um das Leben meines Sohnes«, meldete sich Ajani das erste Mal zu Wort. Er hatte also mitbekommen, was passiert war. »Das dürfen wir nicht vergessen. Insofern bin ich nicht ganz unglücklich über den Ausgang der Situation. Die Lecourts sind auf eurer Seite, wir kämpfen zusammen für Frieden und den Erhalt unserer Clans, aber obwohl sich Henri gegen uns gewandt hat, wäre es mir lieb, wenn wir sein Leben verschonen könnten.«

May ging auf Ajani zu und streckte ihm die Hand entgegen. »Du hast absolut recht, Papa Ajani. Es tut mir leid, ich hätte das Leben deines Sohnes nicht so leichtfertig aufs Spiel setzen dürfen. Ich hoffe, du nimmst meine Entschuldigung an.«

Im Salon der Merlins wurde es mit einem Schlag sehr leise, und das lag nicht daran, dass alle gespannt darauf warteten, wie sich das Lecourt-Oberhaupt entscheiden würde. Selbst Ash war überrascht, dass seine Tante dem Hungan des Voodooclans so viel Respekt entgegenbrachte, ihn bei seinem vollen Titel anzusprechen. Bis auf ihn, Ash, hatte das bisher noch kein Morgan getan und schon gar kein Merlin. Ajani selbst versuchte, seine Überraschung zu verbergen, was ihm allerdings nicht so recht gelingen wollte. Ash wusste, wie viel es ihm bedeutete, diesen Respekt zu erfahren, noch dazu vom Oberhaupt der Morgans. Henri hatte sich oft genug über das Verhalten seinem Clan gegenüber aufgeregt.

Ajani ergriff Mays ausgestreckte Hand. »Entschuldigung angenommen. Solange die Mitglieder meiner Gemeinde verschont werden, sehe ich kein Problem.«

»Apropos verschont«, meinte Richard, »haltet ihr Brian wirklich die ganze Zeit in diesem Verlies gefangen? Mir ist klar, dass er ziemlichen Mist gebaut hat, aber das finde ich doch ganz schön hart. Er braucht medizinische Versorgung. Es sei denn, ihr wollt ihn wirklich sterben lassen.«

Georges Miene verfinsterte sich. »Keine Sorge, wir haben das im Griff.«

»Nun denn, warum wurden wir zu so früher Stunde herzitiert?«, wollte Ashs Mutter wissen.

Sie selbst hätte sich dem Lecourt-Oberhaupt gegenüber nicht so verhalten wie ihre Schwester, das machten ihre Miene und ihre Haltung mehr als deutlich. Aber Ash hatte auch nichts anderes von ihr erwartet. Sie hatte seine Freundschaft zu einem Mitglied des Voodooclans zwar stets geduldet, aber mehr auch nicht. Henri war kein gern gesehener Gast auf Peony Hall gewesen, und er hatte sich dort auch nie sonderlich wohlgefühlt. So hatte Ash mehr Zeit bei den Lecourts verbracht, wo man ihn immer willkommen geheißen hatte.

»Ich habe gute Gründe für dieses Treffen«, sagte George und ging hinüber zu dem Servierwagen, wo er sich eine goldbraune Flüssigkeit einschenkte. »Noch jemand?«, fragte er und schwenkte sein Glas.

Der rauchige, torfige Geruch des Whiskys zog zu Ash herüber. Wie konnte man um diese Uhrzeit Hochprozentiges trinken? Noch dazu auf leeren Magen? Denn George Merlin hatte wie alle anderen in diesem Salon sicher noch nicht gefrühstückt. So war es auch kein Wunder, dass alle den Kopf schüttelten. Doch Ash konnte George Merlin nicht verurteilen. Er verstand ihn sogar fast, auch wenn er es nicht guthieß. Die Aufgabe des Clanoberhaupts hatte er lange Zeit als unkompliziert abgetan. Seiner Meinung nach war es um Macht und Prestige gegangen, um eine reine Formalität. Immerhin brauchte ein Clan auch ein Oberhaupt. Das hatte er zumindest geglaubt, aber da hatte er sich ordentlich getäuscht. Die Entscheidung darüber, wer aus der eigenen Familie leben durfte und wer nicht, fiel mit Alkohol vermutlich deutlich leichter. Er konnte nur hoffen, dass seine Tante dieses Laster nicht hatte.

George Merlin zuckte mit den Schultern und nahm einen Schluck. »Nun gut, ich habe euch aufgrund der Maleficarier zusammengerufen. Wir hatten zwar beschlossen, uns vorerst nicht um sie zu kümmern, aber unter den gegebenen Umständen sollten wir das Ganze noch einmal überdenken. Vergangene Nacht haben sie Steven aufgelauert.«

Nicht nur May spannte sich an, auch Ash und der Rest der anwesenden Magier. »Was genau ist passiert?«

»Vermutlich das Gleiche wie bei euch«, antwortete Steven mit Blick auf Richard und Garry Morgan. »Ich hab meine übliche Runde in Camden Town gedreht, um nach dem Mädchen Ausschau zu halten, als die Bastarde plötzlich aufgetaucht sind. Aber es war überhaupt kein Problem, sie zu erledigen.«

»Hast du deine Magie dazu angewandt?«, fragte May, woraufhin Steven nickte.

»Natürlich, denen habe ich es gezeigt. Die werden es sich das nächste Mal zweimal überlegen, ob sie einen von uns angreifen.«

Richard stieß hörbar die Luft aus, Garry schlug sich mit der Hand vor die Stirn, und auch May seufzte. »Idiot«, murmelte Garry, allerdings laut genug, damit Steven es hören konnte.

»Wie bitte?« Alices Mann baute sich in voller Größe auf.

»Wir hatten uns bewusst nicht-magisch verteidigt, um die Maleficarier nicht erst recht auf den Plan zu rufen«, sagte Richard und schloss mit seiner Handgeste sich und Garry ein. »Aber das hat sich dann wohl erledigt. Nun wissen die Maleficarier, dass zumindest euer Clan Magie wirken kann.«

»Das werden sie auch vorher gewusst haben. Warum hätten sie uns sonst gezielt angreifen sollen?«, verteidigte George Merlin seinen Schwiegersohn.

»Nicht unbedingt«, sagte May.

»Aber doch sehr wahrscheinlich«, unterbrach das Merlin-Oberhaupt sie sofort.

»Und ihr wollt der stärkste Clan sein«, bemerkte Garry. »Könnt euch nicht einmal auf nicht-magische Weise gegen einen lausigen Angriff wehren.«

Steven hob die Hand, und gelbe Funken erschienen bereits über seinen Fingerkuppen, doch bevor er Garry angreifen konnte, hob auch

May die Hand und holte sich Energie aus dem brennenden Kaminfeuer. Ein Feuerball loderte auf und schwebte direkt über ihrer Handfläche; bereit, jeden Moment zum Einsatz gebracht zu werden. »Das würde ich an deiner Stelle lieber nicht machen«, sagte sie zu Steven.

George Merlin ballte die Hände zu Fäusten, doch schließlich nickte er Steven zu, woraufhin dieser nach kurzem Zögern die Hand sinken ließ. Ash unterdrückte ein Kopfschütteln. Garry Morgan und Steven Merlin waren die Hitzköpfe der Clans. Ein Wunder, dass sie nicht längst aufeinandergeprallt waren.

»Gegenseitige Anschuldigungen werden uns an dieser Stelle nicht weiterbringen«, sagte Ajani Lecourt ruhig. »Wir sollten uns lieber überlegen, was wir nun machen.«

»Dann wurde euer Clan bisher von den Maleficariern verschont?«, fragte May und ließ den Feuerball wieder verschwinden.

»Bisher schon, aber ich würde gern verhindern, dass wir der nächste sind, der angegriffen wird.«

»Hältst du es für wahrscheinlich, dass ihr ebenfalls auf der Liste der Maleficarier steht?«, fragte George Merlin.

Ajani zog die Augenbrauen hoch. »Was willst du damit sagen, Merlin? Die alte Leier, dass wir nur ein Voodooclan sind?«

»Nein, die Frage ist ernst gemeint«, erwiderte George, obwohl jeder wusste, dass dem nicht so war. »Warum lauern die Maleficarier erst den Morgans und dann uns auf, ohne wirklich anzugreifen?«

»Das war durchaus ein Angriff«, bemerkte Richard.

»Aber keinesfalls ernst zu nehmend. Die Maleficarier sind vielleicht stur und hinterwäldlerisch in ihrem Denken, aber sie sind nicht dumm. Wenn sie zwei der mächtigsten Clans Londons angreifen – und ich bin mir sicher, dass sie sich bewusst waren, was sie da taten –, dann müssen sie auch wissen, was das für Konsequenzen hat. Sie können von Glück sagen, noch am Leben zu sein.«

»Und was ist mit den Lecourts?«, spann May den Faden weiter. »Sind sie wirklich die Nächsten? Und wenn ja, warum? Was würde das bedeuten? Hängt das alles mit der Prophezeiung zusammen?«

Richard setzte sich neben Ash auf das mit rotem Samt bezogene Sofa, warf ihm aber nur einen kurzen Blick zu. »*Alles* hängt irgendwie mit der Prophezeiung zusammen, wenn ihr mich fragt. Wobei ich nicht glaube, dass die Maleficarier unser Untergang sein werden, sondern in erster Linie Caroline. Vielleicht kommen die Hexenjäger danach. Vernichten den Clan, der am Ende übrig bleibt.«

»Aber woher wissen sie überhaupt, dass wir Magierclans sind?«, überlegte Samantha. »Wir haben uns immer vorsichtig verhalten, und ich habe mich in letzter Zeit auch nicht verfolgt gefühlt.«

»Wenn ich mal meine Gedanken dazu äußern dürfte …«, warf Ajani ein und fuhr fort, als George eine entsprechende Geste mit der Hand machte. »Das ist jetzt nicht wertend gemeint, aber während der Hetzjagd auf Caroline wart ihr nicht immer so vorsichtig, wie ihr denkt. Im Gegenteil. Ihr habt Caroline ohne Rücksicht auf Verluste gejagt, was ich durchaus verstehe. Die Vernichtung des Mädchens hat oberste Priorität, damit die Clans weiterhin bestehen können, aber die Maleficarier stellen eben auch eine Bedrohung dar, die wir nicht unterschätzen dürfen. Das wäre immerhin eine Erklärung, wie die Hexenjäger auf eure Clans aufmerksam geworden sind. Und wenn sie eure Aktivitäten von nun an beobachten, wäre es nur logisch, wenn sie als Nächstes meinem Clan auf die Spur kommen.«

»Willst du damit sagen, wir sind selbst schuld?«, fragte Steven.

Ajani hob abwehrend die Hände. »Nichts stünde mir ferner. Ihr musstet handeln, und auf die Maleficarier Rücksicht zu nehmen, hätte wertvolle Zeit gekostet. Zumal man nie weiß, wo sie lauern und ob sie gerade überhaupt eine Gefahr sind. Das Ganze ist nur eine Überlegung, die so nicht einmal stimmen muss. Aber es wäre eine Erklärung für das, was gerade um uns herum passiert.«

»Es erklärt nicht, warum sich die Maleficarier dermaßen stümperhaft verhalten«, erwiderte George. »Wenn sie uns endlich auf der Spur sind, wäre es logisch, erst einmal Informationen zu sammeln. Einen Plan zu entwickeln, eine Taktik zu verfolgen. Aber einfach blindlings losschlagen und uns damit vorwarnen? Das erscheint mir alles andere als logisch.«

May zuckte mit den Schultern. »Ich finde ihr Verhalten auch ziemlich stümperhaft, aber vielleicht verfolgen sie ja eine Taktik. Vielleicht merken sie auch, dass wir gerade verwundbar sind, weil wir uns nicht ganz und gar auf sie konzentrieren können, und nutzen ihre Chance. Auf jeden Fall sollten wir uns überlegen, wie wir weiter vorgehen.«

»Es kann nicht schaden, etwas vorsichtiger zu sein und unsere Schutzmechanismen zu aktualisieren«, meinte George. »Aber das wird nicht reichen.«

»Zurückschlagen und ausräuchern«, schlug Steven vor. »Sie haben es nicht anders verdient, immerhin haben sie mit uns auch nichts anderes vor.«

Doch George und May schüttelten gleichzeitig den Kopf. »Wir sind keine Mörder, Steven«, antwortete May. »Wir können uns wehren und zurückschlagen, sollten sie uns keine Wahl lassen, aber alles andere ist viel zu riskant. Wir wissen nicht, wie viele sie sind und was sie planen, deshalb müssen wir äußerst vorsichtig sein.«

Die Clanoberhäupter waren nicht oft einer Meinung, doch in Bezug auf die Prophezeiung zogen sie natürlich an einem Strang. Ash schluckte den bitteren Geschmack in seinem Mund herunter. *Wir sind keine Mörder.* Das sah er anders. Die Clans hatten vielleicht einen Grund, warum sie Mädchen umgebracht hatten und nun auch Caroline jagten, aber einen zurechtgelegten Grund hatte jeder Mörder. Sei es nun Eifersucht, Rache oder die Angst vor einer Prophezeiung.

Ash hatte zugesagt, den Clans nicht im Weg zu stehen, und dieses Mal hatte er vor, sein Wort zu halten. Dieses ganze Hin und Her machte ihn mürbe und brachte am Ende doch nichts. Aber das Blut würde nicht an seinen Fingern kleben, das schwor er sich ebenso.

»Was dann?«, fragte Steven.

»Informationen sammeln«, schlug Richard vor. »Die Augen und Ohren offen halten und die Maleficarier verfolgen, wenn wir die Gelegenheit dazu bekommen. Vielleicht finden wir so ihren Anführer und Stützpunkt.«

George nickte. »Einverstanden, aber wir lassen uns von ihnen nicht an der Nase herumführen.«

»Keinesfalls«, stimmte Garry mit einem Grinsen hinzu. »Das nächste Mal kommen sie nicht so ungeschoren davon.«

Ajani lehnte sich mit verschränkten Armen gegen die Wand. »Denkt ihr wirklich, diese Verfolgungsaktion bringt uns weiter? Ist das Risiko nicht viel zu hoch, die Gruppe zu verlieren und am Ende ohne alles dazustehen?«

George erwiderte seinen Blick wenig begeistert. »Hast du einen besseren Vorschlag?«

»Man könnte sich zum Beispiel das schwächste Glied aus der Gruppe herauspicken und versuchen, es von den anderen zu isolieren.«

»Um es dann zu foltern und so an Informationen zu kommen?« Nun grinste auch Steven. »Das ist ein Plan nach meinem Geschmack.«

Ajani schmunzelte. »Na ja, vielleicht nicht unbedingt foltern, aber so in der Art.«

May und George warfen sich einen Blick zu. »Ich schlage vor, der Betreffende wägt in der jeweiligen Situation ab, was ihm am sinnvollsten erscheint«, sagte May.

George nickte. »Aber wagt es nicht, mit leeren Händen nach Hause zu kommen. Jeder Tag, der vergeht, ohne dass wir Caroline oder den Maleficariern näher kommen, bringt uns unserem Ende näher.«

Einen Moment herrschte Schweigen. Ash sah sich in dem Raum voller Magier um, die drei unterschiedlichen Clans angehörten, doch in diesem Moment wirkten sie ausnahmsweise einmal alle einig. Wie war er nur in diese Situation geraten? Er fragte sich, was passiert wäre, wären er und Henri Caroline nicht auf dieser Studentenparty begegnet. Wäre sie dann jetzt schon tot? Vernichtet durch ihre eigene Magie oder einen der Clans? Vielleicht sogar durch seine Hand? Hätte er den Befehlen seiner Tante gehorcht und mitgezogen, so wie Jared und Kouri es taten, hätte er sich nicht in Caroline verliebt? Er wusste es ganz ehrlich nicht, und das machte ihn nicht gerade stolz.

»Nun gut, zurück zu Caroline.« May seufzte und warf Ash einen langen Blick zu. »Unser Plan, sie in die Falle zu locken, hat bisher nicht gefruchtet und –«

»Unser Plan, sie in die Falle zu locken, hat Arthur einbezogen«, unterbrach George Merlin sie. »Wir sind fälschlicherweise davon ausgegangen, sie würde sich noch einmal in sein Zimmer teleportieren, aber so oder so – ich werde keinen Plan mehr verfolgen, in dem euer Junge eine Rolle spielt. Ich traue ihm nach wie vor nicht, und das solltet ihr auch nicht.«

May sah aus, als wollte sie etwas sagen, doch stattdessen schloss sie für einen kurzen Moment die Augen. »Okay, und wie soll es weitergehen? Wir können nicht darauf warten, erneut so eine Gelegenheit wie vorhin zu bekommen, denn vielleicht wird keine mehr kommen. Und mit jedem Tag, der vergeht, wird das Mädchen womöglich stärker werden.«

»Das sehe ich ebenso«, stimmte George zu und leerte seinen Whisky in einem Zug. »Ich habe einen Plan, und dieses Mal wird uns das Gör ganz sicher in die Falle gehen.«

»Darf man fragen, was das für ein Plan ist?«, wollte Ajani wissen und stieß sich von der Wand ab.

George schüttelte den Kopf. »Nichts für ungut, aber mir ist das Risiko zu groß. Nicht, dass ich euch nicht traue, aber wir haben nur diese eine Chance. Alice, Steven – ich brauche eure Hilfe, alle anderen können gehen.«

May verschränkte die Arme vor der Brust. »Nein. Von jedem Clan einer, oder wir sind raus aus der Nummer.« Sie blickte die Mitglieder ihrer Familie der Reihe nach an, doch keiner widersprach.

»Das finde ich nur fair«, stimmte auch Ajani zu. »Wir arbeiten zusammen, und wir gehen alle volles Risiko. Sieh es als Vertrauensbeweis.«

George fluchte leise und verengte die Augen zu Schlitzen, nickte aber nach einer Weile. »Also schön, aber nur unter der Voraussetzung, dass sich die beiden Mitwisser magisch zur Geheimhaltung verpflichten.« Er warf einen Blick in die Runde, als wollte er die besten Mitspieler für sein Cricketteam aussuchen. »Garry Morgan und Kouri Lecourt. Akzeptiert es oder lasst es bleiben.«

Kapitel 16

Caroline

Das Gefühl, ganz langsam aus der Bewusstlosigkeit zu erwachen, war mir inzwischen nur allzu vertraut. Es fühlte sich an wie ein grauenvolles Déjà-vu, als meine Sinne wieder einsetzten und sich mein Blick fokussierte. Ich versuchte gar nicht erst, mich aufzusetzen, sondern nahm alles um mich herum aus liegender Position wahr: der dezente Duft nach Kräutern und Seife, die halb zugezogenen Vorhänge, durch die die Sonne schien und die sich in der leichten Brise, die durch das gekippte Fenster hereinwehte, immer wieder bauschten. Ich spürte das gewohnte Gewicht des Anhängers auf meiner Halskuhle, und an meinem Finger schien der Ring meines Vaters zu stecken. Als ich die Hand hob, bestätigte sich der Verdacht. Jemand hatte außerdem das halbe Seidentuch von meinem Handgelenk entfernt, mir die Hände und das Gesicht gewaschen. Megan? Zumindest saß sie neben mir auf dem Bett und blätterte in einem Jamaika-Bildband. Henri und Tianna waren nicht zu sehen. Ich musste lange bewusstlos gewesen sein. Sehr lange.

»Caroline!« Megan klappte das Buch zu und legte es beiseite. »Wie geht es dir? Fühlst du dich gut?« Sie sprach laut. Zu laut, wenn man bedachte, dass ich bis gerade eben ohne Bewusstsein gewesen war und sie sich sicher Sorgen gemacht hatte.

Nun setzte ich mich doch auf. Mein Kopf pochte, und einen Moment drehte sich erneut alles, doch das war ausnahmsweise nur mein Kreislauf, der sich schnell wieder beruhigte. »Was ist los?«

»Wie? Was soll los sein? Darf ich denn nicht fragen, wie es dir geht? Ich habe mir Sorgen um dich gemacht.« Megan nahm ihre Haare zusammen, drehte sie ein und legte sie auf ihrem Rücken ab.

Vor dem offenen Fenster waren leise Stimmen zu hören. Ich verstand kein Wort, trotzdem war mir klar, dass etwas nicht stimmte, und mich beschlich eine Ahnung, was es sein könnte. Hastig stand ich auf, durchquerte das Zimmer und die Hütte und stürmte zur Tür hinaus, so wie ich war: barfuß und im Schlafanzug. Aber wen interessierte das schon? Wir waren hier mitten im Regenwald.

»Caroline, warte!« Megan hastete hinter mir her, holte mich aber nicht ein.

Ich ging um die Hütte herum und blieb abrupt stehen, als ich zu der Stelle vor meinem Fenster kam. Henri und Tianna hatten etwas weiter entfernt ein Loch gegraben, um die Spuren der letzten Nacht zu beseitigen, ehe ich etwas davon mitbekam. Nun sammelten sie eilig tote Tiere auf und hielten ertappt inne. Ich erblickte ein winziges Krokodil, Wimpelschwänze und andere Vogelarten sowie einige Nager. Bestimmt ein Dutzend toter Tiere, aber das war noch nicht alles. An einigen Bäumen hingen abgeknickte Äste, und der Waldboden war mit Blättern und Zweigen übersät. War ich das etwa gewesen? Nicht nur die armen Tiere, jetzt hatte ich auch noch unbewusst einen Sturm heraufbeschworen und die Flora zerstört?

»Tut mir leid, ich konnte sie nicht zurückhalten«, murmelte Megan, die hinter mir stehen geblieben war.

Tränen schossen mir in die Augen, und ich ließ mich auf die Erde sinken. Die anderen warfen sich hilflose Blicke zu, dann hockte sich Megan neben mich, während Henri zu uns eilte und sich auf meine andere Seite kniete. Beide strichen mir über je eine Schulter, und ich konnte die Tränen nicht länger zurückhalten. Ich legte den Kopf auf meine angezogenen Beine und schloss die Augen. So viele Tiere, die wegen mir hatten sterben müssen. Das hatte ich nicht gewollt.

»Was passiert mit mir?«, fragte ich leise.

Eine Weile sagte niemand etwas. »Das gibt sich sicher wieder, wenn du deine Kräfte erst einmal richtig kontrollieren kannst«, antwortete Henri irgendwann.

Ich hob den Kopf. »Lüg mich bitte nicht an. Ich bin vielleicht eine miserable Hexe, aber ich bin nicht blöd. Die Kopfschmerzen, das Nasenbluten, meine Ohnmachtsanfälle. Das hier.« Ich deutete auf die hilflosen Lebewesen, die meinetwegen hatten sterben müssen. »Es hatte damals etwas zu bedeuten, und das hat es auch jetzt. Mikéle hat recht, oder?«, fragte ich, während meine Stimme immer leiser wurde und mein Blick zu Tianna wanderte. »Meine Kräfte sind zu stark für mich.«

Tianna hatte die Tiere in das Loch gelegt und begonnen, sie mit Erde zu bedecken. Nun lehnte sie die Schaufel an einen Baumstamm und kam auf mich zu. Sie hockte sich vor mich und nahm meine Hände in ihre, ihre Arme auf meinen Knien abgelegt. Sanft erwiderte sie meinen Blick und nickte. »Es tut mir leid, meine Süße. Ich wünschte so sehr, ich könnte dir sagen, dass Mikéle sich geirrt hat, aber es stimmt. Zu viele Kräfte vereinen sich in dir. Wir können nur spekulieren, denn so etwas wie dich hat es vorher nie gegeben. Vielleicht liegt es daran, dass deine Kräfte zu spät aktiviert wurden und du nie gelernt hast, sie zu beherrschen, sodass sie jetzt dich beherrschen. Vielleicht ist es auch einfach zu viel Macht für dich.«

»Und was bedeutet das?«, fragte ich, dabei fürchtete ich, die Antwort bereits zu kennen. Mein Blick wanderte von Tianna zu Henri und Megan, die den Tränen nahe war, und wieder zurück zu meiner Tante. Seufzend strich sie mir eine Locke hinters Ohr.

»Wir wissen es nicht, Caroline. Wie gesagt, so etwas wie dich hat es bisher nicht gegeben. Vielleicht –«

»Aber ich weiß es«, unterbrach ich sie und schluckte schwer. »Ich werde sterben, oder?« Das Damoklesschwert, das erst vor wenigen Tagen verschwunden war, schwebte wieder über mir. Wie viel Zeit blieb mir noch, bis meine Kräfte die Kontrolle über mich übernehmen würden? Ein paar Monate oder Wochen? Oder handelte es sich nur noch um Tage? Und was würde passieren, wenn es so weit war? Würde ich einfach sterben, oder würde ich andere mit ins Verderben reißen?

»Das ist nicht gesagt«, erwiderte Tianna, aber ihre Stimme klang nicht so fest wie sonst. »Du bist stark, und Papa Ajani sucht nach einer Lösung. Bis dahin wissen wir, wie wir deine Kräfte besänftigen können. So haben wir dich aus deiner Ohnmacht geholt. Du brauchst wie zur Magieaktivierung eine Prise Magie deiner Eltern, allerdings in regelmäßigen Abständen. Im Ring und in der Kette war noch ein kleiner Rest gespeichert, aber das Ganze ist leider keine Dauerlösung, weil …«

»… meine Mutter tot ist und mein Vater bald vielleicht auch«, beendete ich ihren Satz. Deshalb steckte Dads Ring an meinem Finger. Er würde mir sofort helfen, aber er wurde gefangen gehalten. Von unserer eigenen Familie.

Damit hatte sich auch meine Frage beantwortet. Ich würde nicht einfach nur sterben. Ich würde alles und jeden um mich herum mit ins Verderben reißen, so wie heute Nacht auch. Ein Glück, dass Tianna, Henri und Megan bisher nichts passiert war, aber sie waren in meiner Nähe nicht länger sicher. Niemand war das. Ich stand auf, klopfte mir den Dreck von der Schlafanzughose und lief zurück Richtung Hütte.

»Was hast du vor?«, fragte Henri, der mir zusammen mit den anderen beiden folgte.

»Gehen«, erwiderte ich, während ich in unser Zimmer stürmte, die Reisetasche aufs Bett stellte und wahllos meine wenigen Habseligkeiten hineinwarf, die Tianna mir besorgt und geschenkt hatte. »Ich will euch nicht verletzen. Ihr seid in meiner Gegenwart nicht sicher.«

»Was für ein Blödsinn!«, sagte Henri ziemlich laut. »Du bleibst gefälligst hier, wir stehen das zusammen durch. Uns wird schon nichts passieren, und allein hast du keine Chance. Hast du nicht gehört, was Tianna gesagt hat? Du brauchst regelmäßig Magie deiner Eltern, und dafür brauchst du Hilfe. Nicht nur dafür.«

»Ich weiß«, antwortete ich, während ich weiter meine Sachen zusammensuchte.

»Du sollst aufhören!«, schrie Henri und packte mich am Handgelenk.

»Und was dann?«, schrie ich zurück. »Hierbleiben und zuschauen, wie weiter Tiere sterben und euch womöglich auch noch etwas passiert?« Henri und ich standen uns gegenüber, beide schwer atmend. Aus den Augenwinkeln bemerkte ich, wie Tianna und Megan sich wieder zurückzogen. »Ihr könnt mich nicht retten, Henri«, fuhr ich leiser fort. »Ich bin zum Tode verurteilt; das war ich die ganze Zeit und wollte es nur nicht wahrhaben. Wir alle nicht. Ihr könnt es nicht verhindern, ihr könnt es nur weiter aufschieben. Was hat das also alles für einen Sinn? Es bringt nichts weiterzukämpfen, sich gegen die Clans aufzulehnen. Am Ende werde ich so oder so sterben.«

»Nein.« Henri schüttelte den Kopf. »Das wirst du nicht. Ich werde das nicht zulassen. Keiner von uns wird das.«

Er deutete mit der freien Hand zur inzwischen geschlossenen Zimmertür. Mit der anderen Hand hielt er mich nach wie vor fest, obwohl ich keine Anstalten machte, mich loszureißen oder weiterzupacken. Wozu brauchte ich schon Gepäck? Auf seiner letzten Reise konnte man nichts mitnehmen. Alles, was einem blieb, waren die Erinnerungen vergangener Tage, und davon hatte ich in letzter Zeit wenigstens einige sammeln können. »Ihr habt keine Wahl«, sagte ich leise.

»Man hat immer eine Wahl, Caroline.«

Ich dachte an die Worte von Emma und Paul, die ihr erstes Kind weggegeben hatten, und schüttelte den Kopf. »Dieses Mal nicht.«

»Doch«, beharrte Henri und zog mich näher an sich heran. »Weil ich dich liebe. Ich werde dich nicht gehen lassen, weder im wörtlichen Sinne noch metaphorisch, hörst du? Mein Vater sucht nach einer Lösung, und er wird eine finden. Und bis dahin halten wir uns mit der Magie deiner Eltern über Wasser.«

»Aber …« Ich wollte erwidern, dass wir keine Magie mehr hatten, doch Henri ließ mich nicht zu Wort kommen.

»Meine Familie hat Magie von Sophie gespeichert. Das ist so üblich. Alle magischen Clans machen das, wenn ein Familienmitglied stirbt, weil man nie weiß, wofür man die Magie noch brauchen kann.«

»Das kann ich nicht annehmen, und mein Dad –«

Henri zog mich noch näher an sich heran und legte mir einen Finger auf die Lippen. »Du kannst und du wirst die Magie annehmen, immerhin war Sophie deine Mutter. Und Brian lebt. Er wird dir liebend gern Magie von sich überlassen.«

Ich nahm Henris Finger von meinen Lippen, behielt seine Hand aber in meiner. »Mein Dad wird gefangen gehalten, und wer weiß, wie lange eure vorläufige Rettungsaktion hält. Wir müssten Brian erst einmal befreien.«

»Das werden wir. Ich habe dir längst versprochen, dass wir Brian aus diesem Verlies holen, und jetzt haben die anderen Lecourts endlich einen Grund, uns zu helfen. Und du wirst es vielleicht nicht glauben, denn er war die ganze Zeit vor unserer Nase, aber in deinem Teddybären befindet sich tatsächlich ein wenig Magie deines Vaters. Sie war extrem gut versteckt, aber Tianna hat einen Riecher für so etwas. Wir hätten eigentlich gleich daraufkommen können. Immerhin hattest du die Kette und den Teddy dabei, als du ins Kinderheim gekommen bist.« Henri lächelte. »Sonst noch irgendwelche Einwände?« Als ich nichts sagte, hob er unsere ineinander verschlungenen Hände zwischen unsere Körper. Ich spürte seinen Herzschlag an meiner Hand; sein Herz, das viel zu schnell schlug. »Deine Eltern haben dich geliebt, Caroline. Brian tut es immer noch. Sie wollten, dass du lebst, also gib nicht auf. Kämpfe. Wir kämpfen an deiner Seite.«

»Okay«, sagte ich leise, denn allmählich gingen mir die Argumente aus.

Fürs Erste hatte Henri mich überzeugt, und vielleicht würde Ajani ja wirklich eine Lösung finden. Und falls nicht, hatte ich bis dahin zumindest noch die Gelegenheit, meinen Vater zu retten, wenn ich mich selbst schon nicht retten konnte.

Henri senkte seinen Blick auf meine Lippen. Ich wusste, was passieren würde, aber ich sträubte mich nicht länger dagegen. Stattdessen legte ich eine Hand auf Henris Herz und die andere in seinen Nacken und zog ihn zu mir herunter. Unsere Lippen trafen sich zu einem sanften Kuss. Einen Moment verspürte ich ein schlechtes Gewissen Ash gegenüber, doch ich unterdrückte es. Er hatte mir vielleicht letzte Nacht geholfen, aber er war auch derjenige gewesen, der mich hatte gehen lassen. Ich war ihm nichts mehr schuldig, aber ich war es mir selbst schuldig, die restliche Zeit, die mir noch blieb, nicht mit trüben Gedanken zu verbringen, sondern weiterhin mit schönen Erinnerungen zu füllen. Und Henri in diesem Moment zu küssen, fühlte sich definitiv nach einer schönen Erinnerung und nicht falsch an.

Er war sanft und vorsichtig, so wie er nun einmal war. Aber ich wusste, dass mehr in ihm steckte und er nur abtasten wollte, ob es für mich wirklich in Ordnung war, was wir hier taten. Er löste sich von mir, strich mir eine Locke hinters Ohr. Auf seinem Gesicht lag Glück, aber auch Angst, ich könnte das Ganze vorzeitig beenden. Das hatte ich nicht vor, im Gegenteil. Ich stellte mich auf die Zehenspitzen, umschlang Henris Nacken auch mit meiner anderen Hand und vertiefte den Kuss. Er lächelte an meinem Mund und hob mich mit einem Ruck auf seine Hüften. Rückwärts stolperten wir zum Bett und landeten auf der Matratze. Die Reisetasche fiel mit einem dumpfen Geräusch zu Boden.

Die Sonne schien immer noch durch das Fenster, auch wenn sie inzwischen weitergewandert war. Sie wärmte meine Haut, malte Muster auf den Boden, die Wände und Henris Arme, die mich fest umschlungen hielten. Mein Magen knurrte lautlos, denn es musste Mittag sein, und ich hatte noch nicht einmal gefrühstückt und in der Nacht viel Energie verbraucht. Trotzdem hatte ich nicht vor aufzustehen. Henri gab mir einen Kuss auf den Scheitel und streichelte meinen Rücken, so wie er es seit einer kleinen Ewigkeit tat. Ich fühlte mich geborgen in seinen Armen und wollte am liebsten für immer so liegen bleiben. Hier schien es, als könnte wirklich alles in Ordnung kommen, aber meine Gedanken kreisten trotzdem ständig um sich selbst. Um Ash und um das, was Henri und ich getan hatten.

Es war nichts passiert. Wir hatten uns nur geküsst, denn zu mehr war ich nicht bereit gewesen und würde ich wahrscheinlich auch nie sein, und Henri hatte nichts dergleichen unternommen, was ich ihm hoch anrechnete. Und obwohl es schön gewesen war und ich mich in Henris Nähe geborgen fühlte, fragte ich mich, ob es richtig gewesen war, mich so gehen zu lassen. Ich konnte nicht aufhören, an Ash zu denken. Ja, er hatte mich sitzen lassen und verraten, und noch vor wenigen Wochen wäre es mir egal gewesen. Da hätte ich ihm einen Tritt in den Allerwertesten gegeben und gesagt, er solle dorthin gehen, wo der Pfeffer wächst. Aber ich war nicht mehr dieselbe, ob das nun gut war oder nicht. Ich liebte Ash, und ich konnte nicht einfach ignorieren, dass er mir vergangene Nacht geholfen hatte. Wenn er nicht gewesen wäre … Was, wenn es doch etwas zu bedeuten hatte? Wenn er mir geholfen hatte, weil er mich zurückwollte, und nicht, weil er mich nicht hatte töten können? Meine

Gefühle für Ash waren nicht fort, nur weil er fort war. Gäbe es auch nur die geringste Chance, ihn zurückzugewinnen und mit ihm glücklich zu werden, würde ich sie ergreifen. Oder etwa nicht? Und das war Henri gegenüber alles andere als fair.

Ich wandte ihm mein Gesicht zu. »Henri, ich –«

Doch er legte mir einen Finger auf die Lippen und schüttelte den Kopf. »Sag bitte nichts. Lass es uns einfach genießen, solange es dauert.«

Ich nickte und kuschelte mich wieder an ihn. Ash war nicht hier, Henri schon. Punkt.

Es klopfte an der Tür, und ich fuhr hoch. Für einen Moment hatte ich ganz vergessen, dass Tianna und Megan auch noch da waren. Dass wir – oder besser gesagt ich – Probleme hatten, die gelöst werden mussten. »Ja?«, fragte ich und strich mir die Haare glatt, allerdings ohne mit den Fingern hindurchzufahren. Der Haarausfall würde sich nicht so einfach stoppen lassen, aber ich wollte es nicht auch noch provozieren und schon gar nicht sehen.

»Das Essen ist fertig«, rief Tianna, ohne die Tür zu öffnen, wofür ich ihr sehr dankbar war. Das Bett war zerwühlt, und ich war noch immer in meinem Schlafanzug.

»Danke, wir kommen sofort«, rief ich zurück. Ich wollte aufstehen, um mir schnell etwas Vernünftiges anzuziehen, doch Henri griff nach meinem Handgelenk und zog mich zu sich hinunter.

»Alles okay zwischen uns?«

Ich zögerte kurz, doch dann setzte ich mich auf seinen Schoß, schlang meine Arme um ihn und gab ihm einen langen Kuss, während ich verzweifelt versuchte, dabei nicht an Ash zu denken. »Beantwortet das deine Frage?«

Er grinste. »Ja, doch. Ich denke schon.« Er küsste mich ein letztes Mal und schob mich dann seufzend von sich. »Ich gehe schon mal vor«, sagte er, bereits auf dem Weg zur Tür. Dort drehte er sich noch einmal zu mir um. »Und Caroline? Kein Stress. Wir haben nichts Falsches getan.«

Er kannte mich einfach zu gut. »Ich weiß«, antwortete ich und versuchte, das Laken etwas glatt zu streichen. »Trotzdem wäre es schön, wenn wir das Ganze vor allem vor Megan nicht so zelebrieren würden.«

»Das wird mir schwerfallen, aber so viel Taktgefühl habe ich noch. Bis gleich.«

Ich sah zu, wie die Tür hinter Henri ins Schloss fiel, und blieb noch einen Moment auf dem Bett sitzen. Von draußen waren leise Stimmen zu hören, doch ich unterdrückte den Drang, mit Voodoomagie nachzuhelfen und mitzuhören. Es gehörte sich nicht. Ich wäre mir schäbig vorgekommen; wie Mikéle, der uns während unserer Anwesenheit in dem Strandhaus mehr als einmal belauscht hatte. Außerdem würden sie mir die wirklich wichtigen Dinge nicht verschweigen.

Wieder wanderten meine Gedanken zu Ash, und eine Träne rollte über meine Wange. Hastig wischte ich sie weg und stand auf, um mir etwas anzuziehen.

Es roch nach Gewürzen und Kräutern, als ich die Stube betrat. Tianna stand am Herd und lächelte mir zu, Henri verhielt sich auffällig unauffällig, indem er in einer Zeitschrift blätterte und mich ignorierte, und Megan wusste nicht so recht, was sie machen sollte. Nervös spielte sie mit ihren Fingern und sah nur kurz zu mir. Ich wusste, dass sie mir aufgrund der ganzen verzwickten Situation nicht böse sein wollte, aber natürlich war es ihr nicht egal, dass Henri und ich uns nun doch angenähert hatten. Und natürlich wusste es jeder in diesem Raum, auch wenn es hinter verschlossenen Türen stattgefunden hatte.

»Ihr hättet nicht auf mich warten müssen«, sagte ich verlegen und rutschte neben Megan auf die Eckbank.

»Dem Eintopf hat es nicht geschadet, noch ein bisschen zu ziehen«, antwortete Tianna und begann, das Essen auf die Schüsseln zu verteilen.

Henri legte die Frauenzeitschrift beiseite, in der er ganz sicher nicht gelesen hatte, und half Tianna beim Verteilen der Schüsseln. Mir stellte er zusätzlich noch eine Tasse hin. Ich betrachtete den grünlichen Inhalt genauer und roch daran. Der Duft von Kräutern verstärkte sich.

»Was ist das? Tee?«

Tianna nahm selbst am Tisch Platz. »So in etwa. Ein Trank, der Körper und Seele in Einklang bringt. Er stärkt die Haarwurzeln, fördert die Konzentration und beruhigt gleichzeitig. Theoretisch ein kleines Wundermittel, das praktisch in deinem Fall vermutlich nicht viel bringen wird. Aber es schadet nicht und ist einen Versuch wert.«

Schulterzuckend probierte ich den Kräutertrank. Er schmeckte nicht schlecht, also nahm ich noch einen großen Schluck, denn ich hatte nicht nur Hunger, sondern auch Durst. Henri und ich hatten uns ziemlich lange zurückgezogen. Was hatte ich mir nur dabei gedacht? Okay, ich hatte gar nicht gedacht, was sich in dem Moment wirklich gut angefühlt hatte, denn momentan waren meine Gedanken wie ein Duracellhäschen, das einfach nicht zur Ruhe kommt. Doch im Nachhinein tat es mir leid, die anderen einfach ignoriert und Megan vor den Kopf gestoßen zu haben. Sie war bereit, alles für mich zu tun. Und ich? Ich knutschte ohne Rücksicht auf Verluste mit Henri herum, weil Ash mir den Rücken zugekehrt hatte. Ich schob meine Schüssel von mir; mit einem Mal war mir der Appetit vergangen.

Megan schob die Schüssel zurück zu mir, wobei etwas von dem Eintopf über den Rand schwappte. »Kommt gar nicht infrage. Du musst etwas essen, du brauchst die Energie.«

»Sie hat recht«, sagte Tianna energisch. »Iss bitte. Ich koche gern, aber nur, wenn es euch schmeckt.« Sie lächelte zwar, nichtsdestotrotz meinte sie ihre Worte ernst.

Also griff ich nach dem Löffel und zwang mich zu einigen Happen. Schnell merkte ich, dass mir der leicht geschärfte Eintopf wirklich guttat, und wir aßen eine Weile schweigend. Immer wieder sah ich zu Megan, doch sie wich meinem Blick aus. Ich fühlte mich fürchterlich. Dieses ständige Hin und Her meiner Gedanken und Gefühle musste ein Ende haben. Ich musste mich und mein Leben – oder das, was davon noch übrig war – endlich wieder unter Kontrolle bekommen. Es ging nicht, dass ich die Leute, die mir wichtig waren, vor den Kopf stieß.

Seufzend legte ich den Löffel beiseite, als meine Schüssel leer war. »Wie soll es denn jetzt weitergehen? Was hat Papa Ajani gesagt?«

Tianna legte ihren Löffel ebenfalls beiseite, während sich Henri als Einziger noch einen Nachschlag holte. »Er sucht wie gesagt unter Hochdruck nach einer Lösung, und bis dahin sollst du dich ruhig verhalten. Deine Kräfte so selten wie möglich einsetzen, denn je mehr du sie einsetzt, desto schneller geht der Verfall vor sich.«

Ich schüttelte den Kopf, auch wenn ich sofort ein schlechtes Gewissen verspürte, weil ich schon wieder widersprach. »Das halte ich für kontraproduktiv, und ich habe auch keine große Lust, erneut in Ohnmacht zu fallen. Meine Kräfte lassen sich nicht unterdrücken. Wenn ich es versuche, brechen sie nur umso heftiger hervor.«

»Das tun sie so oder so, Caroline. Du hast dich gestern den halben Tag lang teleportiert, und dennoch haben sich deine Kräfte letzte Nacht verselbstständigt. Und das Problem ist, dass wir mehr Magie deiner Eltern benötigen, je weiter der Verfall fortschreitet. Dein Vater befindet sich aber nach wie vor in Gefangenschaft der Merlins.«

»Eben. Wir müssen ihn befreien. Je schneller, desto besser. Und das können wir nicht, wenn ich hier nur herumsitze und nichts tue.« Meine Stimme wurde leiser. »Außerdem war das nicht der Deal. Ich habe London nur unter der Voraussetzung verlassen, dass ich lerne, meine Kräfte zu beherrschen.« Um dann möglichst schnell wieder zurückkehren zu können. Zu meinem Vater, aber auch zu Ash. Zu Ash konnte ich nicht zurück, trotzdem sah ich Henri nicht an.

»Ich denke, sie hat recht«, stimmte er mir zu, den Blick auf seine Schüssel konzentriert, in der er nur noch herumstocherte. »Die Zeit rennt uns davon. Caroline kann es sich nicht mehr leisten, abzuwarten und im wahrsten Sinne des Wortes Tee zu trinken.« Er deutete auf meine leere Tasse. »Jetzt ist sie stark, aber das wird sich schnell ändern, je mehr ihre Kräfte die Kontrolle über sie übernehmen.« Er legte den Löffel weg und schob die noch halb volle Schüssel von sich. Als er weitersprach, sah er zu mir. »Die Telekinese und das Teleportieren beherrschst du inzwischen ziemlich gut. Wenn du jetzt noch ein wenig mit den Elementen experimentierst, bist du bereit. Wir sollten so schnell wie möglich zuschlagen.«

Ich schluckte, nickte aber. Die Schonfrist war vorbei. Ich hatte es so gewollt, trotzdem bekam ich es mit der Angst zu tun. »Befreien wir zuerst meinen Vater und geben Papa Ajani auf diese Weise noch ein wenig Zeit. Vielleicht findet er eine Lösung, aber wenn nicht …«

Wenn nicht. Die Worte hingen in der Luft, vergifteten die Atmosphäre. Tianna und Henri senkten betreten den Blick, nur Megan sah mich an. Zuerst verwirrt, dann entgeistert.

»Warte mal. Du willst doch nicht …? Nein. Nein! Das lasse ich nicht zu.«

So etwas wie Erleichterung durchflutete mich. Obwohl ich mich Megan gegenüber wirklich mies verhalten hatte, wollte sie trotzdem noch mein Leben retten. Ich nahm ihre Hand. »Ich weiß das zu schätzen, aber ich kann doch nicht Dutzende Magier umbringen, um am Ende so oder so selbst zu sterben. Das geht nicht, Megan. Überhaupt will ich niemanden umbringen. Ich bin doch keine Mörderin.«

»Das weiß ich«, sagte Megan und legte ihre andere Hand auf meine. »Gibt es denn eine Alternative?«

Ich schüttelte den Kopf. Eben nicht, das war das Problem. Aber wenn Ajani keine Lösung finden würde, meine Magie dauerhaft zu besänftigen, hatte sich das Ganze ohnehin schneller erledigt, als mir lieb war. Dann blieb mir nichts anderes übrig, als mich zu opfern.

Sterben würde ich dann so oder so, und in dem Fall sollten die Clans ihre Genugtuung bekommen. Ich würde so abtreten, dass Ash, aber auch alle anderen mich nicht als egoistisches Miststück in Erinnerung behalten würden.

Ash. Wenn ich doch nur die Gelegenheit haben würde, ihn noch einmal zu sehen, bevor es vorbei war. Vielleicht sogar noch einmal mit ihm zu reden. Tränen traten mir in die Augen, und ich rutschte von der Bank. »Kann ich kurz allein mit dir reden?«, fragte ich Megan leise, um mich anhand meiner wackeligen Stimme nicht zu verraten.

»Sicher.«

Sie behielt meine Hand in ihrer, und wir verließen gemeinsam die Hütte. Schwüle Luft empfing uns; die Luftfeuchtigkeit war heute extrem hoch. Automatisch ließ ich meinen Blick schweifen, doch von der Verwüstung, die ich heute Nacht unbeabsichtigt angerichtet hatte, war nicht mehr viel zu sehen. Der Boden war gefegt worden, und nur die Bäume zeigten noch Spuren der vergangenen Nacht. Megan und Tianna mussten die Zeit, die ich mit Henri in unserem Zimmer in trauter Zweisamkeit verbracht hatte, genutzt haben, um aufzuräumen. Das schlechte Gewissen nagte erneut an mir.

»Es tut mir so leid, Megan«, flüsterte ich. Ich musste nicht sagen, was genau mir leidtat, denn Megan wusste es auch so. Ihr Blick sprach Bände. »Ich weiß nicht, was in mich gefahren ist. Meine Gefühle spielen gerade komplett verrückt, aber ich will mich gar nicht herausreden. Das, was ich getan habe, war nicht richtig und keinem gegenüber fair.«

»Henri und du, habt ihr …?« Sie schluckte.

Schnell schüttelte ich den Kopf. »Nein, natürlich nicht, aber wir haben uns geküsst, und das hätten wir nicht tun sollen. Ich liebe Ash, und du liebst Henri und –«

»Warum?«, unterbrach Megan mich zu meiner Überraschung. »Ash hat dich sitzen lassen, was ich ehrlich gesagt ziemlich schwach und daneben finde, und Henri will mich nicht. Also warum sollst du nicht noch ein wenig Spaß haben, bevor … bevor …« Sie schluckte erneut, und Tränen schimmerten in ihren Augen.

»Weil du meine beste Freundin bist und ich dir nicht wehtun will.«

Megan ließ sich auf die Stufe der Holzveranda sinken, und ich setzte mich neben sie. »Du tust mir nicht weh, Caroline. Nicht damit. Nicht wegen des Kusses.« Sie warf mir einen Seitenblick zu und lächelte schwach. »Okay, ich gebe zu, dass es unter anderen Umständen anders wäre. Wahrscheinlich würde ich eine ganze Weile nicht mehr mit dir reden, vielleicht sogar nie wieder.«

»Doch, das würdest du. Weil du mich magst und ein gutes Herz hast.« Ich lehnte mich gegen ihre Schulter.

»Du hast recht«, sagte sie und wischte sich hastig eine einzelne Träne von der Wange. »Aber das mit Henri spielt gerade keine Rolle, wie ich dir schon mal gesagt habe. Wenn du mit ihm zusammen noch ein kleines bisschen glücklich sein kannst, dann sei es. Nimm keine Rücksicht auf mich. Ich habe einfach nur Angst um dich.« Sie wischte eine weitere Träne fort. »Versprich mir bitte, dass du nicht so schnell aufgeben wirst. Es ehrt dich, wenn du niemanden umbringen willst, aber denk auch an dich. Versprich mir, dass du ernsthaft darüber nachdenken wirst, wenn dieser Papa Albani eine Lösung findet, dich zu retten. Wiegele nicht gleich ab, wie du es sonst immer tust.«

»Versprochen«, flüsterte ich und fasste einen Entschluss. Wir würden meinen Vater retten und eher früher als später auf die Clans treffen. Die ganze Sache näherte sich dem Ende, und so gern ich Megan um mich hatte, so wenig wollte ich sie in die Schusslinie bringen. »Wenn du mir auch etwas versprichst.«

»Alles.«

»Lass mich dich zusammen mit deinen Eltern in Sicherheit bringen. Was hältst du von Sydney?«

»Caroline, nein.«

»Dann vielleicht New Orleans?«

»Caroline …«

Ich setzte mich schräg, sodass sie mich ansehen musste, und nahm ihre Hände in meine. »Megan, bitte, du hast es versprochen. Das Ganze wird gefährlich, und du hast keine Kräfte, um dich selbst zu schützen. Es ist schlimm genug, wenn ich mein eigenes Leben nicht retten kann, aber ich werde nicht auch noch deines aufs Spiel setzen.«

»Das ist immer noch meine Entscheidung.«

Doch ich schüttelte den Kopf. »Wir entscheiden das notfalls demokratisch, und Tianna und Henri werden auf meiner Seite sein. Bitte, Megan«, sagte ich noch einmal. »Jemand wird bei dieser Sache sterben, das spüre ich ganz deutlich, und ich werde nicht zulassen, dass du es bist. Ohne magische Fähigkeiten bist du mir keine große Hilfe, sondern eher …« Ich suchte nach den richtigen Worten, hatte Megan aber längst überzeugt. Sie ließ die Schultern hängen.

»Na schön, unter Protest. Weil ich dir keine Last sein und dein Leben nicht erst recht noch gefährden will.«

»Megan, du könntest mir nie eine Last sein«, sagte ich leise.

Sie schüttelte den Kopf. »Ich verstehe das schon. Weil ich mich nicht selbst verteidigen kann, würdest du immerzu ein Auge auf mich haben und könntest dich nicht zu einhundert Prozent auf deine Feinde konzentrieren. Das ist okay. Ich will dir helfen, und wenn ich dir helfe, indem ich mich zurückziehe, tue ich das.« Sie holte tief Luft. »Was hältst du von Brasilien?«

Ich lächelte traurig. »Ich teleportiere dich und deine Eltern, wohin du willst. Wenn dir das sicherer ist, bringe ich euch auch zu einem Flughafen, und ihr nehmt das Flugzeug. Ich habe einiges angespart. Es ist nicht viel, aber es reicht, damit ihr euch ein paar Wochen absetzen könnt.« Sollte ich nicht mehr sein, würden die Clans sicher kein Interesse mehr an Megan haben, und sie konnte mit ihrer Familie zurück nach London und ihr Leben weiterleben.

Megan schüttelte vehement den Kopf. »Das kann ich nicht annehmen.«

»Natürlich kannst du das und du wirst. Was soll ich mit dem Geld, wenn ich das alles nicht überlebe?«

»Aber wenn doch? Caroline, du hast so hart gespart, um eines Tages die Pilotenausbildung machen zu können.«

Ich zuckte mit den Schultern. Das stimmte, doch mit ein wenig Abstand betrachtet war mir das nicht mehr so wichtig. Ich würde nicht bedauern, nie Pilotin geworden zu sein. Ich würde bedauern, nicht mehr Zeit mit Megan und Ash, meinem Vater und meiner neuen Familie verbracht haben zu können. Und ich würde bedauern, dass ich meine Mutter nie kennengelernt hatte. Aber ganz vielleicht gab es ja so etwas wie ein Jenseits, und sie würde dort auf mich warten. Immerhin gab es Magie, also warum nicht? Ich versuchte es mit einem Lächeln. »Hey, ich kann mich jetzt teleportieren. Wozu soll ich da noch die Pilotenausbildung machen? Ich kann hin, wo immer ich will, und muss dafür nicht mal Geld in die Hand nehmen oder mich stundenlang in ein Flugzeug setzen.«

Megans Blick wurde liebevoll. Sie lächelte traurig, und eine Träne rollte ihr über die Wange und tropfte auf unsere Hände. »Und du minimierst dein Thromboserisiko ungemein. Nur die Übelkeit … Aber wozu gibt es Tabletten gegen Reiseübelkeit? Vielleicht helfen die ja auch beim Teleportieren. Ich würde nur nicht in der Apotheke danach fragen, ansonsten kommst du vermutlich nicht sehr weit.« Ich musste lachen, und Megan fiel mir um den Hals. »Danke, Caroline«, flüsterte sie.

Ich streichelte ihr über den Rücken. »Wenn sich einer bedanken muss, bin ich das. Du warst immer für mich da. Das werde ich dir nie vergessen.«

»Ähm, Caroline? Komm mal bitte.« Die Stimme meiner Tante, die durch das offene Fenster zu uns nach draußen drang, klang gepresst, und ich wusste sofort, dass etwas nicht stimmte.

Kapitel 17

Ich stürmte zurück in die Hütte, Megan direkt hinter mir, obwohl ich sie daran zu hindern versucht hatte, und ging in Angriffsstellung. Ich rechnete mit dem Schlimmsten, und tatsächlich stand George Merlin mitten im Wohnzimmer, ein aufgesetztes Lächeln auf den Lippen. Wie hatte er uns gefunden? Und warum standen Tianna und Henri nur herum und unternahmen nichts? Warum waren sie überhaupt noch auf den Beinen? Tausend Gedanken gingen mir gleichzeitig durch den Kopf. Megan schnappte erschrocken nach Luft. Ich wollte dem Merlin-Oberhaupt bereits einen Stuhl entgegenschleudern oder am besten noch ihn gegen die Wand katapultieren, als mir klar wurde, dass er nicht wirklich hier in der Hütte im jamaikanischen Regenwald war. Es war nur eine Projektion von ihm. Verwirrt blickte ich zu Tianna und Henri, die ebenso irritiert wirkten. Wie war das möglich?

»Caroline, Caroline, Caroline«, begann er, und seine Stimme klang erstaunlich ruhig. Man hätte sie sogar fast als gut gelaunt bezeichnen können.

Ich glaube, es war das erste Mal, dass er mich mit meinem Namen ansprach. Bilder aus Filmen zogen an meinem inneren Auge vorbei. Kleine Kinder, die bei ihren Großvätern auf dem Schoß saßen und lachten. Kaum zu glauben, dass dieser Mann tatsächlich mein Großvater sein sollte. Wenigstens konnte ich mich damit trösten, dass er nicht wirklich mein Großvater war, aber verwandt waren wir dennoch. Wie unser Verhältnis wohl wäre, wenn er mich nicht unbedingt umbringen wollen würde? Aber tief in meinem Inneren wusste ich, dass ich auch ohne Prophezeiung nie als kleines Mädchen lachend auf seinem Schoß gesessen hätte. Dafür war er einfach nicht der Typ. Es gab also nichts, dem ich hinterhertrauern musste.

Ich ballte die Hände zu Fäusten. »Was willst du?«

Doch er schien mich gar nicht zu hören, nicht einmal richtig wahrzunehmen, denn er schaute nicht wie sonst direkt in meine Richtung. »Nun bist du uns schon wieder entwischt, dabei hatten wir dich endlich da, wo wir dich haben wollten. Zu ärgerlich. Ich fürchte, wir müssen andere Saiten aufziehen, denn ewig kann das so nicht weitergehen. Das weißt du sicher auch. Du willst doch nicht die Maleficarier indirekt in ihren Plänen unterstützen, oder? Denn dann wären wir alle in Gefahr. Dein Vater, Arthur Morgan, Henri Lecourt.«

Wie es meinem Dad wohl ging? Hatten sie ihn endlich aus diesem grauenvollen Verlies geholt und zu einem Arzt gebracht? Und was war mit Ash? Hatten die anderen Clanmitglieder ihn dafür zur Rechenschaft gezogen, dass er mir geholfen hatte?

»Apropos dein Vater«, fuhr George fort, und seine Stimme verriet mir sofort, dass nichts Gutes folgen würde. »Brian ist nicht nur ein entfernter Blutsverwandter, sondern auch mein Schwiegersohn, und ich habe ihn stets geschätzt. Bis ich erfuhr, auf welche Weise er mich und die ganze Familie hintergangen hat.« Er legte eine Kunstpause ein, und mein Herz schlug schneller. »Du wirst dich stellen, oder du kannst für immer Lebewohl zu deinem Daddy sagen. Und glaube ja nicht, dass wir unsere Drohung nicht wahr machen. Du weißt selbst am besten, was wir mit Familienmitgliedern machen, die sich nicht an die Regeln halten. Du hast vierundzwanzig Stunden Zeit, um dir das Ganze zu überlegen.«

Ich wollte ihm Flüche und Beschimpfungen entgegenschleudern, doch unabhängig davon, dass er sie gar nicht erst hören würde, verschwand er – beziehungsweise seine Projektion – mit einem letzten diabolischen Grinsen aus unserem Wohnzimmer. »Du Mistkerl!«, rief ich ihm dennoch hinterher und starrte einen Moment wütend auf die Stelle, wo er eben noch zu sehen gewesen war. Dann wandte ich mich an Tianna und Henri. »Es geht los.«

»Moment mal, du willst dich doch nicht wirklich stellen«, meinte Megan.

»Natürlich nicht, wir befreien meinen Vater. Noch heute Nacht, also nach Londoner Zeitrechnung. Das heißt, uns bleiben nur noch wenige Stunden, um alles vorzubereiten. Neun, höchstens zehn.« Die Zeit würde knapp werden. Ich musste Megan und ihre Eltern in Sicherheit bringen, idealerweise meine Macht über die Elemente ausprobieren und außerdem einen Plan entwickeln. Aber wir hatten keine Wahl, wir mussten heute noch handeln.

»Das ist lebensmüde«, sagte Henri und verschränkte die Arme vor der Brust. »Das weißt du, oder? Die Merlins sind nicht blöd, und sie kennen dich. Sie werden doch damit rechnen.«

»Da du Hilfe brauchen wirst, kannst du das ohnehin nicht allein entscheiden. Wir rufen Papa Ajani an.« Tianna griff bereits nach dem Telefon.

Schulterzuckend setzte ich mich aufs Sofa. »Wir haben keine Wahl, und notfalls ziehe ich es allein durch.« Henri und Megan warfen sich einen Blick zu. *Du musst sie davon abhalten,* sagte ihrer, während seiner sagte: *Das würde ich ja gern, aber du kennst sie.* Wenigstens in Bezug auf mich waren sich die beiden einig. Ich stieß ein Seufzen aus. »Ich muss das tun, versteht ihr das nicht? Er ist mein Vater. Außerdem brauchen wir ihn beziehungsweise seine Magie.« Aber das war nicht der Grund. Auch wenn ich seine Magie nicht bräuchte, um am Leben bleiben zu können, würde ich alles daransetzen, ihn zu befreien. Er war damals ein großes Risiko eingegangen, um mein Leben zu retten, und nun hatte ich die Gelegenheit, mich bei ihm zu revanchieren, indem ich seines rettete.

Megan setzte sich mir gegenüber auf das zweite Sofa, während sich Henri neben mir niederließ. »Natürlich verstehe ich das, aber die Merlins legen es doch darauf an. Sehr wahrscheinlich stellen sie uns sogar eine Falle, und was hast du dann erreicht?«

Im Hintergrund hörte ich Tianna mit Ajani reden, doch ich achtete nicht wirklich darauf. Mein Blick war auf Henri gerichtet. »Uns? Heißt das, du hilfst mir?«

Kopfschüttelnd legte er einen Arm um mich. »Natürlich helfe ich dir, was für eine Frage. Ich bin immer für dich da, wie du inzwischen wissen solltest, und ich habe dir längst versprochen, dass wir deinen Vater retten würden. Auch wenn es unter diesen Umständen das reinste Selbstmordkommando ist, wie ich finde.«

»Ich wäre auch für dich da«, sagte Megan leise. »Wenn du mich lassen würdest. Ich könnte deinen liebenswürdigen Großvater ablenken, so wie ich es schon einmal getan habe. Wir waren ein gutes Team, Caroline.«

»Habe ich was verpasst?«, wollte Henri wissen und sah von Megan zu mir.

»Ich werde Megan und ihre Eltern in Sicherheit bringen, aus der Schusslinie.«

Henri nickte. »Das kann ich nur unterstützen, auch wenn du uns fehlen wirst.«

»Aber die Lage sieht doch jetzt ganz anders aus. Ihr könntet meine Hilfe sicher gut gebrauchen. Je mehr, desto besser.«

Seufzend wandte ich mich Megan zu. »Das Ganze hatten wir doch schon, Megan. Es ist viel zu gefährlich, daran hat sich nichts geändert. Vor allem, wenn die Clans mich in einen Hinterhalt locken wollen.«

Henri runzelte die Stirn. »Du rechnest selbst mit einer Falle und willst es trotzdem durchziehen?«

Ich zuckte mit den Schultern. »Wie gesagt, mir bleiben nicht viele Optionen. Außerdem müssen wir das Ganze nur vernünftig planen.« Okay, ich klang zuversichtlicher, als ich war, aber was sollte ich machen? Ich würde mich nicht stellen, nicht auf diese Weise, und ich hatte meinen Vater so oder so befreien wollen. Warum also nicht heute Nacht?

Wir schwiegen, und Tianna kam zu uns. »Papa Ajani will mit dir reden.« Sie legte das Telefon auf das Tischchen zwischen den zwei Sofas und setzte sich zu Megan. Ein rotes Licht leuchtete, was bedeutete, dass Henris Vater auf Lautsprecher war.

Ich vermied bewusst jeden Blickkontakt zu meiner Tante und rutschte ein Stück auf dem Sofa nach vorne. »Hallo, Papa Ajani.« Zuerst wollte ich ihn fragen, wie es ihm ging, doch ich ließ es bleiben. Das war wohl nicht der richtige Zeitpunkt für solche Floskeln.

»Hallo, Caroline. Henri, Megan. Ich habe gehört, das Merlin-Oberhaupt hat euch indirekt einen Besuch abgestattet?«

Ich zog die Augenbrauen hoch. »Du wusstest gar nichts von seinen Plänen?«

»In der Tat nicht. George wird allmählich misstrauisch, nachdem unser lieber Arthur seinem eigenen Clan heute früh in den Rücken gefallen ist. Versteh mich nicht falsch, natürlich bin ich froh, dass die anderen Clanmitglieder keine Gelegenheit hatten, dich zu erwischen. Dennoch war es nicht sehr schlau von Ash.« Er machte eine kurze Pause. »Wie dem auch sei. George will dich in die Falle locken, aber er hat niemanden von uns anderen in seine Pläne eingeweiht. Auf Mays ausdrücklichen Wunsch hin bezieht er jetzt zwar Kouri und Garry Morgan mit ein, aber die beiden wurden magisch zur Verschwiegenheit verpflichtet. Ich kann euch also nichts Genaues sagen, aber du kannst davon ausgehen, dass George mit seiner Drohung etwas bezweckt.«

»Natürlich tut er das«, stimmte ich zu. »George kennt mich, denn in der Hinsicht bin ich wohl ziemlich berechenbar. Er weiß, dass ich mich niemals stellen würde, jetzt aber alles daransetzen werde, meinen Dad zu befreien, bevor sie ihm was antun können.«

»Warum hältst du dann so verzweifelt an diesem Vorhaben fest?«, fragte Ajani wie zuvor sein Sohn.

»Weil Brian mein Dad ist, und weil George ebenso berechenbar ist. Wir wissen, dass er uns eine Falle stellt. Wir sind im Vorteil.«

»Das sehe ich nicht so, denn wir wissen nicht, wie diese Falle aussehen wird. Ob die Clans dich erwarten werden oder ob George noch mehr plant.« Ajani stieß die Luft aus. »Caroline, hast du schon einmal daran gedacht, dass das Ganze eine Finte ist? Es dient sicher nur dem Plan, dich unter Druck zu setzen, um dich zum Handeln zu zwingen. Es ist immer besser, zu agieren als nur zu reagieren. Und

George Merlin zwingt dich auf diese Weise zum Reagieren. Sie werden Brian Merlin ganz sicher nichts tun, er ist trotz allem einer von ihnen. Sie werden ihn bestrafen für das, was er getan hat, aber sie werden ihn nicht umbringen.«

Ich habe die Nase voll davon, immer nur zu reagieren. Es war noch gar nicht lange her, dass ich diese Worte zu Ash gesagt hatte. Trotzdem konnte Ajani mich in diesem Moment nicht überzeugen. Was, wenn es keine Finte war? George Merlin war kein guter Mensch, er war zu allem bereit. Er war bereit, seine eigene Enkeltochter zu töten, und er würde auch seinem Schwiegersohn etwas antun, nur um mir zu beweisen, dass er es tun würde. Er war verzweifelt, die Zukunft seines Clans stand auf dem Spiel. Das machte ihn gefährlich. Solange ich nicht die absolute Gewissheit hatte, dass er meinen Dad in Ruhe lassen würde, konnte ich das Risiko nicht eingehen, die Rettung meines Vaters aufzuschieben. »Kannst du mir zu einhundert Prozent versichern, dass Brian nicht in Gefahr ist?«, fragte ich Ajani.

»Nein«, antwortete er nach kurzem Zögern, und Schweigen setzte ein. Damit hatte sich die Diskussion erledigt, und alle in diesem Raum wussten es. Die Atmosphäre spannte sich merklich an. Wir befanden uns längst im Krieg, doch nun standen wir unmittelbar vor der ersten Schlacht, und niemand wusste, ob wir sie gewinnen konnten.

Henri rutschte ebenfalls auf dem Sofa nach vorne. »Kannst du Kouri nicht irgendwie von seiner magischen Verschwiegenheit entbinden? Wir brauchen mehr Informationen, wenn wir auch nur den Hauch einer Chance haben wollen.«

So viel zu meiner Macht, vor der sich ganze Clans fürchteten.

Warum fühlte ich mich dermaßen machtlos, wenn ich doch angeblich so mächtig war? Trotz allem hielt ich die Luft an, denn ich erinnerte mich genau an Mr Beavers Reaktion, als Ash vorgeschlagen hatte, den Anwalt davon zu entbinden. Vielleicht gab es im Voodoo andere Möglichkeiten, doch nachdem Ajani lange nichts erwiderte, war mir klar, dass dem nicht so war.

»Das könnte ich, aber das hätte einige Konsequenzen. Unter anderem die, dass George davon erfahren würde, womit unser Vorteil dahin wäre.«

»Dann ist das keine Option, außerdem kann ich das nicht von dir verlangen«, sagte ich und zögerte kurz. »Aber wir könnten uns auf andere Weise einen Vorteil verschaffen. Was, wenn du uns hilfst? Damit rechnen die Clans mit Sicherheit nicht, und wir hätten eine reelle Chance, Falle hin oder her.« Wieder setzte Schweigen ein, und ich traute mich kaum, die anderen anzusehen. Ich verlangte viel, das war mir klar, aber allmählich gingen uns die Möglichkeiten aus. Das war der Moment, in dem sich zeigen würde, was Ajani bereit war, für mich zu tun. Henri griff nach meiner Hand und drückte sie.

Ajani holte schließlich tief Luft. »Wir müssen an dieser Stelle eine Entscheidung treffen. Oder besser gesagt du, Caroline. Selbstverständlich helfe ich dir, wenn du das möchtest, aber dann haben wir unser Pulver verschossen. Denk daran, dass dies nur die erste Schlacht ist, nicht die letzte. Ich persönlich fände es sinnvoller, wenn ich mich erst am Ende einschalte, wenn es wirklich um alles geht. Aber diese Entscheidung überlasse ich wie gesagt ganz allein dir, Caroline.«

»Es gibt da noch etwas zu bedenken«, fügte Henri leise hinzu und spielte geistesabwesend mit meinen Fingern. »Wenn mein Vater uns jetzt hilft, fliegt unser Clan auf, und er könnte nicht mehr in Ruhe nach einer Lösung suchen, damit wir dich retten können.«

Tianna nickte. »Es geht hier nicht nur darum, Brian zu retten. Es geht auch darum, dich zu retten, meine Süße. Ich bin nicht bereit, dich gehen zu lassen.«

Ich schluckte und schloss für einen Moment die Augen. Was sollte ich machen? Mein Vater würde mir dazu raten, an mich zu denken, doch das war eine dieser Entscheidungen, mit der man sein Leben lang hadern würde. Wenn Ajani uns jetzt half, standen die Chancen höher, dass wir meinen Vater tatsächlich befreien konnten, und ich wusste noch nicht einmal, ob ich es bis zur ultimativen Schlacht kommen lassen wollte. Das hing davon ab, ob Ajani eine Lösung finden würde. Aber wenn er uns jetzt half, hatte ich mit ziemlicher Sicherheit jede Chance verspielt, mir selbst zu helfen. Dann würde mein Schicksal besiegelt sein. Ich würde weder eine Zukunft mit Ash noch mit Henri haben, ich müsste Megan und Tianna Lebewohl sagen, und ich hätte nicht die Möglichkeit, meinen Vater weiterhin zu beschützen. Denn es ging nicht nur darum, Brian jetzt aus diesem Verlies zu holen, sondern ihn dauerhaft vor den Rachegelüsten der Merlins zu schützen. Diese Überlegung gab schlussendlich den Ausschlag. Und die Tatsache, dass ich noch nicht dazu bereit war, mein Schicksal endgültig zu besiegeln. Ich atmete ein paarmal tief durch. »Du hast recht, Papa Ajani. Wir machen es auf deine Weise, und ich bin ja nicht allein. Henri wird mir helfen.«

»Auf jeden Fall.« Er drückte erneut meine Hand.

»Und du hast mich«, sagte Tianna zu meiner Überraschung.

»Dich?« Entgeistert blickte ich sie an. Ich hatte nie daran gezweifelt, dass meine Tante auf meiner Seite stand, aber ich hatte sie nie an meiner Seite kämpfen sehen.

Sie lachte. »Natürlich. Sophie konnte ich nicht retten, aber ich werde alles daransetzen, um dich zu retten. Ich habe schon deine Kindheit versäumt, ich werde mir nicht auch noch unsere Zukunft von den Merlins nehmen lassen. Außerdem hat Sophie Brian geliebt. Sie würde wollen, dass ich dir helfe. Sie würde wollen, dass zumindest du und Brian endlich eine Familie sein könnt, so wie es immer hätte sein sollen. Ich tue es für dich und für uns und auch für sie.«

Ich wusste nicht, was ich sagen sollte. Danke erschien mir viel zu profan, dennoch sagte ich es. Tianna und ich lächelten uns liebevoll zu. Bisher hatte ich nur wenige Mitglieder des Lecourt-Clans kennengelernt, aber ich konnte mich weiß Gott glücklich schätzen, zu ihnen zu gehören.

»Was ist mit mir?«, fragte Megan und verschränkte schmollend die Arme vor der Brust. »Alle dürfen dir helfen, nur ich nicht. Das ist echt nicht fair.«

»Jetzt ist es aber gut«, mischte sich Ajani wieder ein. »Natürlich habe ich nichts dagegen, wenn Henri und Tianna an deiner Seite kämpfen, Caroline. Für die Merlins und Morgans tun sie das ohnehin längst, aber Megan sollte eigentlich gar nicht bei euch sein. Ich würde es für das Beste halten, wenn –«

»Wir haben das bereits geklärt, Papa Ajani«, unterbrach ich ihn. Ich stand auf, setzte mich zu Megan und nahm ihre Hand in meine. »Ich möchte dich gern um Erlaubnis bitten, Megan und ihre Eltern in Sicherheit zu teleportieren. Mir ist klar, dass wir unsere Magie vor Normalsterblichen verbergen sollen, aber –«

Nun unterbrach er mich. »Ist genehmigt. Ich halte das für die beste Lösung. Megan wird schon dafür sorgen, dass ihre Eltern Stillschweigen über unser Geheimnis wahren.«

»Natürlich«, sagte sie leise. »Darüber müssen Sie sich wirklich keine Sorgen machen.«

Leicht würde sie es nicht haben. Ich hatte Megans Eltern einmal getroffen, als Megan mich, sehr zum Missfallen ihrer Mutter, dieses Jahr an Ostern mit zu sich nach Hause genommen hatte. Megans Hang zum Okkulten hatten sie nie gutgeheißen, und sie würden ihr sicher kein Wort glauben. Aber etwas nicht zu glauben und es mit eigenen Augen zu sehen, waren zwei Paar Schuhe.

»Nun gut, dann überlasse ich euch jetzt euch selbst.« Ajani zögerte kurz. »Seid bitte vorsichtig«, fügte er hinzu. Dann knackte es in der Leitung, und im nächsten Moment war nur noch ein Tuten zu hören.

Kapitel 18

Ash

Es war kalt, und Ash fror sich draußen fast den Hintern ab. Er wünschte, er hätte seine Lederjacke dabei, aber die lag natürlich in seinem Zimmer. Es war zwar früher Abend, aber es war Sommer, Herrgott! Hochsommer, um genau zu sein. Woher hätte er auch wissen sollen, dass das Wetter so plötzlich umschlagen würde, nachdem die Sonne wochenlang fast ununterbrochen geschienen hatte? Okay, sie waren in London; dennoch wurde es auch dort im Sommer normalerweise nicht so kalt. Es war fast so, als spiegelte das Wetter seine Laune wider. Einen Moment überlegte er, das Wetter zu beeinflussen, so wie er es immer an seinem Geburtstag tat, doch er ließ es bleiben. Wegen der Maleficarier, redete er sich ein, aber das war nur die halbe Wahrheit. Er fühlte sich ein wenig schlapp, denn das viele Laufen strengte ihn mehr an, als er gedacht hätte.

Er und sein Vater waren bereits seit zwei Stunden unterwegs. Liefen ohne jedes Ziel durch London, zumindest sah es so aus. Tatsächlich hatten sie Jared und Steven abgelöst und patrouillierten an den Orten, an denen Caroline am ehesten auftauchen könnte: die Wohnung in Camden Town, das *Hound Dog*. Dabei wussten sie alle, dass Caroline mit Sicherheit nicht den Fehler machen würde, sich dort noch einmal blicken zu lassen. Das war auch der einzige Grund, warum George zugestimmt hatte, Ash mit auf Patrouille zu schicken. Richard hatte es vorgeschlagen, um Ashs guten Willen zu demonstrieren. Ash war einverstanden gewesen, denn er hatte seiner Familie gegenüber etwas gutzumachen, aber er bereute es, und das nicht wegen der Anstrengung. Es war hart, an die Orte zurückzukehren, die ihn an Caroline erinnerten. Nun waren sie schon zum dritten Mal auf dem Weg zu ihrer und Megans Wohnung, und auch wenn Ash sie nur von außen sah, musste er immerzu an ihre gemeinsame Nacht denken. Die Nacht, nach der endgültig alles aus dem Ruder gelaufen war. Warum hatte er Caroline auch mit zu seiner Familie nehmen müssen? Wenn er doch nur nie von dieser verdammten Prophezeiung erfahren hätte. Oder er hätte Caroline wenigstens zwingen sollen, ihn in jener Nacht, in der sie plötzlich neben ihm im Bett gelegen hatte, mitzunehmen. Er wusste ehrlich nicht, warum er sich von ihr so schnell dazu hatte überreden lassen, es nicht zu tun. Dann hätte er nie Alices Vision gesehen und nie die Seiten gewechselt. Er fühlte sich wie ein Verräter, auch wenn er wusste, dass er in dieser Situation nicht richtig handeln konnte. Ein Leben für das von vielen, für das seiner Familie, und er selbst würde Caroline kein Haar krümmen.

Nein, aber er würde tatenlos zusehen, wie seine Familie das Mädchen tötete, das er liebte. Es klang blöd, denn er war erst achtzehn, aber er wusste, dass Caroline die Eine war. Er würde nie über sie, ihr Sterben und sein Zutun daran hinwegkommen. Und doch konnte er nicht anders handeln, denn er konnte genauso wenig mit ihr auf der anderen Seite stehen und seine eigenen Eltern töten. Es gab kein Entrinnen, und trotzdem hoffte er, es würde eine Lösung geben. Dieses Hoffen machte ihn fertig.

»Du wirst jemand anders finden«, hatte sein Vater gesagt, als sie vor zwei Stunden losgezogen waren. »Du und Caroline kennt euch doch kaum, und du bist noch jung.«

Ash hätte ihn am liebsten geschlagen. Nun steckte er die Hände tiefer in die Taschen seiner Jeans und warf seinem Vater einen Seitenblick zu. Richard trug nur ein dünnes Hemd, aber er schien nicht zu frieren. Ob es vielleicht doch an Ashs Verfassung lag? Er überlegte kurz, sich abzuseilen, aber das war keine Option. Er konnte seinen Vater nicht im Stich lassen, denn sie hatten neuerdings Anweisung, immer zu zweit zu patrouillieren. Nicht nur, weil sie so bessere Chancen hatten, sollten sie tatsächlich Caroline begegnen, sondern auch wegen der Maleficarier.

Richard fing den Blick seines Sohnes auf. »Alles okay? Bist du jetzt wieder besserer Laune?«

»Ich war nie schlechter Laune«, erwiderte Ash und hörte die Lüge selbst an seiner Stimme. Das Wohnhaus von Caroline und Megan kam zum dritten Mal an diesem Abend in Sicht. Ash blieb stehen. Für den Bruchteil einer Sekunde hatte er geglaubt, die Vorhänge hinter einem der Fenster hätten sich bewegt, aber das war unmöglich. Das musste er sich eingebildet haben, oder es war der Wind gewesen, der durch die Ritzen in dem alten Gemäuer drang.

Richards Handy klingelte, und er blieb ebenfalls stehen, um das Telefon aus seiner Hosentasche zu fischen und das Gespräch anzunehmen.

Da! Schon wieder meinte Ash, eine Bewegung hinter dem Vorhang wahrgenommen zu haben. Er wollte gern an Einbildung oder Zufall glauben – vielleicht kümmerte sich ja die Vermieterin um die Wohnung –, aber sein schneller Herzschlag und die plötzlich ernste Miene seines Vaters zeigten ihm, dass er sich nicht geirrt hatte. Ash rannte los, auch wenn er gar nicht so genau wusste, warum. Er konnte schließlich nicht behaupten, dass er Caroline wie alle anderen so unbedingt fassen wollte. Er wollte sie sehen, nur ein Mal noch. Er musste ihr sagen, wie leid es ihm tat, und das war wahrscheinlich die einzige Gelegenheit, die er dazu bekommen würde.

Sein Vater war ihm direkt auf den Fersen, als Ash die vier Stufen nach oben sprintete und die lilafarbene Haustür magisch öffnete. »Die Merlins haben Carolines Magie in ihrer Wohnung geortet, gerade eben erst«, erklärte Richard. »Wenn wir sie jetzt fassen oder besser noch erledigen, bist du rehabilitiert, mein Junge. Dann kannst du es weit bringen. Also reiß dich bitte am Riemen.«

Ashs Herz schlug noch schneller, was jedoch nicht daran lag, dass er im Treppenhaus zwei Stufen auf einmal nahm. Er wollte sich nicht rehabilitieren, und er wollte auch nicht Clanoberhaupt werden. Das und seine Zukunft waren ihm im Moment völlig egal. Er wollte Caroline nicht verpassen. Er durfte sie nicht verpassen. Wenn sie sterben würde, ohne zu wissen, wie sehr er sie liebte und wie leid es ihm tat … Das konnte er nicht zulassen. »Lass mich nur kurz mit ihr reden, Dad«, bat er seinen Vater, ohne langsamer zu werden oder sich nach ihm umzudrehen.

»Verdammt, Ash. Das ist nicht dein Ernst.«

Richard versuchte, ihn zu fassen, doch Ash setzte seine Kräfte ein. Es war falsch, ganz sicher sogar, aber sein Vater würde ihn schon nicht verraten, und die Clans hatten mit Georges Falle noch die Chance, Caroline zu erledigen. Er hingegen musste diese Gelegenheit nutzen.

»Beeil dich bitte, Megan«, hörte er Carolines lang gezogene Stimme hinter der verschlossenen Wohnungstür.

Eine schnelle Handbewegung und blaue Funken, und schon flog die

Tür auf, und Ash stolperte in die Wohnung. Die Tür knallte hinter ihm zurück ins Schloss. Dieses Hindernis würde seinen Vater nicht lange aufhalten, aber es kam auf jede Sekunde an. Er sah Megan wie in Zeitlupe in ihrem Zimmer umherlaufen und wahllos Sachen in eine Reisetasche werfen, während Caroline im Türrahmen stand. Es tat so gut, sie zu sehen, und zu seiner Erleichterung machte sie einen guten Eindruck. Sie sah toll aus, allerdings auch ein wenig mitgenommen. Trotz ihres Teints war sie blass, und sie hatte abgenommen. Bildete er es sich ein, oder waren ihre Haare dünner geworden?

Vielleicht war es keine gute Idee, aber er ließ die Zeit wieder normal laufen. Sofort entdeckten die Mädchen ihn. Megan schrie vor Schreck auf, Caroline ging bereits in Angriffsposition. Sie zögerte einen Augenblick, doch im nächsten Moment flog die Lampe, die auf der Kommode im Flur gestanden hatte, auf Ash zu, verfehlte ihn aber um Haaresbreite. Absicht? Eine Warnung? Ash hechtete in Carolines Richtung, um ihre Hand zu fassen zu bekommen und für sie beide die Zeit erneut langsamer laufen zu lassen. Er prallte mit der Schulter gegen den Türrahmen, Schmerz durchfuhr ihn. Doch das war unwichtig, wichtig war nur, dass er Carolines Hand in seiner hielt. Sie wollte sich losreißen, aber Ash war stärker.

»Ich liebe dich, Caroline, und es tut mir leid. So leid. Ich wünschte, es gäbe eine Lösung, aber ich sehe keine.«

Er zog die völlig verdutzte Caroline an sich, presste seine Lippen auf ihre. Dieses Gefühl, ihr Geschmack ... Sein Vater würde ihm gehörig die Leviten lesen, doch das war es definitiv wert. Er hatte nicht zu hoffen gewagt, Caroline noch einmal küssen zu dürfen, und nun stand er hier und hielt sie ein letztes Mal in seinen Armen. Sie erwiderte seinen Kuss, aber er spürte gleichzeitig ihre innere Zerrissenheit, die auch ihn fast zerriss: das Herz, das den jeweils anderen an sich ziehen wollte im Kampf mit dem Verstand, der einem befahl, den anderen wegzustoßen. Bevor Carolines Verstand die Oberhand gewinnen konnte, löste Ash seine Lippen von ihren. Keine Sekunde zu früh, denn im nächsten Moment öffnete sich die Wohnungstür wie in Zeitlupe ein zweites Mal und offenbarte Richard. Nur widerwillig gab Ash Caroline frei, nahm seinen Platz neben seinem Vater ein und ließ die Zeit wieder normal laufen. Das zerbrochene Glas des Lampenschirms knirschte unter seinen Schuhen wie Schnee.

Carolines Verwirrtheit stand ihr deutlich ins Gesicht geschrieben. Die Verwirrung wurde von Schmerz und gleich darauf von Wut abgelöst. Richard hatte den Moment der Verwirrung jedoch sofort zu seinem Vorteil genutzt. Die Kommode, auf der vor wenigen Wochen noch die Vase mit den Tulpen und gerade eben die Lampe gestanden hatte, wurde lebendig und hielt Kurs auf Caroline. Dabei war sie nicht so behäbig, wie man denken mochte, sondern ziemlich schnell. Ash schritt nicht ein. Er tat nichts, um die Kommode aufzuhalten; nichts, um Caroline zu helfen. Starr stand er neben seinem Vater. Ungläubigkeit und Wut blitzten regelrecht in ihren Augen auf.

»Du elender Mistkerl!«, schrie sie.

Es war nicht so ganz klar, ob sie Richard oder Ash meinte, aber Ash hätte seine Hand dafür ins Feuer gelegt, dass die Beschimpfung ihm galt, und er wusste, dass er es verdient hatte. Im einen Moment gestand er Caroline seine Liebe und küsste sie, im nächsten stand er einfach nur da und sah dabei zu, wie sein Vater sie angriff. Natürlich war sie verwirrt und enttäuscht und wütend. Das war er auch. Trotzdem war es richtig gewesen, ihr noch einmal zu sagen, was er empfand. Oder vielleicht auch nicht, denn Caroline war nun richtig wütend. Es kostete sie keine große Mühe, die Kommode außer Gefecht zu setzen und selbst als Waffe einzusetzen. Ash und sein Vater konnten gerade noch rechtzeitig zur Seite springen. Die Kommode rauschte zwischen ihnen hindurch auf den Hausflur und zerschellte an der gegenüberliegenden Wohnungstür in tausend Stücke. Richard suchte sich bereits den nächsten Gegenstand, den er animierte – die Garderobe an der Wand –, doch Caroline entschärfte auch diesen ganz einfach. Sie hob die Hand, und sein Vater flog durch die Luft und landete krachend auf dem Holzhaufen. Verdammt, sie war wirklich gut geworden. Und sie hatte tatsächlich die Macht über verschiedene Elemente. Die Fähigkeit, Menschen beziehungsweise Lebewesen zu bewegen, hatte Ash schon einmal gesehen. Bei Meredith Merlin, die das Wasser beeinflussen konnte.

Caroline fixierte Ash, doch er wehrte sich nicht. Im nächsten Moment flog auch er durch die Luft und landete neben seinem Vater. Schmerz durchfuhr ihn, als sich ein Holzsplitter in seinen Rücken bohrte.

»Wir sehen uns wieder«, sagte Caroline. »Los, weg hier.«

Der zweite Teil war wohl an Megan gerichtet. Ächzend hob Ash den Oberkörper an und sah gerade noch, wie Caroline und Megan verschwanden.

»Was hast du dir nur dabei gedacht?«, schrie sein Vater. Er steckte Carolines Attacke deutlich besser weg als Ash, aber vielleicht war es auch die Wut, die die Schmerzen überdeckte. Mühelos richtete er sich auf und klopfte sich den Holzstaub von den Klamotten. »Ich kann es einfach nicht fassen. Wie kannst du dich so dämlich verhalten? Hast du den Ernst der Lage nicht verstanden? Wir waren uns doch einig –«

»Waren wir überhaupt nicht«, erwiderte Ash und rappelte sich ebenfalls auf. Er wollte den Schmerz ignorieren, scheiterte jedoch grandios. Ein Stöhnen entfuhr ihm, und er verzog das Gesicht.

Richard seufzte und drehte Ash zu sich herum. Vorsichtig tastete er seinen Rücken ab. »Halt still. Das wird jetzt ein wenig wehtun.« Mit einem Ruck entfernte er den Splitter aus Ashs Rücken.

Ash biss die Zähne zusammen. Oh ja, das tat verdammt weh, aber nichts war so schlimm wie die Erkenntnis, dass er Caroline für immer verloren hatte. »Es tut mir leid«, sagte er zu seinem Vater. Weiter kam er nicht.

»Es tut dir leid? Ash, das war *die* Chance, dich vor den Merlins und deinem eigenen Clan zu beweisen. Niemand vertraut dir mehr, ist dir das eigentlich klar? Du sagst das eine und tust das andere. Das geht so nicht, du musst dich entscheiden und zu deinem Wort stehen.«

»Das tue ich, oder habe ich etwa versucht, dich aufzuhalten, als du Caroline attackiert hast?« Ash fuhr sich durch die Haare. »Ich weiß, dass das dumm war, okay? Aber ich musste es tun. Noch ein letztes Mal mit Caroline reden. Verstehst du das denn nicht? Stell dir vor, du wärst in meiner Lage und müsstest entweder Mum töten oder dich gegen deine Familie stellen.«

Richard stieß die Luft aus und schüttelte den Kopf. »Ich fürchte, ich habe deine Mutter nie so sehr geliebt, wie du ganz offensichtlich Caroline liebst.«

Ash runzelte die Stirn. Er hatte seine Eltern nie gefragt, wie sie sich eigentlich ineinander verliebt hatten. Führten sie womöglich eine reine Zweckehe? Hatte man sie gezwungen zu heiraten, so wie seine Eltern nun Ash zwingen wollten, seine Cousine zweiten Grades zu heiraten, um die reine Linie der Morgans aufrechtzuerhalten? »Aber du liebst Mum doch, oder?«, fragte er zögernd. Er war nicht sicher, ob er die Antwort hören wollte. Momentan hatte er genug andere Sorgen, da wollte er sich nicht auch noch fragen, wie lange die Ehe seiner Eltern noch halten würde.

»Sicher«, antwortete sein Vater jedoch. »Glaub mir, in der entfernteren Verwandtschaft gab es genug Auswahl. Ich hätte deine Mutter nicht heiraten müssen. Aber Samantha ist ... Wie soll ich sagen? Früher war sie anders, aber heute ...«

Richard suchte immer noch nach den richtigen Worten, doch Ash nickte. »Ich verstehe schon.« Zwar gab es Parallelen zwischen Caroline und seiner Mum, aber die weiche Seite, die Ash bei Caroline hatte hervorkitzeln können, suchte man bei seiner Mutter vergebens. Was offenbar nicht hieß, dass es diese Seite bei ihr nicht einst auch gegeben hatte. Ob das Leben mit der Prophezeiung sie so hart hatte werden lassen? Allmählich begriff Ash, warum seine Eltern ihm nie von der Prophezeiung erzählt hatten. Er war zu hart mit ihnen ins Gericht gegangen, denn sie hatten ihn nur schützen wollen. Und seinetwegen war Caroline nun schon wieder entkommen. Sie hatten das Überraschungsmoment auf ihrer Seite gehabt. Caroline war mächtig, aber es hätte klappen können, wenn Ash und sein Vater ihre Kräfte vereint hätten. Ash bereute nicht, was er getan hatte, aber es stand gewiss nicht in seiner Absicht, seinen Eltern Ärger zu bereiten. »Hör zu, Dad, ich werde dich nicht bitten, für mich zu lügen, wenn die anderen Clanmitglieder fragen, was hier passiert ist.«

»Ach, Ash. Was, wenn George seine Kräfte einsetzt, um zu erfahren, was wirklich geschehen ist? Wie gesagt, das Vertrauen der anderen ist nicht unbedingt auf deiner Seite.«

Daran hatte Ash in der Tat nicht gedacht, auch wenn er vermutlich trotzdem nicht anders gehandelt hätte. »Mist«, murmelte er. Das würde alles nur noch mehr verkomplizieren. Und nun waren in der Ferne auch noch Sirenen zu hören. Die Vermieterin hatte sicher die Polizei gerufen. Wer konnte es ihr auch verübeln, bei dem Lärm, den sie veranstaltet hatten?

»Uns fällt schon was ein«, sagte Richard und packte Ashs Arm. »Und nun setz bitte deine Kräfte ein, damit wir ungesehen von hier verschwinden können. Wir müssen die Merlins informieren, sie warten sicher schon auf ein Zeichen von uns.«

»Das kann warten, lass uns erst noch mal ins *Hound Dog* gehen«, erwiderte Ash, während er bereits die Zeit verlangsamte. Megan hatte ihre Sachen gepackt, sie plante also eine längere Abwesenheit, und inzwischen kannte Ash sie gut genug, um zu wissen, dass sie Nate, den Chef der Café-Bar, in der sie und Caroline jobbten, darüber informieren würde. Und vielleicht würde sie das persönlich tun, wo sie schon in der Nähe war.

Ash und sein Vater verließen das Wohnhaus, vor dem sich eine kleine Menschentraube versammelt hatte, doch die Anwesenden wirkten alle wie eingefroren in ihren Bewegungen. Ebenso wie der Streifenwagen, der in der Ferne zu sehen war, aber dank Ashs Fähigkeit nur in Zeitlupe näher kam.

Ash drehte sich nicht noch einmal um, als er mit seinem Vater in entgegengesetzter Richtung vom Tatort floh, und erst, als das *Hound Dog* in Sicht kam, ließ er die Zeit wieder normal laufen. Irgendwie musste er ja den Vorsprung, den Caroline und Megan dank Carolines

Kräften hatten, einholen. Sofern er mit seiner Theorie überhaupt richtig lag. Es würde das erste Mal sein, dass er die Café-Bar betrat, seit Caroline beinahe von dem Motorrad angefahren worden war. Jene Nacht, in der ihm klar geworden war, dass Caroline eine Hexe war, und in der alles begonnen hatte.

Ash stieß die Tür auf und fühlte sich sofort in die Vergangenheit zurückversetzt. Vor seinem geistigen Auge sah er Amber und Bonnie an dem Tisch in der Ecke sitzen; wie er mit ihnen geflirtet hatte, nur um Caroline zu imponieren, was total nach hinten losgegangen war. Gott, er war so ein Idiot gewesen. Um ehrlich zu sein, war er das immer noch.

»Sie sind nicht hier«, hörte er seinen Vater hinter sich sagen. »Wäre ja auch zu schön gewesen. Wie kommst du überhaupt auf die Idee?«

Caroline und Megan waren in der Tat nirgends zu sehen. Ash wusste nicht, ob er darüber erleichtert oder enttäuscht sein sollte. Sein Blick fiel auf den Mann hinter der Bar, der ein wenig gestresst wirkte und sich gerade mit einer jungen Frau unterhielt, während er gleichzeitig Softdrinks zapfte. Er war vielleicht Mitte vierzig, hatte braune Haare und tätowierte Oberarme. Ash war sich nicht sicher, da er Nate nie begegnet war, aber das konnte er sein. »Warte mal«, sagte er zu seinem Vater und steuerte auf die Bar zu.

»... muss mich auf dich verlassen können«, sagte der Mann gerade zu der jungen Frau.

»Nate, du kennst mich jetzt wie lange?«, erwiderte sie.

»Das ist ja das Problem. Das Verhältnis zwischen Chef und Angestellten sollte rein professionell sein. Ich sehe sonst schon die ›Notfälle‹ vor mir.« Er malte Gänsefüßchen in die Luft. »*Skippy ist krank.*

Ich hab doch morgen meine Prüfung. Ach bitte, Nate, nur dieses eine Mal.« Er schüttelte den Kopf, doch die Frau schüttelte ebenfalls den Kopf.

»Komm schon, Nate, glaubst du das wirklich? Du kannst mir vertrauen. Bitte überleg es dir doch noch mal. Du brauchst dringend eine Aushilfe, und ich brauche den Job. Lass mich dir helfen.«

»Darf ich kurz stören?«, fragte Ash.

Zur selben Zeit rief jemand von einem Tisch in der Mitte des Schankraums: »Hey, wo bleiben denn unsere Fish and Chips?«

»Sofort!«, rief Nate zurück, sah dabei aber kurz zu Ash. Er zögerte einige Sekunden lang, doch dann stieß er die Luft aus. »Okay, versuchen wir es. Eine Woche, dann sehen wir weiter. Hier.« Er warf der Frau eine Schürze über den Tresen zu. »Du kannst gleich loslegen. Geh nach hinten zu Ernie. Er wird dir sagen, wer was bestellt hat.«

Strahlend sprang die Frau vom Hocker und band sich die Schürze um. »Du wirst es nicht bereuen.« Damit verschwand sie im hinteren Bereich des *Hound Dog*.

Nate sah ihr einen Moment hinterher, bevor er sich an Ash wandte. »Also, was gibt's?«

»Ich suche Caroline oder Megan.«

Nates Miene verfinsterte sich. »Bist du ein Freund der beiden? Dann kannst du ihnen ausrichten, dass sie ihre Jobs los sind. Tauchen hier auf, knallen mir vor den Latz, dass ich noch etwas länger auf sie verzichten muss, und verschwinden einfach wieder, ohne mir die Gelegenheit zur Antwort zu geben. Keine von beiden sah auch nur im entferntesten krank aus oder –«

»Moment mal, die Mädchen waren hier? Gerade eben erst?«, unterbrach Richard Nate.

Nate runzelte die Stirn. »Hab ich doch gesagt, oder? Ich weiß ja, die Jugend von heute, aber so verhält man sich –«

»Los, komm.« Richard, der gar nicht mehr zuhörte, zog Ash hinter sich her.

Ash verlangsamte seine Schritte nicht, drehte sich aber noch einmal zu Nate um. »Das ist wirklich ein Notfall!«, rief er Nate zu.

»Trotzdem sind die zwei ihren Job los!«, brüllte Nate ihm nach.

Seufzend folgte Ash seinem Vater ins Freie. Nate würde sich nicht so einfach besänftigen lassen, aber dieses Problem würde Ash nicht mehr heute Abend lösen. Zumal nicht mal klar war, ob Caroline diesen Job überhaupt noch brauchte. Ein bitterer Geschmack machte sich in Ashs Mund breit. Wann hatte er angefangen, sein Leben dermaßen zu hassen?

Richard sah sich nach allen Seiten um, lief ein paar Schritte und ließ den Kopf erneut in sämtliche Richtungen schweifen. Ash fuhr sich über die Schläfen. Nun bekam er auch noch Kopfschmerzen, obwohl er normalerweise nicht dazu neigte. Aber was war im Moment schon normal?

»Gib es auf, Dad, sie sind längst weg.«

»Ich weiß, auch wenn ich gehofft hatte, wir würden sie noch erwischen. Schließlich können sie sich nicht vor all den Menschen teleportieren.« Richard machte eine ausladende Geste, dabei waren vor dem *Hound Dog* kaum Leute unterwegs. »Oder denkst du, das ist Caroline in der Situation egal?«

Ash schüttelte den Kopf, ohne darüber nachzudenken. »Nein, so ist Caroline nicht. Das würde sie nie tun.« Auf der anderen Seite hatte er auch nie geglaubt, dass sich ihre Magie einmal gegen ihn wenden würde. Aber er konnte sich nicht beschweren, er hatte es verdient.

»Mist, wir können sie nur ganz kurz verpasst haben. Wenn ich dir keinen Vortrag gehalten hätte …«

Ash seufzte. »Es ist nicht deine Schuld, Dad, okay? Wenn überhaupt, dann ist es meine.«

Nun seufzte auch Richard. »Na komm, lass uns zu den anderen zurückkehren. Hier erreichen wir heute nichts mehr.«

Ash nickte und trottete hinter seinem Vater her. Er war erschöpft, und die Luft war noch kühler geworden. Ash hätte es nie zugegeben, aber die Verletzungen, die Caroline ihm während der Magieaktivierung unfreiwillig zugefügt hatte, wirkten immer noch nach, obwohl das Fieber längst weg war und sein Vater auch sonst keine Anzeichen mehr dafür finden konnte. Aber Ash fühlte sich schwächer als sonst. Müder, kraftloser. Oder lag es vielleicht gar nicht daran, sondern an der ganzen verzwickten Situation?

Jemand rempelte Ash an, und er verlor fast das Gleichgewicht. »Hey, Mann, pass doch auf«, sagte er, obwohl er sicher nicht so ganz unschuldig war. Immerhin hatte er die ganze Zeit auf die Straße geschaut, die Hände tief in den Taschen seiner Jeans vergraben. Doch anstatt es gut sein zu lassen, schubste der Typ ihn erneut. Ash wurde wütend. Erst jetzt hob er den Blick und stellte fest, dass er und sein Vater von einer ganzen Gruppe junger Männer umringt waren. Und sie waren alle mit Schlagstöcken oder Pistolen bewaffnet. Der Typ neben ihm hielt ihm eine Waffe direkt an die Schläfe. Oh, verdammt. Die Maleficarier waren nicht von außen als solche zu erkennen, sie trugen keine einheitliche Kluft wie der Ku-Klux-Klan. Trotzdem wusste Ash sofort, mit wem er es hier zu tun hatte. Wie hatte das nur passieren können? Er blickte kurz zu seinem Vater, der ebenso überrascht war wie er selbst.

Und nun packte der Typ auch noch einen von Ashs Armen und verdrehte ihn auf seinem Rücken. Einen Moment fürchtete er, der Kerl würde ihm Handschellen aus Messing anlegen, denn dann hatte er keine Chance mehr, sich mit Magie aus der Situation zu befreien. Doch bevor er Magie anwenden wollte, versuchte er auf andere Art, die Maleficarier loszuwerden.

»Loslassen«, presste er zwischen zusammengebissenen Zähnen hervor und betonte dabei jede Silbe. Natürlich ließ der Typ ihn nicht los – im Gegenteil. Er packte noch fester zu und lachte.

»Missgeburt. Na los, schrei schon nach Daddy. Ups, der kann dir ja auch nicht helfen. So ein Pech aber auch.« Die anderen Männer fielen in das Lachen mit ein.

Ash blickte erneut zu seinem Vater, der nun ebenfalls von beiden Seiten eine Waffe gegen den Kopf gehalten bekam. Die anderen Maleficarier zielten mit ihren Waffen ebenfalls auf Ash und seinen Vater, oder sie grinsten und ließen ihre Schlagstöcke immer wieder in ihre Hand schnellen. Was sollte das? Sie mussten doch wissen, dass sie es in einem direkten Kampf niemals mit Ash und seinem Vater aufnehmen konnten.

Richard nickte Ash kaum merklich zu – das Zeichen, dass sie ihre Kräfte einsetzen sollten. Im nächsten Moment wurden die Schlagstöcke lebendig und prügelten auf ihre Besitzer ein. Richard animierte weitere Gegenstände wie Mülltonnen oder Parkuhren, um sie auf die Maleficarier zu hetzen, während Ash die Zeit verlangsamte, sich aus dem Griff seines Gegners befreite und ihm die Waffe aus der Hand schlug. Dann entwaffnete er die anderen Maleficarier. Als er die Zeit wieder normal weiterlaufen ließ, wirkten diese ziemlich verdutzt.

»Was wollt ihr?«, knurrte Richard und stellte die Prügelattacken ein.

Doch eine Antwort bekam er nicht. Der Maleficarier, der Ash bedroht hatte, gab den anderen ein Zeichen, woraufhin sie die Flucht ergriffen. »Los, schnapp dir den Kerl«, zischte Richard seinem Sohn zu.

Das ließ Ash sich nicht zweimal sagen, auch wenn er die Männer mit seinen Kräften gut hätte verfolgen können, ohne aufzufallen. Aber das wollte er nicht. Er war selbst wütend und wollte auf Konfrontation gehen. Er musste nicht einmal die Zeit manipulieren, denn die Wut und das plötzliche Adrenalin, das durch seinen Körper gepumpt wurde, gaben ihm Kraft. Er packte den Typ, der ihm vorher die Waffe an den Kopf gehalten hatte, am Kragen und schleuderte ihn zu sich herum, sodass dieser ins Stolpern geriet.

»So einfach kommt ihr uns nicht davon. Ihr habt euch mit den Falschen angelegt.«

»Ach, tatsächlich?«, fragte der Typ überheblich. Er versuchte sich loszumachen, doch Ash musste nur kurz die Zeit verlangsamen, um ihn zu stoppen.

Er schnaubte. Zum ersten Mal hatte er Gelegenheit, sich den jungen Mann genauer anzusehen. Er hatte dunkle Haare, fast schon schwarz, die er sehr kurz rasiert hatte. Dazu ein Nasenpiercing und einige Tattoos. Trotzdem wirkte er nicht besonders angsteinflößend und schon gar nicht kräftig, aber er kam Ash merkwürdig bekannt vor. Die Nase und das markante Kinn. Dabei war er sich sicher, dass er ihm nie zuvor begegnet war. »Ein wenig gesunder Respekt würde dir ganz guttun«, sagte er nun. »Los, Abmarsch.« Ash schob ihn in die richtige Richtung, ohne ihn dabei loszulassen.

Die anderen Maleficarier waren stehen geblieben, doch nun zogen sie weitere Waffen, die sie in ihren Taschen versteckt hatten – Messer, Wurfsterne, Elektroschocker –, und rannten auf Ash und seinen Dad zu.

Richard ließ die Schlagstöcke erneut zum Leben erwecken. Sie gingen auf die Maleficarier los, die nun doch flüchteten, sodass Ash nicht einmal die Zeit manipulieren musste.

»Sehr gut«, sagte Richard und übernahm den Gefangenen. »Damit kannst du einige Pluspunkte sammeln, mein Sohn. Und du«, fügte er an den Maleficarier gewandt hinzu, »wirst uns jetzt ein paar Fragen beantworten.«

Kapitel 19

Ash lag auf seinem Bett und starrte an die Decke. Die Birke, die draußen vor seinem Fenster stand und deren Äste der Wind sachte hin- und herbewegte, malte im Mondlicht gruselige Schatten an Wand und Decke. Sie sahen aus wie Finger, die nach ihm greifen wollten.

Ash war hundemüde, trotzdem konnte er nicht schlafen. Dabei war es schon weit nach Mitternacht. Es war bestimmt zwei Stunden her, dass er die große Standuhr am Ende des Flurs hatte zwölf schlagen hören, doch er hatte keine Lust, auf den Wecker zu schauen. Es würde doch nichts ändern, ob es nun zwei oder drei Uhr war.

Sein Vater hatte recht gehabt, Ash hatte durch die Gefangennahme des Maleficariers tatsächlich Pluspunkte gesammelt. George Merlin war begeistert gewesen. Weniger begeistert hatte ihn allerdings die Tatsache gestimmt, dass Caroline schon wieder entkommen war.

»Das kann nicht euer Ernst sein«, hatte er gesagt, nachdem Ash und Richard den Salon im Morgan-Haupthaus betreten hatten. Dort hatten sich bereits die üblichen Verdächtigen der drei Clans versammelt. »Ihr kommt mit leeren Händen? Wo ist das Gör?«

»Entkommen«, erwiderte Richard. Er schenkte sich einen Rum ein und ließ sich direkt aufs Sofa fallen. Ash, auf den selbstverständlich alle Blicke gerichtet waren, tat es ihm gleich. »Und nein, Ash trägt dieses Mal keine Schuld daran. Es ist einfach blöd gelaufen.« Richard berichtete, was sich in Camden Town zugetragen hatte, ließ dabei aber Ashs Alleingang weg.

»Dann hast du deine Kräfte also nicht eingesetzt?«, fragte George Merlin.

Ash nickte. »Genau, aber ich habe Caroline auch nicht zur Flucht verholfen. Sie ist einfach stark. Wir hatten zu zweit keine Chance gegen sie.«

»Wenn du deine Kräfte nicht einsetzt, natürlich nicht.«

»Ich habe meine Kräfte durchaus eingesetzt, nur nicht gegen Caroline. Wir haben einen Maleficarier gefangen genommen. Er wartet im Verlies darauf, verhört zu werden.«

»Ihr wurdet von den Maleficariern angegriffen?«, fragte May. »Warum sagt ihr das nicht gleich?«

Ash warf George einen entsprechenden Blick zu, und Richard erzählte, was passiert war. Das allgemeine Rätselraten begann von Neuem. Niemand konnte sich erklären, was die Maleficarier vorhatten.

»Aber wir können ihn ja jetzt selbst fragen. Soll ich ihn aus dem Verlies holen?«, bot Garry an.

»Einen Moment noch.« George wandte sich an Richard. »Ich würde mich vorher gern selbst überzeugen, dass Arthur nicht wieder Mist gebaut hat. Darf ich?«

»Natürlich, wir haben nichts zu verbergen.« Richard stand auf und ging auf George zu.

Ash holte sich ebenfalls einen Rum, um sich abzulenken. Sein Vater hatte seine Erinnerungen manipuliert, sodass das Merlin-Oberhaupt erst den Teil zu sehen bekommen würde, ab dem Ash und Richard gemeinsam an der Tür standen. Aber ob sich George Merlin tatsächlich davon täuschen ließ, stand auf einem anderen Blatt. Ash stürzte den Rum hinunter. Die Flüssigkeit brannte in seiner Kehle und auch in seinem Bauch, was ihn ein wenig aufwärmte.

»Nun gut«, gab sich George schließlich zufrieden. »Ich verstehe dennoch nicht, warum du diese Chance einfach hast verstreichen lassen. Wenn ihr eure Kräfte gebündelt hättet ...«

Ash schüttelte den Kopf und setzte sich zurück aufs Sofa. »Ich habe euch versprochen, nicht mehr gegen euch zu agieren, aber ich habe von Anfang an klargestellt, dass ich mit Carolines Ermordung nichts zu tun haben will. Im Übrigen konntet ihr es selbst zu dritt nicht mit Caroline aufnehmen, und deine Kräfte sind schätzungsweise etwas effektiver als meine, denkst du nicht?«

Das Merlin-Oberhaupt grummelte etwas Unverständliches. »Die Jagd wird hoffentlich trotzdem bald ein Ende haben. Ich habe einen Plan, der idiotensicher ist. Das Gör wird einfach nicht widerstehen können.«

»Darf man inzwischen erfahren, was das für ein Plan ist?«, wollte May wissen.

George schüttelte den Kopf. »Entschuldige, liebe May, aber das behalte ich lieber weiterhin für mich. Ihr werdet es schon früh genug erfahren – sobald ich Erfolg hatte. So, und nun sollte ich mich langsam auf den Weg machen. Es ist schon spät. Garry, Kouri, kommt ihr?«

»Moment mal, was ist mit dem Maleficarier?«, fragte May.

»Den überlasse ich euch beiden«, erwiderte George mit Blick auf May und Ajani. »Ihr könnt auch mal was machen.«

Und damit hatte er das Morgan-Anwesen verlassen, gefolgt von den anderen Merlins. May hatte sich ziemlich darüber aufgeregt und die Befragung des Maleficariers schließlich zusammen mit Ajani übernommen. Soweit Ash wusste, war nicht viel dabei herausgekommen, und der Gefangene verbrachte die Nacht vorerst im Verlies, in der Hoffnung, am nächsten Tag mehr von ihm zu erfahren. Notfalls würden die Clans einen Wahrheitstrank anwenden, aber der musste erst einmal gebraut werden, da die Vorräte in den letzten Tagen durch die besonderen Umstände aufgebraucht worden waren.

Ash drehte sich auf die andere Seite. Er war versucht, dem Maleficarier selbst einen Besuch abzustatten, aber er ließ es bleiben. Stattdessen wanderten seine Gedanken immer wieder zurück zu Caroline und ihrer spontanen Begegnung. Er hatte gehofft, mehr Klarheit in die Sache bringen zu können, indem er kurz mit ihr sprach. Er war selbst durcheinander, und sie musste völlig verwirrt sein. Schließlich hatte er ihr am Telefon noch gesagt, er sei nicht mehr auf ihrer Seite, doch in dem Verlies auf dem Merlin-Anwesen hatte er ihr geholfen. Was sollte sie da noch denken? Aber er befürchtete, alles nur noch schlimmer gemacht zu haben. Ihr Blick, die Wut in ihren Augen ... Wenn er es recht bedachte, war es vielleicht nicht so glücklich gewesen, ihr seine Liebe zu gestehen und sich direkt im Anschluss neben seinen Vater zu stellen. Hatte sie seine Worte überhaupt ernst genommen, oder hatte sie es für eine Ablenkungstaktik seinerseits gehalten? Doch die Antwort war klar. Gott, er hatte es nur noch schlimmer gemacht. Völlig vermasselt. Er drehte sich auf den Bauch, die Stirn auf die Arme gelegt, sodass er in völliger Finsternis dalag.

Nicht zum ersten Mal an diesem Tag fragte er sich, seit wann er sein Leben dermaßen hasste. Gern hätte er gesagt: Seit er sich zwischen Caroline und seiner Familie entscheiden musste. Doch das entsprach nicht der Wahrheit. Schon lange davor war er unzufrieden gewesen.

Wenn er nur an das Sommerpraktikum bei Beaver, Whitebait & Smith dachte, das er machen sollte, oder an seine Cousine zweiten Grades, die er heiraten sollte ... Seine Eltern – seine Mutter mehr als sein Vater – hatten sein Leben für ihn komplett verplant. Ein Leben, das er so nicht wollte. Nie gewollt hatte. Er hatte sich abgelenkt. Mit Partys, Mädels und auch dem einen oder anderen Drink, um nicht daran denken zu müssen, was ihm noch bevorstand. Hätte er sich längst gegen seine Eltern zur Wehr setzen sollen? Überhaupt können? In magischen Clans war es durchaus üblich, dass die Eltern ein Mitspracherecht hatten, was den Ehepartner der Kinder anging. Immerhin musste die reine Linie der Clans erhalten bleiben. Darauf legten die Morgans ebenso wie die Merlins großen Wert. Ash hatte es einfach hingenommen, verdrängt, weil er glaubte, noch Zeit zu haben. Doch die hatte er nicht. Seine Mutter machte ihm bereits jetzt alles kaputt. Er hatte Elizabeth aufgegeben und lungerte herum, weil er theoretisch Jura studierte, was er praktisch gar nicht wollte. Er als Anwalt? Fast hätte er gelacht. Er wusste nicht, was er mit seinem Leben anfangen wollte, ob er als Arzt oder Metzger arbeiten wollte. Da seine Mutter unerbittlich war, hatte er nie zu träumen gewagt. Nicht so wie Caroline, die unbedingt die Pilotenausbildung machen wollte.

Doch eines wusste er: Seit er Caroline kannte, kam ihm sein Leben furchtbar traurig vor und seine Zukunft noch trüber als zuvor. Vielleicht hatte er keine Ahnung, was er beruflich machen wollte, aber er wusste, welches Mädchen er wollte, und das war ganz sicher nicht seine Cousine, die zugegebenermaßen ganz hübsch, aber ziemlich naiv war. Er wollte seine Zukunft mit Caroline verbringen.

Ash setzte sich auf und fuhr sich durch die Haare. Innere Unruhe ergriff ihn. Er hatte sich falsch entschieden. Ein Leben für das von vielen? Für das seiner Familie? Was hatte er sich nur dabei gedacht? So eine Schnapsidee. Instinktiv handelte er ohnehin die ganze Zeit pro Caroline, und es war richtig, auf seinen Instinkt zu vertrauen. Nur so würde er glücklich werden, und hatte er nicht ebenso ein Anrecht darauf wie alle anderen auch? Es gab keine Lösung; die Clans würden Caroline jagen, doch das war ihm egal. Dann würde er sie eben dazu überreden, ein Leben auf der Flucht zu führen. Das war vielleicht nicht das, was sie sich beide vorgestellt hatten, aber sie würden zusammen sein, und das war alles, was zählte.

Aber wie sollte er Caroline erreichen und vor allem überzeugen, dass sie ihm wichtiger war als jede Prophezeiung? Worten allein würde sie nicht glauben – nicht mehr –, was er ihr nicht verübeln konnte. Und er hatte kaum noch Zeit, denn wenn der Plan des Merlin-Oberhaupts funktionierte, würden die Clans Caroline schon sehr bald in der Falle haben. Vermutlich sogar heute Nacht, nachdem George ein paar Stunden zuvor einfach so verschwunden war, ohne sich um den gefangen genommenen Maleficarier zu kümmern.

Das Gör wird einfach nicht widerstehen können. Was hatte sich George Merlin nur ausgedacht? Ash wünschte, er hätte brauchbarere Kräfte. Irgendwas, das ihn jetzt weiterbrachte oder womit er Caroline erreichen konnte.

Da kam ihm ein Gedanke. Er sprang aus dem Bett, um sich umzuziehen. Er brauchte etwas Dunkles, um mit der Nacht verschmelzen zu können.

Er würde Brian Merlin befreien und damit zwei Fliegen mit einer Klappe schlagen. So konnte er Caroline nicht nur davon überzeugen, wie wichtig sie ihm war. Brian konnte auch Kontakt zu ihr aufnehmen; vorausgesetzt, er war nicht zu schwach. Vielleicht sollte Ash lieber noch etwas Stärkungstrank organisieren. Die Morgans hatten eigentlich immer was auf Lager.

Der Plan jedenfalls war perfekt. Gefährlich, aber perfekt.

Das Merlin-Anwesen lag ruhig da. Fast schon zu ruhig. Nicht einmal das Ticken einer Uhr war zu hören oder der Wind, der an den Fenstern rüttelte. Dabei war das Gemäuer schon sehr alt. Ob alle ausgeflogen waren, um an der Falle für Caroline mitzuhelfen? Ash hätte sich nicht gewundert, wenn George Merlin entgegen der Abmachung seinen eigenen Clan einbezogen hatte. Das bedeutete für ihn, dass er sich beeilen musste und dass die Chancen gut standen, keinem Merlin in die Arme zu laufen. Einer war allerdings ganz sicher zurückgeblieben, um hier nach dem Rechten zu schauen, aber mit dem würde Ash es wohl aufnehmen können. Für alle Fälle verlangsamte er die Zeit.

Er war schon auf dem halben Weg zum Verlies, als er stehen blieb. Während einem seiner Besuche hier, die in letzter Zeit viel zu häufig waren, hatte er gesehen, wie ein Angestellter – die Merlins hatten tatsächlich Bedienstete, war das zu fassen? – mit einer Schüssel Hühnerbrühe die Treppe hinaufgegangen und im Westflügel verschwunden war. Den Geruch hatte er sofort erkannt. Er hasste Hühnerbrühe, aber wenn er krank gewesen war, hatte es die zu Hause auch immer gegeben. Außerdem erinnerte er sich, wie sein Vater nach Brian gefragt hatte. *Wir haben das schon im Griff.* Das war in etwa die Antwort von George Merlin gewesen. Auf jeden Fall war er einer direkten Antwort aus dem Weg gegangen.

Es war nur Ashs Instinkt, und vielleicht lag er damit völlig daneben, aber dieser sagte ihm jetzt, dass die Merlins den verletzten Brian ganz sicher nicht die ganze Zeit über in einem muffigen Verlies gefangen halten würden. Das wäre sein Todesurteil gewesen, und das schienen sie trotz allem, was er in der Vergangenheit getan hatte, nicht zu wollen.

Ash entschied sich spontan um. An der Treppe zum Verlies blieb er zwar kurz stehen und lauschte, doch als nichts als Stille zu vernehmen war, ging er weiter zur Eingangshalle. Dort schlich er die Treppe hinauf und in den Westflügel. Hier war es stockdunkel, doch magisch für Licht zu sorgen, war ihm zu riskant. Hinter jeder Ecke fürchtete er, auf George Merlin oder ein anderes Clanmitglied zu stoßen, doch es blieb nach wie vor ruhig auf dem Anwesen, was natürlich auch damit zusammenhängen konnte, dass die Zeit langsamer lief.

Schließlich kamen die Zimmertüren in Sicht. Drei auf jeder Seite des Ganges. Ash ließ die Zeit wieder normal laufen und blieb vor jeder einzelnen Tür stehen, um zu lauschen. Nichts. Hatte er sich doch geirrt? Was, wenn die Merlins wirklich so skrupellos waren und ihren eigenen Schwiegersohn, Schwager, was auch immer in dem kalten, muffigen Verlies verrotten ließen? Immerhin war Brian doch auch dort unten gewesen, als Caroline sich in der Nacht zuvor in das Verlies teleportiert hatte.

Mist. Er hatte sich geirrt und kostbare Zeit verloren. Er musste schnellstens zurück Richtung Verlies, doch da vernahm er plötzlich ein leises Röcheln hinter der letzten Tür links. Geräuschlos schlich er sich heran, lauschte erneut. Wer auch immer hinter dieser Tür im Bett lag, hatte einen rasselnden Atem. Vielleicht hatte Ash sich ja doch nicht geirrt. Noch einmal manipulierte er die Zeit und öffnete vorsichtig die Zimmertür. Im Zimmer selbst war es heller als draußen auf dem Gang, und so erfasste Ash schnell die Lage. Das war tatsächlich ein Krankenzimmer. Auf der Kommode standen einige Medikamente und andere Utensilien bereit, und die abgestandene Luft hatte fast etwas von einem Krankenhaus. Ashs Blick wanderte weiter zu dem Bett und dem Mann, der dort lag: Brian Merlin. Er schlüpfte ins Zimmer, schloss die Tür genauso geräuschlos, wie er sie zuvor geöffnet hatte, und ließ die Zeit wieder normal laufen, als er sich dem Bett näherte. Erst jetzt wurde ihm bewusst, dass er sich keine Gedanken gemacht hatte, wie er Brian von seinen Absichten überzeugen konnte. Doch jetzt war es für derartige Überlegungen ohnehin zu spät; er musste wohl oder übel improvisieren. Oder hatte Brian vielleicht überhaupt nicht mitbekommen, dass Ash für kurze Zeit die Seiten gewechselt hatte? Das würde natürlich alles sehr viel einfacher machen.

»Brian.« Vorsichtig rüttelte Ash ihn am Arm und hoffte, er würde sich nicht erschrecken und womöglich Alarm schlagen. Seine Haut fühlte sich warm an, und seine Stirn glänzte fiebrig. Trotz des Fiebers war er blass und hatte einige Kilo verloren. Hatte es nicht geheißen, er sei über den Berg? »Brian«, zischte Ash erneut und wünschte sich, er hätte etwas von Megans Riechsalz dabei.

Es dauerte noch einige Sekunden, bis Brian die Augen öffnete. Im ersten Moment schien er es nicht bedenklich zu finden, aus dem Schlaf gerissen worden zu sein, doch dann erkannte er Ash und zuckte zusammen.

»Keine Sorge, ich bin's nur«, flüsterte Ash. »Ich tu dir nichts. Ich will dich befreien und zu Caroline bringen.«

»Wie geht es ihr?«, fragte Brian mit schwacher Stimme.

»Ich hoffe gut. Eure Sippe will ihr eine Falle stellen, deshalb müssen wir uns etwas beeilen. Kannst du aufstehen?«

»Wird schon gehen«, erwiderte Brian und hievte sich mühsam aus dem Bett, doch seine Beine gaben unter ihm nach, als er sie belasten wollte. Er sackte zurück auf die Matratze.

»Hier, trink das.« Ash entkorkte den Stärkungstrank und reichte Brian das Fläschchen. Der stürzte die gelbe Flüssigkeit in einem Schluck hinunter, ohne Fragen zu stellen. Fast hätte Ash erleichtert ausgeatmet. Immerhin vertraute Brian Merlin ihm noch, aber er hatte von dem ganzen Durcheinander auch am wenigsten mitbekommen.

»Hast du einen Plan?«, fragte Carolines Vater nun.

»Gewissermaßen. Wir schleichen uns nach draußen, runter von dem Grundstück, und dann schickst du Caroline eine Nachricht, sie soll uns abholen. Überzeug sie, dass es keine Falle ist. Das ist ganz wichtig. Das traust du dir doch zu, oder? Oder bist du zu schwach dafür?« Dann brauchten sie schnell einen Plan B, allerdings hatte Ash keine Ahnung, wie dieser aussehen könnte.

»Das werde ich schon schaffen«, erwiderte Brian, runzelte aber dennoch die Stirn. »Aber du weißt, wo sie ist, oder? Warum bist du allein hier?«

Ash seufzte. Nun wurde Brian also doch misstrauisch. »Caroline und ich haben quasi den Kontakt zueinander verloren. Du hast doch noch mitbekommen, dass ich verletzt wurde, als Carolines Magie von Tianna Lecourt aktiviert wurde. Die Lecourts haben mich zu meiner Familie gebracht, und Caroline ist zusammen mit Henri geflohen. Ich stand unter der Beobachtung meiner Familie und hatte keine Gelegenheit, an Caroline heranzukommen.« So ganz gelogen war das nicht einmal. Er seufzte abermals. »Das ist eine lange Geschichte, Brian, und wir haben wenig Zeit. Vertraust du mir?« Vielleicht hätte er diese Frage lieber nicht so direkt stellen sollen, doch Brian nickte.

»Caroline vertraut dir, also vertraue ich dir auch.«

Ash schluckte das schlechte Gewissen herunter. Es war nicht fair, Brian im Unwissen zu lassen. Er hätte ihm erzählen müssen, was zwischen ihm und Caroline vorgefallen war, doch dafür hatten sie jetzt einfach keine Zeit. Selbst wenn Ash die Zeit manipulierte, war das Risiko zu groß. Brian konnte seine Meinung ändern oder sie konnten erwischt werden, und beides wollte Ash vermeiden. »Komm, ich helfe dir.« Er reichte Brian seinen Arm, um ihm aufzuhelfen und ihn zu stützen. »Ich werde die Zeit verlangsamen, okay? Nur zur Sicherheit. Bis gerade eben war alles ruhig im Haus, aber man weiß ja nie.«

»Okay. Wir können durch den Dienstbotengang verschwinden, aber wir sollten vorher das Sicherheitssystem ausschalten. Und können wir bitte die Medikamente dort mitnehmen?«, bat Brian.

Ash nickte. Brian hielt sich an der Kommode fest, und er selbst steckte die Dosen und Verpackungen in die Apothekertüte, die auf der Kommode lag. Dann stützte er Brian erneut, und sie verließen gemeinsam das Zimmer und den Westflügel.

Sie kamen nur sehr langsam voran, da Brian extrem schwach auf den Beinen war. Immer wieder verlor er das Gleichgewicht, und Ash musste ihn mehr neben sich herziehen, als dass er selber lief.

»Entschuldige«, murmelte Brian irgendwann verlegen.

»Ach Quatsch«, erwiderte Ash schnell und hoffte, seine Stimme klang nicht allzu gepresst. Er war momentan selbst nicht der Fitteste, und das Ganze strengte ihn mehr an, als es sollte. Aber schwächeln war keine Alternative. Er und Brian mussten es runter vom Merlin-Anwesen schaffen. Das war Ashs einzige Chance, Caroline von seinem erneuten Meinungswechsel zu überzeugen. Er hoffte nur, sie würde ihm auch verzeihen. So wütend, wie sie gewesen war … Doch darüber wollte er jetzt lieber nicht nachdenken. Jetzt war es erst einmal wichtig, schnell und vor allem ungesehen von hier zu verschwinden, denn er bezweifelte, dass er und Brian im Kampf gegen die Merlins eine Chance haben würden.

Brian wies ihm den Weg, und schon bald erreichten sie den Raum, in dem sich das Sicherheitssystem der Merlins befand. Er lag in der Nähe des Verlieses und in der Nähe des Salons, was Ash gar nicht gefiel.

»Warum müssen wir das System überhaupt ausschalten?«, fragte er leise. »Ich bin ja auch so reingekommen.«

»Da frage ich mich eh, wie du das geschafft hast«, erwiderte Brian ebenso leise.

Ash runzelte die Stirn. Wenn er es recht bedachte, war es tatsächlich ziemlich einfach gewesen. Keine Alarmanlage oder sonst irgendwas. Eigentlich hatte er damit gerechnet, dass er vorher einige Sicherheitsvorkehrungen hätte umgehen müssen, aber dem war nicht einmal ansatzweise so gewesen. Eine Falle? Aber niemand hatte ihn empfangen oder aufgehalten, also was hätte das schon für eine Falle sein sollen? Und dennoch. Mit einem Mal war ihm noch unbehaglicher zumute als zuvor. »Okay, schalten wir schnell das System aus, und dann nichts wie weg von hier.«

Vorsichtig öffnete Ash die Tür, die unverschlossen war, und musste feststellen, dass ihnen jemand zuvorgekommen war. Jemand hatte bereits das Sicherheitssystem ausgeschaltet.

Ash ließ die Zeit wieder normal laufen – ob bewusst oder unbewusst war ihm selbst nicht so ganz klar. Henri zuckte zusammen, als sich die Tür öffnete, doch dann reagierte er blitzschnell. Während sich Ash noch fragte, was Henri hier tat, hielt der bereits eine offene Dose mit Pulver in der Hand, das Ash sofort erkannte. Feuerpulver. Es suggerierte dem Opfer, bei lebendigem Leib zu verbrennen, was zu Wahnsinn oder sogar Tod führen konnte. Und er war gewiss nicht scharf darauf, es selbst auszuprobieren.

»Nimm das Pulver weg«, bat er seinen Freund beschwichtigend, als richtete dieser eine Waffe auf ihn.

Henri machte keine Anstalten, die Dose wieder zu verschließen. »Ich werde es einsetzen, wenn du mir in die Quere kommst. Das schwöre ich dir.«

Doch Henris leicht zitternde Hand verriet Ash, dass er log. Er würde das Pulver nicht ohne Weiteres gegen seinen zumindest ehemals besten Freund einsetzen, und dieses Wissen gab Ash die Hoffnung, Henri schnell überzeugen zu können. Zuerst wollte er erneut die Zeit verlangsamen, um Henri das Pulver abzunehmen, doch obwohl es ihm schwerfiel, ließ er es bleiben. Das würde Henri nur noch misstrauischer machen. »Hör mir zu«, begann Ash daher, doch da entdeckte Henri auch Brian, der ebenfalls den Raum betreten und hinter sich die Tür geschlossen hatte. Er runzelte die Stirn.

»Brian? Was soll das? Was machst du hier? So ein verdammter Mist!« Nun legte er das Pulver doch beiseite und zückte sein Handy, um darauf herumzutippen.

»Kannst du mir mal erklären, was los ist?«, fragte Ash, in dem sich alles anspannte. Offenbar empfand Henri in diesem Moment etwas ganz anderes als eine noch größere Bedrohung, und dieser Gedanke behagte Ash ganz und gar nicht. Caroline! Instinktiv wusste er, dass es um sie ging. »Was ist los?«, wiederholte er, dieses Mal schärfer.

»Caroline ist hier, um ihren Vater aus dem Verlies zu befreien. In diesem Moment. Ich habe mich hereingeschlichen und das Sicherheitssystem lahmgelegt, damit sie sich unbemerkt auf das Anwesen teleportieren kann. Bevor ihr hier aufgetaucht seid, habe ich Caroline per WhatsApp grünes Licht gegeben.«

Das erklärte, wie Ash so einfach auf das Merlin-Anwesen hatte gelangen können. Henri hatte vorher mit Voodoomagie die Sicherheitsvorkehrungen außer Gefecht gesetzt, doch das spielte jetzt keine Rolle. Ash hatte eine böse Vorahnung, dennoch sagte er: »Okay, holen wir sie schnell aus dem Verlies.«

»Du verstehst nicht. Die Merlins wollten Caroline in eine Falle locken. George hat ihr gedroht, Brian umzubringen, wenn sie sich nicht innerhalb der nächsten Stunden stellt. Nun ist sie im Verlies, aber Brian ist ganz offensichtlich nicht dort.«

Brian, der zu zittern begann, ließ sich auf einen Stuhl sinken. »Natürlich nicht, ich war die ganze Zeit im Krankenflügel. George hat mich hin und wieder für eine Weile ins Verlies geschleppt und mich gezwungen, Caroline eine Vision zu schicken. Jetzt ergibt das alles einen Sinn.« Er barg das Gesicht in den Händen. »Was habe ich nur getan?«

Auch Ash begriff die Lage sofort. Caroline schwebte vermutlich in diesem Moment in höchster Gefahr. Das musste die Falle sein, die George vorbereitet hatte. Vermutlich war es im Haus nur deshalb so ruhig gewesen, weil sich sämtliche Merlins im Verlies auf die Lauer gelegt hatten. Verdammt, er hätte doch zuerst hinunter in den Kerker gehen sollen. Dann hätte er zwar Brian nicht befreien, aber dafür Caroline helfen können. Er hatte bereits die Türklinke in der Hand. »Ich hole sie, bring du Brian in Sicherheit«, sagte er zu Henri. »Schickt Caroline eine Nachricht, wo ihr seid, wenn ihr das Grundstück sicher verlassen habt.« Doch bevor er selbst den Raum verlassen konnte, war Henri bei ihm und packte ihn am Handgelenk.

»Warum sollte ich dir vertrauen? Bis vor Kurzem wolltest du Caroline noch selbst töten, und jetzt willst du sie plötzlich retten?«

»Was?«, fragte Brian, doch niemand achtete auf ihn.

Ash riss sich los. »Ich habe einen großen Fehler gemacht. Aber ich wäre nie imstande gewesen, sie umzubringen. Bitte, Henri, du musst mir glauben. Letzte Nacht habe ich euch geholfen, oder etwa nicht?«

»Und was war das vorhin?«, fragte Henri scharf.

Ash fuhr sich über die Augen. »Das hat sie missverstanden. Ich wollte sie nicht ablenken, um sie zur leichteren Beute zu machen. Ich wollte ihr wirklich nur sagen, wie sehr ich sie liebe und wie leid mir das Ganze tut.« Er zeigte auf Brian, der völlig verwirrt wirkte. »Ich habe ihren Vater befreit, um sie davon zu überzeugen, dass ich nicht länger an der Seite meiner Familie kämpfen werde.«

»Und das soll ich dir einfach so glauben? Ash, du kannst nicht dauernd deine Meinung ändern.«

»Jungs, könnt ihr das bitte später klären?«, unterbrach Brian sie. »Meine Tochter schwebt in Gefahr, sie braucht Hilfe.«

»Ich mache das«, sagte Henri, doch nun hielt Ash ihn zurück. Er legte ihm beide Hände auf die Schultern und sah ihn eindringlich an.

»Bitte, Henri, vertrau mir. Mit meinen Kräften kann ich Caroline besser helfen als du. Brian hat recht, wir dürfen keine Zeit verschwenden.«

»Geht beide«, sagte Brian und hievte sich mit einem kaum vernehmbaren Stöhnen aus dem Stuhl. »Ich werde allein fliehen und melde mich bei euch.« Doch er hatte Mühe, sich auf den Beinen zu halten. Es war klar, dass er es nicht allein schaffen würde.

Ash und Henri sahen beide zu ihm und wieder einander an. Henri schloss für einen kurzen Moment die Augen. »Caroline ist mir wichtig, Ash«, sagte er leise. »Lass es mich bitte nicht bereuen.«

»Danke, Henri. Ich hole sie da raus, versprochen«, antwortete Ash und trat durch die Tür. Jetzt war er froh, dass sich der Raum mit dem Sicherheitssystem so nah am Verlies befand.

Kapitel 20

Caroline

Während ich mit Tianna im Schatten einiger Bäume wartete, versuchte ich, nicht daran zu denken, was alles passieren konnte. Tagsüber war es mir mehr oder weniger gut gelungen, doch jetzt, wo ich nichts zu tun hatte, außer das Anwesen der Merlins zu beobachten und auf eine Nachricht von Henri zu warten, fiel es mir immer schwerer.

Das Merlin-Anwesen wirkte bei Nacht besonders gruselig. Ich war schon öfter hier gewesen, doch bisher hatte ich es nie von außen gesehen. Ein Spukschloss, wie es im Buche stand, aber das hier war die Realität. Obwohl wir sämtliche Szenarien durchgegangen waren, die uns eingefallen waren, hatte ich Angst. Der Plan war im Prinzip denkbar einfach: Henri schaltete das Sicherheitssystem der Merlins ab und benachrichtigte mich. Gleich darauf würde ich mich und Tianna in das Verlies teleportieren, meinen Vater befreien (was hoffentlich mit meinem Blut funktionierte), und dann wieder verschwinden – mit Henri, der bis dahin zu uns stoßen sollte. Das Ganze würde nicht lange dauern. Maximal fünf Minuten ab dem Moment, in dem ich selbst in Aktion treten würde. Doch fünf Minuten konnten lang sein, und in der Zeit konnte wahnsinnig viel passieren. Was war mit Georges Falle? Wie genau würde diese aussehen? Wir gingen davon aus, dass das Sicherheitssystem wie bisher eine zentrale Rolle spielen würde. Aber was, wenn nicht? Oder wenn Henri erwischt wurde? Er war nun schon eine ganze Weile weg. Henri und Tianna hatten zuvor jeden infrage kommenden Loa um Schutz und Beistand gebeten, aber würde das alles reichen?

Ich warf Tianna einen Seitenblick zu. Sie kaute an der Haut ihrer Fingernägel herum, doch als sie meinen Blick bemerkte, hörte sie sofort damit auf und lächelte mir aufmunternd zu. Wir waren weit genug vom Anwesen der Merlins entfernt. Uns würde garantiert niemand belauschen können, trotzdem trauten wir uns nicht, uns zu unterhalten. Ich wagte kaum, mich zu rühren, aus Angst, jemand könnte die Bewegung wahrnehmen und uns auffliegen lassen. Das hier musste einfach funktionieren. Wenn mein Vater erst einmal in Sicherheit war, würde vieles einfacher werden. Das hoffte ich wenigstens.

Ich umfasste das Gris-Gris, das zusammen mit dem blutroten Anhänger um meinen Hals hing und das Henri mir am frühen Abend gegeben hatte. Er hatte es fertiggestellt, als ich Megan und ihre Eltern in Sicherheit gebracht hatte, unmittelbar nachdem ich Ash in unserer alten Wohnung in Camden Town über den Weg gelaufen war. Aber daran wollte ich nicht denken, also wanderten meine Gedanken zurück zu dem Moment, als ich mit Megan und ihren Eltern in New Orleans gelandet war. Die Sonne hatte von einem wolkenlosen Himmel gebrannt, und es war heiß gewesen. Drückend heiß. Die Hitze hatte auf dem Asphalt der Straße geflirrt. Das Klima im Süden der USA war so ganz anders als das im jamaikanischen Regenwald. Binnen Sekunden lief mir der Schweiß den Rücken hinunter, und das lag nicht daran, dass ich mich besonders angestrengt hätte. Zumindest nicht körperlich, wobei ich die Anstrengung der letzten halben Stunde schon ziemlich deutlich gespürt hatte. Dabei beherrschte ich das Teleportieren inzwischen recht gut, denn obwohl ich vier Personen samt Gepäck von London nach New Orleans teleportiert hatte, waren wir nicht im Sumpf gelandet. Dafür allerdings auf einer belebten Straße im French Quarter, doch mitten im Gewühl waren wir glücklicherweise niemandem aufgefallen. Nur ein Betrunkener hatte mehrfach in unsere Richtung geschaut und geblinzelt, war dann aber wieder seiner Wege gegangen.

Megans Eltern standen immer noch stocksteif da, bewegten nicht einmal den Kopf, sondern nur ihre Augen, um die neue Umgebung um sich herum wahrzunehmen: die typische Architektur der Häuser, jedes einzelne davon mit einem verschnörkelten Balkon. Die vielen Menschen, die sich durch die Straßen schoben und hier und da stehen blieben, um noch schnell ein Foto zu schießen. Aus einer Bar drang Jazzmusik zu uns auf die Straße, und direkt gegenüber von uns befand sich ein Laden, in dem man Hexenbedarf kaufen konnte. Einfach so. Ob die Inhaber selbst Magier waren? Zu gern hätte ich mir das Geschäft von innen angesehen, doch dafür blieb keine Zeit. Außerdem machte ich mir gerade viel zu viele Sorgen um Megans Mutter. Sie war so blass und gleichzeitig grün im Gesicht, dass ich fürchtete, sie könnte an Ort und Stelle umkippen. Dabei war das normalerweise mein Part, aber zum Glück ging es mir zumindest im Moment halbwegs gut, wenn man einmal von dem Pochen hinter der Stirn und der Tatsache absah, dass ich eine Flasche Wasser auf ex hätte trinken können. Und von Ash. Ich hätte ihn umbringen können. Warum hatte ich es nicht einfach getan? Wie hatte er mich küssen und im nächsten Moment dermaßen verraten können?

Megan erholte sich dieses Mal recht schnell von ihrer Übelkeit. Einen Moment sah sie sich begeistert um, und ich musste zugeben, dass diese Stadt schon auf den ersten Blick einen unglaublich faszinierenden Eindruck hinterließ. Was hätte ich dafür gegeben, mit Megan New Orleans und die Schauplätze von *The Originals* zu erkunden. Stattdessen musste ich mich meinen eigenen Feinden stellen, die schlimmer waren als jeder Urvampir.

Megans Blick blieb an mir hängen, sie wurde sehr ernst. »Wegen gerade –«

»Ich will nicht darüber reden«, unterbrach ich sie sofort. »Mit dem Thema bin ich durch. Ash hat die Seiten gewechselt, fertig.«

Megan nickte, doch sie wirkte alles andere als überzeugt. »Ob Mrs Preston die Polizei gerufen hat? Ich schätze, sie wird uns vor die Tür setzen. Wir müssen uns wohl oder übel nach einem neuen Job und einer neuen Bleibe umsehen, wenn das alles vorbei ist.«

Das schätzte ich auch. Nun wurde mir doch ein wenig schwindelig, was sicher an der brütenden Hitze oder dem unfreiwilligen Zusammenstoß mit Ash und seinem Dad lag. Zumindest hätte ich mir das gern eingeredet, wenn da nicht das Blut wäre, das ich aus meiner Nase tropfen spürte. Schnell wischte ich es mit einem Taschentuch weg, aber Megan hatte es längst bemerkt.

»Wir hätten doch den Flieger nehmen sollen«, sagte sie und ließ die Schultern hängen.

»Red keinen Unsinn«, wandte ich ein. »So weiß ich wenigstens, dass ihr in Sicherheit seid. Außerdem war das eine gute Übung für heute Nacht. Da werde ich auch vier Leute gleichzeitig teleportieren müssen, sofern alles glatt läuft und wir meinen Dad befreien können.« Und ich würde vielleicht erneut auf Ash treffen, der zusammen mit den anderen Clanmitgliedern Jagd auf mich machte. Daran bestand nun kein Zweifel mehr. Ich blickte noch einmal zu Megans Eltern, die allmählich aus ihrer Schockstarre erwachten. Der Schock schien langsam in Panik überzugehen. Megans Mutter klammerte sich an ihren Mann und sah sich erneut nach allen Seiten um, dieses Mal hektisch. »Wirst du klarkommen?«, fragte ich Megan leise.

Sie seufzte. »Ob *ich* klarkomme? Natürlich werde ich das. Danke, Caroline. Für alles.«

Wir hatten uns versprochen, hart zu bleiben, doch Megan konnte es ebenso wenig wie ich. Schluchzend fiel sie mir um den Hals, und auch ich spürte die Tränen aufsteigen. »Wenn sich einer bedanken muss, bin ich das. Ich stehe auf ewig in deiner Schuld.«

Megan schüttelte vehement den Kopf. »Tust du nicht, aber wenn du dich unbedingt revanchieren willst, versprich mir, dass wir uns wiedersehen.«

»Das werden wir, Megan.«

»Du hast es nicht versprochen«, flüsterte sie und drückte mich noch enger an sich.

Ich schluckte. Das hatte ich nicht, denn ich wusste nicht, wie das Ganze ausgehen würde. Ich löste mich von ihr und sah ihr fest in die Augen. »Wir werden uns wiedersehen«, wiederholte ich und versuchte, die Zweifel aus meiner Stimme herauszuhalten. »Und jetzt muss ich leider gehen.« Die Zeit wurde allmählich knapp. Ich hatte zuerst Megan in Sicherheit bringen wollen, während sich Tianna und Henri einen Schlachtplan überlegten. Dabei wussten wir alle, dass wir noch so viel planen konnten – wir würden nie auf das vorbereitet sein, was uns heute Nacht erwartete, und das war ehrlicherweise auch nicht der Hauptgrund, warum ich zurückwollte. Ich fühlte mich schwach und ausgelaugt und hatte Angst, jeden Moment zusammenbrechen zu können; sowohl emotional als auch körperlich. War meine Magie schon wieder kurz davor, die Kontrolle über mich zu übernehmen und mich auszuknocken? Oder nahm Ashs Verrat mich mehr mit, als ich zulassen wollte?

Megan umklammerte ihren Oberkörper mit ihren Armen; wahrscheinlich, um sich davon abzuhalten, mich erneut an sich zu drücken. »Pass auf dich auf. Und melde dich bitte, wenn du meine Hilfe brauchst. Sei nicht zu stolz, versprich mir das.«

»Versprochen«, hatte ich dieses Mal gesagt. »Mach's gut, Megan.« Ich hatte ein letztes Mal ihre Hand gedrückt und war in eine ruhige Gasse geflüchtet. Dort hatte ich mir ein paar tiefe Atemzüge gestattet, ehe ich mich zurück nach Jamaika teleportiert hatte und von dort nur wenig später wieder nach London.

Ich hatte Megan nicht um Hilfe gebeten, auch wenn ich jetzt theoretisch jede Hilfe gebrauchen konnte. Wenigstens hatte ich das Gris-Gris. Ein kleiner Beutel aus schwarzem Kunstleder, gefüllt mit verschiedenen Ölen, Pulvern und Pflanzen. Es sollte mir Glück bringen und mich vor dem Bösen beschützen. Henri behauptete, es könne mich sogar vor den Schmerzattacken des Merlin-Oberhaupts bewahren, zumindest kurzfristig. Hoffentlich würde er recht behalten, auch wenn ich natürlich hoffte, George ganz aus dem Weg gehen zu können.

Ich blickte auf das nigelnagelneue Handy, das Tianna mir besorgt hatte. Immer noch keine Nachricht von Henri, dabei war er jetzt bestimmt schon zehn Minuten fort. Ich versuchte mir einzureden, dass zehn Minuten nicht viel Zeit waren. Immerhin hatte er erst einmal unbemerkt in das Haus gelangen und den Raum finden müssen, in dem das Sicherheitssystem versteckt war, um es ausschalten zu können. Das alles kostete Zeit. Aber ich konnte einfach nicht aufhören, mir Sorgen zu machen. Was, wenn Henri erwischt worden war, und wir standen hier draußen herum und warteten?

Doch da kam endlich die erlösende Nachricht, oder besser gesagt das vereinbarte Emoji: Daumen nach oben. Ich griff nach Tiannas Hand.

»Es geht los«, flüsterte ich.

Im nächsten Moment befanden wir uns im Verlies der Merlins. Absolute Stille und muffige Luft empfingen uns. Eine einzige flackernde Fackel sorgte für etwas Licht. Trotzdem war es hier drinnen heller als draußen, sodass sich meine Augen nicht erst an die Umgebung gewöhnen mussten. Im Verlies lag mein Vater auf der dünnen Matratze, eingewickelt in eine Decke, und gab röchelnde Geräusche von sich.

»Dad? Dad!«

Doch als Antwort kam nur ein ersticktes Husten. Während sich Tianna im Verlies umsah, um sich zu vergewissern, dass uns niemand aus dem Hinterhalt angreifen würde, hastete ich zur Kerkertür. Ohne lange darüber nachzudenken, steckte ich meinen Zeigefinger in das Schloss. Ich rechnete mit der Nadel, die mir in den Finger stechen würde, trotzdem konnte ich nicht verhindern zusammenzuzucken. Die Tür sprang auf. Ich lutschte den Blutstropfen ab und wollte zu meinem Vater, der sich zu bewegen begann. Im selben Moment fiel hinter mir das Gitter wieder ins Schloss. Unschlüssig blieb ich stehen, nicht sicher, was ich machen sollte. Was war hier los? Da setzte sich mein Vater auf. Nur, dass es nicht mein Vater war. Es war George Merlin.

Gleichzeitig tauchten im dunklen Gang vor dem Verlies zwei Männer auf. Erst beim zweiten Blick erkannte ich sie. Garry Morgan und Kouri Lecourt. Das war also Henris Bruder. Prinzipiell war er auf meiner Seite, aber ich war nicht sicher, inwiefern er mir und Tianna in dieser Situation helfen konnte, ohne den ganzen Lecourt-Clan auffliegen zu lassen. So ein Mist! Sie hatten Tianna und mich getrennt, und da man die Tür nur mit Merlinblut öffnen konnte, hatte sie keine Chance, zu mir zu gelangen. Nicht einmal, wenn sie es schaffen würde, die beiden Männer zu überwältigen.

Das war also die Falle. Verdammt! Ich hatte so viele Szenarien durchdacht, aber ich war nicht auf die Idee gekommen, dass sich George stundenlang ins Verlies legen würde und mein Vater überhaupt nicht hier war.

Mir war klar, dass es nicht funktionieren würde. Dennoch versuchte ich, mich aus dem Verlies zu teleportieren. Ich prallte gegen die Decke und landete auf dem Boden.

George Merlin lachte. »Begrüßt man so seine Familie?«

Er ließ mir keine Zeit zum Antworten, sondern streckte sofort seine Hand nach mir aus. Ein leichter Schmerz durchfuhr mich; in etwa so, als würde ich mir ein Pflaster abreißen. Nicht angenehm, aber aushaltbar und vor allem alles andere als tödlich. Gott sei Dank funktionierte das Gris-Gris wirklich. Ich ging sofort zum Gegenangriff über und katapultierte George gegen die Wand. Warum auch immer es funktionierte, in diesem Verlies konnten wir Magie wirken. Nur das Teleportieren klappte nicht, zumindest, solange ich mich hinter dem Gitter befand.

Immer noch lachend rappelte George sich auf, doch er wirkte bei Weitem nicht mehr so amüsiert wie zuvor. »Wie ich sehe, hast du dich vorbereitet.«

Wieder wollte er mir Schmerzen bereiten, und ich wusste nicht nur, ich spürte auch, dass das Gris-Gris mich nicht ewig vor diesen Attacken schützen würde. Ich musste hier weg. Erneut ließ ich George durch die Luft fliegen und hastete zur Tür, doch noch bevor mein Finger richtig im Schloss steckte, zuckte ich zurück. Leise fluchend schüttelte ich die Hand. Das Schloss stand plötzlich unter Strom, und nun tauchten auch noch nach und nach die anderen Merlins auf: Ich erkannte Jared, Alice und Steven, Meredith und Fred und noch viel mehr Mitglieder des Clans. Wie war das möglich? Henri hatte doch das Sicherheitssystem ausgeschaltet, und weder George noch Kouri oder Garry hatten das Verlies verlassen, um die anderen zu informieren. Und wo war Henri? Hoffentlich in Sicherheit, aber selbst wenn er hier jeden Moment aufschlagen würde, könnte er wohl nicht viel ausrichten. Die Merlins waren uns nicht nur zahlenmäßig weit überlegen. George brauchte mich nur immer wieder zu attackieren und zu warten, bis das Gris-Gris seine Wirkung verlor.

Er musste meinen irritierten Blick bemerkt haben, als die anderen Clanmitglieder hier aufgetaucht waren, denn er deutete mit dem Kopf in die dunkle Ecke des Kerkers. Ich folgte seiner Bewegung. Das durfte doch nicht wahr sein! Da hing tatsächlich eine Kamera. Henri hatte das extrem komplizierte Sicherheitssystem ausgehebelt, und die Merlins lockten mich mit einem einfachen Trick und einer dämlichen Kamera in die Falle. So ein verfluchter Mist! Zwar konnten mir die anderen Merlins nichts tun, solange ich eingesperrt war, aber sie warteten draußen auf mich. Außerdem war Tianna dort, völlig auf sich allein gestellt.

Oder vielleicht auch nicht.

»Moment mal, das war gegen die Abmachung«, bemerkte Kouri mit Blick auf die anderen Merlins. »Wissen mein Vater und May Morgan davon?«

»Ist das dein Ernst, Junge?«, erwiderte George. »Aus besagten Gründen vertraue ich momentan nur meinem eigenen Clan, und es spielt meiner Meinung nach auch keine Rolle. Hauptsache, wir erledigen das Mädchen heute endlich. Oder siehst du das anders?«

Kouri schüttelte schnell den Kopf. »Nein, Sir, natürlich nicht. Ich dachte nur, je mehr, desto besser. Die Morgans wären sicher eine große Hilfe.«

»Ich denke, wir haben das bisher ganz gut im Griff. Kümmert euch nur um sie.« Er zeigte auf Tianna, die unbemerkt von den Merlins eine Dose hervorgezogen und sie aufgeschraubt hatte.

»Zurückbleiben. Ich habe keine Skrupel, das Feuerpulver gegen euch anzuwenden. Darauf könnt ihr euch verlassen.«

Ich bekam nur noch mit, dass sich die Merlins offenbar der Wirkung des Pulvers bewusst waren, da keiner von ihnen Tianna attackierte, als Georges ausgestreckte Hand in meine Richtung zeigte. Noch konnte ich reagieren, und das tat ich. George flog ein drittes Mal quer durch das Verlies und schlug gegen die Mauer. Dieses Mal schaffte er es nicht, sich sofort wieder aufzurappeln. Einen Moment zögerte ich. Nicht, weil George mein Großvater war. Ich mochte ihn nicht, und dass wir irgendwie verwandt waren, spielte in dieser Situation keine Rolle. Ich hatte Skrupel, da ich prinzipiell niemandem wehtun wollte. Aber er wollte mich töten, und wenn ich das verhindern wollte, musste ich anfangen, mich zu wehren. Also katapultierte ich George immer und immer wieder gegen die Wand, sodass er keine Chance mehr hatte, mich selbst anzugreifen. Es gab ein unschönes Geräusch, und George landete mit verdrehtem Arm auf dem Boden. Hatte er ihn sich gebrochen? Trotzdem musste ich weitermachen, auch wenn ich eigentlich gar nicht wollte. Doch bevor ich dazu kam, sprang die Kerkertür auf, und Alice und Fred stürmten herein. Ich war mir nicht sicher, welche Kräfte die beiden hatten, und ich wollte es auch nicht unbedingt herausfinden. Ich schleuderte Alice gegen die Wand, ehe sie mich angreifen konnte, doch Fred konzentrierte sich in der Zeit auf George, der sich aufrappelte und seine gesunde Hand auf mich richtete. Im nächsten Moment spürte ich die Schmerzen. Keine alles verschlingenden Schmerzen wie sonst, aber um einiges heftiger als noch kurz zuvor. Entweder verlor das Gris-Gris bereits an Macht, oder Fred hatte die Gabe, die Kräfte der anderen zu verstärken.

Alice rappelte sich ebenfalls wieder auf und fokussierte mich. Mein Blick verschleierte sich, die Geräusche um mich herum wurden leiser, und der muffige Geruch war so gut wie verschwunden. Alice hatte offenbar die Kraft, die Sinne ihres Gegenübers auszusetzen, und nur dem Gris-Gris hatte ich es zu verdanken, nicht völlig hilflos zu sein. Ich musste mir schnellstens etwas einfallen lassen, denn wenn erst einmal alle Merlins ihre Kräfte gegen mich vereinten, hatte ich selbst mit Gris-Gris oder Feuerpulver, das ich ebenfalls bei mir trug, keine Chance gegen sie.

Feuer, Wasser, Erde, Luft. Erde! Ich musste ein Erdbeben heraufbeschwören und konnte nur hoffen, nicht selbst unter den Trümmern begraben zu werden. Sollte ich es überhaupt schaffen. Doch meine Kräfte waren inzwischen anders als vor der Aktivierung: Ich brauchte bloß an ein Erdbeben zu denken, und schon begann die Erde unter mir zu erzittern. Aber nur für einen kurzen Moment, denn in der nächsten Sekunde wurde ich angegriffen und konnte mich nicht länger auf das Erdbeben konzentrieren. Ich wurde von den Füßen gerissen und prallte mit voller Wucht gegen die Wand. Ein brennender Schmerz durchfuhr meinen Rücken und meine Handgelenke, als ich auf dem Boden aufkam. Meredith. Mein Blick war immer noch blockiert, aber ich wusste, dass sie es war. In einer der Visionen meines Vaters hatte ich gesehen, wie sie es bei Alice getan hatte. Nun war also auch sie bereit, mich zu töten, um selbst am Leben zu bleiben.

Blind schickte ich meine Hände in verschiedene Richtungen. Ich erwischte zuerst Meredith und dann Alice. Meine Sinne normalisierten sich, und ich schleuderte auch George noch einmal gegen die Mauer. Fred ignorierte ich vorerst, da er mir allein keinen Schaden zufügen konnte, doch es wollten bereits weitere Merlins in das Verlies stürmen. Ich konzentrierte mich erneut auf den Boden unter meinen Füßen, und die Erde begann wieder zu erzittern. Ein Grollen folgte, und schon im nächsten Moment verselbstständigte sich das Erdbeben. Das ganze Gebäude wackelte. Ich drückte mich gegen die Mauer, in der Hoffnung, sie würde nicht einstürzen. Von oben fielen Steine herab, die dort, wo sie aufkamen, kleine Krater hinterließen, und der Boden bekam Risse. Ich nutzte den Staub und wirbelte ihn in die Luft. Zwar konnte ich nun selbst nichts mehr sehen, aber die anderen dafür auch nicht. Irgendwie musste ich zu Tianna gelangen, von der ich keine Ahnung hatte, wo sie war, und der es hoffentlich gut ging. Und dann nichts wie weg von hier. Am liebsten hätte ich das ganze Anwesen einstürzen lassen, aber das konnte ich nicht riskieren. Henri war sicher noch hier, und wahrscheinlich war auch mein Vater irgendwo in den oberen Zimmern. Ich wollte auf keinen Fall, dass einem von beiden etwas passierte.

Jemand packte mich am Handgelenk, und ich schleuderte ihn weg. Erst einige Sekunden später realisierte ich, dass es Ash gewesen war. Zumindest bildete ich mir das ein, auch wenn mir klar war, dass das nicht sein konnte. Offenbar wussten die Morgans nach wie vor nichts von der Aktion hier, also konnte auch Ash nichts davon wissen. Und selbst wenn er wirklich hier sein sollte, dann gewiss nicht, um mich zu retten. Das hatte er einige Stunden zuvor ziemlich deutlich gemacht.

Erneut griff jemand nach meinem Handgelenk, dieses Mal kräftiger. Es war tatsächlich Ash. Eine, vielleicht auch zwei Sekunden starrte ich ihn an, dann presste ich zwischen zusammengebissenen Zähnen hervor: »Loslassen.«

»Caroline, du musst mir zuhören.«

»Das muss ich nicht, Ash, und jetzt lass mich los, oder es wird dir noch leidtun.«

»Bitte, ich bin hier, um dir zu helfen. Ich habe einen riesengroßen Fehler gemacht, da brauchen wir gar nicht drüber zu sprechen. Auf die Seite meiner Familie zu wechseln war das Dämlichste, was ich in meinem ganzen Leben je getan habe. Ich liebe dich, alles andere spielt keine Rolle mehr für mich. Du hast absolut keinen Grund, mir zu vertrauen, und ich bitte dich dennoch, es zu tun.«

Mein Herz stolperte. Dumm, wie es war, war es sofort bereit, Ashs Worten Glauben zu schenken, aber zum Glück war mein Verstand schlauer. »Ash, das geht nicht. Du kannst nicht einfach herkommen und behaupten, schon wieder die Seiten gewechselt zu haben. Was denkst du dir eigentlich? Verschwinde, oder ich tue dir weh.« Ich wollte mich losreißen, doch Ash hielt mich dermaßen fest, dass ich nicht gegen ihn ankam. Nicht ohne Magie. »Ich sag es dir zum letzten Mal. Lass mich verdammt noch mal los.«

»Das werde ich nicht, weil ich gerade meine Kräfte einsetze. Sollen die anderen mitbekommen, dass ich hier bin? Dann ist unser Vorteil dahin.« Ich schnaubte, doch Ash ließ mich nicht zu Wort kommen und packte nun auch noch meinen anderen Arm. »Hör mir kurz zu. Ich bin ja nicht blöd, ich wusste, dass du mir nicht glauben würdest. Deshalb bin ich heute Nacht hergekommen, um deinen Vater zu befreien, was mir im Übrigen auch gelungen ist. Während unserer Flucht sind wir allerdings auf Henri gestoßen. Er bringt deinen Vater gerade in Sicherheit, weil meine Kräfte an dieser Stelle sinnvoller sind. Wenn wir aber noch lange hier herumstehen, haben wir sämtliche Vorteile verspielt.«

Ich zögerte. Mir war klar, dass wir handeln mussten, und das schnell. Aber mir war nicht klar, ob ich Ash glauben, geschweige denn trauen sollte. Tausend Fragen lagen mir auf der Zunge, aber obwohl Ash die Zeit verlangsamte, hatte ich keine Zeit, sie zu stellen. Ich musste mich entscheiden, hier und jetzt. Verdammt! Ich wollte Ash gerade sagen, dass er sich zum Teufel scheren solle, als mir ein wenig schwindelig wurde. Im ersten Moment befürchtete ich, Alice Merlin hätte meine Sinne erneut ausgesetzt, doch dann sah ich Henri im Schatten einer Eiche stehen, und er war nicht allein. Mein Vater schickte mir diese Nachricht, also musste Ash zumindest in dieser Hinsicht die Wahrheit gesagt haben.

»Oh Gott, ich hoffe, es geht dir gut und ich bringe dich gerade nicht in Gefahr«, sagte Henri ziemlich schnell. »Du sollst nur wissen, dass Ash deinen Dad befreit hat und wir vor dem Anwesen auf euch warten. Oder auf dich. Entscheide selbst, ob du ihm traust. Ich habe es getan, weil seine Magie im Kampf gegen die Merlins deutlich wertvoller ist als meine. Ich hoffe, wir sehen uns gleich.«

Das Bild verschwamm vor meinen Augen, stattdessen rückte Ash wieder in mein Blickfeld. Fragend betrachtete er mich, doch ich ging nicht darauf ein, denn gleichzeitig nahm ich wahr, dass sich der Staub allmählich legte und die Mitglieder des Merlin-Clans uns entdeckt hatten. Ash musste die Zeit für einen Moment normalisiert haben, damit ich die Nachricht meines Vaters empfangen konnte.

»Arthur Morgan«, knurrte George.

In der nächsten Sekunde fiel Ash auf die Knie, und ich fasste mir an die Kehle. Mir blieb die Luft weg. Das Gris-Gris verlor immer mehr an Kraft, und nun platzierte sich Fred auch noch zwischen George und Steven, um deren Kräfte zu verstärken. Ash krümmte sich am Boden, und mir blieb kaum noch Sauerstoff. Die kleine Voodoomagie! Schnell stellte ich mir vor, wie meine Kehle weiter wurde. Zwar war ich weit davon entfernt, wieder normal atmen zu können, aber immerhin war ich nicht mehr kurz vor dem Ersticken. Im nächsten Moment ließ ich meinen Arm etwas länger werden, um einen heruntergefallenen Stein greifen zu können und ihn in Richtung der drei Männer zu werfen. Er verfehlte sein Ziel. Ich wollte den nächsten Stein als Wurfgeschoss verwenden, als Tianna plötzlich wie aus dem Nichts auftauchte und Steven Feuerpulver ins Gesicht blies. Er schrie auf, drehte sich um sich selbst und warf sich schließlich in den Staub, wo er sich von einer Seite auf die andere wälzte, doch ich achtete kaum auf ihn. Ich presste George und Fred mithilfe des Luftdrucks gegen die Mauer und nahm ihnen selbst einen Moment die Luft zum Atmen, indem ich den Sauerstoffgehalt in der Luft verringerte. Dann ließ ich sie zu Boden fallen und griff nach Ashs Hand. Ich wusste immer noch nicht, was ich von seinem Meinungswechsel halten sollte, aber es stand außer Frage, dass ich ihn mitnehmen musste. Er konnte nicht hierbleiben, außerdem waren seine Kräfte wirklich hilfreich.

Es dauerte einige Sekunden, aber dann kam er wieder ganz zu sich und verlangsamte die Zeit. Wir liefen zu Tianna und hasteten gemeinsam aus dem Verlies. Jedes Merlin-Mitglied, das sich uns entgegenstellen wollte, katapultierte ich aus dem Weg, bevor es seine Kräfte gegen uns einsetzen konnte. So schaffte ich es vereint mit Ashs Kräften, uns in Sicherheit zu teleportieren.

Schwer atmend sank ich in der Holzhütte im jamaikanischen Regenwald auf die Knie. Ich wollte nach meinem Vater sehen, hatte noch so viele Fragen an Ash, aber im Moment konnte ich mich nur auf mich selbst konzentrieren. Vor der Aktion hatten die Lecourts mir wie besprochen je eine Prise Magie meiner Mutter und meines Vaters verabreicht, und ich hatte den ganzen Tag über Tiannas Kräutertrank getrunken. Es hatte geholfen, aber nach den Attacken der Merlins, der übermäßigen Inanspruchnahme meiner Magie und dem Teleportieren von gleich fünf Leuten auf einmal ging es mir nicht so gut, und das war eine ziemliche Untertreibung. Meine Stirn pochte, mir war schwindelig und schlecht, und natürlich tropfte Blut aus meiner Nase. Doch das war noch nicht alles. Ich musste husten und würgte dabei einen ganzen Schwall Blut hervor. Okay, jetzt war mir richtig schlecht, und es flimmerte schon wieder vor meinen Augen. Ich hörte gerade noch, wie Tianna meinen Vater um etwas Magie bat, als alles um mich herum in Dunkelheit versank.

Langsam öffnete ich meine Augen. Mir war sofort klar, dass ich dieses Mal nicht so lange weggetreten war wie am Morgen. Ich lag auf einem der Sofas, und es fiel noch kein Tageslicht durch die Fenster in die Hütte. Trotzdem wurde es allmählich zur schlechten Angewohnheit. Ich hasste es, schwach zu wirken und die Kontrolle zu verlieren, und in Ohnmacht zu fallen war weder stark noch kontrolliert.

»Das geht so nicht weiter«, hörte ich Tianna leise sagen und schloss meine Augen schnell wieder. »Innerhalb von vierundzwanzig Stunden mussten wir ihr dreimal Magie verabreichen. Ich hatte gehofft, es würde länger wirken, aber je aktiver sie selbst ist, desto mehr Magie ihrer Eltern braucht sie. Und unsere Vorräte von Sophies Magie gehen allmählich zur Neige.«

Einen Moment herrschte Schweigen. Mein Herz schlug schneller, mein Mund fühlte sich ganz trocken an. Eine einzelne Träne lief mir über die Wange. Dad war zumindest vorerst in Sicherheit. Vielleicht war es nun an der Zeit für mich, Lebewohl zu sagen.

»Und wenn sie keine Magie wirkt?«, fragte Ash. »Können wir den Zerfall dann aufhalten?«

»Verlangsamen, aber nicht aufhalten«, erwiderte Tianna. »Wir suchen nach einer dauerhaften Lösung, aber ich fürchte …« Unbeendet hing der Satz in der Luft.

»Sie darf nicht sterben«, flüsterte mein Vater. »Endlich habe ich sie wieder, ich will sie nicht noch einmal verlieren.«

»Ich dich auch nicht«, sagte ich mit kratziger Stimme. Ich öffnete die Augen und wandte den Kopf zur Seite. Mein Vater und Tianna saßen auf dem Sofa, Ash und Henri standen jeder auf einer Seite der Sitzgruppe. Niemand schien zu wissen, ob Ash vertrauenswürdig war, aber das spielte im Moment keine Rolle.

Ich wollte mich aufsetzen, fühlte mich allerdings ziemlich schwach. Tianna stand auf und half mir, mich neben meinen Vater zu platzieren. Er legte einen Arm um mich.

»Es tut mir so leid«, sagte er mit Tränen in den Augen. »Das ist alles meine Schuld. Wenn ich gewusst hätte –«

»Es ist nicht deine Schuld«, erwiderte ich kopfschüttelnd.

»Doch, ist es. Ich hätte mich beim Hexenmeister nach den Konsequenzen erkundigen müssen. Hätte dir einen Hinweis mitgeben oder der Kanzlei das Einverständnis geben sollen, dir Einsicht in die Akte zu gewähren, solltest du eines Tages vor der Tür stehen und nach Informationen fragen. Diese Möglichkeit haben wir damals überhaupt nicht in Betracht gezogen. Ich dachte wirklich, ich rette dich, wenn du weit weg von den Clans und ohne Magie aufwächst. Stattdessen habe ich alles nur noch schlimmer gemacht.« Er wischte sich eine Träne aus dem Augenwinkel.

»Es ist okay. Du konntest es nicht wissen, Dad. Du hast es gut gemeint, also mach dir keine Vorwürfe. Außerdem scheint das jetzige Problem nicht damit zusammenzuhängen, dass meine Magie so spät aktiviert wurde.« Meine Magie – halb Merlin-Magie, halb Voodoomagie – war einfach zu stark für mich. Ich hielt nichts von Prophezeiungen, aber der große Zauberer Merlin schien tatsächlich recht gehabt zu haben. Und auch wenn ich es nicht gutheißen konnte, verstand ich allmählich, warum die Clans so brutal vorgingen.

Ich warf Ash einen Seitenblick zu, er wirkte ziemlich blass. Richtig, er hatte bis eben nicht gewusst, dass ich so oder so sterben würde, denn inzwischen glaubte ich nicht mehr daran, dass Ajani eine Lösung finden würde. Hoffentlich war bei dem Erdbeben niemand wirklich zu Schaden gekommen, und hoffentlich erholte sich Steven Merlin von dem Feuerpulver.

Tianna, die zwischenzeitlich in der Küche verschwunden war, kehrte zu uns zurück, zwei Tassen mit Kräutertrank in den Händen. Sie reichte meinem Vater und mir jeweils eine. Dankbar nahm ich einen Schluck. Nicht, weil ich auf Heilung hoffte, sondern weil etwas Warmes, Beruhigendes jetzt genau das Richtige war.

»Warum wurde die Kanzlei überhaupt damals hinzugezogen?«, wollte Henri wissen.

Mein Vater trank ebenfalls einen Schluck und stellte die Tasse ab. »Wir brauchten Hilfe mit den Papieren. Carolines gefälschte Geburtsurkunde und so weiter. Mr Beaver hat uns dabei geholfen. Er hat zuerst abgelehnt, aber nachdem er von der Prophezeiung erfuhr, hielt er es auch für das Beste.«

Mr Beaver hatte also gewusst, dass Emma und Paul nicht meine leiblichen Eltern waren, als Ash und ich ihn aufgesucht hatten. Das hatte er gut zu verbergen gewusst, aber ich war auch ihm nicht länger böse. Ich hatte ihn gemocht, und er hätte mir so oder so nicht helfen können, denn meine Magie zu aktivieren hatte nicht gereicht, um mich zu retten. Ob es der Hexenmeister gespürt hatte? Hätte er vielleicht eine Lösung gewusst?

Ich wollte Ash fragen, stattdessen wandte ich mich an meinen Vater. »Denkst du, ein Hexenmeister könnte mir noch helfen?«

»Möglich. Ich werde auf jeden Fall nichts unversucht lassen, um dich zu retten.«

»Aber nicht mehr heute Nacht«, ging Tianna dazwischen. »Ihr braucht beide Erholung. Wir müssen uns nur überlegen, wie wir die Betten verteilen. In dem Haus in Green Island hätte es genügend Schlafmöglichkeiten gegeben, aber hier haben wir leider ein kleines Platzproblem.«

Ich verkniff mir den Kommentar, dass wir in Mikéles Gegenwart ganz andere Probleme gehabt hätten. »Dad braucht auf jeden Fall ein richtiges Bett«, sagte ich stattdessen.

Tianna nickte. »Das sehe ich ebenso. Dann bekommt er mein Zimmer, und du teilst dir weiterhin mit Henri ein Zimmer. Ich nehme das Sofa, und Ash …«

»Nein.« Ich schüttelte den Kopf. Ashs Blick war auf mich gerichtet, doch ich wich ihm aus. Hier und jetzt konnte er keine Erklärungen von mir verlangen, und diese Nacht wollte ich auch weder mit Henri noch mit Ash das Bett teilen. »Ich möchte, dass du dein Zimmer behältst, Tianna. Dad kann bei mir schlafen, Henri hat sicher nichts dagegen. Dann können er und Ash die Sofas nehmen.«

Tianna seufzte. »Ich weiß nicht, ob das so eine gute Idee ist, Caroline. Dein Vater ist noch ziemlich schwach, und du brauchst Unterstützung, solltest du dich wieder im Schlaf teleportieren.«

»Es geht mir gut«, sagte mein Vater, der offensichtlich nicht wollte, dass ich mir auch noch um ihn Sorgen machte. Dabei war ihm deutlich anzusehen, wie schwach er noch war. Und dennoch.

»Da sehe ich kein Problem«, sagte ich und stand auf. Glücklicherweise ließen mich meine Beine nicht im Stich. »Heute Nacht werde ich mich ganz sicher nicht mehr teleportieren. Ich bin müde und will nur noch schlafen. Außerdem«, fügte ich etwas leiser hinzu, »gibt es niemanden mehr, den ich unbewusst unbedingt aufsuchen will.« Ash und mein Dad waren hier, und Megan war in Sicherheit, solange sie mit ihren Eltern in New Orleans blieb.

Tianna zögerte, nickte aber schließlich. »Meinetwegen, dann wünsche ich euch eine gute Nacht.«

Ich half meinem Vater auf und in mein Zimmer. Während der ganzen Zeit spürte ich Ashs Blick auf mir, aber heute Nacht hatte ich einfach nicht mehr die Kraft, mich einem klärenden Gespräch mit ihm zu stellen. Das musste bis morgen warten. So viel Zeit hatte ich hoffentlich noch.

Kapitel 21

»Kann ich mit dir reden, Caroline?«

Ich zuckte zusammen, denn ich hatte Ash nicht kommen hören. Gestern und auch am Morgen war ich ihm erfolgreich aus dem Weg gegangen, und direkt nach dem Frühstück hatte ich mich an den See zurückgezogen, um mit mir und meinen Gedanken allein sein zu können. Wir sollten uns zwar aufgrund der Krokodile nicht allein am See aufhalten, aber in diesem Moment war mir das herzlich egal. Zum einen kam so ein Krokodil ohnehin nicht gegen meine Kräfte an, zum anderen wollte ich einfach nur meine Ruhe. Und mal ganz ehrlich – wen hätte ich auch mitnehmen sollen? Megan war mit ihren Eltern in New Orleans. Ash oder Henri? Klares Nein. Tianna war auch nicht unbedingt die Richtige, und mein Vater musste sich von den Strapazen der letzten Nacht erholen. Aber zumindest eine gute Nachricht gab es: Grundsätzlich ging es ihm deutlich besser. Tianna hatte ihn untersucht und bestätigt, dass er über den Berg war. Er war noch ein wenig schwach, aber das würde sich mit der Zeit geben.

»Setz dich«, sagte ich zu Ash, ohne ihn anzusehen. Stattdessen sah ich weiter hinaus auf den See, der regungslos vor uns lag. Einladend wirkte er nicht unbedingt, eher wie ein dreckiger Tümpel in sämtlichen Grün- und Braunschattierungen.

Ash setzte sich, doch wir schwiegen vorerst.

Zeit, sprang ich zu meinen Gedanken von vorher zurück. Das war genau das, was ich nicht hatte. Wie sollte es jetzt weitergehen? Immer wieder dieselbe Frage, aber keine Antwort in Sicht, und ich bezweifelte, dass Ash eine parat hatte. Dafür wirkte er zu niedergeschlagen.

»Bist du jetzt mit Henri zusammen?«, fragte er schließlich, die Augen auf den See geheftet.

Ich unterdrückte ein Seufzen. »Ash …«

»Ich weiß, du bist mir keine Rechenschaft schuldig, und es geht mich nichts mehr an. Trotzdem würde ich es gern wissen.«

Kurz spielte ich mit dem Gedanken, seine Bitte zu ignorieren, doch dann sagte ich: »Keine Ahnung. Wir haben nicht darüber gesprochen, was wir sind. Wir haben uns geküsst, ja. Aber das Bett teilen wir uns nur, weil Tianna sich wegen meiner unkontrollierten Sprünge nachts Sorgen gemacht hat.«

»Verstehe.«

Wieder schwieg er. Eine Weile lauschte ich den Geräuschen des Regenwalds: dem Zirpen der Grillen, dem Gezwitscher der einheimischen Vögel, dem Rascheln der Blätter. Doch schließlich stieß ich ein Seufzen aus und wandte mich ihm zu. »Warum bist du hier, Ash? Warum hast du deine Meinung schon wieder geändert?«

Nun wandte auch er sich mir das erste Mal zu. »Weil ich dich liebe. Daran hat sich nie etwas geändert, und das weißt du. Ich hatte nur meine Skrupel, weil ich nicht wollte, dass du ganze Clans auslöschst. Meine Familie. Ein Leben für das von vielen, das habe ich mir eingeredet, aber es war dumm. Mein Verstand hat diese Entscheidung getroffen, nicht mein Herz. Mein Herz will nur dich.«

Ich schluckte. »Und jetzt ist es dir egal, wenn ich ganze Clans auslösche?« Nicht, dass ich das weiterhin vorhatte. Was hatte es für einen Sinn, wenn ich ohnehin sterben würde? Ich wollte nicht zur Märtyrerin werden, das war nie das Ziel gewesen.

»Ich will dich nicht anlügen. Die Vorstellung, dass du Dutzende Magier töten willst, gefällt mir nicht.«

»Glaub mir, mir auch nicht. Das hat es nie getan«, antwortete ich leise. »Ich habe nur nie eine andere Lösung gesehen.«

Ash nickte. »Das weiß ich jetzt auch, und es spielt für mich keine Rolle mehr, was du tun musst, um am Leben zu bleiben. Hauptsache …« Er ließ den Rest des Satzes offen. »Weißt du, ich dachte, wir könnten gemeinsam abhauen. Ein Leben auf der Flucht wollten weder du noch ich, aber wenn es die einzige Möglichkeit ist, um mit dir zusammen zu sein, würde ich sie ergreifen.«

»Das ist aber leider keine Option.« Ja, ich hatte nie vor alledem fliehen wollen, aber mit einem Mal erschien mir diese Lösung als die einfachste und verlockendste.

Ash strich sich die Haare aus der Stirn, und diese Geste hatte fast etwas Verzweifeltes an sich. »Das ist mir jetzt auch klar. Ich wusste nicht, dass … dass …«

»Wir wissen es selbst noch nicht lange.«

Einige Sekunden betrachtete Ash mich, und in diesem einen Blick lagen so viele Emotionen: Ungläubigkeit und Verzweiflung, Wut und Angst, Sorge und Liebe. »Haben wir überhaupt noch eine Chance?«, fragte er kaum hörbar. Er griff kurz nach meiner Hand, ließ sie aber gleich wieder los.

Seine Worte und sein Anblick reichten, um meinen Herzschlag zu beschleunigen. An Ashs Gefühlen zu mir hatte ich nie gezweifelt, und trotzdem hatte er sich gegen mich gestellt. »Ich weiß es nicht. Woher soll ich wissen, dass du mir keine Falle stellst? Dass du morgen deine Meinung nicht wieder änderst?«

»Das werde ich nicht, Caroline, und das ist keine Falle. Meine Familie weiß nicht, dass ich bei dir bin. Ich bin ohne jede Erklärung abgehauen.«

Ich wandte meinen Blick ab. »Ich weiß einfach nicht, ob ich dir vertrauen kann.« Einen Moment überlegte ich, meine Gedanken für mich zu behalten, aber Ash durfte ruhig wissen, wie sehr er mich mit seinem Verhalten verletzt hatte. So wie es aussah, ging es auf das Ende zu. Da hatte Eitelkeit keinen Platz. »Ich würde dir so gern vertrauen, denn die ganze Zeit über habe ich mir nichts sehnlicher gewünscht, als dich an meiner Seite zu wissen.« Allein ihn jetzt neben mir sitzen zu haben, versetzte meinen ganzen Körper in einen prickelnden Zustand, doch in diesem Fall war es definitiv besser, auf meinen Verstand zu hören. »Ash, du hast neben deinem Vater gestanden und dabei zugesehen, wie er mich angegriffen hat.«

Er nickte. »Ich weiß, es war dumm von mir. Aber glaub mir, wäre Dad dir wirklich gefährlich geworden, hätte ich eingegriffen. Nie und nimmer hätte ich dabei zusehen können, wie er dich tötet.«

»Das sagst du jetzt.«

»Es ist die Wahrheit, Caroline, und das weißt du. Als es hart auf hart kam und George und May dich in dem Verlies der Merlins angegriffen haben, habe ich mich gegen sie gewandt und dir geholfen.«

»Stimmt«, gab ich zu, »und dafür danke ich dir. Trotzdem – deinen Vater hast du einfach machen lassen.« Ich schüttelte den Kopf. »Das ist mir gerade alles zu viel, Ash. Ich muss dir blind vertrauen können, und das kann ich im Moment nicht.«

Wieder nickte er. »Ich verstehe dich, auch wenn ich wünschte, es wäre anders.« Gedankenverloren spielte er mit seinen Fingern. »Und ich kann dich gar nicht überzeugen? Ich dachte, wenn ich deinen Vater rette …«

Mein Vater. Offensichtlich hatte George Merlin ihm nie etwas antun wollen. Das alles war nur eine Farce gewesen, um mich in eine Falle zu locken, und es hatte funktioniert. Wenn Ash nicht gewesen wäre … Ich warf ihm einen Seitenblick zu. Konnte ich ihm vertrauen? »Dass du Dad gerettet hast, werde ich dir nie vergessen, aber du musst versuchen, mich zu verstehen, Ash. Es ist so viel passiert. Immer wieder stand die Frage im Raum, wie du zu mir stehst.«

»Und die meiste Zeit hast du dich in mir geirrt.«

Ich nickte. »Die meiste Zeit, aber das letzte Mal nicht.« Ich schloss die Augen. »Ich könnte es einfach nicht ertragen, noch einmal von dir verraten zu werden.« Meine Stimme zitterte ein wenig, und ich hatte Mühe, die Tränen zurückzuhalten.

Ich wurde das Gefühl nicht los, dass das hier das endgültige Aus war, nicht nur in Bezug auf Ash und mich. Es war vorbei. Wozu sollte ich noch weiterkämpfen? Es gab keine Möglichkeit, mich auf Dauer zu retten, und ich wollte nicht auch noch den letzten Rest der gespeicherten Magie meiner Mutter für mich beanspruchen. Wer wusste schon, wofür die Lecourts sie noch gebrauchen konnten?

Ich öffnete die Augen wieder und fing Ashs Blick auf. In seinen Augen schimmerten Tränen. »Es tut mir so leid«, sagte er so leise, dass ich es mehr erraten musste, als hören konnte.

Ich beugte mich ein Stück nach vorne, schloss erneut die Augen und drückte meine Lippen auf Ashs. Ein letzter Kuss. Nur ein letztes Mal wollte ich noch seine Lippen schmecken und spüren. Selbst wenn ich ihm blind vertrauen würde, was ich zu gern getan hätte, hatten wir keine Zukunft. Und ich wollte keinem von uns den Abschied noch schwerer machen, als er ohnehin schon war.

Ich war versucht, mich enger an Ash zu schmiegen, ebenso wie er versucht war, mich an sich zu ziehen, doch ehe wir beide so wirklich begriffen, was hier los war, löste ich mich auch schon wieder von ihm und sprang auf.

Tianna, Henri, mein Dad und selbst Ash – keiner von ihnen sollte mit ansehen, wie die Magie mich von innen zerfraß. Aber sie würden auch nicht zusehen, wie ich aufgab. Ich sah nur eine Lösung. Nur auf diese Weise konnte ich uns allen noch mehr Schmerz ersparen.

»Lebe wohl«, sagte ich und wollte weg von Ash, von der Hütte und all den anderen Menschen, die ich bis vor Kurzem nicht einmal gekannt hatte, die mir aber inzwischen längst ans Herz gewachsen waren. Doch bevor ich mich wegteleportieren konnte, umrundete Tianna die Hütte und rannte auf mich zu. Sie wirkte aufgebracht.

»Caroline, warte.«

Hatte sie uns belauscht? Wollte sie mich aufhalten? Das konnte ich nicht zulassen. Paris? Neapel? Zu Megan nach New Orleans?

»Papa Ajani will dich sprechen. Er weiß, wie wir dich retten können.«

»Care, warte mal.« Ash hastete hinter mir her, als ich Tianna zurück Richtung Hütte folgte. Care – so hatte er mich nicht oft genannt, dennoch bescherte mir der Spitzname eine Gänsehaut. Aber ich konnte mich gerade nicht mit ihm beschäftigen, denn ich versuchte immer noch zu verstehen, was Tianna mir eben offenbart hatte. Ajani hatte tatsächlich eine Lösung gefunden? Was für eine?

Ich betrat die Hütte, in der Henri und mein Vater auf uns warteten. Auch sie wirkten aufgeregt. Henri lief hin und her, während Dad auf dem Sofa saß, die Beine auf dem Polster ausgestreckt. Er hatte wieder ein wenig Farbe bekommen. Tiannas Kräutertrank, den wir beide von morgens bis abends literweise tranken, schien zumindest bei ihm Wirkung zu zeigen.

»Wo ist das Telefon? Was hat er gesagt?«, fragte ich, selbst aufgeregt.

»Er hat uns bisher keine Einzelheiten verraten, aber er klang sehr zuversichtlich.« Tianna ging Richtung Küche, wo sie eine weitere Tasse mit dem Kräutertrank füllte und mir reichte. »Hier, trink das, du kannst ein bisschen Stärkung gebrauchen. Papa Ajani erwartet dich in London in unserem Haus, um alles mit dir zu besprechen. Er hat einen Schutzring gelegt, sodass die anderen Clans deine Magie dort nicht werden orten können.«

Ich stürzte den Trank in einem Zug hinunter. »Okay, ich mache mich sofort auf den Weg.«

»Caroline, jetzt warte doch mal bitte kurz«, bat Ash erneut.

Ich wirbelte zu ihm herum. »Was? Kommst du mir jetzt etwa wieder mit dem Gefallen, den ich Papa Ajani schulde, wenn er mir hilft?« Ich hatte auch schon daran gedacht, aber ganz ehrlich: Was konnte schlimmer sein, als zu sterben? Außerdem glaubte ich nicht daran, dass Ajani mir etwas Böses wollte. Im Gegensatz zu Ash war er seit der Magieaktivierung stets für mich da gewesen.

»Ich will dich nicht aufhalten; wenn es eine Chance gibt, dich zu retten, müssen wir diese ergreifen. Aber bist du dir absolut sicher, dass du Papa Ajani vertrauen kannst? Er und Kouri waren bei den Gesprächen mit den Clans immer ganz vorne dabei.«

Richtig, Ash wusste bisher überhaupt nicht, dass der Voodooclan auf meiner Seite war. Ich sah zu Tianna und Henri. Keine Ahnung, ob es schlau war, Ash einzuweihen, aber nun konnte er es sich vermutlich ohnehin zusammenreimen, und solange er hier war, konnte er auch keinem der anderen Clanmitglieder etwas verraten. »Die Lecourts halten geschlossen zu mir, seit sie erfahren haben, dass ich eine von ihnen bin. Papa Ajani tut nur so, als würde er auf der Seite der Morgans und Merlins stehen, um uns einen Vorteil zu verschaffen. So wie du es auf Peony Hall getan hast, um mich aus dem Kerker befreien zu können.« Und so wie Ash es hätte tun sollen, als er das letzte Mal behauptet hatte, die Seiten gewechselt zu haben. Nur, dass er da plötzlich wirklich gegen mich gewesen war.

Er wirkte zerknirscht, weil er denselben Gedanken zu haben schien. »Verstehe. Anfangs habe ich mich tatsächlich gefragt, ob die Lecourts dir aus dem Verborgenen helfen, aber ich habe den Gedanken schnell verworfen. Papa Ajani war wirklich überzeugend.«

»Er kann *sehr* überzeugend sein«, bestätigte Tianna. »Ich habe keinen Zweifel, dass die anderen Clanmitglieder ihm glauben, und dennoch mache ich mir ein wenig Sorgen. Jetzt, wo Ash wieder an unserer Seite kämpft, werden sie misstrauischer sein.«

Ash zuckte mit den Schultern. »Nicht zwingend. Mir haben sie von vorneherein nicht getraut, weil ich zwar vorgab, zu ihnen zu halten, aber nicht immer so gehandelt habe.« Er sah zu mir.

Einen kurzen Moment hielt ich seinem Blick stand, dann sah ich weg. Ganz unrecht hatte er nicht. Als es wirklich brenzlig gewesen war, hatte er mir geholfen, und bei der Aktion mit seinem Vater hatte ich zu keiner Zeit in Lebensgefahr geschwebt. Sie hätten leichtes Spiel gehabt, hätte Ash mich nicht quasi vorgewarnt und stattdessen seine Kräfte ebenfalls gegen mich eingesetzt, doch das hatte er nicht getan. Und inzwischen glaubte ich ihm auch, dass er mich nicht hatte verwirren wollen, indem er mir zuvor seine Gefühle gestanden hatte. *Er* war verwirrt gewesen, so wie ich, und das konnte ich ihm nicht verdenken. Vielleicht konnte ich mit der Zeit doch wieder lernen, ihm zu vertrauen? Wenn Ajanis Idee funktionierte, würde ich mir um so etwas wie Zeitmangel hoffentlich keine Sorgen mehr machen müssen.

»Du solltest langsam los, Caroline«, riss mich Tianna aus meinen Gedanken. »Ich werde auf deinen Dad aufpassen, und Ash sollte vielleicht auch lieber hierbleiben, aber du kannst Henri mitnehmen, wenn du nicht allein gehen möchtest.«

Darüber brauchte ich nicht nachzudenken. Ich ging zu Henri und nahm seine Hand.

»Hoppla.« Ajani trat einen Schritt beiseite, weil wir beinahe auf ihm gelandet wären. »Caroline, Henri. Schön, euch zu sehen.«

Das Lecourt-Anwesen kannte ich noch nicht so gut, und so hatte ich uns in das Zimmer teleportiert, in dem Tianna meine Magie aktiviert hatte. Die Erinnerungen an diesen Abend prasselten auf mich herein, und es war auch alles noch genauso wie an jenem Abend: Die Kerzen standen auf dem Boden verteilt, den Altar hatte immer noch niemand aufgeräumt, und die Yogakissen lagen an denselben Stellen. Es roch sogar noch nach Jasmin und Orange. Nur Ashs Blut hatte glücklicherweise jemand aufgewischt. Dort, wo er regungslos gelegen hatte, glänzte der Boden mehr als sonst wo.

Ajani folgte meinem Blick. »Ich hab gehört, ihr habt Arthur Morgan Unterschlupf gewährt?« Seiner Stimme war nicht anzuhören, ob er sauer war oder nicht.

Ich nickte. »Er war plötzlich da, hat uns geholfen und behauptete, wieder auf unserer Seite zu sein«, antwortete ich. »Ich musste mich schnell entscheiden. George Merlin war ziemlich sauer, er hätte ihn sonst garantiert umgebracht.«

»Oh ja, die Morgans und Merlins toben vor Wut, das könnt ihr euch sicher vorstellen.«

»Es tut mir leid, ich hätte Ash nicht ohne Rücksprache einfach mitnehmen sollen.«

»Schon gut«, winkte Ajani ab. »Die ganze Hetzjagd wird ohnehin bald ein Ende haben, denke ich, und George war nicht nur wegen Arthur sauer. Er hat berichtet, dass du extrem stark warst und dass du wahrscheinlich sogar ohne Ashs Hilfe gegen sie angekommen wärst.«

Wäre ich das? Mit Ash war auf jeden Fall alles viel leichter gewesen. Ich zuckte mit den Schultern. »Vielleicht, wenn ich nur mich in Sicherheit hätte bringen müssen. Aber da ich Tianna nicht hätte zurücklassen können, war es ganz gut, dass Ash dort war.«

»Wie dem auch sei. Wollt ihr etwas trinken? Etwas essen?«

Ich schüttelte den Kopf, und auch Henri wurde allmählich ungeduldig. »Tianna hat uns ausrichten lassen, du hättest einen Weg gefunden, um Caroline zu retten.«

Ajani lächelte. »Das ist wahr. Setzt euch doch.« Er nahm selbst auf einem der Yogakissen Platz, und wir taten ihm den Gefallen und setzten uns ebenfalls, obwohl Henri sicher wie ich in diesem Moment keine große Lust verspürte, still zu sein. »Ich bin in Merlins Tagebuch darauf gestoßen. Als hätte der alte Knabe geahnt, was seine Prophezeiung eines Tages anrichten würde.« Er lächelte erneut, wurde aber sofort wieder ernst. »Aber ich muss dich warnen, Caroline. Das Ganze ist ziemlich radikal und nicht mehr umkehrbar. Ich sehe nur leider keine andere Lösung.«

»Egal, ich bin bereit«, sagte ich, ohne zu zögern. Ich gab es gern zu – ich hatte Angst und wollte nicht sterben. Was auch immer ich tun musste, um am Leben zu bleiben, ich würde es tun.

Ajani nickte. »In Ordnung, dann bereite ich alles vor. Du holst am besten die anderen zurück nach London, und in spätestens einer Stunde können wir anfangen.«

»Warte, Vater«, mischte sich Henri ein. »Wie sieht denn der Plan aus?«

»Carolines Magie zerstört sie, also müssen wir sie von der Magie trennen.« Ajani machte eine kurze Pause. »Ich werde ihr ihre Kräfte nehmen.«

Ash war einen Moment ganz still. Ich hatte mit Protest gerechnet, stattdessen schwieg er. Vielleicht wägte er aber auch nur ab.

Wir saßen draußen auf den Stufen der Holzveranda. Henri war bei seinem Vater geblieben, um ihm bei den Vorbereitungen zu helfen. Außerdem würde ich gleich genug von Jamaika nach London zu teleportieren haben. Tianna kümmerte sich um das Gepäck, und Dad war auf dem Sofa eingedöst. Er sollte sich noch ein bisschen ausruhen, bevor wir demnächst aufbrechen mussten. Was er wohl zu Ajanis Plan sagen würde? Immerhin war es seit jeher sein Ziel gewesen, mich von sämtlicher Magie fernzuhalten, und dieser Wunsch würde jetzt in Erfüllung gehen.

Ich wusste selbst noch nicht so recht, was ich davon halten sollte. Ein Leben ohne Magie hatte ich mir gewünscht, seit ich in jener unheilvollen Nacht von meinen Kräften erfahren hatte, aber sie hatte durchaus ihre praktischen Seiten. Das konnte ich nicht länger leugnen. Trotzdem war es die beste Lösung für all meine Probleme – und wahrscheinlich auch die einzige.

»Was denkst du?«, fragte ich Ash nach einer Weile. »Überlegst du, wie du mir das Ganze am besten wieder ausreden kannst?«

»Nein, überhaupt nicht«, antwortete er schnell. »Die Lösung scheint perfekt. Wir können dich retten, und wenn du keine Kräfte mehr hast, haben die Clans auch kein Interesse mehr daran, dich zu töten. Warum auch?« Er fuhr sich durch die Haare. »Dabei könnten wir deine Kräfte in der jetzigen Situation sicher noch gut gebrauchen. Du bist immerhin die Stärkste von uns allen.«

Ich runzelte die Stirn. »Was genau meinst du damit?«

»Die Maleficarier. Irgendwas ist da im Busch. Seit wir das letzte Mal darüber gesprochen haben, haben sie nicht nur erneut meinen Clan angegriffen, sondern auch die Merlins.«

Ein Schauer lief mir über den Rücken. Die Maleficarier hatte ich in all der Aufregung komplett vergessen. »Was ist passiert? Was hat das zu bedeuten?«

Ash deutete ein Schulterzucken an. »Wenn wir das wüssten.

Passiert ist nicht wirklich was, aber sie wissen nun endgültig, dass wir Magier sind. Woher auch immer. Das alles ergibt einfach keinen Sinn. Sie benehmen sich fast schon aufmüpfig. Anders kann man es nicht nennen.«

»Haben sie auch die Lecourts angegriffen?«, fragte ich.

Ash schüttelte den Kopf. »Bisher nicht, aber wir gehen davon aus, dass sie als Nächstes an der Reihe sind.« Einen Moment blickte er gedankenverloren auf die Holzdecke über uns, die uns Schatten bot. »Mein Vater und ich konnten einen Maleficarier gefangen nehmen – ein ganz komischer Typ, wobei das vermutlich auf die meisten von denen zutrifft –, aber bisher hat er nichts gesagt. Allerdings bin ich ja jetzt auch nicht mehr auf dem neuesten Stand der Dinge.«

Warum hatte Ajani nichts davon erzählt? Weil es momentan Wichtigeres gab? Das musste es sein, denn um die Maleficarier machte ich mir die wenigsten Sorgen. Ob das alles für mich überhaupt noch von Belang war, wenn ich erst einmal keine Kräfte mehr haben würde? Ich blickte zu Ash. »Das ist aber nicht alles, oder? Das klang gerade so, als käme gegen Ajanis Plan noch ein großes Aber.«

Ash stützte sich mit den Händen hinter dem Rücken ab. »Ich mache mir Sorgen. Das Ganze erscheint mir zu einfach. Ich habe noch nie davon gehört, dass man einen Magier von seinen Kräften trennen kann.«

Ich zuckte mit den Schultern. »Das muss nicht heißen, dass es nicht funktioniert. In letzter Zeit sind wir auf viele Dinge gestoßen, die es so noch nicht gab.« Ich war das beste Beispiel dafür.

»Schon, aber was ist das für ein Tagebuch? Warum ist es im Besitz des Voodooclans? Und warum wissen mein Clan und die Merlins nichts davon? Der Wettstreit, das Töten, die ganze Familienfehde … Das hätte man sich alles ersparen können, wenn man einem Magier ganz einfach seine Kräfte nehmen kann. All die Mädchen hätten niemals sterben müssen, man hätte sie einfach ihrer Kräfte berauben können. Das ist zwar auch nicht optimal, aber immer noch besser, als eine ganze Generation im Clan zu haben, die nur aus Jungen besteht. Verstehst du?« Ash sah mich von der Seite an.

Ich nickte. »Sicher, ich stelle mir auch tausend Fragen, aber was ist die Alternative? Ich sterbe so oder so«, fügte ich leiser hinzu. »Und wenn wir mit diesem einen Schachzug gleich mehrere Probleme auf einmal lösen können, brauche ich gar nicht lange darüber nachzudenken.«

»Ich weiß.« Ash lehnte sich wieder nach vorne, die Arme auf den Beinen abgelegt. »Das alles ist einfach zu schön, um wahr zu sein.«

Unsere Blicke trafen sich, und ich war sicher, dass er dasselbe dachte wie ich: Hatten wir unter diesen Bedingungen noch eine Chance? Denn dass ich Ash nicht mehr blind vertrauen konnte, war gewiss nicht unser einziges Problem. Ohne Kräfte wäre ich zwar immer noch eine halbe Merlin und eine halbe Lecourt, aber keine Bedrohung mehr. Weder für die Clans noch für die reine Blutlinie der Morgans, denn ohne Kräfte würde ich quasi wieder normalsterblich sein. Auch wenn ich das im Prinzip nie wirklich gewesen war.

»Wir können«, rief Tianna von drinnen, und ich zuckte zusammen.

Ein letztes Mal betrachtete ich die Schönheit des Regenwalds, sog ein letztes Mal die saubere Luft ein. Wollte ich noch einmal herkommen, musste ich künftig wohl doch ein Flugzeug besteigen, aber das war es wert. Wenn ich die Wahl hatte zwischen einem kurzen Leben mit Magie und einem langen Leben ohne, stand die Entscheidung fest, und davon würde mich niemand abbringen. Weder Ash noch mein Dad noch sonst wer. Ich stand auf und ging zurück Richtung Hütte.

Kapitel 22

Nachdem ich zusammen mit Tianna den Mietwagen weggebracht und anschließend drei Mann samt Gepäck in zwei Anläufen von Jamaika nach London teleportiert hatte, ging es mir, gelinde gesagt, miserabel. Der Kopf dröhnte, ich konnte kaum einen klaren Gedanken fassen, und einen Moment tanzten schon wieder schwarze Punkte vor meinen Augen. Ein klares Zeichen dafür, dass theoretisch die nächste Ration Magie meiner Eltern fällig war. Praktisch war das hoffentlich nicht mehr nötig, und so versuchte ich, meinen Zustand vor den anderen zu verbergen.

Tianna bereitete für meinen Vater ein Zimmer vor, in dem er sich noch ein wenig ausruhen konnte. Er hatte zwar protestiert, aber das Teleportieren hatte auch ihn angestrengt. Außerdem konnte ich seine Hilfe später viel dringender gebrauchen, denn wenn das alles vorbei war, wollte ich die Morgans und Merlins aufsuchen, um die Sache ein für alle Mal zu klären. Hoffentlich würden sie die Jagd auf mich einstellen und auch meinen Vater rehabilitieren.

Ash und Henri ließen sich jedoch nicht davon abbringen, bei mir zu bleiben. Die Stimmung war angespannt, und das nicht nur wegen dem, was gleich passieren würde. Die Jungs warfen sich immer wieder Blicke zu. Sie sorgten sich um mich und machten sich offensichtlich beide Gedanken wegen Ajanis Plan, doch das war nicht alles. Der Konkurrenzkampf zwischen den beiden war nach wie vor spürbar – vielleicht sogar stärker als jemals zuvor. Ich wünschte, ich hätte Henri nie so nah an mich herangelassen.

»Und es kann wirklich nichts passieren?«, fragte Ash.

»Was soll denn passieren?«, fragte Ajani schmunzelnd zurück, der inzwischen in ein weißes Gewand gehüllt war, ähnlich dem, das Tianna während meiner Aktivierungszeremonie getragen hatte. »Außer natürlich, dass Caroline ihre Kräfte verliert, was ja Sinn und Zweck der Übung ist.«

Ash zuckte mit den Schultern. »Ich weiß nicht, ich habe nur noch nie gehört, dass so was überhaupt möglich ist.«

»Das heißt nichts. Du wusstest zum Beispiel auch nicht, dass die Magie eines Magiers bis zu seinem achtzehnten Geburtstag aktiviert werden muss.«

Punkt für Ajani. Ich erinnerte mich daran, dass ich den Hexenmeister bei unserem ersten Besuch gebeten hatte, mich meiner Kräfte zu berauben. Er hatte nicht gesagt, dass es nicht ginge. Seine Antwort war gewesen, dass Magie eine Gabe sei und ich lernen werde, damit zu leben. Wenn es nicht gehen würde, hätte es der Hexenmeister dann nicht klipp und klar gesagt? Oder gehörten schwammige Antworten zur Jobbeschreibung?

»Sonst noch irgendwelche Einwände?«, fragte Ajani.

Ash wollte etwas sagen, doch ich hob eine Hand, und er verstummte. »Nein, lass uns das jetzt durchziehen. Was muss ich machen?«

»Stell dich hier hinein.« Ajani deutete auf einen Kreis, den er in der Mitte des Raumes mit grauem Pulver auf den Boden gezeichnet hatte. »Und erschrick bitte nicht. Ich muss den Ring anzünden.«

Mein Mund wurde ganz trocken. »Warum? Ist das Pulver etwa

Alkalimetall?« In einem Kreis aus Feuer, das mit einem Alkalimetall versetzt war, würde ich keine Magie wirken können. So hatten die Maleficarier in der Frühen Neuzeit unzählige Magier verbrannt.

Ajani nickte und ging hinüber zum Altar, um eine Schachtel Streichhölzer zu holen. »Kalium. Das hat ganz einfache Gründe: Dein Körper würde sich intuitiv gegen das Ritual wehren, auch wenn du es gar nicht willst. Ich werde immerhin in deine Natur eingreifen. Um dich selbst und alle anderen in diesem Raum zu schützen, muss das leider sein, aber es ist eine reine Vorsichtsmaßnahme.«

Ich suchte Ashs Blick. Ajanis Erklärung klang logisch und nachvollziehbar, dennoch war mir mulmig zumute. Ob das in der Natur der Sache lag? Immerhin war ich eine Hexe – noch –, und Hexen scheuten das Feuer vermutlich wie der Teufel das Weihwasser.

»Du musst dir wirklich keine Sorgen machen, Caroline«, sagte Ajani noch einmal. »Das Feuer dient lediglich unser aller Schutz. Ohne kann und werde ich das Ritual nicht durchziehen, weil es zu gefährlich ist. Du bist mächtig und würdest mich aller Wahrscheinlichkeit nach verletzen, wenn nicht gar töten.«

Ich schluckte meinen Protest hinunter. Ajani wollte mir nur helfen und wusste, was er tat. Was hingegen wusste ich schon über die Magie? Ich war gerade mal für ein paar Wochen eine aktive Hexe gewesen. Also straffte ich die Schultern und stellte mich in den Kreis aus Kaliumpulver.

Ajani trat näher zu mir. »Es wird alles gut, versprochen.«

»Ich vertraue dir«, sagte ich. Er nickte mir zu, zündete ein Streichholz an, bückte sich und entzündete das Pulver. Der Geruch von Schwefel stieg mir in die Nase und erinnerte mich an Weihnachten.

Besinnliche Familienfeiern kannte ich nicht, aber Weihnachten war in den Kinderheimen zugegebenermaßen immer sehr schön gewesen. Vielleicht würde ich ja dieses Jahr endlich mal ein Weihnachtsfest erleben, wie es sich gehörte. Doch das heimelige Gefühl verschwand sofort wieder, denn binnen Sekunden stand ich in einem Ring aus lilafarbenen Flammen. Ich schluckte.

Ajani wandte sich an die Jungs. »Ihr solltet am besten das Zimmer verlassen, aber dazu kann ich euch wohl kaum bewegen. Also stellt euch bitte so weit abseits wie möglich. Und mischt euch auf keinen Fall in das Ritual ein, ich bitte euch. Ihr würdet nicht nur euch, sondern auch Caroline damit gefährden.«

Ash und Henri zögerten beide einen Moment. Es schien ihnen nicht zu gefallen, nicht an meiner Seite sein zu können, und auch ich fühlte mich ein wenig ausgeliefert. Was genau würde Ajani mit mir machen? Würde es wehtun, so wie bei der Aktivierungszeremonie?

»Wir sind hier«, sagte Henri zu mir und stellte sich auf eine Seite des Türrahmens, mit dem Rücken zur Wand. Er warf Ash einen eindringlichen Blick zu, der sich daraufhin auf der anderen Seite platzierte.

Hoffentlich würde sich Ash an Ajanis Worte halten. Ich wollte ihn nicht erneut verletzen. Beim letzten Mal hatte er Glück gehabt, doch wer wusste schon, wie es dieses Mal ausgehen würde. Tianna hatte meine Magie aktiviert, doch Ajani wollte sie mir wegnehmen. Unwiderruflich. Mir wurde schlecht, doch ich blieb tapfer stehen. Ich musste das jetzt durchziehen, denn es war die einzige Chance, die ich hatte, wenn ich am Leben bleiben wollte.

Ajani holte ein mit Pulver gefülltes Röhrchen aus der Tasche seines Gewands. Während er um den Kreis herumlief, leerte er den Inhalt in die Flammen, die höher schlugen und nun fast so etwas wie eine brennende Mauer bildeten. Ein Schauer lief mir trotz der Hitze über den Rücken. Jetzt gab es kein Zurück mehr, denn hier würde ich nicht so einfach herauskommen. Der Gedanke gefiel mir nicht. Aber das war vermutlich auch Sinn und Zweck der Sache, denn bis jetzt wäre es kein Problem gewesen, einfach über die Flammen zu springen und wieder Magie wirken zu können. Ich schluckte meine Zweifel und Bedenken hinunter und beobachtete Ajani, der etwas Rum in die Opferschale am Boden füllte und so leise zu sprechen begann, dass ich nur verstehen konnte, welchen Loa er anrief, aber nicht, um was er ihn bat. Agau. Ich ging die Liste der Loa in meinem Kopf durch, doch ich konnte mich beim besten Willen nicht daran erinnern, wofür Agau zuständig war.

Ajani verdrehte die Augen, bis schließlich nur noch das Weiße zu sehen war, und verfiel in Trance. War das normal? Mit ritueller Besessenheit kannte ich mich nicht so gut aus wie Henri oder sogar Ash, doch beide konnten Ajani in diesem Moment nur von hinten sehen.

Ajani hob die Hände Richtung Decke. »Verleih mir deine Stärke, oh großer Loa. Gib mir die Kraft, Caroline ihre Magie zu nehmen.«

Mit einem Ruck ließ er die Hände wieder sinken, gleichzeitig krochen die Flammen näher auf mich zu. Oder kam es mir nur so vor? Plötzlich grollte Donner, ohne dass ein Blitz zu sehen gewesen war, und der Wind pfiff ums Haus. War ich das? Wehrte ich mich gegen das Ritual? Doch das war unmöglich, meine Magie war schließlich in diesem Moment blockiert. Ich warf einen irritierten Blick zu Henri, der nun ebenfalls verwirrt war.

»Was tust du da, Vater? Hast du etwa Agau angerufen?«

Doch sein Dad reagierte nicht, stattdessen trat er noch einen Schritt näher ans Feuer heran. Er wirkte weggetreten, fast schon irrsinnig. Erneut hob er die Hände und ließ sie mit einem Ruck fallen. Okay, ich bildete es mir definitiv nicht ein, die Flammen kamen näher. Aber was sollte das? Ajani wollte mich doch nicht umbringen, er wollte mich nur meiner Magie berauben.

Tianna kam ins Zimmer gestürmt und riss erschrocken die Augen auf. »Aufhören!«, schrie sie. »Hör sofort auf damit, Ajani!«

Indem sie das Papa wegließ, begegnete sie Ajani nicht mit dem nötigen Respekt, was mich endgültig in Panik versetzte. Irgendwas Schlimmes passierte hier gerade, auch wenn ich keine Ahnung hatte, was es war. Ich versuchte, meine Magie anzuwenden, was natürlich nicht funktionierte, und ich konnte auch nicht einfach durch die Flammen laufen. Sie schlugen zu hoch und schienen inzwischen völlig außer Kontrolle. Sie würden mich in Brand setzen. Suchend wandte Tianna den Blick nach allen Seiten um, dabei schrie sie wie eine Wahnsinnige. Schließlich fand sie das Glöckchen auf dem Altar und wollte es holen. Jetzt verstand ich, warum sie diesen Höllenlärm veranstaltete. Sie wollte Ajanis Trance unterbrechen und den Loa vertreiben.

Ajani oder der Loa in ihm schien die Gefahr zu spüren, denn obwohl er Tianna den Rücken zugedreht hatte, wandte er sich plötzlich um und hechtete ohne jede Vorwarnung auf Tianna zu. Und dann schlug er mit bloßen Händen auf ihren zierlichen Körper ein, immer und immer wieder, während die Erde unter mir erzitterte. Einen Moment blieb mir die Luft weg, dann begann ich zu schreien, so laut ich konnte. Nur so konnte ich Tianna helfen. Die Jungs stürzten beide auf Ajani zu, um ihn von Tianna loszureißen. Ich fühlte mich selbst wie in Trance, völlig hilflos, doch im nächsten Moment züngelten die Flammen auf einmal nur noch am Boden. Ash musste die Zeit verlangsamt und irgendwie das Feuer unter Kontrolle bekommen haben. Mit Sand, so wie es aussah. Das Feuer war nicht komplett erloschen, aber so konnte ich es einfach übersteigen.

Ich wollte Tianna zu Hilfe eilen, doch das Bild, das sich mir bot, ließ schlagartig Übelkeit in mir aufsteigen. Tianna lag regungslos am Boden, ihr Körper völlig verdreht. Sie war tot, jede Hilfe kam zu spät. Doch mir blieb keine Zeit zu begreifen, geschweige denn zu trauern, denn Ajani hatte sich inzwischen auf Henri gestürzt. Die beiden waren dermaßen ineinander verkeilt, dass ich unmöglich nur Ajani angreifen konnte, doch das war mir egal. Ich musste sie trennen, wie auch immer, also hob ich die Hand, und beide flogen gegen die Wand. Ich hielt Ausschau nach dem Glöckchen, das kaputt auf dem Boden lag, doch Ash hatte zwischenzeitlich erneut die Zeit verlangsamt. Er stand neben mir, auf einmal einen Topf samt Deckel in der Hand, und schlug beides mehrfach so laut gegeneinander, dass ich mir die Ohren zuhalten musste. Aber es half, Ajani erwachte endlich aus seiner Trance. Obwohl ich wusste, dass dem nicht so sein würde, hoffte ich inständig, er wäre selbst schockiert über das, was er unter der rituellen Besessenheit angerichtet hatte. Stattdessen wurde er wütend.

»Was habt ihr getan?«

»Was wir getan haben?«, wiederholte Henri, völlig ungläubig und so laut, wie ich ihn noch nie zuvor erlebt hatte. »Du hast Tianna umgebracht.«

Einen Moment vernebelte sich mein Blick. »Ich warte draußen auf euch«, sagte mein Vater, dann war er wieder aus meinem Kopf verschwunden. Richtig, ihn hatte ich in all der Aufregung fast vergessen. Zum Glück ging es ihm gut. Ob er vorausgesehen hatte, was Ajani geplant hatte?

Ajani wandte sich mir zu, er achtete überhaupt nicht auf seinen Sohn. »Zurück in den Feuerkreis.«

»Du hast mir gar nichts zu befehlen«, erwiderte ich.

Ajani lachte, was mir eine Gänsehaut bescherte. »Oh doch. Vielleicht erinnerst du dich, dass du mir noch –«

Ash packte meine Hand, und Ajani wirkte plötzlich wie eingefroren. »Los, wir müssen weg.«

Wir sprinteten zu Henri, der wie in Zeitlupe wüste Beschimpfungen auf seinen Vater losließ, doch als Ash auch seine Hand nahm, lief für ihn die Zeit wieder normal. Er verstummte. Ich hatte mit Protest gerechnet, doch Henri sagte kein Wort. Weder als ich uns vor das Lecourt-Anwesen teleportierte, um meinen Vater einzusammeln, noch als ich uns anschließend nach Paris brachte, wo wir zumindest vorerst in Sicherheit waren.

Vielleicht hätte ich meine Kräfte aufsparen und uns nicht nach Frankreich teleportieren sollen, doch es hatte schnell gehen müssen, und unter Druck handelte ich zumeist intuitiv.

Mir wurde schlecht, und ich schaffte es gerade noch zur nächsten Hecke, wo ich mich übergab. Ich hörte Schritte hinter mir. Es war Ash, der mir die Haare zurücknahm und sanft über den Rücken strich, so wie er es vor nur wenigen Wochen nach der Studentenparty getan hatte, wo alles angefangen hatte. Doch die Bilder an jene Nacht verblassten, stattdessen sah ich Tiannas leblosen Körper vor mir. Ich würgte erneut und spuckte einen Schwall Blut hervor. Ash reichte mir ein Taschentuch, und ich wischte mir damit über den Mund. Völlig ausgelaugt ließ ich mich auf die Wiese fallen, nachdem ich mich ein paar Schritte von der Hecke entfernt hatte. Tränen stiegen mir in die Augen und verschleierten meinen Blick, trotzdem sah ich nacheinander Ash, Henri und meinen Dad an, die ebenso schockiert wirkten.

»Was ist da gerade passiert?«

Doch ich erhielt keine Antwort. Mein Vater hockte sich neben mich und strich mir über den Rücken. Vögel zwitscherten, die Sonne schien noch richtig warm, und hier auf der Wiese vor dem Eiffelturm war einiges los: Kinder spielten Ball oder Fangen, Pärchen saßen Händchen haltend auf den Bänken, und Familien veranstalteten Picknicks. Ganz in der Nähe stand ein Wagen, an dem man Heißgetränke oder Softdrinks kaufen konnte. Es roch nach Kaffee und süßen Blumen. Die Welt drehte sich einfach weiter, obwohl meine gerade einzustürzen drohte.

»Tianna«, flüsterte ich und versuchte gar nicht erst, die Tränen aufzuhalten.

»Es tut mir so leid.« Ash hockte sich auf meine andere Seite. »Ich weiß, wie gern du sie hast.«

Nur Henri stand völlig hilflos da, was ich ihm nicht verübeln konnte. Immerhin ging es hier um seinen Vater, und auch wenn ich noch nicht so ganz verstand, was genau Ajani mit mir hatte tun wollen, war doch klar, dass er die ganze Zeit ein falsches Spiel mit mir gespielt hatte. Ich hatte dem Falschen vertraut, und Tianna hatte dafür büßen müssen.

Schließlich räusperte sich mein Vater. »Es ist meine Schuld, ich hätte eure Tante nicht allein gehen lassen dürfen. Sie hat darauf bestanden, dass ich mich in Sicherheit bringe, weil sie mich für einen direkten Kampf zu schwach hielt.« Fragend blickte ich ihn an, woraufhin er sich seufzend auf die Erde sinken ließ, den Arm weiterhin um mich gelegt. »Ich habe gesehen, was Ajani mit dir macht. Das Feuer, die Schmerzen. Ich habe nicht nur telepathische Kräfte, musst du wissen; ich kann auch voraussehen, was jemand im Begriff ist zu tun. Tianna und ich hatten ja gar nicht wirklich mitbekommen, was Ajani dir erzählt hat, aber nun war alles klar. *Er bringt sie um,* sagte Tianna, schon auf dem Weg zu dir. *Ajani will ihre Kräfte und bringt sie um.*«

Ich blickte zu Henri, der nickte und tief Luft holte. »Aber es ist nicht deine Schuld, Brian. Es ist meine. Ich hätte gleich eingreifen müssen, als mir klar wurde, dass Vater Agau anruft. Zwar hatte ich keine Ahnung, was Vater genau plant, aber Agau ist ein gewalttätiger Loa. Jemand, der seine Stärke für sich nutzen will, kann nichts Gutes im Schilde führen.«

»Aber warum will Ajani deine Kräfte für sich?«, fragte Ash. Er sah alarmiert aus. »Ich gebe Henri recht: Was auch immer Ajani plant, wir dürfen ihn nicht damit durchkommen lassen.«

»Die Frage ist nur, wie wir ihn aufhalten sollen«, meinte Henri.

Ash und Dad wechselten einen Blick, was in mir eine böse Vorahnung weckte. Und tatsächlich sagte Dad: »Wir sollten die Morgans und Merlins zurate ziehen.«

»Habt ihr sie noch alle?«, schrie Henri, womit er die Aufmerksamkeit einiger Touristen auf uns zog. Leiser fuhr er fort: »Das ist schon das letzte Mal gewaltig schiefgegangen, wenn ich euch daran erinnern darf.«

Auch mir behagte der Gedanke überhaupt nicht, doch Dad ließ sich nicht beirren. »Mich beschleicht das Gefühl, dass nicht du der gemeinsame Feind bist, Caroline, sondern Ajani Lecourt. Er will deine Kräfte, und er wird nicht so einfach aufgeben. Wir müssen ihn mit allen Mitteln daran hindern, das werden auch die anderen Clans so sehen.«

Ich warf die Hände in die Luft. Meine Trauer um Tianna war zumindest kurzfristig der Wut gewichen. »Und dann? Nehmen wir an, wir schaffen es tatsächlich, Ajani aufzuhalten. Wie soll es dann weitergehen? Ich werde trotzdem sterben, und die Morgans und Merlins werden mich weiterhin jagen. Und ich habe dich ganz sicher nicht befreit, um dich erneut den Löwen zum Fraß vorzuwerfen.«

Mein Vater sah mir sanft in die Augen. »Wir haben keine Wahl, Caroline. Wir müssen etwas unternehmen, das weißt du. Und vielleicht haben sich ja alle mit dieser Prophezeiung geirrt. Vielleicht ist wirklich Ajani Lecourt das Problem.«

Das bezweifelte ich. Auch wenn ich nach wie vor nicht an Prophezeiungen oder zumindest nicht an ihre exakte Deutung glauben wollte, so war in den Versen eindeutig von einem Mädchen und einem Clanmischling die Rede. Trotzdem gab ich nach. Die anderen würden es so oder so durchziehen, und mit meiner Hilfe standen die Chancen auf einen guten Ausgang hoffentlich besser. *Wie* ich am Ende sterben würde, war schlussendlich auch egal. »Also schön, dann los.«

»Warte, wir sollten dir vorher noch eine Ration Magie verabreichen«, meinte Dad. »Wo bewahrt ihr Sophies Vorräte auf?«

Henri und ich warfen uns einen Blick zu. So ein Mist, daran hatte ich bisher überhaupt nicht gedacht, und ich hatte auch keine Ahnung, wie viel überhaupt noch von der Magie meiner Mutter übrig war. Viel konnte es nicht mehr sein.

»Tianna hat sie immer bei sich getragen«, erwiderte Henri nach einer Weile. »Außerdem fürchte ich, dass nicht mehr genug übrig ist.«

»Auch das noch«, murmelte mein Vater. »Aber ein bisschen was ist besser als gar nichts. Okay, wie holen wir uns Sophies Magie zurück?«

»Gar nicht«, sagte ich entschlossen. »Zu riskant – vor allem, wenn es am Ende vielleicht ohnehin nicht reicht. Es wird auch so gehen.«

Dad runzelte die Stirn. »Bist du sicher?«

Ich nickte, dabei war ich selten so unsicher gewesen. Überdeutlich spürte ich, dass ich die Magie meiner Eltern brauchte, aber es musste ohne gehen. Ich konnte und wollte die anderen nicht im Stich lassen.

Kapitel 23

Wir platzten mitten in eine Krisensitzung der Clans auf Peony Hall. Einen Moment herrschte Schweigen, dann feuerte May auch schon den ersten Feuerball auf mich ab. Ich ließ ihn verglühen und wehrte mich mithilfe des Gris-Gris vor Georges Schmerzattacken. Am liebsten hätte ich ein neues Erdbeben heraufbeschworen, doch ich ließ es bleiben. Damit würde ich nichts erreichen, denn schließlich mussten wir es irgendwie schaffen, dass sie uns zuhörten.

May hielt bereits den nächsten Feuerball in der Hand, als Ash sich vor mich stellte und zum Schutz die Arme ausbreitete. Seine Tante zögerte, doch obwohl Ash seinen eigenen Clan nicht nur einmal verraten hatte, ließ sie die Hand sinken. »Was wollt ihr?«, fragte sie mit fast schon resignierter Stimme. Auch sie schien das ganze Hin und Her und die Jagd auf mich leid zu sein.

Ash redete nicht lange um den heißen Brei herum. Vermutlich wusste er, dass wir nur diese eine Chance bekommen würden, uns Gehör zu verschaffen. »Ajani Lecourt hat Tianna umgebracht und versucht, Carolines Kräfte auf sich zu übertragen.«

»Blödsinn«, erwiderte George. »Ihr wollt uns doch nur wieder ablenken.« Er fokussierte Ash, doch da trat Henri vor.

»Sieh es dir selbst an.«

Die Clanoberhäupter wechselten einen Blick, und schließlich winkte George Henri zu sich und legte ihm eine Hand auf die Stirn.

»Das ändert nichts«, sagte er schließlich. »Ihr seid alle Verräter und müsst für euer Handeln geradestehen.«

»Oh doch, das ändert alles«, sagte Dad, der trotz der Aufregung zum Glück nicht mehr ganz so schwach auf den Beinen wirkte. »Im Moment ist Ajani Lecourt unser einziges Problem. Was auch immer er mit Carolines Macht vorhat, es wird nichts Gutes sein. Das brauche ich euch wohl nicht zu erklären.«

»Hört das denn nie auf«, murmelte Meredith und setzte sich auf das Ledersofa, doch niemand beachtete sie.

»Was habt ihr überhaupt mit dem Lecourt-Oberhaupt zu schaffen?«, wollte May wissen. »Der Voodooclan stand doch auf unserer Seite, oder war das etwa alles nur Farce?«

»Ich weiß ehrlich nicht, auf welcher Seite mein Vater steht oder stand«, antwortete Henri, deutlich hörbare Frustration in der Stimme. »Als nach der Aktivierungszeremonie klar war, dass Caroline auch zu unserem Clan gehört, hat er uns geholfen und nur vorgegeben, auf eurer Seite zu sein, um uns einen Vorteil zu verschaffen. Aber offensichtlich hat er die ganze Zeit über sein eigenes Spiel gespielt.«

»Und ihr habt keine Ahnung, was genau er plant?«, fragte Alice Merlin. »Es fällt mir schwer, das zu glauben. Er ist immerhin dein Vater«, fügte sie an Henri gewandt hinzu.

Der verschränkte die Arme vor der Brust. »Na und? Du bist Carolines Tante und interessierst dich einen Dreck für sie.«

»Das hat seine Gründe, und pass auf, was du sagst, junger Mann.«

»Das bringt uns nicht weiter«, schritt mein Vater ein. »Wir müssen Ajani irgendwie stoppen.«

»Das müssen wir in der Tat«, erwiderte Richard, der in diesem

Moment zusammen mit Steven den Salon betrat. »Dank des Wahrheitstranks hat der Maleficarier endlich den Mund aufgemacht.«

Er schubste einen gefesselten Jungen vor sich her, kaum älter als Ash oder ich. Ich schluckte und konnte ihn nur anstarren. Die kurz rasierten Haare waren neu, ebenso die meisten Tattoos, aber das Nasenpiercing hatte er damals schon gehabt. Er wirkte stolz und alles andere als eingeschüchtert, doch dann fiel sein Blick auf mich, und er zeigte zum ersten Mal, seit er den Salon betreten hatte, eine Regung im Gesicht.

»Caroline?«

»Andy?«, stotterte ich fast. Das konnte nicht sein, doch gleichzeitig wusste ich, dass ich mich nicht irrte. Andy war ein Maleficarier geworden.

Ashs Kopf fuhr zu mir herum. »Der Andy aus dem Kinderheim? Jetzt weiß ich, warum mir der Typ so bekannt vorkam.«

»Du kennst den Jungen?«, fragte mein Vater irritiert.

Allmählich hatte ich mich wieder gefangen, allerdings nicht körperlich. Einen Moment wurde mir heiß und kalt, dann tanzten Punkte vor meinen Augen. Kurz musste ich mich an einem Stuhl festhalten. »Ich kannte ihn, bevor er zu einem verabscheuungswürdigen Menschen wurde.«

»Können wir die Wiedersehensparty vielleicht auf später verschieben?«, bemerkte George. »Mich würde viel mehr interessieren, was der Maleficarier zu sagen hat.«

»Das solltet ihr euch unbedingt anhören, Ajani plant nämlich schon lange unsere Vernichtung«, sagte Richard und schubste Andy auf einen Stuhl. »Los, erzähl.«

Andy stöhnte. Seine Selbstsicherheit, die er früher schon gehabt hatte, war wieder zurückgekehrt. »Ich habe euch doch in dem verdammten Kerker bereits alles gesagt.«

»Ja, aber die anderen würden es auch gern hören.«

Andy verdrehte die Augen. »Wenn's denn sein muss. Der Hungan ist vor einigen Monaten auf uns Maleficarier zugetreten. Er hat uns gebeten, körpereigene Substanzen wie Haare oder Hautpartikel sämtlicher Clanmitglieder der Merlins und Morgans zu sammeln, um damit Voodoopuppen erschaffen zu können.«

Ein Schauer lief mir über den Rücken, und auch die anderen Clanmitglieder schwiegen. Dank der in Filmen und Büchern oft falsch dargestellten Voodoomagie schien jeder in diesem Raum zu wissen, was Ajani mit diesen Puppen für eine Macht besaß. Ich nahm an, dass er auch von mir längst eine Puppe angefertigt hatte, und so hatte er uns allesamt in der Hand.

»Er hat *was*?«, fragte May ungläubig, die ganz blass geworden war. »Aber warum?« Sie schien nicht nur Angst zu haben, sondern wirklich mit Ajanis Verrat zu kämpfen.

»Musst du das wirklich fragen? Weil er ein Mitglied des Voodooclans ist«, antwortete George. »Wir hätten ihm nie vertrauen dürfen.«

Henri knirschte mit den Zähnen. Ich stieß ihn in die Seite, doch es war zu spät, ihn am Reden zu hindern. »Ich wollte eigentlich nichts sagen, aber vielleicht hat er es genau deshalb getan.«

»Bitte?« George lief nahezu rot an.

»Ich will meinen Vater und das, was er getan hat beziehungsweise im Begriff ist zu tun, gewiss nicht verteidigen, aber wenn ihr uns Voodoonsi nicht immer von oben herab behandeln würdet, wäre vieles vielleicht anders gekommen.«

»Das glaube ich jetzt nicht.« George schien mit sich zu ringen, ob er Henri Schmerzen zufügen sollte, doch May legte ihm beruhigend eine Hand auf den Arm, und er ließ es bleiben.

»Aber ich verstehe nicht, warum ihr euch in letzter Zeit so dämlich verhalten habt«, sagte Jared zu Andy. »All die Monate haben unsere Clans nichts von euren Taten gemerkt, und plötzlich verhaltet ihr euch dermaßen auffällig, dass es schon wehtut.«

Andy zuckte mit den Schultern. Jareds Beleidigungen prallten einfach an ihm ab. Früher hatte ich so etwas auch ganz einfach wegstecken können, doch es war schon lange nicht mehr so wie früher. »Die Zeit rannte uns davon. Der Hungan hat uns vor etwa drei Wochen darüber informiert, dass wir nur noch wenige Tage haben, um die restlichen Substanzen zu beschaffen. Es war schwieriger als gedacht, doch nach dem Erdbeben vor ungefähr einer Woche sagte er dann, wir müssten nicht mehr so vorsichtig sein. Hauptsache, wir würden endlich die restlichen Haare besorgen.«

»Und habt ihr es geschafft?«, fragte Alice. Andy gab keine Antwort, doch sein fieses Grinsen war Antwort genug. Die Voodoopuppensammlung von Ajani war also komplett.

»Warum habt ihr bei der ganzen Sache überhaupt mitgemacht?«, fragte ich. »Ihr seid Maleficarier und damit gegen jede Art von Magie, oder etwa nicht?«

»Der Hungan hat uns überzeugt, dass wir die Magie nur mit seiner Hilfe beziehungsweise mithilfe der Puppen ausrotten können.«

»Die Magie mithilfe von Magie ausrotten. Das ist bescheuert, das merkst du selbst, oder?«

Wieder zuckte Andy nur mit den Schultern. »Hauptsache, die mächtigsten Magier Londons können nicht mehr treiben, was sie wollen. Es ist ein Anfang, und Voodoo ist ja auch keine richtige Magie in dem Sinne.«

Erneut knirschte Henri mit den Zähnen, doch dieses Mal half es, dass ich ihn in die Seite stieß und ein Kopfschütteln andeutete. Ich wusste, was er dachte: Wenn nicht sogar die Maleficarier so abfällig über Voodoo reden würden, wären wir jetzt garantiert nicht in dieser Lage. Aber es würde nichts nützen, das laut auszusprechen. Wir mussten uns mit den Morgans und Merlins verbünden, aber wenn Henri ins selbe Horn stieß wie sein Vater, würden wir das ganz sicher nicht erreichen. Irgendwie mussten wir es schaffen, einander zu vertrauen. Nach allem, was geschehen war, würde das allerdings alles andere als einfach werden.

Ash beschäftigte in diesem Moment jedoch etwas ganz anderes. »Er hat es gewusst«, sagte er kopfschüttelnd. »Ajani hat die ganze Zeit von dir und deiner Macht gewusst, Caroline. Vor etwa drei Wochen informierte er die Maleficarier über den Zeitmangel. Zu diesem Zeitpunkt fing deine Magie an, aus dir herauszubrechen, und die Merlins wurden auf dich aufmerksam.«

»Aber ich verstehe nicht, warum er dann schon seit Monaten Haare und solche Sachen von uns Clans sammelt.« Alice schüttelte es, als ekelte sie allein der Gedanke. »Und wenn er angeblich schon lange von Caroline weiß, warum ist er dann erst vor Monaten auf die Maleficarier zugegangen?«

Brian räusperte sich. »Ajani wusste von Anfang an von Carolines Existenz. Als Sophie bei der Geburt gestorben ist, hat er mich holen lassen und geholfen, das Mädchen zu verstecken.«

»Er wusste von der Macht, die du eines Tages haben würdest«, sagte Ash noch einmal zu mir. »Er hat alles von langer Hand geplant.

Vermutlich hat er dich all die Jahre beobachtet und konnte so den perfekten Moment abpassen, um seine eigenen Pläne voranzutreiben. Hast du nicht erzählt, du bist erst vor ein paar Monaten nach London gekommen? Es passt alles zusammen.«

Ich nickte, schüttelte gleichzeitig den Kopf. Das durfte alles nicht wahr sein. Ajani hatte von mir und meinen Problemen gewusst und mich einfach mir selbst überlassen? Stattdessen hatte er die ganze Zeit darüber nachgedacht, wie er sich meine Macht am besten zunutze machen konnte?

Die anderen Clanmitglieder waren ebenso schockiert wie ich, niemand sprach ein Wort. Nicht einmal Dad bekam Vorwürfe zu hören, dass er Ajani direkt in die Hände gespielt hatte.

»Du hättest dir nicht von dieser Voodoopriesterin deine Magie aktivieren lassen dürfen«, bemerkte Jared schließlich. »Dann hätte Ajani dich gar nicht erst in seinen Fängen gehabt.«

Ich verschränkte die Arme vor der Brust. »Ich will ja nichts sagen, aber wenn ihr den Hexenmeister nicht umgebracht hättet, hätte es keine Notwendigkeit gegeben, Tianna aufzusuchen.« Die Clanmitglieder starrten mich an, als wäre ich vor ihren Augen zum Drachen mutiert.

»Wie bitte? Wir sollen den Hexenmeister getötet haben?« George schüttelte den Kopf. »Mädchen, du weißt nicht, was du sagst. Ein Hexenmeister ist in der magischen Welt so etwas wie ein Heiliger. Unantastbar. Ich würde nicht einmal im Traum daran denken, ihm etwas anzutun. Niemand von uns würde das.«

Ich runzelte die Stirn. »Aber irgendjemand hat den Hexenmeister umgebracht. Ansonsten hätte ich meine Magie doch von ihm aktivieren lassen.«

Alle Blicke richteten sich auf Andy. »Hat mein Vater den Hexenmeister getötet?«, fragte Henri leise. Andy wollte nichts sagen, das war ihm deutlich anzusehen, aber der Wahrheitstrank wirkte noch immer, und er hatte keine Wahl. Also nickte er. »Verdammt«, fluchte Henri. »Er hat wirklich alles von langer Hand geplant. Wenn ich doch nur etwas gemerkt hätte.«

»Du konntest es nicht wissen, Henri«, sagte ich leise zu ihm. »Mach dir keine Vorwürfe.«

»Und was nun?«, fragte May nach einer Weile. »Wie soll es jetzt weitergehen?«

Doch bevor irgendjemand antworten konnte, erfüllte das kirchenglockenähnliche Läuten Peony Hall. May ließ es sich dieses Mal nicht nehmen, selbst nach dem Neuankömmling zu schauen. Es dauerte bestimmt eine Minute, bis sie in den Salon zurückkehrte, so als hätte sie dem Gast zuerst den Zutritt verwehrt und es sich dann doch anders überlegt. Als ich den Gast neben ihr den Salon betreten sah, wusste ich auch, warum. Dunkle Haut, dunkle Locken, dunkle Augen. Bisher kannte ich nur wenige Mitglieder des Londoner Voodooclans, aber diese Frau konnte nur eine Lecourt sein, und mit meiner Vermutung war ich nicht allein, wie ich an der sich verändernden Atmosphäre feststellte.

»Gabrielle Lecourt hat eine Nachricht von Ajani für uns«, sagte May, bevor es zu einem Aufstand kommen konnte.

Die Frau nickte. Sie war schon etwas älter, schätzungsweise um die sechzig Jahre alt. Sie hatte eine gewisse Ähnlichkeit mit Tianna. Ob sie vielleicht ihre Mutter und damit meine Großmutter war? Sie sah erst kurz zu Henri, dann zu mir, und ihr liebevoller Blick und die Trauer in den Augen sprachen Bände. »Zuerst möchte ich jedoch klarstellen, dass nicht alle Mitglieder des Lecourt-Clans hinter Ajanis Taten stehen. Er hat all die Jahre allein gehandelt und sucht erst jetzt nach Verbündeten in unserem Clan. Ich habe mich gegen ihn gestellt, weshalb er mich auserwählt hat, euch seine Nachricht zu überbringen. Ich möchte euch meine Hilfe anbieten.«

»Worum geht es überhaupt in dieser Nachricht?«, fragte Steven leicht genervt.

Gabrielle holte tief Luft und senkte den Blick, als sie antwortete: »Ihr sollt Caroline heute Nacht in den Victoria Embankment Gardens ausliefern. Tut ihr es nicht, wird Ajani euch alle mithilfe von Feuer vernichten.«

Fast zur selben Zeit stand George Merlin plötzlich in Flammen.

Schreie hallten durch den Salon. Nach einer Schrecksekunde rannten die Morgans und vor allem die Merlins alle durcheinander, um Wasser oder Decken zu holen. May versuchte, die Energie des Feuers abzuzapfen und die Feuerbälle in den Kamin zu schleudern, doch sie war zu langsam. Meredith, die die Macht über das Wasser besaß und vielleicht noch etwas hätte tun können, war wie erstarrt. Ich sah die Panik in Georges Augen, dessen Kleidung lichterloh brannte, und zögerte selbst nur den Bruchteil einer Sekunde. Alles wäre so viel einfacher, wenn George nicht mehr auf der Seite der Merlins und gegen mich kämpfen würde, doch im Moment war er nicht der Feind, und ich war keine Mörderin. Ich durfte nichts unversucht lassen, um ihm zu helfen, auch wenn ich wusste, dass ich selbst mit jedem Einsatz von Magie meinem eigenen Tod näher kam. Dennoch konzentrierte ich mich auf die Flammen. Irgendwie schaffte ich es, dass sie sich zumindest zurückzogen und nur noch um Georges Füße züngelten. Dann zapfte ich dem Elefantenfuß in der Ecke Wasser ab und löschte das Feuer so komplett. Rauchgeruch breitete sich im Salon aus. George fiel auf die Knie, und auch ich musste mich setzen. Er sagte kein Wort, aber sein Blick sprach pure Dankbarkeit aus. Er wusste, dass ich ihm das Leben gerettet hatte, denn die anderen kamen erst nach und nach mit Eimern oder Schüsseln voller Wasser zurück in den Salon gerannt.

»Was …?«, fragte Alice und blieb stehen, als sie ihren Vater auf dem Boden hocken sah. Er gab keine Antwort, er blickte nur kurz zu mir. »Du?« Sie stürzte zu ihm und half ihm auf das Sofa.

»Wie wir schon sagten, wir müssen jetzt zusammenhalten«, erwiderte ich nur. Wieder erhielt ich keine Antwort, aber ich wusste, dass die anderen zumindest nachdenklich geworden waren, und das war immerhin etwas. Mein Vater hatte recht gehabt. Wir mussten uns gegen Ajani stellen; ich konnte mich nicht einfach tatenlos zurückziehen. Keine Ahnung, wie es danach weitergehen sollte, sollte es überhaupt weitergehen, aber das war jetzt auch nicht wichtig.

Samantha, die erneut kurz den Salon verlassen hatte, kehrte mit einem Verbandskasten in der Hand zurück. Sie reichte ihn Alice. »Es ist auch eine Brandsalbe drin.«

»Danke, aber ich glaube, die werden wir nicht brauchen. Dank Carolines schnellem Handeln konnte Schlimmeres verhindert werden.«

»Darf ich mal sehen?«, fragte Samantha und beugte sich über George. »Ich glaube, du hast recht. Er ist noch mal mit dem Schrecken davongekommen.«

Es war wirklich unglaublich. Die Morgans und Merlins, die einander seit Jahrhunderten nicht ausstehen konnten, hielten plötzlich zusammen und vertrauten einander. Was ein gemeinsamer Feind nicht alles bewirken konnte.

»Was machen wir nun mit Ajanis Forderung?«, fragte May in die Runde.

»Moment«, sagte George, der in den letzten Minuten für seine Verhältnisse erstaunlich ruhig gewesen war. »Vorher möchte ich, dass die Lecourt-Mitglieder das Anwesen verlassen. Auch der Junge. Ich vertraue ihnen nicht.«

Ich schüttelte den Kopf. »Nur weil sie den Nachnamen Lecourt tragen, heißt das nicht, dass sie nicht vertrauenswürdig sind. Vor allem für Henri lege ich meine Hand ins Feuer. Er war von Anfang an an meiner Seite.«

»Das sehe ich ebenso«, stimmte May mir zu meiner Überraschung zu. »Denk an Alices Vision: Henri und Gabrielle standen mit uns in Flammen.« Sie wandte sich an Henri. »Dir ist aber klar, dass das Ganze wahrscheinlich böse enden wird? Wir müssen deinen Vater stoppen, bevor er uns alle vernichtet. Mit welchen Mitteln auch immer. Bist du dazu bereit?«

Henri schloss die Augen, vermutlich um die aufsteigenden Tränen zu verbergen, und auch ich musste schlucken. Es war noch nicht lange her, da hatten die Clanmitglieder hier gestanden und mein Schicksal besiegelt. Nun besiegelten sie Ajanis Schicksal, und ich war mittendrin. Aber ich widersprach nicht, denn ich wusste, dass es keine andere Lösung gab. Ich wollte ihn nicht umbringen, aber er musste zumindest aufgehalten werden. Schließlich nickte Henri.

»Aber die Frau muss gehen«, beharrte George.

Gabrielle seufzte. »Das verstehe ich, aber ich möchte euch wirklich nur helfen. Ajani hat meine Tochter umgebracht, und auch meine andere Tochter ist schon wegen dieser Familienfehde gestorben. Ich bin sicher, sie starb vor Kummer. Ich möchte euch helfen, das Ganze zu beenden. Es mussten schon genug Menschen ihr Leben lassen.«

»Hast du denn irgendwelche Informationen für uns?«, fragte May. »Etwas, das uns helfen könnte im Kampf gegen deinen Hungan?«

»Er ist nicht mehr mein Hungan, ich habe die Gemeinde verlassen«, erwiderte Gabrielle. »Und ich habe in der Tat Informationen. Genaues kann ich euch leider nicht sagen, aber Ajani wird mit Carolines Macht allein nicht zufrieden sein. Er will sich an euch rächen, da bin ich sicher. In letzter Zeit kamen zwar weniger Kommentare dieser Art, aber früher hat er sich immer darüber aufgeregt, wie wir Voodoonsi behandelt werden.«

»Demnach ist es keine Option, auf seine Forderung einzugehen«, sagte Garry. »Keinesfalls darf er die Macht über Carolines Kräfte bekommen. Vielleicht hat er einen Weg gefunden, uns mithilfe von Carolines Kräften auch unsere wegzunehmen.«

»Aber wenn wir ihm Caroline nicht ausliefern, wird er uns alle verbrennen«, bemerkte George. »Nicht, dass ich dafür bin, ihm das Mädchen zu geben.«

»Er wird uns so oder so verbrennen«, war Stevens Meinung. »Und wenn er uns alle gleichzeitig in Brand setzt, können wir nichts mehr gegen ihn ausrichten oder uns retten. Die Frage ist, wie wir das verhindern können.«

»Victoria Embankment«, murmelte Ash immer wieder, der der Unterhaltung der anderen nicht wirklich zu folgen schien.

»Victoria Embankment Gardens«, korrigierte May. »Den Ort wird er gewählt haben, weil der Park am Abend geschlossen ist. Die Maleficarier wissen zwar über die Magie in dieser Stadt Bescheid, aber wir können trotzdem keine Zeugen gebrauchen.«

Ash schüttelte den Kopf. »Das meine ich nicht, und es gibt genug Orte in London, die nachts geschlossen sind. Es muss einen anderen Grund geben, warum Ajani das Victoria Embankment ausgewählt hat. Victoria steht für Sieg, und Embankment bedeutet Damm oder Uferbefestigung. Vielleicht will Ajani uns Angst machen, aber das glaube ich nicht. Er hat die Prophezeiung sicher nicht so präsent wie wir alle.«

Alice horchte auf. »Richtig, meine Vision, die Prophezeiung. Heute Nacht ist es so weit. Warum haben wir nicht gleich daran gedacht? *Im Streite ungeschlagen Vaters Stamm, ertönet dann fataler Schall vom Ufer hoch zu Sieges Damm, der Tochter Feuer verrät all.*«

»*Verfolgt von Kreuzes Macht, Väter vergießen Söhne Kraft, Bruder Bruder töt' in Zwietracht, sodann end't dero Vorherrschaft. Von den alten Stämmen zwei, die teilten sich die Welt, wird besteh'n nur einerlei, wenn einst das Urteil fällt*«, sagte May den Rest der Prophezeiung auf. »Ich versuche mich mal an der neuen Deutung: Die Maleficarier haben uns verfolgt, und Ajani hat vermutlich keine Skrupel, sich gegen seinen eigenen Sohn zu stellen. Des Weiteren nehme ich an, Kouri ist auf Ajanis Seite?« May blickte zu Henri, doch es war Gabrielle, die antwortete.

»Das ist er natürlich.«

»Nun denn. Ich lehne mich mal ganz weit aus dem Fenster und behaupte, dass es die Lecourts sind, deren Clan heute Nacht zerschlagen wird.«

»Durch Ajanis Vorhaben hat sich unser Clan längst zerschlagen«, bemerkte Gabrielle. »Viele sind auf seiner Seite, das will ich nicht leugnen, aber ich bin weiß Gott nicht die Einzige, die sich gegen ihn gestellt hat. Zwar findet es keiner von uns gut, wie wir zum Teil behandelt wurden, aber Ajanis Reaktion, damit umzugehen, ist einfach falsch.«

»Ihr habt recht«, sagte May. »Wir hätten Voodoo nicht als Magie zweiter Klasse abtun dürfen, denn ganz offensichtlich ist Ajani ziemlich mächtig.« Sie stieß ein Seufzen aus. »Die zweite Möglichkeit wäre, dass der Lecourt-Clan das Ganze überlebt. Wenn Ajani uns tatsächlich mithilfe von Carolines Kräften unsere nimmt und uns danach alle verbrennt, wären unsere Clans vernichtet.« Sie trat auf mich zu und nahm meine Hände in ihre. »Auch bei dir muss ich mich entschuldigen. Fast sieht es so aus, als hätten wir dir Unrecht getan. Vielleicht sind es deine Kräfte, die uns vernichten werden, aber offensichtlich nicht durch deine Hand.«

»Und wenn wir Caroline doch wie geplant umbringen?«, schlug Steven vor. »Wenn Ajani ihre Kräfte nicht hat, kann er uns auch unsere nicht nehmen.«

»Das wissen wir nicht«, erwiderte Alice zu meiner Überraschung. Ich hatte mit Unterstützung von jeder Seite gerechnet, aber nicht von ihrer. »Wenn er Caroline ihre Kräfte nehmen kann, warum sollte er uns dann nicht auch unsere nehmen? Und selbst, wenn er uns unsere Kräfte lässt: Er hat die Puppen. Wenn er alle gleichzeitig in Brand setzt, sind wir vernichtet, ob mit oder ohne Kräfte.«

»Das sehe ich genauso«, stimmte Samantha zu. »Wir brauchen Caroline, denn ohne sie kommen wir nicht gegen Ajani an. Und danach scheint es keinen Grund mehr zu geben, sie zu töten.«

Einen Moment herrschte Schweigen, dann sagte ausgerechnet Jared: »Okay, wer ist dafür, dass meine liebe Cousine bei uns bleibt und uns unterstützt?«

Er hob selbst als Erstes den Arm, nach und nach folgten weitere Merlins und Morgans. Sogar George hielt, wenn auch kaum merklich, die Hand in die Höhe. Fast einstimmig beschlossen die Clans in diesem Moment, dass ich keine Bedrohung mehr für sie war. Mein Blick wanderte zu Ash, der sich ein Lächeln nicht verkneifen konnte. Ich konnte es einfach nicht fassen. Löste sich das Problem der Jagd auf mich gerade wirklich in Luft auf? Es gab zwar immer noch das Problem mit meinen unbeherrschbaren Kräften, aber so wie es aussah, würde ich wenigstens nicht durch Ashs oder meine eigene Familie sterben. Das würde es für ihn und auch für mich sicher leichter machen.

George erhob sich vom Sofa. »Na schön. Loben wir den Tag nicht vor dem Abend, aber wir sind uns einig, dass wir Ajani auf keinen Fall geben dürfen, was er will. Ich sage es nicht gern, denn bisher ging es immer schief, aber wir müssen ihm eine Falle stellen. Lassen wir ihn in dem Glauben, wir würden seiner Aufforderung nachkommen, und dann schlagen wir zu.«

»Ihr habt doch dieses Mal mich«, sagte ich. »Es kann also gar nichts schiefgehen.« Auch wenn ich nicht sicher war, inwiefern ich ohne eine Ration Magie meiner Eltern noch eine große Hilfe war. Nie hätte ich es für möglich gehalten, aber auf Georges Lippen war tatsächlich so etwas wie ein Grinsen zu erkennen, und ich konnte nicht anders, als zurückzugrinsen.

Doch dann trat Ash ungeachtet aller anderen auf mich zu und nahm meine Hände in seine. »Bist du wirklich bereit dazu, deiner und meiner Familie zu helfen, nach allem, was sie dir beziehungsweise uns angetan haben? Du wirst sehr viel Energie einsetzen müssen, und leider sind deine Magiereserven nicht so unerschöpflich, wie wir zuerst dachten.«

»Was soll das bedeuten?«, fragte May stirnrunzelnd.

Ich ließ Ash los und holte tief Luft. Es gab keinen Grund mehr, den Clans irgendetwas zu verheimlichen. »Zu Beginn musste sich meine Magie nicht wie bei euch regenerieren, aber seit der Aktivierungszeremonie hat sich das geändert. Meine Magie ist tatsächlich zu stark für mich; sie zerstört mich quasi von innen. Ich beherrsche nicht nur die Telekinese und das Teleportieren, sondern kann auch sämtliche Elemente beeinflussen. Das ist zu viel. Je mehr Magie ich außerdem einsetze, desto näher komme ich meinem Tod und desto mehr Magie meiner Eltern brauche ich. Mit ihrer Magie lässt sich meine Macht zumindest vorübergehend ausgleichen, aber meine Mutter lebt nicht mehr.« Ich zuckte mit den Schultern, als wäre es keine große Sache, dabei fiel es mir verdammt schwer, meine wahren Gefühle vor den Clans zu verbergen. »Es gibt keine dauerhafte Lösung. Wir dachten, wenn Ajani mir meine Magie nimmt, wäre das Problem erledigt, aber er hatte uns verschwiegen, dass ich bei der Zeremonie sterben würde.«

Kurzes Schweigen setzte ein. »Okay, darum kümmern wir uns später. Wenn du uns hilfst, helfen wir dir. Versprochen«, sagte May.

»Ich fürchte, es wird kein später geben«, erwiderte mein Vater leise. »Tianna hat Sophies Magie aufbewahrt, und sehr wahrscheinlich würde diese ohnehin nicht für eine weitere Rettungsaktion reichen.«

Ich schluckte. Ich musste so oder so sterben, und das war meine

Chance, mich zu rehabilitieren und als Heldin und nicht als Opfer zu sterben. »Ich mache es trotzdem.«

»Caroline …«, begann Ash, doch ich ließ ihn nicht zu Wort kommen.

»Unter einer Bedingung«, fuhr ich stattdessen fort. »Ihr rehabilitiert Dad, Ash und Henri. Das Thema Bestrafung ist vom Tisch. Und ihr lasst Megan in Ruhe. Außerdem wäre es schön, wenn ihr sie für das, was sie durchmachen musste, finanziell entschädigen würdet.«

»Einverstanden«, kam George May zuvor. »Du hast mein Wort.« Er streckte mir seine Hand entgegen.

Ich schlug ein und besiegelte damit endgültig mein Schicksal. Dann wandte ich mich Ash zu und flüsterte ihm ins Ohr: »Ich verzeihe dir.« Ich sagte es nicht, weil ich ohnehin sterben würde und nicht wollte, dass Ash und ich so auseinandergingen. Es war mein voller Ernst. Ich hatte Ash vergeben. Das hätte ich von Anfang an tun sollen, denn es war alles so unglaublich kompliziert. Ich konnte ihm doch keine Vorwürfe machen, weil er mich nicht bei einem Massenmord, noch dazu an seiner Familie, hatte unterstützen wollen!

»Ach, Caroline.« Er strich mir übers Haar, dann beugte er sich zu mir herunter und küsste mich.

Kapitel 24

Es war stockdunkel, als wir das Tor zu den Victoria Embankment Gardens auf magische Weise öffneten und die Anlage betraten. Weit und breit war niemand zu sehen, doch wir wussten, dass Ajani und sein Gefolge hier irgendwo lauern würden. Das Herz schlug mir bis zum Hals; ich hatte Angst. Würden wir Ajani besiegen können? Ich hoffte es, auch wenn es für mich im Prinzip egal war, wie das Ganze ausgehen würde. Ich würde so oder so noch in dieser Nacht sterben.

Ash nahm meine Hand und drückte sie. Ich ärgerte mich über mich selbst und meine Zweifel. Wenn ich ihm gleich verziehen hätte, hätten wir wenigstens noch ein paar schöne Stunden zusammen verbringen können. Wir hätten die ganze letzte Nacht gehabt, den ganzen Morgen und Vormittag. Es war nicht viel Zeit, aber unter diesen Umständen erschien es mir wie purer Luxus.

Ich schmiegte meinen Kopf kurz an seine Schulter, dann wandte ich mich Henri zu, der auf meiner anderen Seite herging. »Es tut mir leid«, sagte ich leise. Es war vielleicht nicht der beste Zeitpunkt, um mich bei ihm zu entschuldigen, aber vorher hatten wir keine Gelegenheit dazu gehabt, und das war vermutlich unsere letzte Chance auf ein Gespräch.

Er lächelte traurig. »Dein Herz hat von Anfang an nur für Ash geschlagen, das wusste ich immer. Ich war nur das Trostpflaster, und das ist okay. Damit habe ich mich schon vor einiger Zeit abgefunden.«

»Du bist viel mehr als ein Trostpflaster, Henri. Du bist mein Freund. Der Beste, den ich je hatte, und es tut mir unglaublich leid, dass das alles so enden muss.«

»Du meinst meinen Vater?«, fragte Henri, eine Spur Verbitterung in der Stimme. »Das hat er sich selbst zuzuschreiben.«

Er nahm das Ganze sicher nicht so leicht, wie er jetzt tat, aber ich gab trotzdem vor, es ihm abzukaufen, um es ihm nicht noch schwerer zu machen. Hoffentlich würde er über die Taten seines Vaters und dessen Tod hinwegkommen. Und hoffentlich würden er und Ash Freunde bleiben. Henri brauchte einen Verbündeten, wenn seine ganze Familie auseinanderbrach. Tianna war nicht mehr da, und auch ich würde ihm schon bald nicht mehr helfen können.

Plötzlich wurde die dunkle Nacht von Kerzenlicht erhellt. Ajani und sein Gefolge tauchten wie aus dem Nichts hinter uns auf. Er selbst stand etwas weiter vorne in der Mitte, im Halbkreis hinter ihm hatte sich der Rest versammelt. Ich zuckte zusammen und hörte, wie George und May scharf die Luft einsogen. Ajani hatte ziemlich viele Anhänger um sich geschart. Im Zwielicht hinter ihm tauchten immer mehr Schatten auf. Unzählige Mitglieder des Lecourt-Clans, allesamt mit Pulverdosen und Elixieren ausgestattet, die uns in den Wahnsinn treiben oder vernichten konnten. Dazu Dutzende Maleficarier. Sie trugen dunkle Hosen und weiße T-Shirts, auf denen ein Kreuz prangte. Es fröstelte mich, als ich erkannte, was sie neben den brennenden Kerzen in der anderen Hand hielten: die Voodoopuppen. Das gefiel mir gar nicht, auch wenn wir natürlich damit gerechnet hatten.

Und dann war da noch eine dritte Gruppe. Ich musste zweimal hinschauen, bevor ich die willenlos wirkenden Menschen als Zombies identifizieren konnte. Sie fletschten die Zähne wie hungrige Löwen und schienen nur auf ein Zeichen zu warten, um uns angreifen zu dürfen. Ein Schauer lief mir über den Rücken.

Ajani gab seinen Leuten im selben Moment das Zeichen, in dem Fred Merlin Ash seine Hand auf die Schulter legte, um dessen Kräfte zu verstärken. Ash griff nach meiner Hand und wollte die Zeit verlangsamen. Ich wiederum versuchte, ein Erdbeben heraufzubeschwören. Es funktionierte nicht, und es schien nicht daran zu liegen, dass ich zu schwach war. Keine unserer Kräfte zeigte irgendeine Wirkung, und seltsamerweise griff uns auch die Gegenseite nicht an. George schob uns beiseite und fokussierte Ajani, doch wieder passierte nichts. Stattdessen lachte Ajani. Er klopfte gegen seine Tasche, und ich war sicher, dass sich darin mindestens ein Gris-Gris befand. Vermutlich hatte er auch alle anderen Anwesenden mit den Voodootalismanen ausgestattet.

»Bemüht euch nicht«, sagte er und machte eine ausladende Geste.

Ich sah mich um und bemerkte erst jetzt die lilafarbenen Flammen und die sechs Maleficarier mit Fackeln in den Händen, die ziemlich weit entfernt standen. Sie hatten einen großen Kreis aus Feuer um uns alle herum gezogen. Oh, verdammt. Unseren Plan, Ajani zu überrumpeln und ohne jede Vorwarnung mit Magie anzugreifen, war fehlgeschlagen. Stattdessen hatte er uns überrumpelt. Natürlich hatten wir mit Gris-Gris und Feuerpulver und solchen Dingen gerechnet, aber wir waren trotzdem davon ausgegangen, dass die Lecourts mit ihrer Voodoomagie keine Chance gegen unsere vereinten Kräfte hätten, wenn wir sofort zuschlagen würden. Tja, wie hieß es so schön? Hochmut kommt vor dem Fall. Nun hatte ich selbst die Voodoonsi unterschätzt und musste bitter dafür büßen.

»May, George. Wie schön, euch wiederzusehen«, begrüßte uns Ajani freundlich. »Gleich vorweg: Versucht nicht erneut, mich anzugreifen. Die Maleficarier haben Anweisung, die Puppen sofort anzuzünden.« Er war durchaus ein Bösewicht mit Charme, aber er war böse. Daran bestand leider kein Zweifel mehr.

»Du mieser Verräter«, schimpfte Henri los.

»Na, na.« Ajani hob abwehrend die Hände. »Spricht man so mit seinem eigenen Vater?«

»Du bist nicht mehr mein Vater. Wir haben dir vertraut, und du denkst nur an dich selbst und deinen Vorteil. Du bist ein Bokor und kein Hungan, dem man Respekt entgegenbringen müsste.«

»Respekt ist das richtige Stichwort. Du selbst hast dich oft genug darüber aufgeregt, dass uns Voodoonsi keiner entgegengebracht wird.«

»Das ist kein Grund, Menschen umzubringen. Außerdem muss man sich Respekt erst verdienen.«

Ajani biss die Kiefer aufeinander. »Schluss jetzt. Caroline, wärst du so lieb und würdest dich in diesen Kreis stellen? Ich habe noch ein Ritual zu vollziehen.« Er zündete ein Streichholz an, warf es vor sich auf den Boden, und binnen Sekunden erschien ein weiterer, kleinerer Ring aus lilafarbenen Flammen.

Mir war klar, dass es nichts bringen würde, trotzdem verschränkte ich die Arme vor der Brust. »Es tut mir leid, Ajani, aber ich habe es mir anders überlegt. Ich würde meine Magie gern behalten.«

»Es tut mir ebenfalls leid, aber das wird nicht gehen. Ich bestehe darauf, und du bist mir für meine Hilfe noch einen Gefallen schuldig. Du hast also keine Wahl.«

Henri knirschte mit den Zähnen, Ash griff nach meiner Hand und drückte sie noch fester als zuvor.

So ein verdammter Mist! Das war also der Gefallen, den Ajani für seine Hilfe einforderte. Protest, welcher Art auch immer, würde nichts bringen. Ajani hatte mir anfangs tatsächlich geholfen, auch wenn er mich hintergangen und das alles nur getan hatte, um Zeit zu gewinnen und seine eigenen Pläne voranzutreiben. Außerdem spürte ich, wie mich eine unsichtbare Macht Richtung Feuerkreis zog.

Ash versuchte noch einmal, die Zeit zu verlangsamen, während ich mich an dem Feuer zu schaffen machen wollte. Aber sowohl der kleine als auch der große Feuerkreis waren mit einem Alkalimetall versetzt, deshalb zeigten unsere Kräfte keinerlei Wirkung.

»Keine Chance. Caroline ist mir diesen Gefallen schuldig, ob sie will oder nicht. Eure Magie würde euch in diesem Fall so oder so nicht weiterhelfen. Wenn ich also bitten darf.« Wieder zeigte er mit eleganter Geste auf den kleinen Feuerkreis.

Ich wollte mich in mein Schicksal ergeben, doch Ash zog mich an der Hand zurück, wirbelte mich zu sich herum und drückte seine Lippen für einige kostbare Sekunden auf meine. »Ich liebe dich«, flüsterte er.

Nur mit Mühe konnte ich die Tränen zurückhalten. »Ich dich auch.«

Dad, der plötzlich neben uns stand, zog mich in seine Arme, Tränen in den Augen. »Ich bin so stolz auf dich, Caroline. Trotz der

Widrigkeiten, mit denen du zu kämpfen hattest, ist aus dir eine tolle junge Frau geworden.«

»Danke, Dad.« Ich umarmte ihn so fest, dass ich schon fürchtete, ihm wehzutun, doch er erwiderte meine Umarmung. Schließlich drückte er mir einen Kuss auf den Kopf und musste mich freigeben.

»Herzig.« Ajani versuchte, höflich zu bleiben, verlor jedoch allmählich die Geduld.

Fast hätte ich gelacht und war versucht, mich von jedem einzelnen Mitglied der Morgans und Merlins zu verabschieden, nur um Ajani zu ärgern. Doch da bemerkte ich aus dem Augenwinkel, wie Richard sich davonschlich. Er schaffte es, über den Feuerkreis zu springen. Im nächsten Moment erweckte er die Erde zum Leben. Sie begann sich selbst auf die Flammen zu werfen, doch natürlich hatte nicht nur ich Richard entdeckt. Zwei Mitglieder des Lecourt-Clans hechteten auf ihn zu und bliesen ihm Feuerpulver ins Gesicht. Er schrie auf, warf sich zu Boden und wälzte sich hin und her, so wie ich es erst vor Kurzem bei Steven beobachtet hatte.

Samantha schrie ebenfalls und wollte zu ihrem Mann, doch May hielt sie zurück. Samantha barg das Gesicht an der Schulter ihrer Schwester und begann zu weinen. Ash versuchte gar nicht erst, seinem Vater zu Hilfe zu eilen, er ballte lediglich die Hände zu Fäusten. Vermutlich wusste er, dass wir ohnehin nichts für Richard tun konnten. Wir konnten nur hoffen, dass er stark genug war und das Ganze so unbeschadet wie Steven überstehen würde.

Ich schluckte und trat nach vorn. »In Ordnung«, sagte ich zu Ajani. »Du bekommst meine Magie, aber im Gegenzug wirst du die anderen gehen lassen.«

»Du bist nicht in der Position, Forderungen zu stellen.«

Mit seiner aufgesetzten Freundlichkeit und Geduld war es endgültig vorbei. Er packte mich am Arm und schubste mich in den kleinen Feuerkreis. Dann streute er wie schon einige Stunden zuvor Pulver in die Flammen, sodass diese höher schlugen. Das war's. Ich hatte keine Ahnung, wie ich mich dieses Mal aus der Sache befreien sollte. Es war schon ein Wunder, dass wir beim letzten Mal entkommen waren.

Vier Mitglieder des Lecourt-Clans flankierten Ajani, der ein zweites Mal an diesem Tag Agau anrief. Das war der Vorteil der Voodoomagie: Ein mit Alkalimetall versetztes Feuer konnte einen Voodoonsi nicht aufhalten. Verzweifelt überlegte ich, wie ich mich mithilfe von Voodoomagie retten konnte, doch nichts, was ich versuchte, zeigte Wirkung. Und dann war es zu spät – Ajani verfiel nach und nach in Trance. Agau hatte erneut Besitz von Ajani ergriffen, der die Hände in die Höhe hielt und ruckartig wieder fallen ließ. Mit jedem Ruck kamen die Flammen näher – und ich meinem Ende. Ich sah Miss Stroutheart vor mir und sogar Miss Stevens, die ich schließlich doch in mein Herz geschlossen hatte. Ich sah Megan und mich stundenlang auf ihrem oder meinem Bett sitzen und quatschen. Ich sah Henri, Tianna und meinen Dad. Und ich sah Ash. Ash, mit dem ich so viele schöne Momente erlebt hatte. Für meinen Geschmack waren es viel zu wenige gewesen, und doch hatte er den bleibendsten Eindruck von allen hinterlassen. Spätestens jetzt wäre mir klar geworden, wie sehr ich ihn liebte und dass ich ihm vergeben musste, und ich war froh, dass ich es bereits getan hatte.

Die Flammen kamen immer näher und näher, züngelten um meine Beine. Ich spürte die Hitze und die Energie, die mir abgesaugt wurde. Magische Energie und Lebensenergie.

»Stopp!«, hörte ich Ash schreien. »Ich opfere mich für Caroline.« Henri sagte es so gut wie gleichzeitig.

Die Flammen, die mich schon fast in Brand gesetzt hatten, wichen plötzlich zurück, schlängelten sich über die Wiese und bildeten je einen Kreis um Ash und Henri. Ich sackte auf die Knie, spürte aber gleichzeitig, wie die Energie und damit meine Magie zu mir zurückkehrten. Ajani schrie vor Wut auf – Donner grollte und die Erde erzitterte –, doch er ließ sich nicht von seinem Vorhaben abbringen. Er machte einfach weiter, zapfte Ash und seinem eigenen Sohn deren Magie ab.

»Nein!« Das durfte ich nicht zulassen. Ich würde so oder so sterben, aber Ash und Henri hatten noch ihr ganzes Leben vor sich. »Ajani. Agau. Ich bitte dich. Du willst doch die Jungen gar nicht. Du willst nur meine Magie.« Aber er schien mir nicht einmal zuzuhören.

Mein Mund fühlte sich an, als hätte ich Sandpapier verschluckt, mein Herz schlug zu schnell. Die Wut kroch durch meine Arterien, drohte sie zu verstopfen. Und plötzlich explodierte die Wut und ich mit ihr.

Feuer. Überall züngelte mit Alkalimetall versetztes Feuer – die Art Feuer, welche Magie außer Gefecht setzt. Morgans, Merlins, Lecourts. Lilafarbene Flammen schlängelten sich um Ash und Henri, um George, May, meinen Dad und meine Großmutter, Gabrielle Lecourt. Alle Clanmitglieder brannten. Alle außer mir.

Wie war das passiert? Ich war so mit mir selbst, mit Ash und Henri beschäftigt gewesen, dass ich gar nicht wirklich mitbekommen hatte, wie die anderen Clanmitglieder mit einem Mal alle gleichzeitig versucht hatten, aus dem großen Feuerkreis zu entkommen. Die Maleficarier hatten gar nicht erst auf ein Zeichen Ajanis gewartet, sondern direkt die Kerzen an die Voodoopuppen gehalten, und eine Sekunde später standen bereits sämtliche anwesende Clanmitglieder der Morgans und Merlins in Flammen. Dazu alle Mitglieder des Lecourt-Clans, die sich auf unsere Seite geschlagen hatten und von denen es offensichtlich ebenfalls Voodoopuppen gab. Ajani kannte wirklich keine Gnade. Er schreckte nicht einmal davor zurück, sein eigen Fleisch und Blut zu opfern.

Mein Schrei war so laut, dass er mir selbst in den Ohren wehtat. Ich breitete die Arme aus und setzte meine Kräfte ein. Versuchte, die Flammen zu beeinflussen. Ich wusste, dass ich es konnte; ich hatte so den Drachen im Holland Park vernichtet.

Ich sah die Angst und Verzweiflung in Ashs Augen, die Ungläubigkeit in Henris Augen. May, Garry, Samantha, George, Alice, Jared, Meredith – sie alle konnten nicht glauben, was hier passierte. Die Flammen schlugen höher und höher, die Clanmitglieder kämpften ums Überleben.

Gleich war es vollbracht. Gleich würde sich auch die letzte Strophe der Prophezeiung erfüllen. *Von den alten Stämmen zwei, die teilten sich die Welt, wird besteh'n nur einerlei, wenn einst das Urteil fällt.* Das durfte ich nicht zulassen, doch das Feuer wollte einfach nicht auf mich hören. Es hörte nur auf Ajani, auf die Gesetze der Natur.

»Du mieser Verräter!«

Ich stürzte mich auf Ajani, wollte ihm mit bloßen Händen die Augen auskratzen, doch er hatte überhaupt keine Mühe, meinen Angriff abzuwehren. Gegen seine oder besser gesagt Agaus Stärke kam ich nicht an. Ich fürchtete fast, er könnte mich wie Tianna zu

Tode prügeln, doch dafür begehrte er meine Magie zu sehr. Er stieß mich weg, direkt zu Ash in den Kreis aus lilafarbenen Flammen. Ich hatte keine Kraft mehr, zu schreien oder zu kämpfen. Es war vorbei. Ich klammerte mich an Ash, der sich selbst kaum mehr auf den Beinen halten konnte.

Im nächsten Moment stieß Henri zu uns. Keine Ahnung, wie er es geschafft hatte, aber er hatte sich irgendwie zu uns vorgearbeitet. Die beiden Ringe aus Feuer vereinten sich. Ash, Henri und ich griffen uns an den Händen. Ich war froh, nicht allein zu sein, als ich spürte, wie mich meine Magie verließ. Aber es fühlte sich anders an als zuvor. Sie wurde mir nicht abgezapft, sie ging freiwillig, und es floss auch Energie zu mir zurück. Ich fürchtete, ich wurde wahnsinnig, doch es war ein großartiges Gefühl. Ich spürte eine Stärke in mir, wie ich sie nicht gespürt hatte, seit ich Teil der magischen Welt geworden war. Keine Kopf- oder sonstigen Schmerzen und Gebrechen. Im Gegenteil. Ich hatte nicht einmal mehr das Gefühl, dem Tode nahe zu sein. Ein Blick zu Ash und Henri verriet mir, dass es den beiden wie mir ging. Sie wirkten stark und lebendig und nicht dem Tode geweiht. Mein Blick glitt weiter, und erst jetzt wurde mir bewusst, dass der Feuerkreis um uns herum erloschen war. Wir standen nur noch in einem Kreis aus Rauch. Ich drückte Ashs und Henris Hände noch fester und setzte meine Kräfte bewusst ein; konzentrierte mich auf das restliche Feuer, um es zum Rückzug zu bewegen. Dieses Mal funktionierte es, aber das Feuer zog sich nicht nur zurück. Nach und nach erlosch ein Feuerkreis nach dem anderen, bis am Ende nicht einmal mehr der große um uns alle herum brannte. Die Maleficarier streuten Alkalimetall auf ihre Fackeln, die in den unterschiedlichsten Farben aufleuchteten, und schwenkten sie in unsere Richtung. Es war mir selbst noch nicht so ganz begreiflich, wie es funktionierte, aber gemeinsam mit Ash und Henri kostete es mich kaum Mühe, auch die Fackeln zum Erlöschen zu bringen.

Ajani tobte vor Wut, wollte sich auf mich stürzen, doch ich war schneller. Ich ließ die Erde sich auftürmen, sodass sie Ajani nahezu verschlang. Weder sein Gris-Gris noch Agaus Stärke konnten mich dieses Mal daran hindern. Die anderen Lecourt-Mitglieder wollten uns – ebenso wie die Zombies – angreifen, doch der Grund, warum wir vorher keine Magie hatten wirken können, hatte sich buchstäblich in Rauch aufgelöst. Sämtliche Morgans und Merlins setzten ihre Kräfte gleichzeitig gegen jeden ein, der uns Schaden zufügen wollte. Vielleicht war jeder Einzelne durch das Alkalimetall geschwächt, aber zusammen waren wir stark genug.

»Haltet sie auf«, schrie Ajani, dessen Kopf noch aus der Erde herausragte.

Steven und ich warfen uns einen Blick zu. Wir hatten beide die Gabe, die Luft zu manipulieren, und so beschworen wir gemeinsam einen Sturm herauf, wie ihn London noch nie gesehen hatte. Wir selbst waren auf unserer Seite sicher vor dem Wind, doch die Lecourt-Mitglieder, Maleficarier und Zombies mussten sich mit aller Kraft gegen die Windböen stemmen, sodass wir eine Weile sicher vor ihnen waren.

Mir war klar, dass wir dem Ganzen nur ein Ende setzen konnten, indem wir Ajani ein Ende setzten, also gab ich Ash ein Zeichen, der zu verstehen schien und Henri beiseitezog. Es war schlimm genug, dass sein eigener Vater vor seinen Augen sterben musste, aber er musste es nicht unbedingt auch noch sehen. Dann blickte ich zu

George und May, die ebenfalls verstanden. Steven und ich konzentrierten uns weiterhin auf den Sturm, um den anderen den Rücken freizuhalten. Ajani hatte sich gerade mithilfe von Agaus Stärke aus dem Erdhügel befreit, als er auch schon von George und May attackiert wurde. Doch die Schmerzen und Feuerbälle konnten ihm nichts anhaben. Das musste Agaus Verdienst sein.

»Kümmere du dich um den Bastard, ich komme hier schon allein zurecht«, sagte Steven zu mir.

Obwohl Ajani Tianna umgebracht hatte, zögerte ich einen Moment. Immerhin war er Henris Vater. Würde er es verkraften, wenn ich ihn auf dem Gewissen hatte? Ajani rannte auf George zu und schlug ihn so hart in den Bauch, dass George einige Meter weit flog. Dann wandte sich Ajani May zu, doch bevor er auch sie angreifen konnte, ging ich dazwischen. Ich bombardierte Ajani mit Steinen und Ästen, katapultierte ihn selbst durch die Luft und nahm ihm den Sauerstoff zum Atmen, doch nichts davon zeigte nachhaltig Wirkung. Dank Agau war Ajani zu stark und offensichtlich auch unbesiegbar. Da kam mir eine Idee. Ich war nicht gut vorbereitet und musste improvisieren, doch es schien die einzige Möglichkeit zu sein. Also verfrachtete ich Ajani zumindest vorerst zurück in einen Erdhaufen, womit ich ihn immerhin für kurze Zeit außer Gefecht setzen konnte. Ich brauchte nur ein paar Minuten.

»Haltet mir den Rücken frei«, sagte ich zu niemand Bestimmtem.

Mit meinen telekinetischen Kräften beschaffte ich mir einen Blumentopf, nahm meine Kette mit dem roten Anhänger ab und legte sie auf die Rosen. Gut, dass ich auf Jamaika immer wieder sämtliche Loa samt Vèvè durchgegangen war. Da ich kein Maismehl zur Verfügung hatte, nahm ich eine Handvoll Erde aus dem Blumentopf und malte damit das Vèvè von Ezilie-Ge-Rouge auf den Boden. Sie war ein Teil von Ezulie, der Loa für Liebe und Glück, allerdings der bittere Teil. Sie hasste Männer und gehörte zu den Pedro-Loa, womit sie hoffentlich stark und aggressiv genug war, um Agau zu besiegen. Mir war klar, dass ich besser Bosou Koblamin angerufen hätte, den für Kriegszeiten zuständigen Loa. Aber er war unzuverlässig, und ich hatte kein Schweinefleisch dabei. Ich bezweifelte, dass er sich mit Blumen oder Schmuck als Opfergabe zufriedengeben würde.

Da es um jede Sekunde ging, verzichtete ich darauf, zuerst einen Schutzkreis zu ziehen oder Legba anzurufen. Ich sagte nur: »Entschuldige, Legba, aber das ist ein Notfall«, und begann sofort, mich gegen den Uhrzeigersinn um das Vèvè und um mich selbst zu drehen.

»Was zum Teufel treibt sie da?«, hörte ich Garry fragen, doch dann blendete ich alles um mich herum aus.

»Oh große Ezilie-Ge-Rouge. Bitte entschuldige dieses stümperhafte Ritual, aber es geht um einen echten Notfall. Ich möchte dich bitten, mir beizustehen. Meine Freunde sind in Gefahr, meine Familie. Ajani hat Agau missbraucht, um mir meine Kräfte zu stehlen, und nun will er mithilfe von Agau töten. Lass das nicht zu, oh große Ezilie-Ge-Rouge. Bitte steh mir bei, bitte hilf mir.«

Das war wohl nach hinten losgegangen. Obwohl ich mich gegen den Uhrzeigersinn drehte, spürte ich nichts als Übelkeit und ein Schwindelgefühl. Was sollte ich denn jetzt machen? Mist, ich hätte es doch zuvor üben oder mir wenigstens die Zeit nehmen sollen, Legba anzurufen. Jetzt war es zu spät. Doch plötzlich waren Übelkeit und Schwindelgefühl fort. Stattdessen spürte ich gleichzeitig innere Anspannung und Gelassenheit. Geschärfte Sinne und Abwesenheit. Und es fühlte sich an, als wäre ich nicht allein in meinem Körper, so seltsam das klang.

»Ich helfe dir«, sagte eine Stimme in meinem Kopf. »Mit Agau habe ich ohnehin noch eine Rechnung offen.«

Ezilie-Ge-Rouge hatte im richtigen Moment von mir Besitz ergriffen, denn Ajani hatte sich erneut aus dem Erdhügel befreit. Er ging sofort auf mich los, doch die Loa in mir übernahm die Kontrolle und schlug zurück. Ajani und ich lieferten uns einen erbitterten Kampf. Ich hatte nie einen Kampfsport betrieben oder einen Selbstverteidigungskurs besucht, obwohl Megan mich immer dazu bekniet hatte. Trotzdem schaffte ich es mithilfe der Loa in mir, Ajanis Schlägen zumindest zum Teil auszuweichen beziehungsweise ihm selbst den einen oder anderen gezielten Schlag zu verpassen. Doch keiner von uns war dem anderen überlegen; wir waren gleich stark. Zwar konnte ich ihn in Schach halten, aber so ging das nicht ewig weiter. Ich musste mir etwas einfallen lassen, doch da bekam ich aus dem Augenwinkel mit, wie Henri ebenfalls ein Ritual zu vollziehen schien. Ich hatte keine Ahnung, was er vorhatte, aber als Ajani auf seinen Sohn aufmerksam wurde und ihn aufhalten wollte, konnte ich ihn erfolgreich von Henri fernhalten, sodass dieser freie Bahn hatte. Wollte er wie ich einen Loa um Hilfe bitten? Würden wir zu zweit eine Chance gegen Ajani haben?

Mein nächster Schlag traf ihn in den Bauch, und Ajani taumelte rückwärts. Was war jetzt los? Er fing sich wieder, ging erneut auf mich los, doch ich konnte seinen Angriff abwehren und traf ihn selbst mitten ins Gesicht. Ajani gab seine Deckung auf, hielt sich die Hände an die Nase, aus der Blut lief. Ich verpasste ihm einen weiteren Schlag, und dieses Mal taumelte er nicht nur, er ging zu Boden.

»Verräter«, knurrte er, doch sein wütender Blick galt nicht mir, sondern seinem Sohn.

George und May platzierten sich neben mich und bombardierten Ajani ein zweites Mal mit Schmerzen und Feuerbällen. Er hatte keine Chance. Im nächsten Moment fielen die Zombies in sich zusammen; vermutlich weil ihr Schöpfer tot war.

»Ich werde dich nun wieder verlassen«, sagte Ezilie-Ge-Rouge in meinem Kopf.

Ich konnte mich gerade noch bedanken, dann spürte ich, wie die zweite Seele in mir mich wieder verließ, und sank auf die Knie. Wahnsinn! So fühlte es sich also an, von einem Loa geritten zu werden.

»Alles okay?«, fragte Henri und half mir zurück auf die Beine.

»Das fragst du mich?« Ich fiel ihm um den Hals.

»Es geht schon. Du hast das einzig Richtige getan, Caroline, also mach dir keine Vorwürfe.«

Ich nickte. Es würde eine Weile dauern, bis ich darüber hinwegkommen würde. Vielleicht hatte ich Ajani nicht selbst getötet, aber ich hatte maßgeblich dazu beigetragen. Auch wenn ich wusste, dass wir keine Wahl gehabt hatten, nagte das an mir. Nie und nimmer hätte ich es geschafft, zwei oder sogar drei ganze Clans auszurotten. »Was hast du eigentlich für ein Ritual vollzogen? Warum kam ich plötzlich gegen deinen Vater an?«

»Ich habe Agau beschworen und gebeten, meinen Vater freizugeben. Ich hätte nicht gedacht, dass es klappt, aber ich musste es versuchen. Es war die einzige Chance.«

Wieder nickte ich. »Kommst du klar?«

»Irgendwann, ja«, antwortete Henri.

Steven verringerte den Sturm, bis er ganz verebbte. Die anderen Lecourt-Mitglieder und Maleficarier standen einen Moment unschlüssig da, nicht sicher, ob sie angreifen oder sich zurückziehen sollten. Aber sie schienen zu spüren, dass sie keine Chance mehr gegen uns hatten, denn keiner von ihnen machte Anstalten, uns auch nur schräg anzuschauen.

»Wenn ihr nicht wie euer Oberhaupt enden wollt, zieht euch lieber zurück«, knurrte George. »Ganz weit weg. Wenn ich auch nur einen von euch jemals wieder in der Nähe von London sichte, garantiere ich für nichts.«

Ich strich Henri kurz über den Arm und trat ein paar Schritte vor. »Gleiches gilt für euch Maleficarier. Die Hexenjagd ist hiermit vorbei. Stellt euch nie wieder gegen mich oder meinesgleichen, oder ihr werdet darum betteln, niemals von der Magie erfahren zu haben. Verstanden?«

Der eine oder andere Maleficarier nickte, bevor sie zusammen mit den Mitgliedern des Lecourt-Clans so schnell flohen, wie ihre Füße sie tragen konnten. Langsam drehte ich mich um. Überall blickte ich in fröhliche Gesichter; Jared zwinkerte mir sogar zu. Gabrielle Lecourt und Henri hielten sich in den Armen, Richard wurde ebenfalls versorgt, und so kam Ash auf mich zu, dicht gefolgt von Dad, May und George.

»Wie fühlst du dich?«, wollte Dad wissen.

»Hervorragend.« Ich musste nicht, wie so oft in letzter Zeit, in mich hineinhorchen, um die Frage beantworten zu können. Tatsächlich fühlte ich mich immer noch großartig, und das nicht nur, weil alles ein Ende zu haben schien. Zwar konnte ich immer noch nicht glauben, dass die Jagd auf mich ebenfalls beendet sein sollte, aber die Kopfschmerzen waren weg. Die Übelkeit, das Schwindelgefühl, das Gefühl, ausgelaugt zu sein. Und dabei hatte ich meine Magie heute zweimal fast verloren und anschließend ziemlich viel davon eingesetzt. »Wie ist das möglich?«, fragte ich laut. »Wie kann es mir gut gehen?«

George und May wechselten einen Blick. »*Von den alten Stämmen zwei, die teilten sich die Welt, wird besteh'n nur einerlei, wenn einst das Urteil fällt*«, zitierte May die letzte Strophe der Prophezeiung, und ich konnte nicht anders, als mit den Augen zu rollen. Doch May hob beschwichtigend eine Hand. »Wir haben uns geirrt. Dass am Ende nur ein Clan bestehen bleibt, bedeutet nicht, dass der andere vernichtet wird, sondern dass die Clans zusammenwachsen. Sieh dich doch um.« May machte eine ausladende Geste. »Das alles hat uns zusammengeschweißt, wir haben Seite an Seite gekämpft. Es gibt keine Rivalität mehr.«

Sie hatte recht. Mir war schon vorher aufgefallen, dass die Clans durch die Jagd auf mich zusammengewachsen waren. Ich dachte nur an Samantha und Alice, die sich am Anfang nicht hatten ausstehen können und am Ende plötzlich einer Meinung gewesen waren. Das wäre zuvor schon aus Prinzip nicht möglich gewesen. »Aber das erklärt nicht, warum es mir so gut geht.«

»In gewisser Weise schon«, antwortete Dad und legte Ash eine Hand auf die Schulter. »Ash scheint der Dreh- und Angelpunkt zu sein, oder besser gesagt die Morgan-Magie. Du bist eine halbe Merlin und eine halbe Lecourt, fehlt nur noch der Morgan-Anteil. Ihr habt es vorhin irgendwie geschafft, eure Magie zu bündeln. Deshalb geht es dir so gut, und deshalb konnte euch auch das Feuer nichts mehr anhaben.«

Ich blickte zu Ash, der grinsend mit den Schultern zuckte. »Tja, was soll ich sagen? Du brauchst mich halt.«

Ich knuffte ihn in die Seite, während mein Blick weiter zu George und May wanderte. »Dann ist es wirklich vorbei? Die Jagdsaison ist beendet?«

May nickte lächelnd. »Ist sie. Ich möchte dich um Entschuldigung bitten und dir sagen, dass du in unserer Familie jederzeit herzlich willkommen bist.« Sie nahm meine Hand kurz zwischen ihre und zwinkerte Ash zu. »Ich werde mit deinen Eltern reden. Ich bin immerhin das Clanoberhaupt, und ich habe nichts dagegen, wenn sich die Clans ab sofort vermischen.«

George verzog das Gesicht. Er schien sich erst noch an den Gedanken gewöhnen zu müssen, aber ich war sicher, dass er das früher oder später schon würde. Er räusperte sich. »Ich möchte mich auch bei euch entschuldigen. Bei dir, Brian, und natürlich bei dir, Caroline. Die Prophezeiung, die ganze Jagd ... Ich hätte nicht ... Wir hätten nicht ...« Seufzend fuhr er sich durch die grauen Haare. Es schienen ihm ehrlich die Worte zu fehlen. »Es tut mir leid. Ich kann nur hoffen, dass ihr mir irgendwann verzeihen könnt.«

»Es ist ja noch mal alles gut gegangen«, sagte ich. Alles Weitere würde sich zeigen. Noch war ich nicht bereit, ihm die volle Absolution zu erteilen. Dafür war zu viel passiert. Aber eines Tages würde ich es können, auch dessen war ich mir sicher.

George nickte. »Ach, übrigens, ich werde mein Wort halten. Sag deiner Freundin, sie hat nichts mehr vor uns zu befürchten. Außerdem kann sie sich auf eine Entschädigung freuen. Und du hattest sicher auch einige Auslagen, die wir dir selbstverständlich erstatten werden.«

»Auslagen?«, schritt mein Dad ein. »Ich höre wohl nicht recht. Sie hat mehr verdient, findest du nicht? Vor allem nach dem, was sie durchgemacht hat.«

George knirschte mit den Zähnen. »Ja, na ja«, sagte er nach einer Weile. »Ein bisschen mehr werden wir schon hinkriegen.« Er lächelte mir etwas steif zu und wollte gehen, doch mein Vater hielt ihn zurück.

»Das ist wirklich großzügig von dir, George. Wo Caroline doch jetzt zur Familie gehört.« Er wandte sich mir zu. »Weißt du, dein Großvater wirkt manchmal etwas knauserig, aber eigentlich ist er gar nicht so. Jedes Merlin-Familienmitglied bekommt zur Geburt ein Treuhandvermögen über einhunderttausend Pfund, was dir jetzt natürlich auch zusteht. Nicht wahr, George?«

George schnappte nach Luft und bekam ziemlich große Augen. Beinahe hätte ich gelacht. Er wollte etwas sagen, doch May kam ihm zuvor. »Einhunderttausend? Das ist aber nicht gerade viel. Unsere neugeborenen Familienmitglieder erhalten jeweils zweihunderttausend Pfund. Tja, vielleicht sind wir nicht der mächtigste Clan, aber offenbar der vermögendste.«

Der gute George schien in seiner Ehre als Clanoberhaupt verletzt; er verschränkte die Arme vor der Brust. »Wohl eher nicht. Wir könnten unseren Kindern durchaus mehr Geld überlassen, aber wir wollen sie zur Selbstständigkeit erziehen.« Er räusperte sich. »Nun ja, nachdem Caroline ja bereits sehr selbstständig ist und weiß, was es bedeutet, für ihr Geld hart zu arbeiten, kann ich es wohl verantworten, ihr zweihundertfünfzigtausend Pfund anzuvertrauen. Wenn ihr mich jetzt bitte entschuldigen würdet? Ich muss einen Treuhandfonds einrichten.«

Hoch erhobenen Hauptes ging er davon. Ich konnte ihm gerade noch ein »Danke« hinterherrufen. May zwinkerte mir zu und folgte ihm grinsend. Zweihundertfünfzigtausend Pfund? Wahnsinn! Mir fehlten nicht oft die Worte, doch das war so ein Moment.

Dad lachte. »Das wäre auch geklärt.« Er drückte mir einen Kuss auf den Kopf und ließ mich und Ash ebenfalls allein.

Wir sahen uns an, er ebenso sprachlos wie ich, dass sich all unsere Probleme plötzlich in Luft aufgelöst hatten. »Du hast es tatsächlich geschafft«, sagte Ash irgendwann.

»*Wir* haben es geschafft. Du hast doch gehört, was mein Dad gesagt hat.«

Grinsend kam er näher und legte mir die Hände auf die Taille. »Ach, stimmt ja. Wie konnte ich vergessen, dass ich unersetzlich bin?«

»Also wenn ich das richtig verstanden habe, tut es jede Form der Morgan-Magie«, neckte ich ihn um der alten Zeiten willen. »Wie geht es deinem Dad?«

»Der wird schon wieder. Mein Vater war schon immer hart im Nehmen, sonst hätte er es wohl kaum so lange mit meiner Mutter ausgehalten.«

»Und Henri? Was meinst du?«

Ash seufzte. »Auch der wird wieder. Ich bin für ihn da, du bist für ihn da. Und Megan sicher auch.«

»Auf jeden Fall.« Und vielleicht würde aus den beiden ja doch noch was werden. Ich konnte es jedenfalls kaum erwarten, Megan die guten Neuigkeiten zu überbringen und sie nach Hause zu holen.

»Hey, so wie es aussieht, kann ich mich weiterhin teleportieren, wohin ich will. Der Gedanke, plötzlich wie normale Menschen reisen zu müssen, gefiel mir irgendwie nicht so gut.«

Ash zog mich näher zu sich heran. »Aber du machst trotzdem die Pilotenausbildung, okay? Erstens fände ich es unglaublich sexy, eine Pilotin als Freundin zu haben, und zweitens will ich nicht, dass du deine Träume aufgibst.«

Ich hatte zwar Megan meine Ersparnisse überlassen, aber ums Geld brauchte ich mir wohl keine Sorgen mehr zu machen. Also nickte ich. »Versprochen. Wenn du mir versprichst, das Sommerpraktikum bei Beaver, Whitebait & Smith zu vergessen. Du solltest deine Träume nämlich ebenso wenig aufgeben müssen wie ich.«

»Du hast recht. Vergiss das Sommerpraktikum, vergiss meine Cousine zweiten Grades. Ich mache ab sofort nur noch, was ich will, und ich fange gleich damit an.« Seine blauen Augen funkelten, als er sich näher zu mir beugte, um mich zu küssen. Doch kurz vor meinem Mund hielt er grinsend inne. »Warte mal, wie war das noch? Glaub bloß nicht, dass du am Ende die Prinzessin kriegst?«

Ich musste lachen. »Ich bin keine Prinzessin, ich bin eine Hexe. Und nun halt endlich die Klappe und küss mich.«

Das ließ Ash sich nicht zweimal sagen.

Epilog

»Ich kann verstehen, dass du hier deine Abende verbracht hast«, sagte ich zu Megan und sah mich noch einmal in der Bar um. Es war kurz vor Mitternacht, die Nacht war noch jung. Aus den Lautsprechern drang *Castle on the Hill* von Ed Sheeran, und ich musste daran denken, wie ich mit Ash auf dem Trafalgar Square meine Kräfte ausprobiert hatte. Ein Lächeln stahl sich auf mein Gesicht. Die Menschen in der Bar lachten und waren einfach nur fröhlich. Es war bunt und laut und voll, doch das störte mich überhaupt nicht.

Megan zuckte mit den Schultern. »Du tust gerade so, als wären es Wochen gewesen, dabei waren es nur zwei Abende. Außerdem waren meine Eltern eine Weile nicht wirklich ansprechbar, und wenn man schon mal in New Orleans ist …«

»Die Stadt ist echt schön. Du musst mich morgen unbedingt zu den Schauplätzen von *The Originals* führen.«

»Ist schon eingeplant. Und dann gibt es gleich um die Ecke einen richtig tollen Voodoo- und Hexenshop, den wollte ich dir und Henri noch zeigen.«

»Apropos, wo wir gerade kurz allein sind.« Ich beugte mich näher zu Megan. »Wie läuft es bei euch?« Sie lächelte nur, was für mich ein eindeutiges Zeichen war. Noch vor einem Jahr hatte sie mir jedes Detail ihres Liebeslebens verraten, ob ich es hatte wissen wollen oder nicht, doch heute schien es ihr so ernst zu sein, dass sie nichts zerreden wollte. Ich stieß sie freundschaftlich in die Seite. »Das freut mich so für euch. Wirklich, ihr habt es beide verdient.«

»Und bei dir und Ash? Weißt du eigentlich, dass du zum ersten Mal, seit ich dich kenne, richtig glücklich und zufrieden aussiehst und nicht so, als würdest du jeden Moment um dich schlagen wollen?«

Ich lachte. »Könnte daran liegen, dass ich glücklich *bin*. Ash ist einfach wunderbar. Okay, er kann manchmal ziemlich nerven, daran hat sich nichts geändert, aber ich liebe ihn.«

»Ich sagte doch, das sind die besten Beziehungen«, meinte Megan augenzwinkernd. »Und der Rest der Sippe? Akzeptieren sie dich endlich?«

»Tun sie.« Es hatte eine Weile gedauert, bis die Clans nicht nur sagten, dass es keine Klassenunterschiede mehr gab, sondern sie es auch wirklich verinnerlicht hatten, doch sie machten Fortschritte.

Die Lecourts? Die, die sich auf Ajanis Seite geschlagen hatten, hatten London verlassen, während der klägliche Rest versuchte, einen neuen Clan aufzubauen. Aber wenigstens ging es Henri wieder gut. Er hatte lange gebraucht, um über das alles hinwegzukommen, aber inzwischen war ein Jahr vergangen, und er war fast wieder der Alte. Sicher auch dank Megans Hilfe. Und die Merlins?

Als hätte Megan meine Gedanken erraten, kicherte sie. »Ich bin schon sehr gespannt auf nächstes Wochenende.«

»Nicht nur du.« Ob es wirklich so eine gute Idee war, meinen Geburtstag zusammen mit den Merlins nachzufeiern? Es war Georges Idee gewesen, wer hätte das gedacht? Dabei konnte ich mir sehr gut vorstellen, dass Dad ihn dazu gedrängt hatte, auch wenn er es mir gegenüber leugnete. So oder so, die Merlins waren meine Familie, und es war an der Zeit, dass wir aufeinander zugingen.

Ash und Henri kehrten zu uns zurück, jeder von ihnen zwei Gläser Cola in der Hand. Henri zwinkerte Megan zu, und im nächsten Moment stimmten die drei ein Ständchen an: »Happy birthday to you, happy birthday to you. Happy birthday, liebe Caroline, happy birthday to you.«

Wir stießen an, und die anderen Gäste klatschten, während mir Ash, Henri und Megan nacheinander um den Hals fielen und mir noch einmal gratulierten. »Zufrieden?«, fragte Ash, nachdem er mir einen langen Kuss gegeben hatte.

Ich nickte. »So hätte ich mir meinen achtzehnten Geburtstag vorgestellt, aber besser spät als nie.«

»Apropos, ich habe im September Geburtstag«, bemerkte Megan und trank einen Schluck Cola. »Ich habe mir sagen lassen, der Monat eignet sich perfekt für eine Reise nach Hawaii.«

Ich lachte. »Ist notiert.«

»Sehr gut. Weißt du, mit etwas Abstand betrachtet, ist es eigentlich ganz cool, eine Freundin zu haben, die hexen kann.«

Wieder nickte ich. Ja, doch. Mit Abstand betrachtet war es wirklich cool. Der Hexenmeister, Ash – sie hatten alle recht gehabt. Die Magie war kein Fluch, sie war eine Gabe, ein Geschenk. *Ich will mit dir und dem ganzen Hokuspokus nichts zu tun haben,* hatte ich anfangs zu Ash gesagt. Nun konnte ich mir ein Leben ohne Ash und den ganzen Hokuspokus nicht mehr vorstellen. Die Magie war ein Teil von mir und ich von ihr; unwiderruflich. Und das war gut so.

Dank

Während ich an der Überarbeitung und der Danksagung des zweiten Bands sitze, ist Band 1 von »Clans of London« gerade erst erschienen, und ich habe bereits jetzt das Gefühl, dass die Geschichte rund um Caroline, Ash und Henri sehr gut bei euch Lesern ankommt. Dafür möchte ich euch danken. Für einen Autor gibt es nichts Schöneres, als den Lesern ein paar schöne Stunden zu bescheren.

Vielen lieben Dank an das gesamte Team von Ravensburger, allen voran an meinen Lektor Valentino Dunkenberger. Die Zusammenarbeit mit dir ist so unkompliziert und macht mir so viel Freude. Ein besonderer Dank gilt zudem Stefanie Böhmer vom Marketing. Es ist unglaublich, was sich der Verlag alles hat einfallen lassen, um der Reihe schon vor Erscheinen Aufmerksamkeit zu schenken.

Tausend Dank an meine Agentin Diana Itterheim von der litmedia. agency. Das ist nun schon das achte Buch in vier Jahren, das wir zusammen machen, auch wenn es eigentlich eines der ersten mit dir ist. So kann es gern weitergehen.

An dieser Stelle möchte ich noch einmal die Plot-Gruppe des Autorenforums Montségur – allen voran Jennifer Benkau – und Bettina Wüst von Thea Script erwähnen. Zwar war ich mit Band 2 in keinem

Seminar oder etwas in dieser Art, aber ohne einen guten Band 1 gäbe es auch keinen zweiten Band.

Das wichtigste Dankeschön gilt meiner Familie: Christian, der immer an meiner Seite ist, mich mit Rat und Tat unterstützt und nie an mir zweifelt. Und Niklas, der so unkompliziert und verständnisvoll ist und es mir möglich macht, diesen wundervollen Beruf weiterhin auszuüben. Ihr seid toll!

© privat

Sandra Grauer wurde 1983 im Ruhrgebiet geboren. Schreiben, Lesen und in die Welt fremder Geschichten eintauchen war schon immer ihre Leidenschaft. In Heidelberg studierte sie Sprach- und Übersetzungswissenschaften, später absolvierte sie ein fachjournalistisches Fernstudium und ein Volontariat in einer PR-Agentur in Karlsruhe. Mit ihrem Mann und den gemeinsamen Kindern lebt sie inzwischen wieder im Ruhrgebiet. Sie schreibt hauptsächlich Romane für Jugendliche und Frauen, aber auch Krimis. Ihr Fantasy-Roman »Schattenspiel« wurde im März 2015 für den Indie Autor Preis der Leipziger Buchmesse nominiert, ihr Roman »Wo das Chaos hinfällt« schaffte es bei Amazon auf Platz 1.